A Terceira Tradução

Matt Bondurant

A Terceira Tradução

Tradução de
CRISTIANA SERRA

EDITORA RECORD
RIO DE JANEIRO • SÃO PAULO
2006

CIP-BRASIL. CATALOGAÇÃO-NA-FONTE
SINDICATO NACIONAL DOS EDITORES DE LIVROS, RJ.

B694t
Bondurant, Matt, 1971-
    A terceira tradução / Matt Bondurant; tradução de Cristiana Serra. – Rio de Janeiro: Record, 2006.

    Tradução de: The third translation
    ISBN 85-01-07264-8

    1. Romance americano. I. Serra, Cristiana. II. Título.

05-3786
    CDD – 813
    CDU – 821.111(73)-3

Título original norte-americano
THE THIRD TRANSLATION

Copyright © 2005 by Matt Bondurant

Todos os direitos reservados.
Proibida a reprodução, no todo ou
em parte, através de quaisquer meios.

Direitos exclusivos de publicação em língua portuguesa
adquiridos pela
EDITORA RECORD LTDA.
Rua Argentina 171 – Rio de Janeiro, RJ – 20921-380 – Tel.: 2585-2000
que se reserva a propriedade literária desta tradução

Impresso no Brasil

ISBN 85-01-07264-8

PEDIDOS PELO REEMBOLSO POSTAL
Caixa Postal 23.052
Rio de Janeiro, RJ – 20922-970

Quem não olha com reverência uma velha árvore, que mil anos atrás já observava gerações, há muito desaparecidas da Terra, que se abrigavam em sua sombra? (...) Quem pode percorrer com indiferença as ruas silenciosas de Pompéia, onde outrora ressoavam a azáfama do fórum e as cantigas dos marinheiros?

(...) Não se pode negar que todo homem olha o que é antigo com certo interesse e reverência. E por quê? As coisas antigas, sejam belas ou feias, completas ou fragmentárias, brilhantes ou incrustadas de poeira, *falam* com todos que as contemplam. Sim, as antigüidades *falam*. Ouvimos claramente suas palavras — não com os ouvidos, mas com um sentido interno de que o Criador nos dotou. (...) E o que esses monumentos da antigüidade têm a nos dizer?

Suas palavras são: Considerai vossa juventude em comparação com essas gerações passadas, das quais fomos contemporâneas! Refleti: em breve desaparecereis de entre os vivos, sem deixar para trás nenhum monumento à vossa existência! Houve na Terra um outro mundo antes de vós!

GUSTAVUS SEYFFARTH, *Summary of Recent Discoveries in Biblical Chronology, Universal History, and Egyptian Archeology*

Os sábios mais sábios do Egito [...], para designar as coisas com sabedoria, não usam os traços das letras, que se organizam em termos e proposições e representam sons e palavras; pelo contrário, usam os traços das imagens, cada qual referente a uma coisa distinta; e são essas que esculpem em seus templos [...]. Cada signo talhado é, pois, ao mesmo tempo, conhecimento, sabedoria, uma entidade real capturada de um só golpe.

PLOTINO, nas *Enéadas* (V. 8 5-6)

A descoberta de que a partir da combinação de diferentes hicróglifos podiam-se criar emblemas visuais significativos inspirou esses últimos escribas a experimentar combinações cada vez mais complicadas e obscuras. Em suma, eles começaram a formular uma espécie de jogo cabalístico, só que baseado em imagens em vez de letras. Ao redor do termo representado por determinado signo (ao qual se atribuía uma leitura fonética inicial), formava-se uma aura de conotações visuais e sentidos secundários, uma espécie de rosário de significados associados que servia para amplificar o espectro semântico original da palavra. Quanto mais o texto sagrado era enriquecido por seus exegetas, mais se reforçava a convicção de que estes expressavam verdades ocultas e segredos perdidos (Sauneron 1957: 123-7).

Assim, para os derradeiros sacerdotes de uma civilização que se afundava no esquecimento, os hieróglifos pareciam constituir a linguagem perfeita.

(Sobre Kircher e suas tentativas de decifrar os hieróglifos antes da Pedra de Roseta):

A configuração hieroglífica tornara-se uma espécie de máquina produtora de alucinações, que podiam, então, ser interpretadas de todas as maneiras possíveis.

UMBERTO ECO, *A Busca da Língua Perfeita*

OBSERVAÇÃO DO AUTOR SOBRE A HISTÓRIA DA ESTELA DE PASER

Conheci a Estela de Paser em 1999, quando perambulava pelos corredores do Museu Britânico. Estava em Londres, na época, para ensinar Shakespeare e Literatura Inglesa Moderna aos alunos da graduação e passava muitas horas de folga no museu, logo abaixo da rua onde eu morava, na Great Russell Street. Examinei muitas vezes a majestosa Pedra de Roseta e adorava deixar os meus dedos passearem a centímetros das antigas seções de granito nu inscrito com hieróglifos nas galerias egípcias. Sentia-me mais atraído por esses escritos do que pelas múmias ou outros cardápios mais exóticos.

Nesta tarde específica de outono, o Museu Britânico comemorava o bicentenário da descoberta da Pedra de Roseta com uma exposição especial: "Decifrando códigos: a Pedra de Roseta e a decodificação". O fragmento remanescente da Estela de Paser era apenas um dos muitos objetos expostos, todos apresentavam problemas específicos de tradução ou decodificação. Quase todos eles, como a Estela de Paser, costumavam ficar fora da vista e da lembrança, nas salas do depósito, no porão do museu. Achei fascinante que esses escritos não tivessem sido resolvidos há vários milhares de anos, embora sejamos capazes de traduzir inteiramente as antigas línguas egípcias. Eu entendia pouco de hieróglifos na época, mas fui atraído pelo problema específico da Estela de Paser: que esses símbolos colocados numa grade pudessem ser lidos na horizontal e na vertical, dando variações diferentes do mesmo hino, e que um misterioso "terceiro caminho", mencionado nas instruções para a leitura, ainda permanecesse desconhecido. Parecia uma tarefa absurda, e pensei imediatamente: que tipo de pessoa dedicaria a vida a uma coisa assim? Como seria esquadrinhar este texto impenetrável e extrair um significado que ficou oculto durante quase três mil anos? Quando a Estela de Paser voltasse ao depósito depois do fim da exposição, quem estaria lá, encolhido nos escuros recessos do porão, esperando por ela?

Comprei o livro editado pelo Museu Britânico para acompanhar a exposição, *Cracking Codes: The Rosetta Stone and Decipherment* (Decifrando códigos: a Pedra de Roseta e a decodificação), de Richard Parkinson. Depois disso, comecei a reunir uma biblioteca modesta de livros de egiptologia, mas nenhum tão importante quanto o de Parkinson, já que este explica a base essencial da criptografia dos textos antigos.

Voltei a Londres várias vezes e, em 2002, consegui um emprego no museu, que me deu acesso às várias regiões inferiores, assim como ao pessoal e aos curadores que trabalhavam com os objetos concretos. Em certo dia de outubro combinei de ver a Estela de Paser, de volta ao depósito, com um curador de egiptologia. Caminhamos por salas lotadas de estátuas e cerâmica, uma riqueza imensa de antigüidades. Depois de procurar um pouco, encontramos a Estela simplesmente encostada na parede de pedra bruta, com um pequeno marcador, E.A. 194 (E.A. = Egyptian Antiquites, Antigüidades Egípcias) designando o número da caixa. O egiptólogo que era meu guia simplesmente deu de ombros quando lhe perguntei sobre o "terceiro caminho" mencionado no texto. Eu já começara o romance nesta época e, exatamente como eu esperara, ainda era um mistério. E se descobrir o "terceiro caminho" permitisse algum tipo de entendimento novo dos antigos hieróglifos ou mesmo da cultura e do povo egípcios? E se a Estela de Paser fosse algum tipo de nova Pedra de Roseta? Esta é a premissa que criei e que impulsiona o meu protagonista, Dr. Walter Rothschild.

Estela de Paser é uma peça muito danificada; como a maioria das estelas, tinha originalmente a forma clássica da lápide. A maior parte da seção superior redonda se perdeu, assim como parte dos lados e o quarto inferior. Uma grande rachadura vai do canto inferior esquerdo ao canto superior direito, dividindo a estela em dois pedaços. O mistério da Estela de Paser da linha de texto horizontal superior, que é um hino do Médio Império egípcio à deusa Mut, e também contém instruções para a leitura: *Este escrito é para ser lido três vezes. Igual a este nunca se viu antes, nem se ouviu, desde o tempo dos deuses. Está depositado no templo de Mut, Senhora de Isheru, pela eternidade como o sol, por todos os tempos.* Já se sugeriu que o terceiro caminho seria ler os lados externos, mas a peça está danificada demais para permitir esta possibilidade. A Estela pode ser lida na vertical e na horizontal, devido ao tipo de jogo de palavras empregado por alguns escribas egípcios. Utilizavam artifícios de estilo, como a ortografia silábica (seqüências de combinações de consoantes e vogais), ligaduras (sinais de união que criavam novos significados) e hieróglifos figurativos criados pelo escriba para evocar um novo entendimento metafórico dos símbolos. Como esses elementos criam um efeito "codificado", costumam ficar sob a rubrica da criptografia.

Imaginei que, para resolver este tipo de quebra-cabeça, seria preciso ter um dom especial que iria além do que se conhece sobre os hieróglifos. É por isso que o Dr. Walter Rothschild acredita em outro nível de significado, uma coisa que chamei de "interpretação poética", que usa os elementos conhecidos da criptografia, além de algo mais que só ele e um punhado de outros no mundo conseguem fazer. Criei este novo entendimento dos hieróglifos para poder aplicar o que intuo sobre as traduções e a maneira como o Dr. Rothschild deve vê-las.

Matt Bondurant

Quanto mais mergulhava na egiptologia, mais intrigado ficava com o conceito do "terceiro caminho". O conceito da "terceira terra" surge várias vezes nos antigos escritos egípcios, principalmente como um destino muito buscado. Isso tem a ver com o entendimento egípcio das "duas terras", que são os reinos divididos do vale superior e inferior do Nilo. O objetivo de quase todos os reis foi unir as duas terras, criando a "terceira terra". Deste modo, a "terceira terra" tornou-se uma metáfora para um tipo de terra prometida, um lugar que integra os dois modos conhecidos de viver e cria um terceiro modo, perfeito. É semelhante ao modo como diríamos que gostaríamos de fundir os aspectos separados da nossa vida moderna, os vivos e os mortos, ou caminhar no passado e no futuro ao mesmo tempo. Este antigo conceito egípcio adota os pares mais básicos especificados pela filosofia ocidental, positivo e negativo, verdade e falsidade, bem e mal, e luta para conciliá-los com os conceitos orientais de unidade orgânica, como *yin* e *yang*, buscando encontrar a unidade, o todo. O terceiro caminho é o trajeto do meio, a solução perfeita, o sonho de conciliação com tudo o que é certo e errado neste mundo e em nós mesmos.

MATT BONDURANT
Setembro de 2004

1: UM PORTO SEGURO

HOJE DE MANHÃ me peguei pensando em como percebemos a vida de cada pessoa: os detalhes do acabamento, seus pigmentos, suas texturas. O modo como, no fim das contas, tudo se junta para projetar uma imagem na mente dos outros, um rastro vago que apenas se entrevê com o canto do olho. A figura de Alan Henry, por exemplo, é muito concreta, e até hoje ainda o vejo entrando de supetão no nosso apartamento naquela noite, feito um rinoceronte que acaba de se libertar. A lembrança de Mick Wheelhouse já não é tão nítida; vai esfumaçando nas bordas, como um papiro quebradiço.

Sei que os dois ficaram gravados dessa maneira na minha memória pelo papel que desempenhei nas suas mortes. Estávamos em Londres, fins de outubro de 1997. Em uma semana expiraria meu contrato com o Museu Britânico para desvendar o enigma criptográfico da Estela de Paser. Minha filha, que eu tinha abandonado muito nova e não via fazia três anos, chegaria à cidade dentro de alguns dias.

Alan Henry veio nos intimar a sair naquela noite porque tínhamos de conhecer um novo amigo seu. Eu estava planejando uma noitada tranqüila no nosso sofazinho surrado, em companhia da obra de Gardiner sobre os hinos de Sobek, da XII dinastia, mas Alan Henry não era um sujeito que se deixasse estorvar pelos passivos caminhos da egiptologia. Usava uma camiseta branca e uma roupa de pesca verde, e suas botas pareciam saídas de um circo, extravagantemente grandes e de um azul berrante. Mick, com quem eu dividia o apartamento, estava de avental, fritando salsichas na chapa. Cuspiu na pia, amarrou seus cabelos finos num rabo-de-cavalo, despejou um rosário de xingamentos árabes sobre Alan e sua família — mas foi vestir uma calça. Enquanto isso, eu procurava a minha carteira numa pilha de roupas sujas.

Mick Wheelhouse era meu colega no Museu Britânico, um egiptólogo e tradutor nascido e criado na Inglaterra. Costumava juntar-se a nós sempre que Alan aparecia, resmungando a maior parte do tempo e remexendo em seus amuletos. Mick e Alan eram dois garotos, que mal haviam passado dos 20; eu tinha, então, 46 anos, ainda no auge da minha carreira como egiptólogo e criptógrafo.

Alan Henry precisava abaixar um pouco a cabeça devido à inclinação do teto do nosso microscópico apartamento. Era um gigante de mais de dois metros de altura, cujas mãos pareciam duas pencas de bananas; usava grandes óculos quadrados de armação preta grossa e volta e meia referia-se a si próprio como "um estudioso e um cavalheiro". Pousando a mão no meu ombro, olhou as cópias ampliadas da Estela de Paser que eu espalhara pela parede e cobriam um lado inteiro do apartamento. As outras paredes haviam desaparecido debaixo de glosas da Estela, dos meus próprios diagramas manuscritos das transliterações e de algumas das tabelas de Champollion.

Ah, sim!, suspirou. Fascinante. Mas vamos logo! — e acenou os braços enormes para Mick, que encarava sua panela no fogão de cara amarrada e sussurrava algo para um pequeno amuleto, uma orelha de madeira entalhada de Deir el-Bahri, levando-o à boca como um minúsculo telefone secreto. O que quer que estivesse dizendo, não era nada agradável.

Antes de sairmos, Mick teve de guardar o cálamo e os tabletes de argila, embrulhando-os cuidadosamente em papel-manteiga a fim de que não perdessem a umidade. O chão estava sempre marejado de aparas porque Mick talhava seus próprios cálamos, feitos de junco importado do Cairo. Sua especialidade e verdadeiro interesse eram as escritas hierática e demótica, que são basicamente as formas abreviada ou cursiva dos hieróglifos. Era um especialista em traduções complicadas de praticamente qualquer período, e fora trazido de Cambridge dois anos antes pelo Dr. Klein para desvendar a Estela de Paser; como todos os seus antecessores, no entanto, nada conseguira. Agora era a minha vez.

Nossos passeios com Alan geralmente começavam do mesmo jeito; ele estava sempre descobrindo alguma figura extraordinária ou importante que tínhamos de conhecer. Um dia seu amigo era uma velha lenda do rúgbi neozelandês; noutro era um cientista nuclear alemão que afirmava possuir seu próprio satélite pessoal — que se esforçou por nos mostrar de um beco em Mayfair.

Estão vendo?, perguntou, apontando para a vaga noite londrina, com sua tonalidade amarelo-acinzentada. Aquele ali.

O que eu estava vendo eram alguns pontinhos luminosos, mas nada que parecesse estar se movendo.

Aquele? — e apontei para uma área genérica salpicada de branco.

Não, aquele não, aquele *outrro*!

Não sou daqueles que nutrem especial fascínio por comportamentos excêntricos, embora minha ex-mulher costumasse afirmar que sim. Não obstante, apesar de suas constantes irrupções no nosso apartamento para nos arrastar para algum lugar, eu gostava de ter Alan Henry como amigo. Não passava de um garoto, e estava sempre empolgado com alguma coisa.

Alan Henry morava no fim do corredor da nossa velha casa geminada georgiana, a uma quadra da Tottenham Court Road, em Bloomsbury, Londres. Era um escritor de Dakota do Norte e estava preparando um livro sobre uma malograda missão secreta canadense de alunissagem, ocorrida em fins da década de cinqüenta — embora eu nunca tenha entendido muito bem por que ele precisava ir a Londres para isso. Gostava de embrenhar-se na Biblioteca Britânica para suas pesquisas, lendo herméticos e empoeirados textos religiosos, misticismo esotérico e física teórica — e foi lá que nos conhecemos.

Um minuto depois, estávamos no encalço dos passos estrondosos de Alan, despencando-nos pelos sete lances de escada até a rua. A oeste, a Great Russell Street cruzava a Tottenham Court Road e desembocava na Oxford Street, a esquina mais movimentada de toda a Londres. As ruas estavam abarrotadas àquela hora, transbordando de turistas e londrinos que saíam para a noite na cidade. Era o tipo de área que, como a Times Square em Nova York, atrai uma multidão só para ver a multidão. Fora toda a problemática da esquerda e da direita — quer dizer, o inglês vai caminhar pela esquerda, evidentemente, mas como metade das pessoas que lotam as ruas são forasteiros que trafegam pela direita, o resultado é uma mixórdia de esquivas e passos de dança quando as turbas opostas tentam passar uma pela outra. Alan Henry arremeteu contra o redemoinho humano e foi pisoteando a Oxford Street comigo e Mick em seus calcanhares, na direção do Soho. O público dos teatros acabava de sair; no Dominion Theatre, na esquina, *Les Miserables* estava em cartaz, e os turistas enxameavam como moscas. A noite estava fria, com aquele tipo de umidade que, por mais à prova d'água e mais bem isolados que sejam os seus sapatos, consegue dar um jeito de infiltrar-se pela sola e aninhar-se nos nós e encaixes das suas juntas. Era aquele peculiar frio inglês que jamais nos abandona, que nos desperta ao alvorecer, soterrados debaixo de quatro cobertores, exigindo uma imediata inspeção dos nossos azulados dedos dos pés por um par de mãos dormentes e insensíveis. Aquele frio irritante, que provoca comichões e constitui motivo mais que suficiente para qualquer um sair conquistando e colonizando os quatro cantos do planeta.

No caminho, Alan explicou que o tal cara que ele queria que conhecêssemos era um de seus escritores prediletos, com quem topara por acaso num bar. É o próximo Salman Rushdie, garantiu. Podem acreditar.

Alan Henry estava sempre às voltas com algum autor novo. Enquanto andávamos, ele ia bebendo de um frasco imenso que sempre levava no bolso do casaco. Passou-o para mim e dei um trago. O gim, aquecido pelo seu corpo, afundou no meu peito feito areia quente. A garrafa ostentava a imagem vistosa de um velho marinheiro inglês, encimada pelas palavras "HMS *Valiant*". Mick deu uma fungada ressabiada quando Alan agitou-a sob seu nariz; depois provou o líquido e fez uma careta.

A Oxford Street estava particularmente conturbada porque um grande semicírculo de pessoas se formara em torno da entrada da *megastore* da Virgin, todas ávidas por ver um grupo de lutadores profissionais americanos que, ao que parecia, estava fazendo compras. Alan era um grande fã desse esporte.

É a moderna arena romana, argumentou, girando sua cabeça quadrada, de cabelos eriçados, exceto pelo fato de que somos mais civilizados. Nós nos afastamos da violência, que virou uma coisa cartunesca e irreal. O embornal cultural das grandes massas plebéias. Igual ao teatro elisabetano.

Poesia de terceira, resmungou Mick, batendo a cinza do cigarro.

Fiquei surpreso. Achava que Mick não dava a menor bola para nada que não fosse relacionado a inseticidas industriais ou às suas circunspectas traduções e ranzinzices. Mas, naquela época, eu estava errado em relação a muitas coisas.

Aglomerações, naquela parte do West End, nada têm de fora do comum; vários famosos vez por outra vão às compras nas proximidades do cruzamento da Tottenham Court Road com a Oxford Street, a porta de entrada do Soho, e com freqüência arrastam multidões. Abrimos caminho em meio aos curiosos rumo à Frith Street. Ao atingirmos a Soho Square, Alan tomou alguns atalhos e começou a circular lentamente pelo tapete de guimbas de cigarro da pracinha, girando seu corpanzil maciço como um saca-rolhas. Deu pelo menos umas seis voltas seguidas, rodando por entre as sombras das pobres árvores estranguladas por fios. Mick e eu trotávamos atrás dele, tentando acompanhá-lo. Os cantos escuros da Soho Square eram preenchidos à noite por casais de homens, as calças abaixadas até os tornozelos, abraçando-se com sofreguidão sob os olmos retorcidos e a luz fosca das estrelas de Londres — e foi um agarrar de joelhos e ombros em pânico quando Alan passou por eles, atravessando para a rua do outro lado, onde encerrou sua última volta com um grito e uma profunda mesura. Alan fulgurava como um archote na escuridão. Estava entusiasmado com a perspectiva de conhecermos seu novo amigo — e, lembrando-me dele agora, como eu gostaria de voltar a vê-lo assim.

Acho que talvez eu fosse a última esperança, a última chance que o museu e o Dr. Klein tinham de decifrar a Estela. Eu estava muito satisfeito em Abu Roash, perto de Cairo, trabalhando numa escavação com um grupo italiano que gostava do meu trabalho, quando Klein me enviou um telegrama de Londres. Na época, eu ia para onde quer que um tradutor especializado em criptografia e paleografia egípcias se fizesse necessário. Acho que se poderia dizer que eu não acalentava grandes ambições — pelo menos não em termos de prestígio e dinheiro. Estava chegando àquela altura da vida em que devia pensar em sossegar em algum lugar que me proporcionasse alguma segurança e privacidade. Mas eu não acreditava que tudo pudesse chegar a um fim.

Sei que Mick ficou incomodado com o fato de a diretoria ter me enfurnado em seu apartamento na Great Russell Street, a três quadras do museu. A região de Bloomsbury, em Londres, é caríssima e os imóveis vagos são raros, de modo que foi preciso improvisar um pouco para as coisas darem certo. Eu não me importava muito com a precariedade das acomodações porque os benefícios eram imensos: acesso irrestrito ao Museu Britânico, dia e noite, com a maior coleção de antigüidades egípcias do mundo, publicação e bônus garantidos pela decifração da Estela de Paser, para não falar na chance de trabalhar de maneira independente num dos últimos enigmas criptográficos do mundo antigo ainda existentes.

Nosso apartamento, porém, era uma verdadeira caixa de fósforos. Dividíamos o quarto — e, quando eu me sentava na beirada da cama apertada, meus joelhos encostavam na borda do colchão do Mick. Era preciso deixar a porta do banheiro aberta para sentar no vaso. O teto era muito inclinado porque estávamos no sótão e, para chegar à única janelinha do retângulo estreito que era a nossa sala de estar, era preciso ficar de quatro. Aquela construção fora projetada para os diminutos ingleses do século XVII, não para americanos corpulentos e espaçosos como Alan Henry nem tipos rechonchudos como eu. Já Mick era pequeno o bastante, esguio como um caniço ou como o hieróglifo da cobra errante que se enrosca em volta da lua. Mesmo assim, eu não ligava. Nunca me sentia à vontade, nem nas instalações mais exageradas. De qualquer modo, nunca ficávamos muito tempo por ali; praticamente morávamos no nosso laboratório, com a Estela.

O fragmento sobrevivente da Estela de Paser mede 112 centímetros por 85, o que corresponde a um bom pedaço da placa original de calcário — um monumento do tipo que se costuma encontrar em tumbas ou templos. Seu formato é mais ou menos o mesmo de uma lápide; aliás, nosso conceito de lápide teve origem nesse formato egípcio. Um friso de divindades entalhadas percorre o topo e um padrão quadriculado cobre o restante da placa, cada quadrado contendo um símbolo hieroglífico. São 67 quadrados de largura e 80 de altura — o que só sabemos com base em cálculos, já que em boa parte da seção inferior o desgaste da pedra impede o reconhecimento do que estaria gravado; as bordas estão estilhaçadas e incompletas, e uma longa fissura traça uma diagonal da extremidade inferior esquerda à superior direita, dividindo a Estela em duas. Como a Pedra de Roseta, apenas cerca de dois terços do texto estão disponíveis.

Há também um nome ou assinatura no canto superior, identificando o autor como um certo "Paser, o de Voz Verdadeira". Este é um antigo epíteto egípcio relacionado ao julgamento após a morte, indicando que a pessoa faleceu. Para os antigos egípcios, somente na morte chega o poder da verdade — e o poder supremo seria a capacidade de deslocar-se livremente entre as terras da vida e da morte. Com esse título, Paser atribuiu-se o conhecimento dos mortos, o entendimento do outro lado da vida tanto quanto deste.

A linha superior do texto, fora do quadriculado, parece constituir uma espécie de título ou conjunto de instruções, dizendo: *Quanto a este escrito, deve ser lido três vezes. Igual a este nunca foi visto antes, nem ouvido, desde o tempo do deus. Encontra-se no templo de Mut, Senhora de Isheru, por toda a eternidade tal qual o sol, para todo o sempre.* Essa é a parte fácil. O problema está nas tais "três vezes", porque, por ora, só podemos ler o texto de duas maneiras: na horizontal e na vertical. As outras possibilidades óbvias, como de trás para frente e na diagonal, já foram tentadas — em vão. Mick passou três meses tentando fazer uma leitura do perímetro da Estela, mas não encontrou nada que fizesse sentido. A maior parte do texto é um hino dirigido à deusa Mut, personagem obscura do panteão egípcio, popular entre os antigos egípcios, mas pouco estudada pelos especialistas modernos. Na maioria das vezes, é apresentada como uma espécie de deusa da lua, figurando geralmente em peças como a Estela de Paser, que os egiptólogos chamam de "palavras cruzadas" devido à semelhança com esse tipo de passatempo — embora, na verdade, pareçam muito mais com caça-palavras.

A Terceira Tradução

A verdade é que eu estava trabalhando na Estela havia alguns meses, mas sem resultado algum. Todos os demais trabalhos de tradução do Museu Britânico haviam sido delegados a Mick, a fim de que eu pudesse me dedicar quase exclusivamente àquele projeto. Mick vinha se dedicando quase exclusivamente aos escritos cursivos desde que a diretoria o afastara da Estela — o que era uma moleza: tudo que fosse posterior ao Terceiro Período Intermediário era brincadeira de criança para qualquer egiptólogo digno de seu ofício. Entretanto, havia muitos escritos cursivos e hieráticos funerários espalhados pelo museu e a mesa do Dr. Klein estava entulhada de documentos e solicitações de traduções, oriundos de instituições do Cairo a Berlim.

Mick havia espalhado muitos desses projetos pela bancada de trabalho que dividíamos no laboratório no porão do museu, cobrindo-a quase toda com seus guias e chaves. Eu não me importava, já que a maioria dos meus próprios guias e matrizes estava pendurada nas paredes. Eu prendia ampliações com fita adesiva por toda parte, com marcações coloridas assinalando determinados aspectos e questões gramaticais, mais folhas preenchidas na frente e no verso com minhas tabelas manuscritas, enumerando todos os possíveis determinativos e outras anotações. No nosso laboratório, a Estela em si estava afixada a um suporte de ferro, inclinada como uma prancheta de desenho, com uma grade de arame que eu havia montado sobre a face frontal. Cada símbolo ocupava seu próprio quadrado, marcado com etiquetas, numerado e assinalando mudanças consonantais e bilateralidades. Assim eu conseguia estudar melhor os possíveis padrões; preferia trabalhar de pé, andando de um lado para o outro, o que levava Mick à loucura. Ele trabalhava sentado num banco alto, empoleirado como uma ave aquática, virando seus papéis para frente e para trás entre os dedos, tentando elaborar as ligaduras. Eu nunca tinha dedicado tanto tempo a uma única peça antes; na maioria das vezes, dava conta de peças desse tamanho no máximo em um mês — com alguns dias a mais ou a menos para as traduções poéticas e possíveis transliterações, caso assim desejassem.

O laboratório era maior que nosso apartamento inteiro — e era todo nosso, só nós dois e a Estela.

⁂

Naquela noite de final de outubro, Alan Henry nos levou ao Lupo Bar, no Soho, no centro-oeste de Londres, um lugar apertado e muito aconchegante com uma placa na frente mostrando Rômulo e Remo mamando na loba. Encontramos o escritor instalado no sofá de uma das salas ao fundo, com uma moça pendurada no ombro. Fazia parte do público de sempre do Soho: jovem, de cabelos impecáveis e roupas pretas. Eu devia ser o único habitante de Londres com o hábito de usar calça e casaco de veludo cotelê verde-abacate. Como Alan enveredou para o bar, assumi a incumbência de fazer as apresentações.

Sou Walter Rothschild, e este aqui, disse, apontando para Mick, é o Dr. Mick Wheelhouse.

Trocamos apertos de mãos, dissemos coisas inglesas como *cheers*, *right* e *brilliant* e sentamos. Alan chegou munido de uma bandeja de gim-tônicas duplos e um pires com quartos de limão. O escritor era um anglo-paquistanês amarrotado de nome Hanif; sua amiga, Erin, tinha a cabeça redonda e pequena, coberta de cabelos negros espetados, com pontas arroxeadas que pareciam uma coroa. Delgada como um garoto em suas calças colantes, com uma malha preta de mangas compridas que se ajustava a cada seio como um molde, nariz afilado e lábios pintados de vermelho-escuro — eu já tinha visto inúmeras meninas assim no centro-oeste londrino. Era uma rainha do Soho, sem dúvida.

Virei meu copo quase todo de uma vez. Pessoas que eu não conhecia me deixavam nervoso, principalmente amigos de Alan Henry. Nunca se sabia ao certo quando teria início a gritaria, e eu queria estar devidamente entorpecido. O gim desceu como um choque elétrico e estourou *flashes* azuis nos meus olhos, aprofundando o ritmo da música numa batida confortadora, apesar da rápida aceleração. Não que a bebida exercesse sobre mim alguma atração particular, mas de vez em quando ajudava a suprimir o processo de tradução e interpretação que, depois de vinte anos de prática, se dá quase o tempo inteiro na minha mente — o que, às vezes, pode ser um problema.

Hanif era um sujeito moreno, de cabelos cor de azeviche, crespos e desgrenhados. Tenho quase certeza de que já estava caindo de bêbado quando chegamos. Nunca tinha ouvido falar nele, mas também meus conhecimentos sobre escritores não são lá essas coisas — pelo menos sobre os deste milênio. Sou capaz de discorrer longamente sobre a rica poesia do escriba Tjaroy, do século XII a.C., ou a prosa lírica de Amennakht, filho de Ipuy, mas não me peça para falar sobre gente posterior à conquista árabe de 641 d.C. Segundo Alan, Hanif devia ser especial, uma novidade quente da nova onda de neo-pós-colonialismo paquistanês que estava varrendo a Grã-Bretanha e os EUA.

Hanif contou que havia conhecido Erin na semana anterior, "de férias". Ela nos estendeu uma cigarreira prateada e aceitei um cigarro, reparando que também havia três maços fechados empilhados na mesa. Minha relação com o tabaco é quase tão ambivalente quanto com o álcool, mas eu gostava de observar a dança da fumaça. Hanif pôs-se a falar com entusiasmo sobre os méritos das britânicas em comparação com as paquistanesas, os olhos meio vidrados e os lábios salpicados de saliva.

As britânicas modernas, enrolava as letras, são a combinação perfeita de sensualidade decadente e fascismo imperialista. Não sentem remorsos nem simulam altruísmo. Décadas de seleção cuidadosa haviam produzido uma raça singular de ineficiente fortaleza espiritual, sustentada tão-somente pela lacuna tecnológica, utilizada para dominar o mundo em desenvolvimento.

Alan parecia sorver cada uma de suas palavras, assentindo com a cabeça e pontuando com tapinhas na mesa as idéias defendidas por Hanif.

Elas vão para a cama usando ridículas ceroulas de seda, prosseguiu Hanif, e mergulham direto entre as pernas, *insaciáveis*; mas insistem para tirarmos as meias, mesmo que esteja um frio de rachar os ossos dentro de casa!

Que besteirada, Mick resmungou baixinho.

O que fazer?, guinchou Hanif, abrindo os braços e varrendo os copos e cinzeiros da mesa, que se espatifaram no chão.

Mick comia com os olhos a curva das pernas cruzadas de Erin, toda aninhada em Hanif, os olhos semicerrados enquanto ele divagava em ritmo frenético. Ela assentia com a cabeça e fumava. Quando Alan voltou com uma nova rodada de bebida, endireitou-se rapidamente na cadeira, esvaziou o copo, chupou sua rodela de limão e voltou para o ombro de Hanif com um ar satisfeito. Parecia profundamente relaxada. Seus olhos piscavam devagar e com languidez. A bebida vibrava dentro dos copos com as batidas da música, num ritmo lúgubre e intricadamente sincopado.

Alan explicou o trabalho de que eu e Mick tirávamos nosso sustento, mas acho que Hanif não entendeu muito bem. Erin, porém, crivou-me de perguntas.

Normalmente, eu morreria de medo de uma mulher como ela, tão jovem e linda. Só que eu estava sentindo o gim correr por meus braços e pernas; então, me afundei no veludo da cadeira e comecei a falar sobre a Estela de Paser — não sei como, acabei falando da minha filha, Zenobia, e de sua mãe, Helen.

A mãe de Zenobia era uma musicista que conheci quando estudava em Berkeley. Helen foi primeiro violoncelo da Sinfônica de São Francisco por sete anos; hoje, dá aulas particulares e é professora de um internato. Não posso dizer que nosso casamento, apesar de curto, ou nosso envolvimento tenham sido acidentais ou trágicos. Ainda assim, me pegaram de surpresa. Estava apenas admirando a maneira como uma boa violoncelista consegue esticar uma nota, tão diferente da qualidade concisa e abrupta de outros instrumentos, como o piano. Helen estava tocando a "Suíte nº 1 para Violoncelo" de Bach para seu recital de graduação — e, sentado na primeira fila do auditório, senti, pela primeira e última vez, as aguilhoadas de algo que talvez fosse amor, ou pelo menos o mais perto que eu podia chegar dele.

Mas a verdade é que eu devia ter imaginado o que estava por vir. Trabalho num tempo perdido, nas eternas arapucas da História. Vivo cercado de monumentos, registros do tempo, lembranças leais. Três anos depois daquele concerto, eu estava numa escavação na Síria, limpando o pó de um papiro em busca de uma inscrição, quando me dei conta de que não queria voltar. Naquela noite, vi-me no meio do deserto lembrando como era o nosso apartamentinho branco em North Beach, num prédio sem elevador, com um pequeno pátio nos fundos, delimitado por caminhos de tijolos ao redor de arbustos podados em diversos formatos e onde Helen ensaiava à tarde — e as senhoras italianas que moravam nos apartamentos ao lado e em frente entrelaçavam as mãos e cobriam-na de pétalas de gardênia. Às vezes, tocava pequenos trechos de Verdi, e as senhoras arrulhavam como andorinhas no lusco-fusco. Lembro-me da minha filha agarrando-me o dedo, com sua mãozinha de bebê, feito uma âncora; o cheiro azedo e natural de seu corpo roliço; e sabia que não era eu que devia estar ali, que devia ser alguma outra pessoa no meu lugar.

Eu só havia visto a minha filha duas vezes nos últimos seis anos. Tinha estado com ela rapidamente em Nova York alguns anos antes, quando passou uma noite no meu apartamento em Princeton, em 1991, a caminho de New Hampshire para assistir a um *show* do Grateful Dead. Na época, Zenobia era caloura de literatura inglesa em Mount Holyoke. Estava acompanhada de dois magrelos de cabelos compridos que fediam a incenso e suor e os três fumaram maconha a noite inteira. Servi espaguete e pão com um *Chianti* que havia trazido da Itália. Ela me tratou quase como se eu fosse um estranho, e acho que foi merecido. Fiquei sentado numa cadeira vendo-os conversar e fumar e tentei não olhar demais para ela. Os dois pareceram se interessar pelo meu trabalho, mas Zenobia revirava os olhos a cada vez que eu abria a boca. Zombou deliberadamente de mim várias vezes, debochando do meu estilo de vida, mostrando-se propositalmente cruel comigo — mas não falei nada; não queria meter os pés pelas mãos outra vez.

Fui para a cama por volta das duas da manhã, mas acordei cerca de uma hora depois com os gritos da minha filha. Quando já estava a meio caminho da sala, vestido só com as roupas de baixo, é que fui me dar conta de que os três estavam fazendo sexo. Voltei para o quarto e, imóvel no escuro, procurei me concentrar nos sinos do vento presos à janela. Senti a poeira se acumular nos meus pés descalços sobre o chão gelado; estava começando a compreender a impassibilidade dos séculos e o lento gotejar do tempo. Gostaria de dizer que chorei a noite toda e, pela manhã, implorei seu perdão e recomeçamos do zero — mas não foi nada disso. Passei a maior parte da noite contemplando as pálidas estrelas da cidade pela janela e montando minhas próprias constelações: Hórus, Rá, Set, Amun, Helen e até a minha filha. Ela também tinha o seu lugar — tênue, mas ainda parte da ordem geral.

Os três foram embora pela manhã, cedo. Quando acordei, encontrei um bilhete na porta da geladeira:

Obrigada pelo jantar e pelo sofá.
Saudades.
Zenobia.

Foi só aí que chorei.

Dei mais um gole e tentei explicar a Erin que a maioria das pessoas vê a cultura egípcia como uma história bidimensional, congelada nas paredes, fria e austera. Pensam até que os egípcios foram uma raça de pessoas altas e magras, com cabelos e roupas perfeitos, mas essas não passam de representações ideais. Eles eram tão gordos, velhos e carecas quanto eu. Expliquei que o que a maioria dos museus quer são as traduções literais, objetivas, a fim de imprimi-las em pequenos cartões em seis idiomas para os visitantes poderem ler. Não estão interessados nas pistas que interpretações poéticas podem fornecer, nem em como elas podem mudar todo o nosso modo de ver as culturas antigas. A poesia e o humor dos grandes escribas, como Tjaroy, ou a prosa imponente, contida e irônica do escriba Qenharkhepshef, da XIX dinastia, produzem, quando traduzidos com a devida licença literária, textos capazes de igualar e até superar os gregos ou babilônios. Tentei explicar que a cultura da simbologia pictográfica pode ser considerada o ponto alto da história da criatividade na escrita do mundo civilizado conhecido. Pense bem: palavras e imagens são uma coisa só, representações visuais mescladas às escritas. Desde o início do Novo Império, por volta de 1550 a.C., quando as escritas hierática e demótica (basicamente as formas cursivas e cotidianas de escrita hieroglífica) começam a ganhar proeminência, toda a história da linguagem tal como a conhecemos, e até hoje, passou a pautar-se pelos critérios cruciais da rapidez e da simplicidade, mesmo na criação. Até então, levavam-se dias para escrever uma única página de hieróglifos coloridos no formato do Antigo Império. A gravação em pedra levava uma vida. Primeiro, os símbolos eram delicadamente riscados para marcação; depois, entalhados com golpes lentos e cuidadosos, delineados com tinta preta e cálamos e ornamentados com os mais belos dourados, vermelhos e verdes concebíveis — a plumagem das aves do rio, o fitar estático de um olho, a carne da mão que aponta. Era uma tarefa sagrada; deuses eram trazidos à luz a cada linha.

Erin acenava com a cabeça e fumava. Havia uma certa serenidade em seus olhos, o azul parecia mosqueado e desfazia-se no branco como o céu. Tentei explicar-lhe a beleza desconhecida da escrita pictográfica; não é como se vê nos museus. A experiência de uma tumba selada, com cores originais intocadas, é um sonho. Olhando de perto, é possível ver os delicados riscos de cabelos e penas nos símbolos, o padrão espiralado das cordas gravado na pedra, a textura impressa filamento a filamento. Fui o primeiro a entrar na tumba de Amósis, da XVIII dinastia, em Coptos, em 1984. O ar ainda era antigo quando pus os pés na primeira câmara e, ao aspirá-lo profundamente, pude sentir os óleos e materiais de embalsamamento, bem como traços de farinha e carne estragadas. Aspirei também os gases nítricos, que me nocautearam depois de seis passos. Quando abri os olhos e recoloquei meus óculos de proteção, parecia que uma horda de demônios escarlates de olhos dourados pairava ao meu redor, assumindo pouco a pouco a forma distinta dos símbolos, das orações de saudade, esperança e do outro mundo. Quando desabei, os escavadores contratados saíram correndo, com medo das maldições. Fiquei lá deitado de costas, os pulmões queimando com o tempo de um milênio, por meia hora. Começaram a bombear oxigênio para dentro da câmara; quando voltei a sentir minhas pernas, já tinha decifrado os principais cartuchos e transliterações estruturais — e teria terminado os outros se não houvessem me arrastado para fora dali. Usamos infravermelho para proteger as tintas, mas já se percebiam os efeitos do ar fresco no dia seguinte ao da abertura da tumba. É como quando se pesca um peixe e, ao trazê-lo para dentro do barco, ele começa a morrer em nossas mãos: dá para ver as cores vivas do sangue e da vida desvanecendo bem diante dos olhos.

Alan me deu um cutucão com aqueles seus dedos do tamanho de pepinos, quase me derrubando da cadeira. Hanif estava com sua mãozinha cinzenta estendida sobre a mesa, mostrando umas doze cápsulas azuis e brancas enormes, e me olhava com ar de "e aí?".

Recusei com um aceno de mão e tentei sorrir. Todos os outros começaram a engolir as pílulas com goladas de bebida. Erin equilibrou duas numa ponta de língua rosada, tomou um gole de gim. A mão carnuda de Alan Henry se apoderou de pelo menos meia dúzia, e Mick examinou um comprimido antes de mordê-lo como se fosse uma minúscula salsicha. Hanif tragava um cigarro de olhos fechados, ainda vociferando pelo canto da boca. Pedi licença e fui ao banheiro.

Postei-me diante do espelho do banheiro, oscilando de um lado para o outro e estudando como mudavam as linhas do meu rosto até quase vomitar. Havia apenas uma lâmpada fraca no teto, e as paredes e reservados eram pintados de preto. De um dos compartimentos do fundo chegavam ruídos de luta, abafados na escuridão. Respirei fundo algumas vezes. Não queria sair do eixo. Procurei visualizar a âncora que saía dos meus tornozelos e me prendia à terra.

Lavei as mãos, joguei uma água no rosto, e de repente emergiu das trevas um braço fino segurando uma toalha. Soltei um *Ah!* curto e dei um pulo para trás. Um homenzinho encolhido estava sentado num banco junto à pia, enfiado num conjunto de moletom preto e quase indistinguível do ar sombrio. Sem dizer uma palavra, continuou me estendendo a toalha com a mão firme, com um olho cravado em mim e o outro coberto por um tapa-olho. O ruído do corpo-a-corpo nas privadas tinha cessado e reinava agora um silêncio mortal no banheiro, quebrado apenas pelas batidas abafadas da música e pelo lento gotejar de água em algum lugar. Desculpei-me e enxuguei o rosto com a toalha, mas me arrependi no ato: estava úmida e cheirava a carne cozida. Pelo espelho, vi que o homenzinho me seguia com o olho. Aparentava talvez uns noventa anos, de origem médio-oriental, um nariz delgado e adunco — feito um enrugado Hórus de um olho só, anos depois de Set lhe ter arrancado o olho de falcão, o *wedjat*, o olho da verdade, o olho que mais tarde se tornaria a temível arma de vingança e destruição na terra para os deuses. Era como se Hórus houvesse finalmente desistido de sua infindável batalha pela superioridade e se resignado à eternidade naquela latrina úmida no Soho.

Imagino que muitos egiptólogos e tradutores acabem mergulhando fundo demais no trabalho. Era difícil não ver os símbolos ou deuses em toda parte, mesmo durante o sono. Não que eu acredite de fato nas divindades egípcias, mas creio no poder que exercem sobre os homens na Terra, no modo como afetam nossos pensamentos e ações há milhares de anos. Meu panteão pessoal é uma mistura que vai das deidades babilônias às do período ptolemaico, passando pelos hititas e com um toque de judaísmo — contribuição dos meus pais, muito embora nunca tenham sido realmente praticantes ou sequer religiosos. Uma miríade de formas humanóides com características animais e poderes e atribuições superpostos, acompanhados por uma infinidade de elementos simbólicos, figuras, objetos votivos, signos, tudo isso, cânticos de louvor, de ação de graças e contrição trazidos à vida por mestres na arte. Esta é a minha religião: o culto à perícia dos grandes escribas.

Só que agora Hórus me encarava enquanto eu revirava os bolsos atrás de uma gorjeta. Estava sem trocado nenhum. A refrega dentro do sanitário recomeçou, o leve rocegar de tecido contra a pele, e o sinistro olho de Hórus vacilou por um instante, despregando do meu rosto.

Desculpe, falei abruptamente, e saí.

Hanif agora estava no bar, gesticulando para mim com as duas mãos. Fui ao seu encontro com o passo um pouco cambaleante. Minhas pernas pareciam de cera, e precisei negociar um trajeto tortuoso por entre as mesas baixas atulhadas com uma massagada de gente fumando e bebendo. Hanif estava de pé, com o braço em volta de uma loura de vestido justo, que se balançava com a música e tomava um drinque enorme por um canudinho.

Hanif se inclinou e berrou no meu ouvido: *Dê um pouco para a vagabunda!*, e enfiou um punhado de comprimidos no meu bolso.

Esta aqui é a Pam, apresentou, puxando-a do balcão e derramando um pouco da sua bebida, que respingou sobre sua mão enquanto ela procurava o canudo com a língua gorda e arroxeada.

Pam, este é o Dr. Rothschild, que trabalha no BM. Quer dizer, no Museu Britânico, claro.*

---

*Em inglês, BM é a sigla do Museu Britânico (*British Museum*), mas designa também o ato de defecar, ou as próprias fezes (de *bowel movement*, o ato de esvaziar os urinóis nos hospitais). (*N. da T.*)

Ele abriu um largo sorriso e Pam soltou o canudo por tempo suficiente para emitir um som que normalmente só poderia vir de um camelo doente, mas em alguns círculos talvez passasse por uma risada. Eu já tinha ouvido aquela piada inúmeras vezes; os britânicos têm obsessão pelo escatológico, o que é fácil de entender depois de alguns meses comendo comida inglesa.

Cumprimentei-a. Hanif fugiu de volta para a mesa e nos deixou lá, Pam apunhalando o rosto com o canudo, eu de olhos fixos no topo do seu vestido, que espremia nacos de sua carne branca para a luz negra.

Tô *doida* da vida, ela exclamou.

É?

Não tô achando os meus amigos, acho que me largaram aqui. Bando de bostas.

Olhando um pouco melhor, reparei que sua carne saltava em vários pontos inesperados.

Tô tãããooo *doida*, ela repetiu.

Foi aí que entendi que o que ela queria dizer era que estava bêbada, não irritada, o que também não era lá uma grande coisa de se ouvir. Pam oscilou um pouco e suas pupilas estavam tão dilatadas e sem foco que imaginei que ela não devia estar vendo nada além de arcos de luzes coloridas, como numa lente olho de peixe. Sem saber o que dizer, peguei os comprimidos que Hanif tinha me dado e lhe ofereci.

Quer um pouco?

Ela se inclinou para esquadrinhar minha mão.

Vai à merda! Quê?! 'Cê tá achanndo queu vô aceitar qualquer coisa que o primeiro merda me dá? Ffffoda-se!

Desculpe, deixa pra lá.

Enfiei-os de volta no bolso e, por um minuto, nossos olhos cansados percorreram o bar. A música pulsava.

Me dá isssso aí, ela resolveu então, abatida. Quero três.

Sentei no banco ao lado e fiquei observando meus amigos enquanto Pam ingeria as drágeas com longos sorvos do seu drinque. Mick estava sussurrando alguma coisa para um pequeno pedaço de papel dobrado que segurava com as duas mãos. Alan estava sentado numa mesa próxima, no meio de um círculo de sujeitos vestidos de *kilt* que gesticulavam furiosamente. Com duas velas nas mãos gigantescas, ele as movia pela mesa em diferentes ritmos, tentando persuadir seus interlocutores de algo acerca da relação entre suas velocidades — mas eles não estavam convencidos. Eu já tinha visto aquele filme: Alan estava sempre tentando explicar algum princípio da relatividade especial, algo sobre a velocidade da luz e a interrupção do tempo. Hanif parecia cochilar, com um sorriso tranqüilo nos lábios. Erin tinha os olhos fixos em mim, imersa na nuvem de fumaça do seu cigarro. Sua cabeça estava ligeiramente inclinada, com um jeito meio felino, a boca entreaberta deixando à mostra uma faixa dos dentes — e ficou me encarando assim por muito tempo.

Olhei de volta para Pam. O suor marcava-lhe o vestido, desenhando meias-luas escuras sob os braços e os seios. Seus dentes estavam batendo — tão alto que dava para ouvir acima da música ribombante. Arreganhando-os num sorriso torto, ela pôs a mão na minha virilha e senti o apertão imediato e desconfortável de carne dobrada querendo se distender. Uma faísca atravessou meu corpo. Uma apalpadela de Pam e em segundos eu estava rijo como pedra — e uma estranha sensação de triunfo me invadiu. Fiquei olhando sua mão passar para frente e para trás na minha coxa, evitando olhar para seu rosto trêmulo. Eu me sentia feito de aço e, como o cajado gigante de Umenkepf, parecia prestes a saltar para fora, azul e dourado, brotar mãos e começar a falar a qualquer momento. Pam parecia estar avaliando seu tamanho. Então, seu rosto porejado de suor e seus molares amarelados e tiritantes entraram no meu campo de visão e fui tomado por um relaxamento momentâneo, uma depressão. Desviando o olhar, vi Alan afastar-se dos escoceses e voltar para a mesa, empurrando Hanif em sua cadeira, que esticou um braço sonolento e encaixou a concavidade da mão no seio de Erin, como se sopesasse um melãozinho. Mick havia parado de murmurar pragas para o seu amuleto e não tirava os olhos daquela mão, que explorava a curva elegante do peito de Erin, que continuava me encarando, sem esboçar qualquer reação à mão tateante de Hanif, os olhos semicerrados e uma expressão suave. Desculpei-me e voltei à mesa.

Sentei e seguiram-se alguns momentos, ou talvez uma hora, de uma espécie de silêncio atordoado, em que todos pareceram manter-se imóveis, mexendo apenas os olhos. Quando chegamos, eu não sabia para que tantos maços de Silk Cut, mas já tinha entendido. Foram devorados; íamos acendendo um depois do outro, inclusive eu, e agora os olhos de todos começaram a dilatar-se e mudar de forma, as pupilas se alongando e estendendo a cor da íris de uma ponta à outra. As formas exaladas por cada um foram se combinando numa única nuvem que pairava sobre a mesa. Observando meus companheiros, pus-me a traduzir as silhuetas, sugestões e contornos que criavam.

Saquei uma caneta e comecei a garatujar hieróglifos nos guardanapos. Acho que minha intenção não era chamar a atenção de Erin, mas ainda assim funcionou. Ela contornou a mesa e veio se sentar ao meu lado, encostada no meu braço. Senti seu hálito quente no pescoço quando ela se inclinou para olhar. Roçando os lábios na minha orelha, pediu que eu traduzisse, que dissesse o que estava escrito. Recitei alguns versos do poema de Amennakht, filho de Ipuy, sobre a cidade de Tebas: *O que dizem em seus corações todos os dias, aqueles que se encontram longe de Tebas? Passam seus dias invocando dolorosamente sua presença, sonhando com seu coração.* Como Erin pareceu gostar, recitei alguns versos — as chamadas "fórmulas" — da legenda ptolemaica para uma cena na parede do templo de Hórus em Edfu, enaltecendo o deus da escrita, Tot, e os sete deuses com cabeças de falcão: *Estes seres poderosos criaram a escrita no começo dos tempos, a fim de estabelecer o céu e a terra em seu monumento; são senhores da arte dos atos corretos, um porto seguro para aqueles que viajam na lama...*

Erin me enlaçou pela cintura e pousou a cabeça no meu ombro. Gelei. Esperei a reação de Hanif e Alan, mas nada aconteceu. Os dois pareciam não estar prestando atenção, jogando conversa fora e gesticulando. Ela se aninhou no meu braço, recendendo a lilás, cigarro e suor. A sensação que me invadia era de um calor e uma suavidade que eu havia quase esquecido.

Escreve alguma coisa para *mim*, ela pediu.

Peguei outra pilha de guardanapos e rabisquei um verso da Instrução de Amennakht: *Que o teu coração se converta num grande dique, junto ao qual o rio corre poderoso.* Ela sorriu e percorreu com o dedo o hieróglifo do coração, uma reprodução literal do órgão humano. Não lhe disse que era assim que os egípcios expressavam amor — que corria ao seu redor, e tudo o que era preciso era posicionar o coração para desviar parte da água, como a escavação de canais e a irrigação dos campos pelo Nilo. Um friso numa tumba da XII dinastia em Deir-el-Bersha usa uma expressão parecida para referir-se ao sentimento amoroso: *lavar o coração*. Era o que faziam quando ele acabava: lavavam-no nas águas feito roupa suja, e o penduravam para secar.

Que lindo, disse Erin. Adorei.

Os hieróglifos tinham quatro características distintas. Eu acrescentaria a estas a possibilidade de uma quinta: uma interpretação criptográfica ou poética — algo, entretanto, com que a maioria dos outros egiptólogos (inclusive Mick) não concorda e nem mesmo reconhece. O tipo de interpretação a que estou me referindo requer uma espécie de tradução em camadas, estratos superpostos dessas qualidades que transmitem tanto os significados quanto os sons pronunciados. Por exemplo: a palavra para "orelha" é *sdm*, escrita sob a forma de uma orelha sobre a imagem de uma ave do deserto agachada. O primeiro signo é, na verdade, a orelha de uma vaca, que ocorre como um logograma ou determinativo na denominação tanto da orelha humana quanto da animal.

Também pode ser usado para a palavra que significa "surdo", que lhe é aparentada em termos semânticos. Mas a coisa ainda vai além.

O amuleto em forma de orelha de vaca ou humana foi um símbolo proeminente na escrita e na microescultura das dinastias do Primeiro e do Médio Impérios — e, dependendo do contexto, em geral é interpretada como "ouvir" ou "estou ouvindo". Símbolos maiores em forma de orelha, representados por meio da pintura ou da escultura, eram dispostos ao redor de orações para invocar o deus, a fim de que este escutasse a súplica do discípulo mais alto ou com mais clareza. Em alguns monumentos e tumbas, existem de trinta a cem desses sinais decorando as paredes e o teto, o que, de certa forma, amplificaria a mensagem.

Eu tinha uma orelha entalhada em madeira oriunda de um sítio próximo de Gebel Zeit, às margens do Mar Vermelho. Creio que a maioria dos egiptólogos possui pelo menos um desses talismãs; Mick, por exemplo, tinha vários, que trazia consigo o tempo todo. Eu andava com os meus no bolso ou, durante o trabalho, deixava-os sobre a mesa — e, a altas horas da noite, quando os símbolos já se embolavam no papel e dentro da minha cabeça, os quadriculados alçando vôo como folhas ao vento, recorria a eles. Ou, nas noites em que o laboratório subterrâneo parecia o fim do mundo e as lembranças da minha filha, e por vezes até da minha ex-mulher, pesavam no coração, eu me pegava sussurrando em suas delicadas dobras e canais. Nessas horas, não sabia mais o que fazer. Estou ouvindo, eu dizia. Estou ouvindo você.

Até o Terceiro Período Intermediário, ou cerca de 800 a.C., os egípcios acreditavam que as próprias palavras eram deuses, que sua mera existência continha um poder que ia além deste mundo. Pronunciar uma palavra era torná-la real; escrevê-la significava preservá-la para toda a eternidade. Os sacerdotes costumavam derramar água sobre determinados símbolos e orações escritos para, em seguida, bebê-la ou aspergi-la sobre o corpo. Assim, estariam efetivamente ingerindo ou se cobrindo com a proteção das palavras, os deuses. Minúsculos papiros ou objetos votivos com invocações ou encantamentos escritos eram postos dentro de amuletos ou braçadeiras e usados como proteção. Eles acreditavam que as palavras tinham vida e que, se um escrito fosse alterado ou modificado, a realidade a ele associada também acabaria sendo afetada. Não era uma questão de simples tradução.

Cada palavra, cada símbolo é um espírito à espera de ser libertado no mundo — não somente o mundo de sua criação, mas todos os mundos depois dele. Todos os dias vejo tanta tristeza aqui, todo mundo parece tão convencido de que ficará sozinho no próximo mundo, do mesmo modo como caminha só neste, que às vezes tenho vontade de nunca mais levantar os olhos do papel.

Já estávamos pegando nossas coisas e nos preparando para sair. Quando nos levantamos, Erin pegou seu cachecol e seu casaco fino e aferrou-se ao meu braço. Fomos costurando pelo meio das mesas e das pessoas, passamos por Pam, que agora estava agarrada ao bar com as duas mãos, a cabeça pendendo entre as escápulas levantadas, vibrando.

Você me leva para ver?, Erin perguntou. Quero ver a Estela.

Não sabia que você se interessava pela História do antigo Oriente Médio.

Você faz parecer interessante.

Era uma péssima idéia, não tinha como ser pior. Claro que eu tinha as chaves e meu crachá, mas o Museu Britânico mantinha seguranças 24 horas por dia em suas guaritas. Não dá para simplesmente chegar às duas da manhã carregando uma jovem de seios perfeitos e cabelos de pontas roxas. Mas gostei do jeito como seus dedos seguravam os guardanapos, emoldurando os símbolos com delicados filamentos de pele e unhas.

A Terceira Tradução

Sabe que eu nunca fui ao Museu Britânico?, ela confessou. Verdade! Fico um pouco envergonhada de dizer isso, mas não é o tipo de coisa que eu faço, entende?

Não, eu não entendia. Que tipo de coisa ela *fazia* então? Era isso que eu devia ter pensado. Em vez disso, minha mão escorregou e pegou a sua; ela pareceu levar um susto agradável e, naquele instante, senti o ímpeto de algo próximo do amor, o mais próximo dentro do que eu era capaz de entender.

Às vezes, a gente devia se endireitar na cadeira, abrir os olhos e escutar. Optar pelo caminho que parece claro e razoável. Mas não. Acabamos tomando a saideira, ficando só mais uma hora, mais uma semana, um ano, dando uma última chance para alguma coisa que sequer compreendemos. Então, as cidades e aldeias precipitam-se feito um turbilhão sob os nossos pés durante as manhãs frias passadas, após uma noite em claro, na fila para pegar a bagagem. Signos e símbolos tornam-se vagos lembretes do que fomos e de quem conhecemos lá.

O tempo possui uma vastidão que nos compele a acumular coisas deste mundo sobre nós mesmos, como se fôssemos montar com elas algo maior, que possa ser notado. Os antigos egípcios não só tinham consciência dessa compulsão como a ela se entregavam de peito aberto. Suponho que também possamos colecionar pessoas; há quem tenha filhos por isso. Dá para ver nos seus rostos, na curva dos seus ombros, enquanto esperam na fila do banco ou da recepção, essa percepção martelando a nuca como uma clava, provocando uma sensação de encolhimento, de atordoamento. Imagino que haja coisas piores; mas erguer uma muralha de pessoas e coisas à nossa volta só faz cair uma gota sobre algo pouco maior que outra gota — e um pouco mais ridículo. Os antigos jamais poderiam prever a escala do mundo de hoje, o que acho ótimo. O único modo de conquistarmos um lugar dentro dele, de dar um sentido à magnitude do tempo e do espaço e do que existe de humanidade em cada um, é nos agarrarmos ao único elemento que nos proporciona uma perspectiva clara.

Minha esposa Helen costumava me enviar coisas nos primeiros anos após a nossa separação. Às vezes incluía uma foto da nossa filha. É desagradável acompanhar o crescimento de um filho por fotografias esparsas. Quando Zenobia tinha nove anos, recebi um retrato seu de uniforme de futebol — e durante os dois anos seguintes, até Helen me mandar outro, pensava nela sempre de uniforme, dormindo com ele, usando-o todos os dias.

As duas foram me visitar no Cairo um verão, quando Zenobia estava com catorze anos. Helen não desistiu fácil da nossa relação, tenho de reconhecer. Nem sei por que ela se dava ao trabalho, já que eu raramente respondia suas cartas. Mesmo anos depois da minha partida ela era ainda muito cortês, até os últimos dias que passamos juntos.

Tudo começou na praia, aonde Helen e Zenobia sempre adoravam ir. Ambas tinham uma linda pele dourada, da cor dos tijolos cozidos das pirâmides, e gostavam de nadar no mar. Fomos à praia três dias seguidos, uma praia diferente de cada vez. As praias egípcias são imensas, em sua maioria praticamente desconhecidas. Escolhi lugares bonitos, remotos e limpos. Mas todos os dias, em cada lugar, era só desdobrarmos as cadeiras e estendermos as toalhas na areia, sem ninguém à vista num raio de trezentos metros, que vinte minutos depois chegava alguém pelas dunas, cada dia um homem diferente, e aproximava-se devagar. Todos pareciam egípcios normais, de meia-idade e vestidos de maneira decente. O sujeito parava a uns quinze metros de nós, uma distância respeitosa, sentava e, olhando furtivamente para minha esposa e minha filha, começava a se masturbar.

No terceiro dia, Helen insistiu em procurarmos um guarda para denunciar o que estava acontecendo. Não foi difícil, porque os caras geralmente nos seguiam pelas dunas até a cidade, sempre a uma distância segura. Expliquei tudo ao chefe de polícia, um negro enorme num uniforme impecavelmente passado, e indiquei-lhe o sujeito, ainda agachado atrás de nós na rua apinhada. Sem dizer uma palavra, o comissário sinalizou que dois policiais o agarrassem, foi até onde eles o seguravam, ajoelhado, no meio da rua, e estraçalhou seu rosto a golpes de cassetete. O lugar estava cheio de gente, ninguém olhou nem disse uma palavra.

No hotel, Helen abraçou Zenobia na beirada da cama, as duas aos prantos, e pela primeira vez me chamou de canalha. O tempo todo, ela sempre repetira que acreditava em mim e não desistiria. Talvez fosse com isso que eu estava contando.

Essa é a única parte, vociferou, embalando nossa filha nos braços, é a única parte disso tudo que não entendo. O fato de você preferir isto aqui, de ser *isto* que afasta você de nós. Posso aceitar o resto, mas isso não.

Permaneci junto à janela, com as mãos nos bolsos. Já estava anoitecendo e os mercados estavam fechando. De onde eu estava, dava para ouvir os últimos apelos dos comerciantes. Zenobia chorou até a exaustão, no colo da mãe, os olhos fechados, o rosto inchado e amassado.

Tomariam o avião na manhã seguinte, e é essa cena — a última vez em que nós três estivemos juntos — que vou carregar comigo todos os dias, pelo resto da vida.

Quando chegamos à esquina, o povaréu continuava se acotovelando diante da *megastore* da Virgin, na esquina da Oxford com Tottenham Court Road. As pessoas se espremiam num semicírculo gigante que se espalhava pela Oxford e chegava até o outro lado da rua. Havia barricadas policiais e várias viaturas da polícia estacionadas ao longo da rua. As pessoas punham-se nas pontas dos pés, tentando ver por cima das cabeças umas das outras, algumas subiam nos ombros de amigos, todas esticando os pescoços para ver quem ou o que sairia lá de dentro. Havia duas compridas limusines brancas paradas em frente à entrada. Mick tinha sumido. Lembro que, na última vez que o vi aquela noite, ele tinha ficado para trás na Frith Street, murmurando qualquer coisa para si mesmo e observando as mulheres paradas debaixo das luzes vermelhas que giravam nos pontos de táxi, esfregando os pés no frio e fumando com impaciência.

Fomos caminhando pelo meio-fio e chutando o lixo que se acumulava nas sarjetas, com Erin me rebocando pelo cotovelo. Ela agarrou o meu braço para abrirmos caminho no meio da massa, atrás de Alan e Hanif. Foi quando um estremecimento percorreu a multidão e as pessoas começaram a berrar. Alguém estava saindo da loja. Gritando os nomes de seus ídolos, todos avançaram para a porta, empurrando quem estava na frente, e aquele aluvião de gente tornou-se uma anêmona móvel e mutável de cabeças e mãos. Hanif e Alan estancaram de repente e, como que a algum sinal secreto, Hanif escarrapachou-se na garupa de Alan para ver melhor. Um grupo de homens fortíssimos ia saindo da loja. Hanif emitiu um longo uivo penetrante e estridente, um pouco parecido com o convite muçulmano à oração.

O que diabos está acontecendo aqui?, Erin perguntou.

E me olhou com aqueles olhos enormes.

São lutadores, expliquei. Lutadores profissionais americanos.

São fáceis de reconhecer, parecem mais super-heróis dos quadrinhos que gente de verdade. Alan Henry gritava o nome deles junto com o povo à medida que iam saindo da loja: um homem vestido de verde-bandeira, chamado "Incitador", seguido pelo "Anjo", pelo "Barman" e por um barbudo ciclópico chamado, muito sugestivamente, de "Gigante".

Minha gente!, Hanif começou a bradar. Minha gente!

Alan bramiu uma resposta e os dois investiram contra a multidão, Hanif montado nas costas do amigo como um jóquei. A polícia já estava enfrentando dificuldades; quando Alan atingiu o cordão de isolamento, foi como se explodisse uma represa, e o povo desaguou no semicírculo vazio. Os lutadores pareceram aterrorizados ao verem Alan, com Hanif nos ombros, à frente da carga de fãs histéricos. Erin segurou-se em mim e eu me abracei a um poste para evitar que fôssemos arrastados para o redemoinho. Foi como se um grande ralo tivesse sido aberto no meio da rua e todos estivessem sendo sugados para o fundo, tal qual destroços de um naufrágio. Agarrei o poste com os dois braços e Erin cravou as mãos na minha cintura com uma força surpreendente. A confusão não tardou a se generalizar, o ar cheio de apitos da polícia, vidros partidos, corre-corre, corpos se chocando e os gritos de centenas de pessoas lideradas pelo rugido gutural de Hanif.

A última vez que o vi, Hanif estava sendo erguido pelo Gigante acima de sua cabeça e atirado para cima da multidão; debatia-se e lutava como um gato. Alan pusera-se de lado e tinha uma conversa intensa com o Incitador. O Barman estava aplicando num homenzinho seu golpe patenteado, a "coqueteleira", e o Anjo pulava de um carro da polícia para outro com uma mulher dobrada sobre o ombro como um saco de batatas.

Fugi para o quarteirão seguinte, rumo à Great Russell, com Erin ainda atrelada a meu braço. Ela tremia e seus olhos fixos e arregalados pareciam estar revendo toda a cena, a multidão, o tumulto, tudo o que se passara, tudo de uma vez só. Era de uma visão dessas que eu precisava para entender a Estela, pensei.

Quero ver a Estela, Erin sussurrou no meu ouvido. Quero ver o que é, o que que você faz.

Havia a questão dos seguranças, das trancas e dos sistemas de alarme. Mas lembrei de como ela seguia o contorno dos símbolos com o dedo nos guardanapos e não quis que aquele calor no meu braço fosse embora. Encarei seus olhos escuros, nos quais flutuavam círculos iridescentes de desejo e algo mais. Ela me segurava com uma urgência que eu não sentia há anos.

Foi mais fácil do que eu pensava. Contornamos o prédio e entramos por uma porta no lado sudeste, com um pequeno lance de degraus que ao mesmo tempo atendia ao pessoal dos serviços educativos e funcionava como porta dos fundos para nós, da seção do Antigo Oriente Médio. Mick e eu éramos os únicos que tinham a chave do portão externo, para garantir que poderíamos entrar e sair a qualquer hora. Então, era só passar por mais uma porta trancada e uma guarita de segurança, descer um corredor até outro lance de escadas que levava diretamente ao primeiro porão, onde ficava o nosso laboratório, e seguir em frente até chegar à primeira de duas áreas primárias de armazenamento do Antigo Oriente Médio, no nível abaixo do porão.

O pessoal da segurança mantinha pelo menos meia dúzia de homens de serviço 24 horas por dia, a maioria no posto principal, no porão da ala norte. Eu sabia que quem estaria de plantão naquela noite era o Simon, um dos poucos guardas que pareciam gostar de mim. Interfonei para ele e expliquei que Erin era uma estudante americana de egiptologia, de Princeton, que viajaria no dia seguinte e ainda não tivera a chance de ver a Pedra de Roseta. Simon deu uma risadinha e apertou o botão para entrarmos. Ele sabia que, se acontecesse alguma coisa, era o meu que estaria na reta. Pedi também que ele desligasse os alarmes de toda a exposição da Pedra, da galeria quatro do Antigo Oriente Médio, das câmaras superiores 59 a 65, onde ficavam as exposições funerárias, e do corredor principal do porão, para podermos ir até o laboratório e a Estela. Até hoje não existe um circuito fechado de TV no Museu Britânico, por motivos que me são desconhecidos.

Passamos sob o Pátio Central, onde a nova sala de leitura estava em construção, e subimos pela escada oeste para a galeria quatro, que abrigava a maior parte da estatuaria egípcia e das antigüidades de maior porte.

Na fraca meia-luz do museu, os vários itens expostos nas vitrines cintilavam em dourado e azul. Caminhávamos sem ruído, apenas um ligeiro ranger de sapatos, deslizando pelas salas como se fôssemos levados por uma esteira transportadora. Mostrei-lhe primeiro a Pedra de Roseta, e ela acenou gravemente com a cabeça, diante de sua importância.

A caminho da Estela, passamos pelas grandes pinturas murais da capela mortuária de Nebamen, um painel sobre o comércio egípcio, homens de rostos escanhoados levando o gado e as aves para o mercado, sob o olhar vigilante de seu senhor. Traduzi alguns versos para Erin: *Vamos! Caminhai! Não faleis diante deste privilegiado, Nebamen. Aqueles que tagarelam são seu horror! Ele faz o que é verdadeiro, e não vai ignorar nenhuma queixa. Prossegui em silêncio, de fato!*

Passamos pelas vitrines baixas de equipamentos funerários, pelos restos mumificados de homens, mulheres e crianças, envoltos em tecido apodrecido e de sorriso escancarado. Pelas portas em forma de arco, dava para ver as fileiras de caixas de vidro seladas que guardavam, sob a luz vermelha, os frágeis resquícios de cartas, ordens e orações. Nas outras salas, os raios *laser* do sistema de alarme serpenteavam por entre as pernas das mesas e sobre as vitrines a diferentes alturas, formando um padrão quadriculado que se pretendia impossível de pular ou contornar.

Mostrei-lhe o Escaravelho-Coração de Hera, amuleto entalhado em feldspato verde que devia ser colocado no lugar do coração da múmia. O escaravelho verde era um símbolo de regeneração para os antigos egípcios, que o consideravam, com seu hábito de rolar pelotas de esterco pelo deserto para botar ovos, uma representação do sol e da lua sendo empurrados pelos céus. Na vida após a morte, o escaravelho tomaria o lugar do coração, trazendo o corpo de volta à vida e dando continuidade ao ciclo eterno no próximo mundo. Inscrito no escaravelho havia um encantamento — particularmente ilustrativo da cínica visão de mundo dos antigos egípcios — que visava a impedir o coração de testemunhar contra seu dono no julgamento final.

Quando abri a porta do nosso laboratório, avistei a Estela de Paser no canto, como a boca aberta de uma caverna; a fissura que dividia a metade inferior da placa em duas, como um veio pálido, subia pela pedra rumo à escuridão. A Estela pareceu conferir ao laboratório um peso repentino. Como sempre, estava um frio de rachar lá dentro, e a nossa expiração flutuava à nossa frente em forma de bolsas de fumaça. Ao nos aproximarmos da Estela, Erin soltou minha mão e ficou um pouco para trás, como se estivesse com medo. Acendi a luminária, lançando uma luz suave sobre a pedra.

Aqui está, falei.

E qual é mesmo o problema?, perguntou Erin.

Expliquei a história do "leia três vezes / de três maneiras". A maior parte dos egiptólogos familiarizados com a Estela de Paser partia do princípio de que as tais três vezes referiam-se à prática de ler hinos e orações em voz alta. No caso, significaria simplesmente lê-la três vezes em voz alta. Mas Klein não estava convencido. Tinha de haver mais alguma coisa; o modo como as instruções atestam especificamente que *seus iguais nunca foram vistos antes*, a maestria com que os signos são dispostos no quadriculado, de modo que a Estela possa ser lida em dois sentidos com o mesmo efeito — algo aparentemente impossível e que nunca foi repetido — deixaram Klein desconfiado. O próprio texto fala em iluminar as *Duas Terras* e o *caminho do meio* — a mítica "Terceira Terra", onde o caos da vida adquire a regularidade e a previsibilidade das enchentes do Nilo. Era o que todos os antigos egípcios pareciam almejar. O que sabemos sobre o autor da Estela, Paser, "o de Voz Verdadeira" — quase nada — só contribui para o mistério. E há também a questão da deusa Mut, a quem o hino se dirige. Daí Klein ter investido no seu palpite e chamado eu e Mick.

Repousei as duas mãos na grade e olhei as fileiras de símbolos. O falcão sobre a urna e a tumba, o olho e duas barras sobre uma tigela, um pavão e a *ankh*, o bastão e a mão aberta. *O poder eterno, Mut, iluminará as duas terras.* Tentei reproduzir a grade mentalmente e comecei a contar as consoantes — mas os símbolos pareciam enterrar-se cada vez mais fundo no granito escuro, ficando cada vez menores e mais indistintos, penetrando-me como um finíssimo raio de luz no mais velho túnel do mundo. Foi então que me dei conta de que eu havia passado a maior parte da minha vida olhando para essas coisas — e, pela primeira vez, por um átimo de segundo, aquilo me pareceu uma inacreditável idiotice.

A Terceira Tradução

Não sei quanto tempo se passou, mas quando me virei, Erin tinha sumido. Ouvi um sussurro no saguão, na direção da área de exposições, um som como um canto abafado. Não parecia a voz da Erin, na verdade, não parecia ser a voz de ninguém. O corredor do porão estava deserto. Senti minhas costas e axilas molhadas enquanto espiava os cantos escuros onde artefatos e monumentos funerários estavam empilhados com outras ruínas. Se Erin estivesse escondida ali, havia mais alguém no saguão. Se entrasse em outras áreas, poderia disparar os alarmes. Subi correndo as escadas e voltei para a galeria quatro, entre as vitrines alinhadas, olhando atrás das esculturas maiores, a cabeça colossal de Ramsés II, a fileira de imagens de Sehkmet, com sua cabeça de leoa, o amplo saguão escuro ecoando minha respiração arquejante e o som seco dos meus passos.

Chegando ao fim da galeria, ouvi um leve ruído, vindo de algum ponto no alto da escada oeste. Senti um nó no estômago e por um segundo tive a sensação de que meu coração havia assumido a forma de uma pirâmide, como acontece algumas horas após a morte, quando os órgãos começam a se enrugar e encolher, entrando em processo de deterioração.

Galguei aos pares os degraus dos dois longos lances da escada. Outro farfalhar veio da galeria 59 (a da Antiga Mesopotâmia), da seção egípcia no andar de cima e das salas funerárias principais, de 61 a 65. Avistei um amontoado escuro no chão junto à primeira fileira de sarcófagos; eram as roupas de Erin, largadas tal como haviam deixado o seu corpo. Agachei-me para senti-las com as mãos; ainda estavam quentes. Resolvi chamá-la, num sussurro alto.

Erin estava parada sob a luz verde da placa de saída, na passagem para a câmara seguinte. A luz emprestava-lhe uma aura esverdeada, como uma capa, e grãos de poeira flutuavam no ar como se ela emanasse uma fragrância, um poder. O arco da porta acima de sua cabeça formava um cartucho real perfeito, com os símbolos dos nomes da realeza. Seus ombros pareciam cobertos com um manto de jade, permeado por fios de ouro e azul da cor do rio. Seus quadris estreitos, seus pulsos, as pernas longas, indícios de honra e de verdade, estavam ligeiramente afastadas. Suas mãos seguravam o cajado e o mangual, os braços cruzados sobre o peito. Então, ela me estendeu a mão, virando ligeiramente de lado, e vi a longa e fina curva falciforme de seu bico e os olhos de ave. A máscara de Tot.

Erin veio na minha direção, os pés descalços sem fazer ruído e o braço ainda erguido. Eu estava paralisado. Tinha a impressão de que, se me mexesse, poderia, de algum modo, danificar as antigüidades que ela estava usando. Com a mão sobre o meu ombro, ela inclinou a cabeça para que a máscara, com seu longo bico, me olhasse diretamente nos olhos. Aquela máscara nunca fora usada por uma mulher, jamais, em seus quatro mil anos de existência — e parecia feita sob medida. Toquei os antigos fios do manto em seus ombros, descendo as mãos para seus seios, nus sob a capa. Encostei os lábios na madeira áspera da máscara e provei a tinta ancestral. Eu sentia seus dedos atrapalhados com o meu cinto e seu corpo apertado contra o meu, ouvia os gemidos baixos por trás da máscara de Tot — e me dei conta da súbita vastidão do museu, nós dois como insetos engalfinhados enquanto aquela estrutura erguia-se ao nosso redor com todo o seu peso, estalando e ecoando na escuridão. Peguei-a pelos quadris e enterrei o rosto em seu pescoço, quente e úmido de suor. Ela manteve a máscara quando a deitei no chão de pedra, à sombra do enorme sarcófago do Rei Intef.

Os antigos egípcios acreditavam que o homem era composto de elementos espirituais distintos que permanecem em harmonia durante esta vida e na próxima — tais como o tempo de vida, o destino, o nascimento, a sombra e o nome, que se reuniam para compor a personalidade sob a forma do *ka,* ou alma. Depois da morte, a pessoa que logrou manter a devida harmonia transfigura-se no *akh,* o espírito iluminado. Os que fracassaram tornam-se *mut,* simplesmente os "mortos". Quando o *ka* chega ao submundo para os julgamentos finais do morto, Anúbis, o deus com cabeça de chacal, senta-se junto às balanças e compara-lhe o peso do coração com o da pena de Maat. Tot, o escriba dos deuses, com seus ombros largos, fica ao lado, registrando com atenção as conclusões e anotando o destino do recém-morto. As inscrições do escriba selam o destino de todos os que atravessam os portais da terceira terra. Mesmo sabendo que Erin havia tomado algum tipo de anfetamina e tinha acabado de pegar objetos das paredes só por diversão, a simbologia dos trajes egípcios possui toda uma complexidade — e era inegável que ela, eu não sabia como, havia conseguido montar o vestuário adequado para o julgamento após a morte. Assim como no submundo, também nesta vida tudo se resume, no fim das contas, ao peso do coração: a carga de amor e alegria ou a dura densidade da dor e da tristeza.

2: O RIO CORRE PODEROSO

UM LIGEIRO SOPRO DE AR, um fio de respiração, seu corpo quente junto ao meu, seu braço cruzado sobre o meu peito. Estávamos nus no gelado chão de mármore. Por entre as pálpebras semicerradas, avistei formas esvoaçantes, cores que boiavam acima das nossas cabeças. Abri um dos olhos devagar. Um pedaço de céu cinzento passava pelas clarabóias. As luzes de saída no fim do corredor projetavam uma claridade esverdeada nas paredes. Dava para entrever grandes silhuetas, as sombras das enormes estátuas da sala, dos sarcófagos, das vitrines com as múmias. A escuridão foi clareando e as formas foram adquirindo contornos definitivos e reconhecíveis. Um imenso bloco erguia-se acima de nós: a estela funerária e "porta falsa" de Ptahshepses — uma bela estrutura, ainda colorida com uma considerável quantidade de vermelho-sangue e ocre. As falsas portas egípcias são pequenos umbrais entalhados — que não possuem nenhum tipo de porta real nem levam a lugar algum —, cobertos de textos funerários e colocados dentro da tumba. Os egípcios acreditavam que elas permitiriam ao morto retornar ao mundo dos vivos para se apoderar das oferendas de alimentos, *ushabtis** e outros itens necessários para uma boa vida no mundo subterrâneo. Era por seu intermédio que a alma, ou *ka,* encontrava sempre uma porta aberta entre os dois mundos.

Pisquei um pouco, analisando a porta falsa com atenção. Ouvi um som abafado de vozes, o ruído de passos que subiam a escada oeste. Olhei o relógio: oito da manhã. Agora estava totalmente desperto.

O mais difícil foi convencer Erin da gravidade da situação. Ainda zonzo do álcool, me atrapalhei todo tentando tirar sua máscara e manto com ela se enroscando em mim feito um gatinho. Estávamos ajoelhados no chão, em meio a uma profusão de inestimáveis artefatos egípcios. E aqueles seus olhos enormes.

Vem cá, Dr. Rothschild, me dá um beijo...

O museu abriria dentro de uma hora. A qualquer momento, os curadores e funcionários começariam a percorrer as exposições, certificando-se de que estava tudo certo para receber a invasão de turistas.

Por favor, preciso que você me dê essas coisas. Temos de ir.

Quase derrubei a máscara quando Erin tentou pegá-la de volta. Aqueles objetos podiam se desfazer numa nuvem de pó a qualquer instante.

Por que a gente precisa ir embora?, ela perguntou. Por que não podemos ficar aqui?

Não! Temos de sair daqui agora mesmo.

Acho que *não consigo* sair. Ela se pendurou no meu braço e olhou em volta com ar grogue.

Consegue sim.

Enfiei-lhe a blusa até o queixo, mas seu pescoço dobrava e frustrava meus esforços.

Parece que a porta está tããão longe, Erin suspirou.

---

*As *ushabtis* eram estatuetas de cerâmica, pedra ou madeira colocadas nas tumbas do Egito Antigo para substituir os mortos quando estes eram requisitados pelos deuses. (*N. da T.*)

Olhei para a porta que levava ao salão seguinte. Parecia ótima: bem perto.

Não está não. A gente vai conseguir. Por favor.

É a eternidade!, ela gritou.

Minha cabeça estava com um ligeiro zumbido.

Coloquei-a de pé e tentei levá-la até as calças, que estavam jogadas junto à entrada da sala funerária. Ela se apoiou em mim feito uma criança.

Vamos beber alguma coisa, ela se entusiasmou de repente. Vamos voltar para o bar.

Acho que não está aberto a esta hora. Está muito tarde ou muito cedo para beber.

Ela olhou para mim.

Estamos em Londres, Dr. Rothschild. Tem *sempre* algum lugar para beber.

Coloque a sua roupa, por favor.

Erin se pendurou no meu pescoço e me beijou com vontade. Senti que ela tremia, e fui assaltado por uma sensação de intensa nostalgia, misturada com culpa. Helen costumava me beijar assim, pressionando bem os meus lábios e sorrindo, inspirando profundamente e com os olhos fechados com força. Mas não foi aquela nostalgia esquisita que me encheu de uma sensação de completude e aconchego, apesar do meu pavor de sermos flagrados — e não consegui associá-la diretamente à Helen. Tudo aquilo parecia uma sucessão de diferentes segmentos de uma cadeia de acontecimentos reverberantes, uma espiral girando no espaço, como o símbolo de Anúbis na outra vida; o símbolo da justiça de um mundo à parte, reconhecível por sua forma e localização específicas, mas cujo significado nunca ficava totalmente claro. Era o toque dos dedos trêmulos da Erin, a pressão dos seus lábios quentes, a ânsia expressa pelos seus ombros e braços que punha aquela espiral em movimento, inclinando-se para me tocar aqui e ali, me marcando para o julgamento futuro.

Matt Bondurant

Consegui juntar os artefatos que Erin havia usado e pus-me a devolvê-los às suas vitrines, mas não sem antes tê-la feito jurar que não tocaria em mais nada nem iria a lugar nenhum. Mesmo assim, ela saiu correndo para as outras salas, rindo e me chamando. As altas janelas da câmara funerária foram passando do cinza para o violeta-dourado à medida que a manhã avançava.

Levei quase meia hora para arrumar tudo nos seus devidos lugares, e ainda me restaram algumas dúvidas. Era provável que o curador da sala notasse que as dobras do manto estavam completamente diferentes e que a pintura da máscara estava um pouco arranhada, mas agora eu não podia fazer mais nada. Ajoelhado, catei a poeira e as lascas de tinta que estavam espalhadas pelo chão e joguei-as no bolso do casaco.

O caminho mais rápido era pela porta principal. Descemos correndo as escadas, atravessamos a galeria da estatuaria egípcia, passamos pelo saguão onde são guardados os casacos e alcançamos a saída. Os funcionários do museu já estavam chegando, entrando pelas portas da frente e tomando o rumo de seus diversos afazeres. Eu conduzia Erin pelo cotovelo, de cabeça baixa, procurando aparentar a maior indiferença possível. Apressei-a na direção dos jardins, o ar matinal me cortando os pulmões, as paredes de pedra reluzentes de umidade, tentando disfarçar a pressa com um braço na sua cintura. Ela só me olhava de soslaio e ria como uma menininha.

Depois que ultrapassamos os portões, chegamos à calçada e eu tive certeza de que não havia ninguém atrás da gente, diminuí o passo e sorri. Descemos a Great Russell rumo à Tottenham Court, ao encontro do sol pálido que assomava por cima dos telhados dos prédios da Oxford Street, o céu parecendo um pergaminho desbotado. Estava exausto; parecia que eu tinha sido dopado, tosquiado e passado a noite no chão de um túmulo gelado. Erin parecia muito bem disposta, mas o céu e o ar livre pareceram distraí-la o bastante para acalmá-la consideravelmente, limitando-se a virar a cabeça de um lado para o outro, descansando-a no meu ombro, o queixinho apontando para o ar e um largo sorriso, os olhos borrados e escurecidos da maquiagem, como a criada de um faraó. Suspirava sem parar e segurava meu braço com força.

Eu não sabia para onde ela estava indo, nem se queria que ela fosse embora. Ao nos aproximarmos da Tottenham Court, comecei a maquinar: onde estaria Mick àquela hora? Será que se importaria se Erin fosse tomar um chá com torradas lá em casa? Talvez pudéssemos passar a manhã juntos...

Enquanto eu matutava, Erin avistou um táxi preto parando em frente ao Palace Theatre e, desvencilhando-se do meu braço, correu na sua direção, com uma rapidez e agilidade espantosas para alguém que se equilibrava sobre saltos finos como furadores de gelo.

Erin!, chamei, esboçando uma corrida atrás dela. Mas as minhas articulações doíam, os joelhos principalmente; ela já estava abrindo a porta do carro.

Erin!, chamei de novo, cambaleando pela calçada.

Ela se virou ao entrar no táxi.

Rothschild!, gritou. *O rio corre poderoso! O rio é poderoso mesmo!*

E se foi. E lá fiquei eu, na agora silenciosa esquina da Tottenham com a Oxford, praticamente no mesmo lugar onde tudo havia começado na noite anterior. Alguns carros atravessavam o cruzamento, parecendo apreciar a relativa tranqüilidade daquela hora da manhã. Os jornaleiros debaixo da marquise do Dominion Theatre estavam abrindo suas bancas de compensado e pedestres esparsos começavam a desaparecer nas escadas para o metrô. Senti um arrepio e puxei as mangas do casaco para proteger as mãos.

Apesar da maneira como havíamos nos separado, fui invadido por uma gloriosa onda de bem-estar, um orgulho juvenil há muito esquecido. Era um novo dia gelado em Londres, e eu estava me sentindo como uma chama acesa na proteção da minha campânula particular. Afaguei o amuleto de madeira no meu bolso, sentindo seus contornos delicados. Desci a Great Russell Street me achando o máximo. Já percebia a ressaca se aproximando, mas até a enxaqueca iminente contribuía para o sentimento de realização. Observando os rostos dos outros passantes, sentia-me arrebatado pelos efeitos deliciosos de uma tremenda conquista. Os rostos impassíveis dos advogados e banqueiros que dobravam apressados a esquina rumo à High Holborn pareciam corados e de boa índole; a mulher encurvada dentro da capa de chuva praticamente saltitava pela calçada; e as bancas de jornais pareciam repletas de estranhos benevolentes que aguardavam seus jornais, cigarros e bebidas com paciência e expectativa diante do novo dia. Cada um ostentava uma profunda expressão de singularidade, fecundidade e boa vontade. Os prazeres das experiências estéticas e intelectuais sempre fazem o mundo parecer subitamente repleto de anjos aos meus olhos.

Era um começo de dia auspicioso para tomar um bom café da manhã, verificar se minha filha tinha deixado algum recado na secretária eletrônica e depois me dedicar de corpo e alma à criptografia egípcia, um longo dia com a Estela. A vida era boa.

Estava a caminho do Eve's Cafe para tomar um café com um pãozinho quando me dei conta de que não sabia o sobrenome da Erin, nem seu telefone, nada.

Era inútil quedar-me um tempo enorme olhando para ela. Apesar da semelhança, a Estela de Paser não funciona como palavras cruzadas ou outros jogos de raciocínio; não adiantava olhar, olhar, olhar até acabar encontrando a solução, como se tivesse se lembrado do nome de uma música que ouviu uma hora atrás. Com a Estela era diferente; não havia uma chave; estávamos começando do zero. Existem alguns outros enigmas, tais como os hieróglifos maias, a escrita meroítica e a linear A, que envolvem problemas parecidos: já deciframos mais ou menos os símbolos e temos uma vaga compreensão do alfabeto e da gramática, mas ainda não conseguimos chegar a uma conclusão quanto a como traduzi-los por completo. A peculiaridade da Estela de Paser é que ela foi escrita num texto plenamente decodificável, ou pelo menos era o que pensávamos. Manufaturada por volta de 1150 a.C., ela foi descoberta nas proximidades do Grande Templo de Amon, em Carnac, por Belazoni, que a enviou, em 1890, para o Dr. Thomas Young, na Inglaterra, então o especialista de maior renome, junto com o francês Jean-François Champollion. Pensando tratar-se talvez de alguma espécie de Pedra de Roseta, Belazoni escreveu que esperava que a Estela ajudasse Young em suas investigações sobre o alfabeto egípcio — um equívoco bastante irônico, considerando-se que ela só deve ter complicado as coisas. Não existe registro escrito nem da reação de Young nem de eventuais tentativas suas de traduzi-la de fato.

Boa parte do significado de um texto depende dos contextos cultural, literal e escultural e dos nossos conhecimentos acerca dos próprios autores. Os símbolos hieroglíficos são relativamente fáceis de traduzir palavra por palavra — o que, porém, acarreta a perda das informações transmitidas pelo texto. Assim, poderíamos nos dedicar em vão a esses enigmas pictográficos por séculos a fio; a solução, contudo, surgiria num lampejo momentâneo de criatividade. Em 1972, Davies teria decifrado o ataúde de Tanetaa de Tebas, que intrigava os egiptólogos havia cem anos, em seis minutos, depois de algumas cervejas e um saco de salgadinhos de camarão. Por que, então, eu não poderia decodificar a Estela sentado num banco de praça na Russell Square? Se fosse preciso, eu poderia rabiscar alguns símbolos na areia fina, ou até desenhar a Estela toda. Nunca tinha passado tanto tempo com uma mesma peça e cada símbolo, em seu devido lugar, estava gravado na minha memória. Eu a via toda vez que fechava os olhos.

Quando cheguei, vi Alan Henry apoiado na porta do prédio, com as botas imensas dobradas uma sobre a outra e o rosto voltado para o pálido sol do fim da manhã, a testa larga parecendo bronze lustroso. O sol era tão raro em Londres que toda vez que seus raios, por mais débeis que fossem, lançavam suas cores nas paredes e calçadas, multidões de londrinos paravam e erguiam a cabeça para o céu, uma pausa efêmera no caos rodopiante do centro da cidade. Alan estava de olhos fechados, como se estivesse cochilando. Pensei que era melhor deixá-lo ali e tentar entrar despercebido, quando ele falou.

Pense comigo, neste exato momento *bilhões* de neutrinos subquárkicos estão sendo despejados pelo sol e atravessando nossos corpos e a terra.

Bom, gaguejei, é...

A luz, Alan prosseguiu, o calor, a sensação do sol. Para um neutrino, os átomos do nosso corpo estão tão longe uns dos outros quanto as estrelas da nossa galáxia para uma espaçonave que viaja entre elas. Dependendo da velocidade, claro.

Claro, concordei. Olhe, eu tenho de...

Os olhos de Alan se abriram e em dois movimentos ele tinha me agarrado pelo braço e estava me empurrando porta adentro.

Estamos com um problema, explicou. Precisamos ir imediatamente à delegacia.

Atrapalhei-me todo com a chave. Alan me afastou com sua mão gigantesca e arrancou a chave da minha mão, enfiando-a na fechadura e abrindo a porta num único movimento fluido.

Você tem dinheiro, Rothschild?, inquiriu. Quanto? Vamos precisar.

O quê? Por quê?

Subimos correndo as escadas até meu apartamento.

Pegaram o Hanif, Alan suspirou. A culpa é um pouco minha. Mas tenho certeza de que aquela salafrária escorregadia teve alguma coisa a ver com isso.

Alan andava de um lado para o outro na sala apinhada enquanto eu procurava dinheiro, ou pelo menos fingia procurar, já que sabia que estava sem nada.

Quem? Está falando da Erin?

Ele parou e girou na minha direção, os olhos faiscando.

Você a viu? Sabe onde ela está?

Não! Quer dizer, a última vez que a vi foi naquela confusão... na Oxford Street. Com os lutadores.

Deixe estar, eu vou encontrá-la. Ela está devendo algumas explicações.

O caso era que o célebre escritor paquistanês de Alan estava duro e não tinha como pagar a fiança. Alan me revistou, vasculhando meus bolsos, parando para examinar meu amuleto de madeira por um instante, como se para avaliar se tinha algum valor, mexendo até nos poucos cabelos que me restavam. Expliquei que não tinha uma libra comigo, nem um pêni em casa. Só receberia dali a seis dias, meu último contracheque do Museu Britânico. A ressaca agora se abatia sobre mim com fúria incendiária. Alan sapateava na minha frente, enfurecido. Parecia ter um acentuado — e talvez até perigoso — instinto de proteção com relação a Hanif. Pensei em Set, o temido e imprevisível defensor do Antigo Egito, o deus ameaçador que picou Osíris em pedacinhos e o jogou no rio. E em como Hórus se vingou, voltando a instaurar a ordem nas Duas Terras.

Onde está o Mick, Alan se lembrou, onde ele se enfiou? Ele estava com grana.

Peguei o chapéu e o impermeável bege no armário. Enquanto corríamos Great Russell abaixo rumo ao museu, Henry foi explicando as dificuldades financeiras de Hanif.

Ele tem um problema com as meninas. Quer dizer, meninas *novas*. Como aquela tal de Erin de ontem à noite.

Minha cabeça foi inundada por uma luz branca, e quase varei uma caixa de correio.

Como é?

É justamente o que vou descobrir. A esta altura, acho que o Hanif não está nada feliz com a moça. Ela nos abandonou justamente quando a coisa esquentou. Muito estranho.

Cambaleei, e tive de apertar ainda mais o passo para alcançar Alan, que já tinha se adiantado, sem parar de falar. A cada passo, meu cérebro sacudia de uma orelha para a outra dentro do crânio feito uma gema de ovo, queimando minhas têmporas e o fundo das minhas órbitas.

Pessoalmente, Alan continuou, acho que ele já tem problemas mais que suficientes com que se preocupar. Deve ser só um resquício daquela paranóia islâmica dos paquistaneses, todos acham que o mundo está contra eles. Ele tem de pôr um ponto final nisso. Algumas dessas garotas não são lá da melhor qualidade, sabe como é. Nunca ficam satisfeitas. E ainda tem a metaqualona. Mas o cara está precisando de ajuda. Não se larga uma das figuras literárias mais importantes da Inglaterra de hoje apodrecendo na masmorra. É uma questão crucial; é assim que se repudiam as poderosas forças da hegemonia protocapitalista. Foi esse tipo de coisa que salvou Borges, o jeito como Celine foi descartada!

Enquanto eu trotava ao lado de Alan Henry, tentando acompanhar suas largas passadas, foi chegando a hora do *rush*; o trânsito lento começou a encher as ruas e a calçada da Great Russell Street foi ficando apinhada de turistas e gente indo para o trabalho.

Se você vir aquela sem-vergonha, me avise. Hanif está louco para pôr as garras nela, tem certeza de que ela sabe de alguma coisa.

Você acha? Foi ela que causou os problemas dele?

Alan chegou a reduzir um pouco o passo por um momento e assumiu um ar meio melancólico — virou o rosto para mim, duro e impassível.

Todas causam. Sempre. Todas elas.

E, num estalo, voltou a precipitar-se rua abaixo. Eu estava rezando para Mick estar no laboratório e ter dinheiro porque, do contrário, estava com um pouco de medo do que Alan poderia fazer.

Mick costumava acordar ao meio-dia e chegar no laboratório rezingando e xingando o café intragável que Sue e Cindy, nossas estagiárias, faziam todas as manhãs. Quando eu era mais jovem, costumava tomar muito café, mas mesmo assim duvido que teria conseguido engolir aquela beberagem que elas preparavam. Não que Sue e Cindy dessem grande importância ao que Mick queria; não haviam demorado a rotulá-lo (corretamente) como um tipo desagradável. Ouvi as duas resmungarem *cretino* ou coisa parecida mais de uma vez depois de ele escarnecer do tal café e sair batendo os pés.

Lembrei-me de Mick na noite anterior, do modo como havia mastigado o comprimido, a testa suarenta e os olhos inquietos. Talvez estivesse desvendando a Estela naquele exato momento. Alan tinha tomado pelo menos umas seis cápsulas, mas nada parecia abalá-lo muito.

Felizmente, Alan não podia descer ao laboratório. Poderíamos ter entrado por um dos portões laterais menores, mas escolhi de propósito a entrada principal, onde já fervilhavam bandos de turistas japoneses — que sempre afluíam na hora exata de abertura do museu. Para chegar ao laboratório pela frente, era preciso descer a escada sudeste, passando por uma guarita de segurança onde sempre havia vários guardas. Reconheci dois deles, Colin e Rasheed, que eu já tinha visto por ali. Ótimo, porque os seguranças costumavam ficar intrigados ao verem o meu crachá especial, com a diagonal preta e sem nenhum código de identificação sob o meu nome, e geralmente ligavam para o Dr. Klein para solicitar uma confirmação. Esse era um dos motivos por que eu e Mick tínhamos nossa própria entrada na esquina da Montague Place com a Great Russell, com acesso direto ao corredor central do porão.

Deixei Alan Henry na guarita. Os seguranças já haviam formado um discreto círculo defensivo ao seu redor, olhando-o com desconfiança, as mãos nos cintos, prontos para sacar suas latas de *spray* de pimenta.

Limpa ele, Alan mandou, a testa brônzea reluzente. Vou esperar aqui. Vê se não se esquece da vida mexendo nas quinquilharias que vocês têm lá embaixo, Rothschild. O tempo urge.

Apontou para o pulso sem relógio e sentou-se na ponta da mesa dos guardas, fazendo-a gemer e inclinar-se perigosamente, para surpresa de Colin e Rasheed, que estavam aproveitando a pausa para tomar uma xícara de chá e ler o *Daily Mirror*.

Ei! O quê...? Colin levantou e pegou o cassetete, enquanto eu me precipitava pelo corredor em direção ao porão.

Desci correndo a escada, passei meu crachá no sensor da porta e adentrei o longo corredor central que corta o porão do Museu Britânico em todo o seu comprimento, ramificando-se em afluentes para outros setores, depósitos, laboratórios. Suas paredes eram de calcário branco áspero e o teto, baixo e abobadado. Os espaços públicos do museu são lindos, maravilhas arquitetônicas com escadas revestidas de gloriosos mosaicos antigos, tapeçarias luminosas adornando as paredes, balaustradas entalhadas, molduras coroadas e pés-direitos altíssimos, encimados por tetos pintados, próprios para a realeza. Aqui no porão havia um chão de cimento empoeirado e lâmpadas fluorescentes nuas, encanamento e dutos elétricos expostos e poças se formavam em depressões imperceptíveis quando chovia — e fazia um frio permanente. Volta e meia nos deparávamos com bustos romanos fragmentados ou antigas tapeçarias persas amontoadas junto às paredes ou apoiados uns sobre os outros, aguardando a liberação do espaço designado nos depósitos, o que, com freqüência, não acontecia nunca. Lá no fundo, outra porta com sensor dava passagem para o corredor que levava ao nosso laboratório. Havia outras escadarias levando aos demais subníveis abaixo do nosso, em sua maioria depósitos onde se escondiam antigüidades diversas e as sobras da antiga Biblioteca Britânica que ainda não tinham se mudado para o novo endereço — e agora acumulavam bolor numa obscuridade ainda mais remota. Ou, talvez, onde trabalhavam outras estranhas duplas a serviço do Dr. Klein, silenciosas e solitárias, acotovelando-se em salas úmidas e mal iluminadas, debruçadas sobre outras antigüidades problemáticas e artefatos curiosos. Havia muito que eu desconhecia; o Museu Britânico é quase tão vasto, misterioso e cheio de meandros quanto as antigüidades que abriga.

Na curva do corredor principal, Sue e Cindy ocupavam diligentemente suas mesas e a cafeteira, protegidas do frio úmido do porão por suéteres e cachecóis. Seus semblantes se avivaram quando me viram, e ambas se puseram a arrumar papéis e a encher xícaras de café.

As duas estavam fazendo pós-graduação em egiptologia em Oxford e eram extremamente dedicadas. Uma era loura e a outra, morena; ambas tinham cabelos curtos, óculos de aro de tartaruga e dentes feios. Quando eu dava aula nos Estados Unidos, era impossível distinguir os alunos do curso de moda das turmas de geologia. Aqui, porém, era diferente; a coisa ainda funcionava de acordo com a visão estereotipada, tal como costumava ser de fato anos atrás: na Inglaterra, os intelectuais são, em sua maioria, caseiros e desajeitados, sem a menor perspectiva ou possibilidade de atingirem a beleza efêmera de que desfruta o resto do mundo.

Eu e Mick sem dúvida também nos enquadrávamos nessa categoria — Mick, com seus cabelos pretos desgrenhados e sua cara de fuinha, com uma fileira de dentes que pareciam apontar para o centro da língua, uma estrutura côncava que parecia mais apropriada para quebrar nozes que para o discurso humano. Ambos fazíamos parte da média vasta e indistinta dos tipos comuns. A vida inteira tive a impressão de que, se permanecesse de boca fechada e cabeça baixa, poderia passar semanas sem ser notado.

Quanto ao passional homem do templo, escreveu um escriba na *Sabedoria de Amenémope, É como a árvore que cresce dentro de casa; Seu desabrochar não dura mais que um instante; Encontra seu fim no telheiro para lenha; Perece longe de casa; Tendo o fogo por mortalha. O verdadeiramente silente, que se mantém à parte; É como a árvore que cresce no prado; Ela verdeja, duplica seu porte e se destaca diante de seu senhor. Seu fruto é doce; sua sombra, amena, e seu fim sobrevém nos jardins...*

☙

Sue e Cindy dedicavam-se com ferocidade canina ao nosso trabalho na Estela de Paser. Se lográssemos avançar um passo que fosse, elas receberiam o devido crédito em futuras publicações, naturalmente, além de ganhar pontos no currículo que lhes assegurariam uma colocação em praticamente qualquer museu, fundação ou universidade que quisessem. As duas dividiam um apartamento em Shepherd's Bush, embora parecessem cercar a porta do laboratório 24 horas por dia. Eram muito determinadas, e volta e meia me pergunto o que terá sido feito delas.

    Lembro-me de como lidavam bem com os ratos do museu. Entre meia-noite e seis horas da manhã era preciso encostar-se às paredes dos corredores inferiores para deixar a enxurrada de roedores passar, indo e vindo de suas pilhagens noturnas. Como boa parte dos funcionários do período noturno, Sue e Cindy contavam com um par extra de botas de borracha de cano alto, que calçavam à noite; eu saía do laboratório e me deparava com as duas às voltas com relatórios, memorandos ou sabe-se mais o quê, com ratazanas do tamanho de cachorrinhos passeando por entre suas mesas, atacando os canos que corriam pelas paredes. Às vezes eu achava que elas procuravam estar presentes sempre que eu e Mick estivéssemos por ali, na vã esperança de testemunharem o momento em que decifrássemos o enigma, como se um de nós fosse sair correndo do laboratório gritando *Eureca!*, com lâmpadas piscando sem parar — mas o mais provável é que desejassem apenas que lhes arrumássemos alguma coisa para fazer.

    Sim, bom dia, Dr. Rothschild!, chilrearam quando me aproximei.

    As duas tinham a estranha mania britânica de começar cada frase com "sim".

    Bom dia. O Dr. Wheelhouse está aí no laboratório?

    Elas fecharam um pouco a cara. Cindy tentou me entregar uma trêmula xícara de café.

    Sim, senhor, Sue arriscou, ou pelo menos achamos que sim.

    Sim, completou Cindy, nós... ahn... ouvimos alguém, e como, bem, o senhor está aqui, deve ser o Dr. Wheelhouse aí dentro.

    Sue acenou-me uma pilha de papéis.

Sim, ele deve ter chegado bem cedo. O senhor gostaria de ler nossos relatórios? Nós condensamos e formatamos o material que o senhor e o Dr. Wheelhouse nos deram na semana passada.

Relatórios? Eu não tinha a menor idéia do que estavam falando. Aceitei o café, desculpei-me e entrei no laboratório.

Mick *estava* debruçado sobre a Estela — o que era surpreendente, pois não olhava mais para ela e praticamente a ignorava desde a minha chegada. Mas, de qualquer forma, Mick não conversava muito comigo, mesmo. Pelo menos não *diretamente* comigo.

Mick já estudava literatura em Oxford aos quatorze anos. Sua especialidade era o inglês arcaico, o grego e o latim, mas seu foco logo se deslocou para os antigos textos egípcios. No terceiro ano da faculdade, Mick causou comoção no departamento de egiptologia de Oxford ao produzir uma série de traduções assombrosas dos monumentos funerários do Faraó Shabakah, da XV dinastia. Conseguia traduzir cerca de cem versos hieráticos por dia, incluindo transliteração, glosas e pronúncia, sem uma consulta sequer às chaves de Van Metre ou às fórmulas-padrão. Atualmente, com apenas 23 anos, era um dos maiores tradutores puros de escritos antigos do Ocidente. Na minha opinião, porém, negligenciava aspectos fundamentais. Traduzia papiros funerários coloridos como uma máquina, sem levar em consideração suas implicações poéticas ou sequer parar para admirar sua beleza pictórica. Suas traduções pareciam-me demasiado frias e literais.

O Dr. Klein encaminhava os novos projetos a Mick para me proporcionar total liberdade para me concentrar na Estela. Ao que parecia, Klein o estava aproveitando para se livrar do material acumulado para traduzir. Era uma boa idéia, na verdade, porque Mick era rápido; dava conta de pilhas de papiros e peças funerárias em questão de dias. Nosso diretor também o encarregara de uma série de projetos pessoais seus, fazendo vários trabalhos para colecionadores particulares e outras entidades que solicitavam o auxílio de Klein.

A Estela de Paser fora colocada num suporte, presa por braçadeiras de metal que a mantinham num bom ângulo de visão, mais ou menos na altura do peito. Uma luminária de pé projetava um círculo de luz ao seu redor. Às vezes, a examinávamos com as mãos apoiadas em suas laterais de pedra, curvados sobre ela. Era assim que Mick se encontrava agora, com um maço de papéis amarrotados na boca. A sala recendia a fumaça de tabaco e a inglês sem banho, e o chão de cimento estava coberto de guimbas de cigarro. Suas pernas tremiam. Ora, ninguém que vislumbre alguma coisa, que tenha enveredado por uma linha de raciocínio qualquer acerca da estrutura de algo como a Estela, vai querer ser incomodado enquanto não tiver seguido o fio da meada até o fim.

Fiquei parado junto à porta refletindo sobre isso até Sue descer o corredor às pressas, gritando algo sobre o meu amigo americano, que estava criando um tumulto no saguão. Fechei a porta e girei a tranca antes que ela entrasse. Ninguém mais possuía a chave daquele laboratório — só eu, Mick e Klein.

Mick, olhe, desculpe, mas estamos com um problema.

Mick se endireitou e girou a cabeça. Seus olhos estavam arregalados e rodeados por círculos vermelhos. Como eu, ainda estava com as mesmas roupas da véspera, e sua camisa tinha nítidas marcas de suor sob os braços. Seus cabelos oleosos emolduravam-lhe a cabeça como uma espécie de pajem degenerado, e dava para sentir seu fedor a cinco metros de distância. Ele tirou os papéis da boca.

Temos de conseguir mais uns comprimidos daqueles, falou. Estava esgotado.

Olhou para as folhas que tinha na mão, depois para a outra mão, onde um toco de cigarro queimava entre seus dedos finos e azulados.

Merda!, exclamou. De novo!

Jogou a guimba no chão, entre os meus pés. Sobrava pouco mais de um centímetro de papel branco; como Mick fumava Camel, devia tê-lo acendido na ponta errada, pelo filtro, e fumado sem perceber seu engano — o que acontecia com freqüência quando se encontrava em profunda concentração.

Começaram a esmurrar a porta, e eu ouvi as vozes de Sue e Cindy me chamando.

Olhe, perguntei, você tem algum dinheiro? Preciso pegar emprestado, rápido. Parece que o Hanif foi preso e o Alan está pondo o museu abaixo, tentando levantar fundos para pagar a fiança.

Mick resmungou alguma coisa, o corpo arqueado como o de um gato ao cuspir bolas de pêlo, e cuspiu num pedaço de papel, que amassou e atirou num canto. Acenou lentamente a cabeça e dirigiu-se para o fundo do laboratório, onde havíamos enchido alguns gaveteiros altos com óstracos diversos, caixas de papiros, artigos de revistas, jornais velhos, destroços arqueológicos de todo tipo. Mick remexeu uma pilha de cacos de cerâmica até achar um pequeno chifre recurvado de boi, forrado com um escrito hierático qualquer, de onde sacou um bolo de notas de cinqüenta libras. Caminhou na minha direção contando o dinheiro e me entregou o maço inteiro.

Aqui tem mil.

Eu sabia que Mick ainda tinha uma bolsa remunerada graças a um acordo firmado com Oxford para estudos de extensão. Não sei ao certo por que isso, já que, pelo menos em teoria, ele ganhava o suficiente para viver e não punha os pés numa sala de aula havia pelo menos cinco anos. Ainda mais notável do que ele sair escondendo misteriosos rolos de notas pelo laboratório, contudo, foi o fato de aquela ser a primeira vez que eu lhe fizera um pedido, e ele me atendera prontamente. Fiquei sem palavras.

Aliás, companheiro, ele disse, *nem fodendo* eu *dormiria* aqui *dentro.*

Não me passara pela cabeça a possibilidade de Mick ter vindo para o museu em vez de voltar para casa; talvez ele estivesse escondido em algum canto escuro do laboratório quando cheguei com Erin, assistindo a tudo com seus olhos de roedor e mexendo em seus amuletos, à espera da oportunidade de me expor e humilhar.

Mick fez um gesto indicando a sala com os dedos ossudos:

Esta porra deste lugar está cheio de cadáveres. Centenas de corpos e coisas tiradas dos seus túmulos. Sacou?

Eu sei, Mick.

E todos estes hinos e feitiços... Criados justamente pra evitar que isso acontecesse, que um bando de valentões feito a gente não viesse cagar tudo o que eles fizeram, sacou?

Eu sei disso tudo, Mick. E daí?

Ele deu de ombros e acendeu mais um cigarro, voltando a se concentrar na Estela — e cheguei à conclusão de que o melhor que tinha a fazer era cair fora enquanto podia. Sue e Cindy ainda estavam batendo à porta do laboratório, suplicando que eu corresse para o saguão, de onde chegavam gritos e apitos e o som da voz trovejante de Alan pelo teto. Minha vontade era escapulir pela passagem secreta, voltar para casa e tomar um bom banho.

No entanto, vi-me empurrado porta afora por Alan, que me enterrou o chapéu na cabeça e precipitou-se comigo degraus abaixo. Cruzamos os portões de ferro e chegamos à calçada, provocando uma revoada dos pombos que cercavam os vendedores de castanhas e seus braseiros acesos diante da entrada principal.

Quanto você conseguiu? Alan me segurou pelo casaco com uma das mãos, enquanto a outra me apalpava os bolsos.

Entreguei-lhe o bolo de dinheiro e me encostei num poste.

Aquele safado do Wheelhouse, exclamou ele com incredulidade, arrumou o dinheiro? Por essa eu não esperava. O cara já me surpreendeu antes, vou te dizer. Acho que você o subestima, Rothschild — mas ele tem um certo charme, é preciso admitir.

Abrimos caminho em meio aos turistas na Great Russell Street, rumo à Tottenham Court, Alan rindo no cortante ar matinal. O céu estava ficando nublado de novo; estava com jeito de que ia chover. Grandes pontos roxos flutuavam a dois palmos dos meus olhos, uma pequena constelação de planetas girando ao redor de um sol nebuloso.

E vou lhe dizer outra coisa, Rothschild, resmungou Alan, se algum dia eu puser as mãos naquele irlandês nojento que me acertou nas costas — que diabo de ralé trabalha naquela porcaria de museu? Você acha que isso é uma medida aceitável de segurança?

Em vez de irmos direto a Waterloo para soltar Hanif, Alan me levou a um pequeno bar no Soho chamado Spanish Bar, ao lado da Oxford Street. Ele ainda caminhava com tamanho ímpeto e sofreguidão que achei que aquela seria uma etapa importante do processo. Ainda não passava das dez, mas, quando Alan bateu, uma senhora de meia-idade e com ar de cansaço abriu de pronto, como se estivesse escondida à nossa espera. Alan conduziu-me ao balcão do bar atulhado, pintado de vermelho com detalhes em bronze e dourado e repleto de todo tipo de *memorabilia* irlandesa. Um mural vitoriano desbotado ainda era visível no teto, onde se vislumbravam cenas neoclássicas de querubins e serafins permeados de filamentos vermelhos. A mulher foi para trás do balcão, encheu duas canecas de Guinness e colocou-as na nossa frente, voltando em seguida para a cozinha. Alan levou o copo à boca e sorveu metade do conteúdo em duas goladas. Ela havia enfeitado a espuma da cerveja com duas harpas irlandesas, algo que não se vê com freqüência. Como eu não estava com a menor vontade de beber, fiquei olhando para Alan enquanto ele coçava a cabeça.

Então?, indaguei. O que estamos fazendo aqui? E o Hanif?

Alan suspirou e de repente pareceu cansado. Talvez finalmente estivesse passando o efeito do que quer que havia tomado na noite anterior.

Ele pode esperar.

Dei de ombros e bebi um gole. A bebida tinha gosto de guimba de cigarro e bile.

Olhe, começou Alan, ainda olhando fixamente para a frente, desculpe por ter envolvido você nessa história. Mas acredite em mim quando digo que isso tudo é da maior importância.

Dei de ombros mais uma vez. Já não sabia no que acreditar. Alan Henry franziu a testa.

Desculpe também por toda aquela confusão no final, murmurou. Não era... parte do plano original.

Que plano?

Hanif enfiou o dedo no olho do Gigante. Foi acidente, claro. Ele só estava entrando no espírito da coisa. Parece que os caras têm uns advogados do cacete, porque Hanif foi parar no xadrez e abriram processos contra ele nas justiças inglesa, americana e internacional antes que pudesse apontar seu tapete de orações para Meca. Se o Gigante acordar hoje com a íris intacta, Hanif vai ter mais chances de escapar. Além do mais, aquele circo todo já estava armado, *não* foi culpa nossa.

Era uma verdadeira turba, comentei.

Alan batucou na lateral de sua caneca com os dedos grossos. Ostentava no dedo médio um pesado anel de sinete, com algum tipo de gravação.

O *status* normal da ordem civil foi virado do avesso, ele prosseguiu. As ruas foram tomadas pelos arruaceiros. Fomos sugados pela anã negra, por aquela merda de campo gravitacional. Como um buraco negro. O que aconteceu com você?

Consegui ficar de fora. Estava no limiar da multidão.

Ah, no vértice do horizonte de eventos. Muita esperteza sua, Rothschild. A confusão toda durou uns cinco minutos? Presumindo-se que a massa central daquele buraco negro de ontem fosse do tamanho médio — digamos, um milhão de vezes a massa do nosso sol, de acordo com os cálculos de Schwarzchild —, você estaria, ahn, uns dez anos no futuro agora. Como está se sentindo? Talvez, como viajante do tempo, você possa me ajudar. Eu disse ao Hanif que arranjaríamos advogados para livrar a cara dele, e ele me pediu para entrar em contato com um amigo que mora em New Bloomsbury e tem várias graduações e ligações nos tribunais. Uma espécie de *hare krishna*, mas aqui isso não tem o peso que teria nos Estados Unidos. Sabe aquele restaurante *krishna* no Soho, o do bufê vegetariano por £3,50? É só uma fachada. Há um escritório de advocacia nos fundos para atender exclusivamente seus irmãos e outras pessoas dignas. O *curry* de lá é fabuloso. Espero que os advogados também sejam.

Alan voltou a franzir a testa e deu mais um gole. Meus olhos passaram por seu anel, decorado com a imagem de um escaravelho, um rola-bosta do deserto, entalhado numa pedra vermelho-sangue. Eu nunca havia reparado naquilo, e estranhei que Alan usasse um amuleto de escaravelho, o símbolo egípcio de vida e regeneração, e que fosse uma pedra vermelha, em vez do verde habitual. Alan nunca havia manifestado grande interesse por essas coisas antes.

Bom, logo vamos descobrir, concluiu ele. Como disse E.M. Forster: *Nossa experiência derradeira, como a primeira, não passa de uma conjectura. Vivemos entre duas trevas.*

Em seguida, Alan Henry esvaziou a caneca e saiu. Agradeci à atendente atrás do balcão, que agora fumava sentada num banquinho, fitando-me com frieza, e corri para fora. Alan já estava no fim do quarteirão, caminhando com tal propósito que ficou claro que minha audiência chegara ao fim.

Dei meia-volta e fui para meu apartamento na Great Russell Street, a fim de ver se Zenobia tinha ligado. Demorei alguns minutos para me entender com a ruidosa secretária eletrônica do Mick, cujos botões se recusavam a responder. Eu não tinha lá muita experiência com esse tipo de tecnologia; costumava evitar telefones e demais meios eletrônicos de comunicação. Estava torcendo para Zenobia ter deixado um recado com instruções explícitas sobre quando e onde nos encontraríamos.

Não havia recado nenhum na secretária. Estirei-me na cama com uma pilha de glosas e transliterações da Estela, a tradução de Stewart, minhas próprias modificações e tentativas anteriores de uma versão abrangente — mas não estava conseguindo nem distinguir as bilaterais das trilaterais. Em vez disso, de olhos semicerrados e enevoados, tudo o que eu via era a Erin, seu jeito de segurar o cigarro, o modo como seus quadris se moviam sob o *shendyt*, o saiote tradicional dos faraós, como suas mãozinhas seguraram meu rosto quando me inclinei para beijar os lábios de madeira da máscara de Tot. Quando adormeci, sonhei com veleiros de grandes mastros que cruzavam mares espumosos, com pássaros de longas asas seguindo seu rastro aos bandos, todos se afastando no oceano, singrando o horizonte.

Na manhã seguinte, estudei algumas glosas, tentando retomar o ritmo do trabalho com a Estela. Pretendia estudar Mut um pouco mais, rever aquele material. Desencavei o trabalho de Herman te Velde sobre Mut, em busca de alternativas, analisando tanto as versões alemã e holandesa quanto as inglesas, procurando nuanças sutis. Velde é o maior — e *único* — especialista em Mut. Apesar de ter sido uma deusa bastante popular durante um bom tempo, não há muitos estudos a seu respeito em comparação com divindades similares, como Ísis — que tem, afinal, os melhores papéis nos mitos, encantamentos, magia; é uma escolha muito mais glamourosa.

Não era uma mera questão de estudar aquela entidade específica, aquela deusa em particular. Os deuses egípcios são, em sua maioria, inter-relacionados; com freqüência, o mesmo deus, ou um deus dotado das mesmas características e elementos simbólicos, sofria uma série de mudanças de nome à medida que sua popularidade, sua força em cada região e as fortunas e atitudes em geral se transformavam por todo o reino egípcio. A própria Mut não passava de uma extensão de Sekhmet e Hator, todas as três "grandes mães" divinas, igualmente capazes de acessos ensandecidos de cólera e destruição. Mut era a corporificação tebana da ira divina, devastando a terra e seu povo quando os deuses se zangavam. Hator, a filha de Rá, foi enviada para destruir a humanidade em represália por seu desrespeito. Costuma-se usar imagens de vacas e leoas para expressar tal dualidade — a vaca representando o amor maternal plácido e tranqüilizador e a leoa, sua fúria quando provocada. Sekhmet era amplamente cultuada e temida; num sítio próximo a Tebas foram encontradas mais de quinhentas figuras femininas com cabeça de leoa, algumas sentadas, outras de pé, dispostas ao redor do templo mortuário do faraó Amenófis III. Ao que tudo indica, ele estava determinado a aplacá-la antes de morrer, ou foi uma tentativa de prevenir pragas e destruição. Os anos de pestes geralmente eram registrados como "O Ano de Sekhmet". Estátuas quase idênticas também foram encontradas num templo de Mut em Tebas, complicando ainda mais as tentativas de distinguir as deusas com clareza.

O tempo foi passando e vi-me relendo as frases que havia rabiscado para Erin, o modo como ela as olhara, seu jeito de segurar os pedaços úmidos de guardanapos, a iridescência de suas pupilas que flutuavam na luz negra e no néon do Lupo Bar. O modo como se agarrara ao meu braço em meio ao tumulto com os lutadores na Oxford Street, como insistira comigo para ver a Estela. *O rio corre poderoso,* ela havia gritado ao entrar no táxi, da Instrução de Amennakht, o trecho que eu tinha escrito no papel. O arrepio ao vê-la vestida com os trajes funerários e a máscara de Tot, seus pequenos seios pressionando o tecido ancestral, a urgência de seus quadris e mãos enquanto rolávamos pelo chão do museu, a respiração ligeiramente ofegante sob a máscara que pressionava o meu rosto quando a penetrei, como ela havia se contorcido e depois ficado rígida, os músculos retesados, segurando-me dentro do seu corpo.

Matt Bondurant

Alguém enfiou um papel por baixo da porta do laboratório, provavelmente Sue ou Cindy. Era assim que elas costumavam se comunicar conosco, já que nunca atendíamos a porta. Mick o ignorou e continuou entalhando seus cálamos para um projeto pessoal em que estava trabalhando. Fui pegar o papel e descobri que era um recado para mim — Klein queria me ver imediatamente, no Truckles do Pied Bull Yard.

O Truckles era um pequeno e elegante bar de vinhos em Bury Place, junto à Great Russell Street, com uma excelente seleção de *ales** artesanais e uma carta de vinhos que Klein apreciava. Era também a sede da Mensa** londrina, da qual ele era membro ativo. Klein tinha muito orgulho de pertencer à sociedade, e gostava de marcar suas reuniões pessoais conosco no Truckles para lembrar-nos disso. Ninguém jamais duvidara de sua capacidade intelectual, muito menos eu; ele foi o primeiro a solucionar o enigma da Estela de Senitef, em 1976 — apenas uma entre um sem-número de traduções bem-sucedidas feitas por ele —, e supervisionou e catalogou todas as escavações no Vale das Rainhas, em 1984. Atualmente, como Diretor de Antigüidades Egípcias do Museu Britânico, não era muito mais que um burocrata, mas outrora fora um egiptólogo atuante, e um dos melhores do mundo.

Klein tinha total controle dos orçamentos para novas aquisições e exposições, o que incluía datação e contextualização, bem como tradução e interpretação. Para os demais curadores e funcionários, vivíamos como que nas sombras, dois sujeitos amarrotados que entravam e saíam do porão em horários estranhos, aparentemente sem realizar nenhum trabalho de verdade. Quase sempre olhavam para nós com um ar de desconfiança e sem nos encarar muito de frente.

---

*Tipo de cerveja escura e amarga. (*N. da T.*)
**Sociedade composta por indivíduos de alto QI; foi fundada em 1946 na Inglaterra e hoje conta com quase cem mil membros em mais de cem países. (*N. da T.*)

A Terceira Tradução

Feynman e Witten, principais curadores da coleção egípcia, certamente estavam a par do projeto da Estela de Paser, mas nenhum dos outros cerca de doze curadores, assim como a infinidade de arqueólogos e funcionários do museu, sabia algo a respeito das nossas atribuições. Às vezes eu era apresentado a algumas pessoas aqui e ali, e muitos conheciam meus trabalhos anteriores no Cairo e minhas publicações em Princeton — mas, fora isso, Klein mantinha a todos no escuro. Creio que sua atitude tinha algo a ver com a predisposição de muitos egiptólogos a desprezar a Estela como uma espécie de brincadeira; ademais, havia a questão das "três maneiras/três vezes". O desgaste das bordas, a fenda que a divide em duas e a ausência de algumas seções tornavam necessária uma certa dose de conjectura — minha especialidade. Klein achava que, se conseguíssemos alcançar uma razoável aproximação dos trechos perdidos, o que cheguei a fazer, estaríamos a meio caminho andado da "terceira alternativa" e talvez abríssemos as portas da tradução e da criptografia, para não falar na psicologia e filosofia do Antigo Oriente Médio, por um viés inédito.

Encontrei Klein em sua mesa de sempre no Truckles, num canto do bar na adega de paredes de tijolos com teto abobadado, que lembrava sua antiga função de depósito de garrafas de vinho. Estava usando um terno de linho amassado cor de avelã, limpo mas muito surrado, um óbvio resquício de sua temporada no Norte da África na década de sessenta. Alguns outros membros da Mensa, brancos de mais idade muito parecidos comigo, estavam sentados em volta das mesinhas, bebendo cerveja *ale* e vinho servidos em jarras de metal. Klein fumava sem parar, acendendo um Lucky Strike atrás do outro, com uma intensidade que sempre admirei. Chamou-me com um gesto e acomodei-me num daqueles banquinhos desconfortáveis de madeira que se encontram em lugares assim. Começou a me servir vinho de uma jarra e, quando acenei para indicar que era o suficiente, ele balançou a cabeça e continuou enchendo a taça.

Temos um problema, Dr. Rothschild. Um problema grave.

Klein deixara Berlim em 1956, mas, de alguma maneira, seu inglês ainda guardava uma certa entonação germânica. Devia ser porque ele falava seis idiomas com fluência e não dispunha de tempo ou energia mental suficientes para dedicar à depuração do seu sotaque. Em seu ramo de atuação, o inglês era menos importante que o francês, o holandês, o árabe e, com a emergência do novo Museu de Berlim como uma potência do universo das antigüidades, o próprio alemão.

Ficou me encarando como se esperasse que eu dissesse alguma coisa. Olhei-o com ar interrogativo. Foi então que me lembrei: Alan Henry.

Lamento profundamente o comportamento daquele homem no saguão ontem, comecei. Não o conheço de verdade, é uma espécie de vizinho meu... e lamento pelos óculos de Rasheed... já disse a ele que vou comprar um novo par...

Klein interrompeu-me com um gesto e suspirou, depois acendeu mais um cigarro.

Não é isso, é outra coisa. Você não trouxe uma amiga ao museu? Para uma visitinha no meio da noite?

Os cantos de seus olhos azuis e perversos eram marcados por um intricado padrão de pés-de-galinha, de tanto olhar para o inclemente sol do Norte da África durante anos a fio. Peguei a taça de vinho que Klein me servira e tentei bebê-la de um só trago. O primeiro gole foi pavoroso e lutei contra ele, devolvendo imediatamente a taça para a mesa. Filetes de vinho escorreram pelo meu queixo.

Quer saber como foi que eu soube?

Consegui engolir finalmente e uma bola causticante de vinho tinto desceu, queimando meu esôfago, até o estômago.

Foi o segurança?, balbuciei.

Klein balançou a cabeça.

Ele só abriu a boca depois do fato consumado. É verdade que ele nos conta tudo, mas não foi assim que soubemos da sua amiga.

Klein recostou-se e olhou para o teto, fumando.

Nós lhe damos acesso irrestrito, não é? Dia e noite. O senhor entra e sai quando bem entende, sem que ninguém o incomode. O senhor traz uma pessoa...

Deu de ombros e franziu as sobrancelhas.

...o que não faria a menor diferença para ninguém. Isso não é problema. Entretanto...

Klein inclinou-se para a frente, apagou o cigarro e apoiou as duas mãos na mesa, olhando-me direto nos olhos.

...quando a sua amiga mexe numa peça... e remove das instalações do museu... algo inestimável, aí temos um problema.

Minha cabeça começou a girar. Klein estava sentado no meio de uma luz brilhante. Repassei mentalmente a sucessão de acontecimentos. Ela poderia ter surrupiado alguma coisa enquanto eu recolocava os objetos no lugar?

Deus do céu. O que foi?

Da sala funerária. O pergaminho número 370.

Pergaminho 370?

O que diabos era isso mesmo? Percorri rapidamente meu catálogo mental de papiros raros.

O pergaminho 370, explicou Klein, é o que chamamos de Cântico de Amon. De Carnac.

Amon? De Carnac?!

Carnac era o sítio da Estela de Paser. Tudo que viesse de lá me era encaminhado imediatamente, para que eu averiguasse se havia alguma relação, alguma pista para o projeto da Estela de Paser. Por que eu nunca tinha ouvido falar dele antes?

Que tipo de pergaminho era?, gaguejei. Por que ninguém me disse nada a respeito?

Klein esfregou o rosto e deu um suspiro profundo.

Foi adquirido de um colecionador particular algumas semanas atrás. Sabe quando enviamos Feynman para o Cairo? Eu... o estava examinando pessoalmente um pouco, já que, bem, você sabe que só tem mais seis dias de contrato e...

O senhor já está me excluindo?

Excluindo?

Preciso ver o pergaminho. Certamente existem cópias.

Não completas. Só... uma visão geral.

Não acredito.

Mas a questão aqui é, Klein atalhou, acendendo outro cigarro e espetando-o na minha cara, o que precisamos discutir agora é o fato de que ele foi roubado. E foi a sua amiga que o levou. Feynman percebeu seu desaparecimento ontem, mas imaginou que tivesse sido levado de volta aos depósitos para limpeza. Estava no armário da galeria funerária, trancado, e os registros do computador indicam que a tranca eletrônica estava configurada corretamente. Mas a sua amiga usou uma furadeira para abri-la, destruiu-a, e, como você havia mandado desligarem os alarmes, eles não dispararam. E, como sabe, não temos sistema de circuito fechado no museu. Portanto, temos muito poucos elementos com que trabalhar.

Ai, meu Deus. Não entendo...

Essa jovem, ele me cortou, é muito bonita, pelo que disseram.

Klein deu um leve sorriso. Limpei o suor que me escorria da testa com a manga. Eu podia sentir a vergonha me assomando ao rosto.

Dr. Rothschild, eu devo perguntar: o que exatamente o senhor pensou que uma jovem como essa estava fazendo aqui? O senhor naturalmente não acreditou que ela pudesse ter algum tipo de... interesse romântico? É uma mera curiosidade, sabe como é. Afinal, parece um pouco óbvio, não?

Não sou um homem ingênuo, nunca fui. Mas, naquela noite, me pareceu que Erin me fora trazida pelas mãos do destino. O tipo de coisa que você não sabe que estava procurando até encontrar. Senti-me humilhado.

Para o caso, prosseguiu Klein, de ter havido um engano, verificamos hoje de manhã e não há registro de a peça ter sido retirada. Imediatamente, mandei Feynman e Witten, junto com aquelas suas duas estagiárias, realizarem uma busca nos depósitos intermediários, nas salas de limpeza e nos depósitos do porão. Diante dessa constatação, aliada ao fato de a tranca ter sido perfurada, resta-nos uma única possibilidade: roubo.

A tranca foi perfurada? Onde diabos ela poderia ter escondido uma furadeira? Como eu não teria percebido uma ferramenta elétrica? Como ela tirou das vitrines as peças que estava usando, para começo de conversa? Elas não estavam trancadas também? E como foi que não pensei em nada disso antes?

Pensei no que Alan havia me dito na véspera, quando fomos libertar Hanif, seu enigmático pedido de desculpas. Eu teria de conversar com ele sobre isso tudo, sobre Hanif — perspectiva que não me agradava nem um pouco. Acho que sempre esteve claro que eu temia Alan Henry. Não no sentido meramente físico, embora esse elemento também existisse, é claro. Eu, de certa forma, temia sua vitalidade, sua energia, a força de vontade bruta que o impelia pelo mundo, abrindo a socos e pontapés seu caminho para a auto-realização, sem dúvidas ou arrependimentos. Sob esse aspecto, ele era, suponho, um rematado escritor.

Garanti a Klein que o recuperaria. Em breve. Ele assentiu, soprando biliosas nuvens de fumaça para o alto.

Fica tudo entre nós, declarou. Esse não é... o tipo de coisa que queremos que vaze.

Quem mais sabe disso?

A história toda? Só eu e você. Os outros só sabem que o pergaminho desapareceu e talvez tenha sido roubado. Naturalmente, a maioria do pessoal da segurança está sabendo da sua visitante; duvido que Simon tenha guardado segredo, *ya*?

E o Cântico de Amon?, indaguei. Que período? Hierático literário?

XX dinastia. 1160 a.C. Hieróglifos completos.

Isso fazia dele um contemporâneo da Estela de Paser. Talvez fosse até uma peça complementar.

Texto funerário? Instruções? Invocações?

Ainda não está claro, mas pode ser alguma espécie de chave. O Dr. Wheelhouse estava dando uma olhada...

Mick!, gritei. Ele não podia... a Estela é um projeto *meu*! O senhor me contratou...

Você tem três dias!, rosnou Klein. Depois disso, está fora das suas mãos. Seu contrato, obviamente, será rescindido nessa data. O senhor terá suas próprias questões jurídicas e profissionais com que se preocupar. Ademais, o Dr. Wheelhouse me assegurou que compartilharia com o senhor seu trabalho no Cântico de Amon assim que tivesse feito progressos. Converse com ele.

Eu sabia que, se não conseguisse recuperar o papiro de Amon, ficaria devendo ao museu uma quantia inacreditável. Os artigos do Museu Britânico são considerados bens particulares da rainha, e a pena por roubar da Coroa não era nada leve — sobretudo para um americano. Minha carreira também estaria condenada; nenhum museu ou arquivo do mundo jamais voltaria a me confiar suas coleções.

Postei-me na esquina da Great Russell com a Museum Street por alguns momentos, perscrutando as vitrines dos antiquários que se sucediam ao longo da rua, propagandeando supostas "autênticas" antigüidades egípcias, romanas e gregas antigas. Em sua maioria moedas e fragmentos de cerâmica, não havia nada de real valor e quase nada tinha mais que algumas centenas de anos. As possibilidades eram vagas. Não se sabia muito sobre Amon em relação àquele período, exceto que seu nome foi quase inteiramente eliminado de toda e qualquer representação durante o reinado de Aquenaton, na XVIII dinastia, como parte de certas reformas religiosas em favor do deus do disco solar, Aton. O faraó, cujo nome original era Amenófis, tentou expurgar o deus-sol Amon, "o Oculto", e substituí-lo por hinos e templos dedicados a Aton, a presença física do sol ou "a Esfera Solar". Mudou de nome, trocando Amenófis, "contentamento de Amon", por Aquenaton, "a serviço de Aton", e transferiu o centro do culto para Carnac, onde ergueu um imenso templo na planície desértica. Toda essa revolução incluiu a por vezes violenta profanação e destruição de todas as referências a Amon, atitude particularmente grave para os antigos egípcios, que acreditavam que as palavras inscritas carregavam a alma das coisas e pessoas representadas.

Se alguém desenhasse, num pedaço de papiro, uma pessoa ou animal varado ou cortado por uma faca — como se fazia de tempos em tempos com a serpente-demônio Apópis — isso ocorreria com aquela entidade na vida após a morte, por toda a eternidade. Também se podia escrever o nome na cor vermelha, considerada de mau agouro, e até transfixar o sinal determinativo com uma lança, a fim de anular a eficácia da inscrição. No Antigo Egito, era fácil se vingar: àqueles que sobrevivessem aos inimigos bastava apenas violar sua tumba e arruinar-lhes o destino. Um bom exemplo foi o que aconteceu com a tumba de Niankhpepi, da VI dinastia, em Saccara. Em determinada cena, o relevo ao redor da cabeça do morto foi destruído e gravou-se ao seu lado um texto rude, numa inscrição claramente posterior: *Tu me agrilhoaste! Açoitaste meu pai! Agora me satisfarei, pois o que podes fazer para escapar à minha mão? Meu pai será vingado!*

Foi assim que o nome de Amon foi lixado de estelas, apagado das paredes dos templos e até varrido das pontas dos obeliscos por ordem de Aquenaton. O estilo de representação durante esse período sofre uma mudança radical, em que os raios de Aton, o disco solar, aparecem banhando o faraó e sua família em sua luz cálida. Mais curiosa ainda foi a modificação das figuras da família real: o Rei Aquenaton torna-se um personagem grotesco, com traços faciais exagerados, torso delgado, quadris femininos e desprovido de qualquer tipo de genitália.

A natureza andrógina do monarca e seu objetivo artístico constituem temas populares de debates tanto entre egiptólogos quanto entre estudiosos da mitologia e de elementos esotéricos antigos. Para muitos egiptólogos, foi uma decisão estética, talvez uma tentativa de mostrar um misto de traços masculinos e femininos, mostrando Aquenaton como, ao mesmo tempo, pai e mãe do Egito. No entanto, o esqueleto de um homem da família encontrado em Tebas exibe características de fato intrigantes, incluindo quadris anormalmente largos e um torso tênue e afeminado. As imagens do corpo mumificado constituem uma visão muito perturbadora, e dizem que ver o corpo pessoalmente é uma experiência ainda mais bizarra.

Foi, portanto, uma época tempestuosa, um estranho momento para se escrever um cântico ou oração para um deus banido. Não era tão incomum que o monarca da vez reorganizasse a hierarquia dos deuses e banisse alguns em favor de sua divindade pessoal. Há boatos de que o culto de Aton teria perdurado até o Período Inferior (muito depois de Ramsés haver revertido as mudanças impostas por Aquenaton), talvez até o ptolemaico.* Mick comentou, certa vez, que os cultos a Aton persistiram por muito tempo após o desaparecimento do idioma copta; chegaram até à Europa Ocidental, onde viriam a se extinguir, na Idade Média, absorvidos por uma religião monoteísta muito posterior: o cristianismo. Mas o que Erin iria querer com o pergaminho? O Cântico de Amon era um item inestimável, decerto; todavia, ela claramente poderia ter levado qualquer outra coisa naquela noite — mesmo as roupas que vestira teriam mais valor no mercado negro que um obscuro hino a Amon.

Examinei meu reflexo na vitrine da loja, uma sombra que avultava sobre as moedas em suas caixas forradas de veludo vermelho, cada qual

---

*O Período Inferior, que abrangeu as dinastias XXV a XXXI, durou de 715 a.C. a 332 a.C.; já a dinastia ptolemaica estendeu-se de 305 a.C. a 30 a.C. (*N. da T.*)

enfiada num corte, como olhos piscando. Um queixo frágil, cabelos idem; uma sombra de pêlos castanhos que me revestiam o crânio bulboso; pequenos olhos cinzentos atrás de um par de óculos de aro de metal tortos sobre meu nariz gordo. Um sujeito de meia-idade num casaco andrajoso de veludo cotelê, calças amarrotadas e mocassins puídos. Minha pele era particularmente ruim, marcada por um restolho de barba espetada no pescoço. Pensei em Erin. Uma mulher de capa de chuva verde, carregada de sacolas de compras, esbarrou nas minhas costas, fazendo-me oscilar para a frente e bater de leve com a cabeça no vidro. Deixei a testa apoiada por alguns momentos e mirei as moedas em suas belas caixinhas. Sem valor algum.

O sol ainda brilhava um pouco, projetando aqui e ali sombras pálidas nas calçadas e, à medida que as nuvens cruzavam a cidade, interrompendo a neblina e lançando ocasionais puros raios de luz sobre o cimento e o asfalto, os pedestres se detinham, com os rostos pálidos erguidos para o céu. Conforme as nuvens se deslocavam, devolvendo-os à leve penumbra do meio-dia, eles recolocavam os queixos no prumo e seguiam em frente. Parecia uma valsa, uma cena perfeitamente orquestrada de centenas de pessoas que cobriam as ruas de Bloomsbury: uma pausa, o queixo empinado para receber a luz que os banhava como a beneficência de Rá, o retorno das sombras, prosseguir. É incrível que os antigos celtas e povos da Bretanha não cultuassem uma figura solar mais central — não no mesmo sentido das religiões do Oriente Médio e África, claro, onde o sol é onipresente e permeia todos os aspectos da vida, mas talvez um deus sub-reptício, matreiro, que atormenta e brinca com vislumbres fugidios do calor vital que todos almejamos.

O rio corre poderoso, Erin bradara ao meter-se naquele táxi preto, com uma agilidade notável para alguém que passara a noite inteira acordada, ingerindo anfetaminas como se fossem balas, emborcando pelo menos um litro de vodka e trepando com um velho feito eu no mármore gelado de um chão de museu à meia-noite, vestida como um destacado personagem da mitologia antiga — para não falar que, no meio disso tudo, ainda conseguiu perfurar a tranca de um armário e furtar um artefato inestimável. Eu havia desenhado uma dúzia de diferentes hieróglifos em guardanapos ao longo da noite e traduzido um monte de coisas para ela no museu. Por que teria se lembrado logo daquele verso, e por que o teria repetido para mim ao entrar no táxi? Será que havia alguma relação com o papiro do Cântico de Amon? O céu parou outra vez e o sol saiu; peguei meu amuleto de orelha, úmido e quente porque eu o estava segurando dentro do bolso, e o coloquei contra a luz, à altura dos lábios — mas nada tinha a lhe dizer. Deixei-me apenas ficar ali, como o resto de Londres, com o rosto mudo voltado para o céu que se abria.

3: ZENOBIA

ALAN HENRY NÃO ESTAVA EM CASA. Devíamos ser os dois únicos caras em Londres que não tinham telefone celular — e, considerando-se seus horários erráticos, não ia ser nada fácil encontrá-lo. Fui à portaria do nosso prédio e tentei convencer o zelador, Eddie, a me deixar entrar no quarto de Alan.

Eddie não quis colaborar. Como todos os zeladores de Londres, era um sujeito de pele escura e careca incipiente, vivia de camisa social e colete preto e suava muito. Ficou brincando com o imenso molho de chaves que levava pendurado ao cinto enquanto falava em seu *cockney** carregado.

O quê?! Cê tá achando que eu vô deixá qualquer um entrar assim na casa dos outro, é?

**Cockney:* dialeto do East End, bairro de Londres que por muito tempo foi caracterizado como uma área de grande concentração populacional, composta majoritariamente por imigrantes e operários, que giravam em torno das docas e seus armazéns. Não obstante, a maior parte dos cortiços descritos nas literaturas de Charles Dickens e Henry Mayhew, erguidos na época vitoriana, foi destruída por bombardeios durante a Segunda Guerra Mundial. (*N. da T.*)

Eddie, você sabe que sou amigo dele, já cansou de nos ver juntos. Nem pensar! E me dá licença, que eu tô muito ocupado.

E voltou para a saleta onde ficavam sua tevê e sua chaleira elétrica. Devia estar passando algum jogo de futebol — na Inglaterra, estão sempre transmitindo futebol em algum canal.

É muito importante, insisti. O Alan não ia se importar.

De jeito nenhum.

Percebi que teria de tomar medidas drásticas e voltei para casa.

Alguns minutos mais tarde (quando, pelos meus cálculos, Eddie estaria tomando seu chá, com os pés em cima da mesa e assistindo ao jogo na sua saleta), fui para a porta de Alan com o martelo e os maiores cinzéis do Mick escondidos no casaco. Mick os usava para as inscrições maiores, principalmente gravações em pedra, embora houvesse algum tempo que eu não o via fazendo trabalhos desse tipo. O mercado para hieróglifos personalizados não era lá muito vasto — mas Mick estava sempre disposto a ganhar uns trocados quando podia. Por um momento, parei para considerar as implicações do que eu estava prestes a fazer, mas neste caso elas eram meio nebulosas.

O corredor estava vazio. Havia apenas mais três apartamentos naquele andar, dos quais eu nunca tinha visto ninguém entrando ou saindo. Encaixei o cinzel na fresta entre a porta e a maçaneta, que pulou com uma martelada seca (ah, as boas e velhas construções inglesas do século XVIII). Enfiei-o no orifício e girei-o para um lado e para o outro, até o tambor da fechadura cair, com um som abafado, do lado de dentro da porta. Entrei.

Na verdade, eu nunca havia entrado nos aposentos de Alan — que invariavelmente nos fazia esperar no corredor enquanto procurava coisas lá dentro, xingando e batendo com tudo. Seu apartamento era menor que o nosso, e muito. Consistia numa única peça, com uma pia e um espelho no canto; apesar de apertado como um armário, o lugar estava incrivelmente imaculado. Encostada à parede perto da janela havia uma cama de campanha e, defronte à porta, uma velha mesa dobrável e uma cadeira — e só.

A Terceira Tradução

Alan Henry não dispunha de cozinha nem banheiro. Esse era outro motivo, aliás, por que ele volta e meia invadia o nosso apartamento. Na maior parte das vezes, ele pedia com aquele seu jeitinho todo especial (*Wheelhouse! Preciso de uma galeria para exibir minha escultura intestinal!*), mas às vezes chegava com tanta pressa que irrompia porta adentro já desabotoando as calças, o cinto desafivelado, o rosto vermelho e aos palavrões, espremendo-se dentro do banheiro com surpreendente agilidade (considerando-se que *eu* mal cabia ali dentro) e deixando as pontas das botas de palhaço do lado de fora. Aí começava a sinfonia: Alan urrava e ia se aliviando em meio a contorções repulsivas e murros nas paredes — certa vez, chegou a arrancar nosso porta-toalhas da parede e soltar alguns azulejos com seus chutes —, até sair, ao cabo de uma meia hora, exausto e descabelado, desabando no sofá para tirar uma soneca enquanto sua fedentina empesteava o apartamento e nos obrigava a buscar refúgio no corredor.

Sobre a mesa estavam o *laptop* de Alan, alguns livros e uma pilha alta de folhas de papel. Numa ponta da mesa, sua garrafinha, o HMS *Valiant*. Os livros eram, aparentemente, de física: *Super-Strings: A Theory of Everything?* [*Supercordas: uma teoria de tudo?*], *A essência da realidade*, *O Quark e o jaguar*, *O pêndulo de Foucault*, *The God Particle* [*A partícula divina*]. Resisti bravamente à curiosidade de ler um bocadinho do livro de Alan sobre a missão de alunissagem canadense (bom, pelo menos por alguns segundos).

> Se a explicação de Greene para a TDT* estiver correta, o modelo das supercordas provaria, sendo todas as cordas idênticas, que toda a matéria, em última instância, é composta da mesma substância. Foi desse pressuposto que partiu Edgar Alan Poe, no século XIX, em seu brilhante tratado filosófico "Eureca", em que desenvolveu sua própria Teoria de Tudo, prevendo não só a teoria das cordas como a mecânica quântica e a fissão

---

*TDT: Teoria de Tudo (*Theory of Everything*, ou TOE, em inglês). (*N. da T.*)

nuclear. De acordo com a atual teoria das cordas, a forma mais básica de toda a matéria é composta de cordas vibratórias singulares, cuja oscilação é diretamente proporcional à sua energia e peso molecular. Seu comprimento médio, ou comprimento de Plank, é quase demasiado pequeno para o concebermos; se um átomo básico fosse do mesmo tamanho do universo inteiro, cada uma dessas cordas vibratórias teria aproximadamente o tamanho de um homem. São elas que constituem o nosso mundo.

Os primeiros postulantes pré-copernicanos da suposta "música das esferas" — os carrancudos eruditos medievais que acreditavam no som cósmico dos planetas, o eterno cântico de louvor pela criação de Deus — estavam certos desde o princípio; apenas pensaram na escala errada. A música das esferas não é o repicar dos planetas em suas revoluções orquestradas ao redor da Terra; é uma sinfonia cósmica no âmbito subatômico, a mais ínfima orquestra jamais concebida, que entoa nosso louvor e constitui tudo aquilo que somos.

O principal cientista da missão espacial canadense, Dr. Jason Corner, com doutorado em física pelo Manitoba Tech e mestrado em literatura americana do século XIX pela James Madison University, era um devoto discípulo de Poe. Suas teorias sobre métodos de propulsão por fissão magnética e trajetórias de veículos baseadas na dinâmica inerente do espaço curvo produziram a bem-sucedida missão tripulada, abrindo o caminho para a física teórica canadense e sua viagem espacial.

Tive de parar no fim da primeira página, com medo de tirar as folhas do lugar e desmanchar os ângulos perfeitos em que estavam dispostas, como as pedras de uma pirâmide. As paredes do apartamento de Alan eram nuas e brancas, e uma janelinha em frente à porta dava vista para o pátio compacto que nossos prédios compartilhavam e para a parede do edifício do outro lado. O aluguel devia ser mais barato que o nosso, mas, ao que parecia, Alan não tinha emprego e eu não fazia a menor idéia de onde ele tirava o pouco dinheiro que tinha. Ali dentro de seu apartamentinho claustrofóbico, o mundo inteiro de um homem, fui invadido por um sentimento de embaraço e vergonha.

Aquilo não adiantava nada. Estava perdendo meu tempo; precisava encontrar a Erin.

Fechei a porta e tentei recolocar a maçaneta quebrada no lugar. Quando saí, Eddie estava devorando um jornal ensebado cheio de batatas fritas e grunhindo para a TV.

'Bora, porra! *Chuta essa bola!*

Por um breve instante, cogitei a possibilidade de recrutar Mick para me ajudar. Ele provavelmente estava a par do roubo, já que vinha trabalhando com o papiro de Amon. Talvez me contasse mais sobre o culto de Aton, e se ainda havia remanescentes daquela religião ancestral na Europa.

Foi quando estaquei outra vez. *Todo mundo* ia saber! Mesmo que o próprio Klein não houvesse contado nada a ninguém, todos saberiam que eu tinha alguma coisa a ver com o caso. Feynman e Witten, os demais curadores, Sue e Cindy, todos ficariam sabendo. Fiquei ali, parado, na esquina da Great Russel com a Museum Street, empoleirado no meio-fio, à margem do fluxo de transeuntes. Do outro lado da rua, homens engravatados entravam num *pub*, o Plough — de onde saíam espreguiçando e pestanejando, com os olhos turvos. Às vezes, eu tinha a impressão de que me dedicara a vida toda a me poupar de situações de desconforto e constrangimento — o que normalmente eu conseguia.

Ao contrário dos aposentos de Alan, no meu apartamento reinava a desordem habitual, com minhas roupas sujas jogadas sobre os encostos das cadeiras da cozinha e, espalhadas pelo tapete, as aparas de madeira de Mick — que devia estar no laboratório.

Tomei um banho, fiz a barba e vesti roupas limpas. Nosso chuveiro era daqueles espetados na parede, com um ralo no chão; para tomar banho, fechávamos a porta e molhávamos o banheiro todo. As instalações hidráulicas eram absolutamente imprevisíveis — compostas que eram, em sua maioria, por remendos do século XIX sobre o encanamento original, muito mais antigo. Ao girar a torneira de água quente, o aquecedor começava a bater sem parar, chocando-se contra a parede do chuveiro como se fosse vará-la.

Havíamos programado o termostato do apartamento para que o calor ficasse no máximo e a janela pudesse permanecer aberta; afinal, era o museu que estava pagando. Mick preferia mantê-la fechada, mas eu não tinha a menor vontade de ficar cozinhando dentro da atmosfera abafada e fétida produzida por dois adultos que dividiam um cubículo. Mesmo com o mínimo de ventilação que entrava pela janela — que obviamente recendia a lixo, fumaça, suor, todos os odores de Londres —, nosso apartamento parecia uma caixa concentrada de halitose, chulé, gases intestinais, gordura e, é claro, os inseticidas do Mick. Morávamos no sexto andar — no sótão —, e os fundos do prédio estavam passando por algum tipo de reforma: a parede externa vivia coberta de andaimes, por onde havia sempre um monte de operários subindo e descendo e comunicando-se aos gritos, com os mais cômicos sotaques. Nunca os vi usando um capacete, e seus métodos de trabalho pareciam perigosos. As frases gritadas com mais freqüência eram ou *Cuidado!* ou *Pega aí!*, em geral seguidas de um barulho alto de aço ou madeira batendo no concreto e um rosário dos mais sujos xingamentos em *cockney*, que desafiariam qualquer tradução.

Enquanto eu me vestia, um negro magro e de longos cabelos rastafári acocorou-se no andaime bem em frente à janela, fumando o que parecia ser um baseado. Vestia uma capa de chuva amarela e uma calça jeans, com algumas ferramentas enfiadas nos bolsos de trás. Uma lufada de fumaça agridoce invadiu a sala.

Ele sorriu para mim, enquanto eu lutava com as minhas grossas meias de lã.

Bom dia, senhor!

Acenei em resposta, vesti a camisa e o casaco e voltei para a sala. A secretária eletrônica ao lado do telefone a moeda estava piscando. Eu mesmo nunca ligava para ninguém, em parte porque aquele troço engolia uma libra em questão de segundos e acabávamos enfiando moedas freneticamente na fenda e controlando a contagem do crédito em vez de conversar com quem estava do outro lado. Pelo menos era isso que acontecia comigo. Apertei o botão da secretária e ouvi a voz fina e pausada de Mick, com aquele sotaque seco de Oxford que ele conseguia adotar quando queria.

Você ligou para o domicílio do Dr. Mick Wheelhouse, adido especial da Coleção de Antigüidades Egípcias do Museu Britânico. Se desejar informações sobre traduções particulares, serviços de criptografia ou meu novo livro, A Cartilha dos Hieróglifos do Museu Ashmolean, *favor ligar para 0171-253-8764. Do contrário, deixe seu recado e retornarei assim que possível.*

O cretino nem mencionava o meu nome.

Alô? Este recado é para o Dr. Rotschild. Quem está falando é a filha dele, Zenobia. Gostaria de avisá-lo que chegarei a Londres amanhã, domingo, 2 de novembro, e ficarei hospedada no Clairbourne's, em Mayfair. Se puderem lhe dizer que ele pode me encontrar amanhã à tarde, no telefone 171-629-8860, eu agradeço. Até logo.

A destilação eletrônica de vibrações transmutadas em sons distorcidos, as ondas sonoras traduzidas em réplicas artificiais da voz humana. Não entendo como as pessoas não acham tenebroso esse processo. Para mim, é a forma mais distante e antinatural de comunicação que existe, como uma voz emanada do falso éter, um nascer do sol fajuto, movimentos de planetas de brinquedo.

Na última vez em que eu havia falado com ela, Zenobia me parecera mais rude e sarcástica, muito diferente da voz sincera e profissional da gravação. Eu não sabia ao certo o que esperar. Talvez uma fúria incontida — o que seria merecido. Acho que estava enfrentando o que as pessoas chamam de conflitos do destino, quando parece que as escolhas com que nos deparamos são irreconciliáveis e não temos a menor chance de defesa — como quando Anúbis compara o peso do nosso coração com o dos anais das nossas vidas.

As alternativas oferecidas em decisões desse gênero costumam ser possibilidades estanques; em geral, é ou um caminho ou o outro, sem opção intermediária. Parece o que os antigos egípcios chamavam de "viver entre as Duas Terras", uma metáfora em que viviam mergulhados — e que, como quase tudo que diz respeito à cultura egípcia, começa com o Nilo.

A terra do Antigo Egito, como na maioria das culturas da Antigüidade, era descrita em termos de sua fertilidade, suas enchentes e a disponibilidade de água doce. As férteis planícies aluviais do Nilo e do delta — que começa na altura de Gizé e do Cairo, de onde o rio se espalha em direção ao Mediterrâneo — eram chamadas Kemet, "a terra negra". O terreno árido do Saara que cerca o vale do Nilo era chamado de Deshret, "a terra vermelha".

Os antigos reinos egípcios eram classificados também segundo outros critérios, principalmente a altitude. As terras ao sul do Egito, aonde o Nilo chega vindo do altiplano sudanês e agregando fontes e cursos d'água das vastas cadeias de montanhas da África Central, eram chamadas de Alto Egito; de Mênfis ao delta, que vai de Alexandria, a oeste, a Tell el-Farama, a leste, era o Baixo Egito. Os territórios egípcios eram entendidos em termos dessas duas regiões distintas — os vales estreitos e o terreno montanhoso do Alto Egito e o crescente fértil do Baixo Egito.

Assim, o Antigo Egito se autodenominava "as duas terras", numa referência à árdua tarefa — ensaiada um sem-número de vezes ao longo da história do país — de unificar suas regiões superior e inferior. Daí a idéia dos dois reinos distintos, ou da divisão concreta do mundo, nunca ter sido abandonada pelos antigos egípcios — muito pelo contrário, permeava seu pensamento, suas idéias e suas filosofias. Estavam sempre em busca de uma maneira de unificar os dois mundos, de viver na "Terceira Terra", o terceiro caminho.

Dobrei na Great Russell Street segurando o chapéu para que não voasse com o forte vento que sacudia a ruazinha, empurrando jornais e lixo pelas calçadas e sarjetas. Não me agradava a idéia de Mick tão íntimo da Estela enquanto eu estava ocupado com outros afazeres, mas o que eu podia fazer? Quando enveredei para o norte, subindo a Gower Street em direção à Euston e à Biblioteca Britânica, uma garoa começou a cair do céu que escurecia.

Minha filha Zenobia desenvolveu uma teoria, que me contou uns três anos atrás, para explicar por que eu havia deixado minha família. Foi em 1994, quando almoçamos juntos em Nova York. Eu tinha ido proferir uma série de palestras na Universidade de Nova York e teria um fim de semana livre. Então com 21 anos, ela era editora de uma espécie de revista que, pelo que entendi, tratava basicamente da cena artística de vanguarda. As últimas vezes em que havíamos nos encontrado terminaram mal; desde aquela última visita ao Egito — quando Helen, sentada na beirada da cama daquele quartinho sujo de hotel na zona oeste de Alexandria, pusera Zenobia aos prantos no colo —, desde então parecia-me que o espírito da minha filha abatera-se sobre mim, provocando uma sensação estranha que oscilava entre uma tolerância confusa, a possibilidade de reconciliação e a mais pura e simples vingança. O escriba Sahure, do Antigo Reinado, escreveu, em 2373 a.C.: *Minha filha, nascida sob uma lua em forma de coração e um sol tal como um alfanje sangrento* — uma referência às motivações aparentemente contraditórias dos filhos. Zenobia sempre emanava a energia tensa e concentrada do cão de caça que persegue o rastro do último esquilo até sua toca; ou talvez, no meu caso, um peixe escorregadio embrulhado em jornal. Era presença constante nos meus pensamentos, como a sombra de um obelisco imponente, estivesse eu dormindo ou acordado.

Havíamos trocado algumas cartas desde que ela deixara São Francisco, umas duas por ano, só para manter contato. Nunca consegui lhe explicar como ela estava presente em todos os meus momentos; como eu sempre a via no ideograma da criança (a imagem de uma pessoa sentada levando comida aos seus lábios) e em todos os ideogramas do Antigo Egito. Nada disso, porém, significa muito para uma menina de oito anos de idade cujo pai fica o tempo inteiro em outro hemisfério, cavando a terra.

É uma dificuldade masculina clássica, sentenciou Zenobia.

Estávamos sentados à mesinha de um café no East Village. Enquanto eu me digladiava com um elaborado falafel, ela se limitou a tomar uma caneca de café atrás da outra e fumar sem parar.

É a síndrome da fuga, ela prosseguiu. Dizem que o macho é muito mais forte que a fêmea, que são os homens que buscam o conflito e a luta. No entanto, as mulheres são muito mais fortes. Quando se trata de choques emocionais, de conflitos do coração, os machos fogem, em pânico. É verdade. Basta olhar em volta e ver determinados homens. Basta olhá-los nos olhos. As mulheres são naturalmente abertas e francas, emotivas e frágeis. Os homens vivem alguns centímetros atrás dos próprios olhos, escondidos atrás deles, mantendo-se a salvo de qualquer perigo. Olham para o mundo através de uma máscara.

Sei, retorqui. Vamos ver: do que foi que eu tive medo, então? Você parece enxergar tudo com tanta clareza que talvez possa me revelar o que foi exatamente que me afugentou...?

Zenobia esmagou o cigarro no cinzeiro.

Simples. Fui eu. Você mal dava conta de uma mulher na sua vida — a mamãe — e se borrou todo com a idéia de arranjar mais uma.

É uma bela maneira de falar. Foi aqui em Nova York que você aprendeu a falar assim?

Ih, pai...

É interessante todo esse seu conhecimento sobre os homens, as mulheres, os relacionamentos. Você já foi casada?

Deixa pra lá.

Não, fiquei realmente interessado: onde você aprendeu tudo isso?

Zenobia, num assomo de raiva, olhou para mim — naquele momento, tive medo. Ainda discutimos por mais meia hora, até ela se encher.

Lembra de quando você me falou sobre as listas de execração, *pai*? As listas de inimigos que os egípcios compilavam para poder amaldiçoá-los nos rituais? Lembra das que você desenhou para eu ver, há seis anos?

Zenobia jogou a longa perna sobre a mesa, derrubando minha água e embolando a toalha, a sola escura da sandália pousando em meu prato. As pernas finas de ferro da mesa estalaram e abriram com o peso. Na sola, ela tinha desenhado um cartucho — um nome escrito em hieróglifos — com um determinativo masculino.

Era o *meu* nome, soletrado foneticamente. Era um cartucho de execração. Lembrei-me de quando lhe explicara, anos antes, como os antigos egípcios gravavam as figuras de seus inimigos na sola dos calçados, para poderem pisoteá-los a cada passo. Zenobia havia me desenhado, cuidadosamente, com uma caneta permanente numa tira plástica colada à sola da sandália.

Eu tinha quinze anos quando fiz isso pela primeira vez, ela contou. Agora, virou um hábito... ou uma superstição, talvez. O que você acha que acontece com uma menina, *pai*, quando é abandonada pelo pai?

Matt Bondurant

Sem nenhum outro motivo além de sair esburacando o Oriente Médio, enfurnado em velhos museus? Hein? Ou foi por algum outro motivo?

Acendeu mais um cigarro. Suas mãos estavam trêmulas. O salto da sandália continuava sobre os restos esmagados do meu falafel.

Foda-se, disse a minha filha. Foda-se.

Olhe, gaguejei, eu não...

Não, foda-se. Cale a boca e aceite. Não fuja. Agora não. Só aceite.

4: O CANADANAUTA

EU CONHECIA ALGUNS LUGARES que Alan Henry costumava freqüentar: os sebos da Charing Cross Road, o Salão de Livros Raros da Biblioteca Britânica, Johnson's Court e os bares do Soho, claro. Os sebos da Charing Cross eram muitos para conseguir verificar todos, cada qual com suas escadinhas nos fundos levando a nichos e porões onde em geral se escondia o que havia de mais esotérico ou oculto na loja — e onde seria mais provável encontrar Alan. Sem a menor vontade de me enfurnar naqueles recônditos insanos, e como eu já tinha preenchido minha cota de bares por um bom tempo, optei pela biblioteca — e tomei a Southampton Row rumo à St. Pancras.

Eu sabia que Alan preferia ler no Salão de Livros Raros da Biblioteca Britânica, onde se debruçava sobre antigas edições da escolástica medieval e textos científicos. Acalentava um interesse todo especial pelo espectro eletromagnético, a física da luz e os estágios iniciais da exploração do espaço — que faziam parte, segundo ele, das suas pesquisas sobre a ultra-secreta missão de alunissagem canadense, ocorrida muito antes das tentativas americanas. Estava sempre entusiasmado com determinado satélite ou algum outro detalhe da tecnologia ou da física lunar, *quarks*, glúons ou alguma coisa chamada "Contração de Lorentz".

Mais ninguém parecia compartilhar da certeza de Alan de que a história fosse real, de que os canadenses haviam levado o homem à lua antes de todo mundo. Ele me contou que o caso fora abafado porque o tal astronauta — ou canadanauta, como foi supostamente denominado pela Agência Aeroespacial Canadense — não voltou.

Cometeram um erro no cálculo da trajetória e da relação peso-combustível, Alan me explicou. O canadanauta, Jacques — um caçador magrela e rijo do lado francês do Canadá —, embarcou com peso extra sem avisar os engenheiros. Quando foi detectado o problema, Jacques precisou recorrer aos controles manuais para descer com o módulo de pouso na superfície lunar — e os foguetes de propulsão esgotaram o combustível do vôo de volta.

A essa altura, os olhos de Alan Henry ficaram meio enevoados. Estávamos sentados no bar de um restaurante indiano na Eversholt Street, atrás da Euston Station. Ele limpou a garganta e ergueu os olhos para o teto manchado.

Às vezes fico imaginando esse cara, disse Alan, saindo do módulo e caminhando por uma paisagem diferente de tudo o que já fora visto por olhos humanos — apesar de uma estranha semelhança com sua terra natal, o norte do Canadá, com suas vastas extensões de terras e cadeias de montanhas desertas. A superfície lunar é muito parecida com o extremo norte de Saskatchewan, pelo menos até o sol voltar e a superfície atingir uma temperatura de mil graus. A tecnologia do traje espacial também não era lá grandes coisas; não passava, basicamente, de uma roupa de mergulho melhorada. O coitado deve ter morrido assim que abriu os ferrolhos da escotilha. Ou não — se o traje resistiu e o primitivo sistema de oxigênio, que aproveitava o suor corporal para gerar dióxido de carbono, acabou funcionando, talvez ele tenha saído para dar um passeio pela planície lunar. — Jaques era um espécime perfeito sob muitos aspectos. O cara mal falava inglês, mas foi escolhido por suas características físicas peculiares: tinha 1,58 metro de altura e pesava 55 quilos, com 4% de gordura corporal, uma capacidade cardiorrespiratória inacreditável e resultados assombrosos nos testes de pressão. Também se mostrou capaz de suportar a exposição a uma dose incalculável de radiação, sem nenhum efeito perceptível; irradiaram o coitado com um milhão de rads, sem que as radiografias acusassem nada. O método de propulsão envolvia uma tremenda carga de um líquido térmico que percorria uma série de ímãs super-resfriados de alta potência — o mesmo princípio das armas de fogo: uma única explosão de bósons de gauge eletrofracos, que se tornam físseis graças a um acelerador de neutrinos de dez quilômetros de diâmetro, em vez do método convencional das queimas sustentadas. A explosão de lançamento abriu uma cratera incandescente de quase um quilômetro de largura, que eu vi com os meus próprios olhos, derretendo o gelo até doze metros de profundidade. Dava para ver até a camada cambriana, que não via a luz do dia havia quinhentos milhões de anos. O buraco tem uma aura azulada até hoje, e os contadores Geiger ainda entram em parafuso a cinqüenta quilômetros de distância. Não havia nenhum tipo de escudo contra radiação para um caso desses; Jacques se enfiou naquela cápsula de lata minúscula protegido apenas pelas roupas de baixo. Um espécime incrível: se o largassem numa geleira com um punhado de sal, o sujeito era capaz de sobreviver por semanas. Mas não era exatamente o que chamaríamos de cientista, e ninguém sabe ao certo se ele tinha alguma idéia do que estava fazendo.

A equipe tomou conhecimento de Jacques por intermédio de outros moradores da região; alguns anos antes, ele fora expulso de casa pelas autoridades da Agência Aeroespacial Canadense, que desapropriaram suas terras para a construção do complexo de lançamento. O cara era turrão e não queria arredar pé de jeito algum, até que puseram sua maloca abaixo e tiraram tudo o que ele tinha. Dizem que Jacques ficou lá, largado, de ceroulas, no meio do inverno brutal de Saskatchewan, sem nada além de alguns de seus cães, que haviam conseguido escapar de serem capturados e se encolheram aos pés do dono. Nenhuma ferramenta, nem roupas, nem uma migalha de comida — nada. Levaram tudo embora; ficou só um sujeito seminu no meio de uma planície gelada e deserta. O pessoal da agência esperava que ele congelasse ou desistisse — mas o que viram das cabines aquecidas dos seus tratores polares foi que Jacques olhou para eles por um momento, agachou na neve e defecou de maneira assustadora. Depois, pegou os excrementos e moldou-os em forma de uma faca, que congelou em questão de segundos. Jacques agarrou um dos cães deitados aos seus pés, degolou-o com um gesto rápido, recolheu o sangue que jorrava numa cuia de gelo e esquartejou o bicho, esfolando-o e separando a carne e as vísceras. Com os ossos e tendões limpos, fabricou um trenó improvisado, usando tiras da pele como cordas que amarrou aos dois cães que lhe restavam e, com a pele restante, cobriu os ombros. Jacques ainda embrulhou o sangue congelado e os pedaços de carne e, sob os olhares atônitos dos oficiais da agência aeroespacial, incitou os cães e partiu a toda velocidade pela tundra, desaparecendo na brancura gelada. Quando a história chegou aos ouvidos dos cientistas, eles tiveram a certeza de que haviam encontrando o canadanauta ideal. Se o largassem numa geleira com um punhado de sal, o sujeito era capaz de sobreviver por semanas. Mas não era exatamente o que chamaríamos de cientista, e ninguém sabe ao certo se ele tinha alguma idéia do que estava fazendo.

Foi em momentos como aquele, em que Alan ficava ruminando sobre a missão de alunissagem canadense, que comecei a entender um pouco o porquê do seu interesse nesse projeto, nesse seu livro. Alan queria contar a história daquele homem, daquele canadense que talvez nem tivesse existido. Ele jurava que tinha entrevistado por telefone o último cientista sobrevivente da equipe ultra-secreta canadense, que na ocasião morava na Flórida. O restante do grupo supostamente fora atirado num abismo de gelo sem fundo em algum lugar próximo à calota polar, ou qualquer coisa parecida. Realidade ou não, porém, para mim não fazia diferença. A história toda me parecia de uma nobreza solene, e muitas vezes ouvi as narrativas de Alan sobre o grupo de canadenses e dei-lhes vida com a minha imaginação; para mim, aqueles personagens eram tão reais quanto qualquer outra coisa que eu havia ouvido ou lido na vida — como as figuras e histórias com que me deparo no trabalho.

E sabe o que foi que ele levou escondido, indagou Alan, sabe o que foi que desandou com todos os cálculos de peso da missão? Sua armadilha para ursos. O desgraçado achou que talvez pudesse caçar um pouco nas vastidões siderais. Uma armadilha de ferro para ursos, que pesava quase três quilos.

Alan suspirou mais uma vez, e juro que vi seus olhos se encherem de lágrimas. Então, deu um soco na mesa e quase encostou seus óculos quadrados e seu nariz amassado na minha cara: Sabe qual o meu sonho? Que algum infeliz, caminhando por volta dos 46 graus de latitude e 28,4 graus de longitude, em algum ponto da margem oriental do Mar da Tranqüilidade, meta o pé naquela armadilha. Nhac! Isso não abalaria o *establishment* científico americano? Imagine só a reação do mundo a uma notícia dessas! Mudaria completamente o modo como instituímos as hierarquias internacionais no espaço!

Fiquei olhando seu rosto convulsionado. Alan Henry estava quase chorando de exasperação e deslumbramento.

Pense só, Rothschild, pense só nas conseqüências! O embate pela verdade é perene e onipresente; se há alguém que entende isso, sem dúvida é *você*. "O maior pecado é não ter consciência" — palavras de Jung. Nossos sonhos não passam de meros fragmentos do real, do mundo que habitamos. Não podemos permitir que nos dominem. Lutamos não para realizar nossos sonhos, mas para realizar o *real!* E sabe por quê? Porque, em algum momento, todos teremos de *acordar outra vez!*

Então, Alan Henry, que havia agarrado sua tigela de *curry* com os dedos nodosos, fitou as garrafas de bebidas enfileiradas nas prateleiras atrás do bar, como se encerrassem algum segredo; talvez, se olhasse por tempo suficiente, se desejasse com força suficiente, os símbolos começassem a se reorganizar, criando alguma espécie de ordem. Às vezes penso que Alan e eu somos mais parecidos do que eu gostaria de admitir.

Alan sentava-se sempre à mesma mesa no Salão de Livros Raros, a de número 36 — seu número favorito, que ele levava muito a sério; tinha algo a ver com rosa-cruzes, maçons e templários.

Quando a alcancei, contudo, a mesa 36 estava ocupada por um senhor negro e alto, que parecia estudar uma edição antiqüíssima da *Anatomia da Melancolia*. Num carrinho ao seu lado havia outros seis volumes grossos, fechados com fivelas. O salão estava praticamente lotado; vaguei entre as fileiras de mesas tentando aparentar indiferença, em busca da figura corpulenta de Alan.

Como o Museu Britânico já estava demasiado atulhado para abrigar, além do seu próprio acervo, todo o conteúdo da Biblioteca do Rei, mais todos os livros e manuscritos já publicados na Inglaterra e em boa parte do mundo, foi iniciado, há alguns anos, o processo de transferência de livros e manuscritos para um novo local. A idéia era liberar bastante espaço para novas aquisições — mas as áreas de armazenamento do museu não pareciam nem um pouco diferentes e continuavam botando antigüidades pelo ladrão.

A nova biblioteca, de toda forma, era uma construção imponente. A Biblioteca do Rei — uma coleção de livros raríssimos, dentre os quais a Magna Carta e um Gutenberg original — permanecia selada numa torre de vidro à prova de fogo e de balas, um titã plantado no meio do prédio como um poço de elevador. O resto do acervo estava distribuído por meia dúzia de salas de leitura menores, dividido por disciplinas.

No Salão de Livros Raros, as mesinhas baixas cor de caramelo, cada qual com seu número e sua luminária de cúpula verde, enfileiravam-se até a sala dobrar à direita, fazendo um L em cuja perna ficavam os terminais para consulta ao catálogo eletrônico, com seus monitores que emitiam luzes azuis e vermelhas. O balcão de madeira envernizada onde os usuários faziam suas solicitações estendia-se ao longo da parede do lado mais comprido do salão; atrás dele, a fauna local — um misto de velhotes ressequidos cujas articulações rangiam dentro das roupas de lã e *tweed* e uma garotada de vinte e poucos anos com cabelos multicoloridos e roupas baratas — formigava em meio a carrinhos com volumes raros alinhados como prédios vistos ao longe, com suas fachadas de couro e inscrições em letras douradas.

Nas minhas primeiras semanas em Londres, eu mesmo havia passado um bom tempo na Biblioteca Britânica, quase sempre no Salão de Livros Raros, esquadrinhando antigos textos de egiptologia — inclusive uma primeira edição de Champollion, Kitchen, Gardiner e a tradução e o texto originais de Stewart, de 1971, sobre a Estela de Paser, além de algumas boas cópias das primeiras tentativas de Thomas Yong. Havia também a modesta biblioteca do Instituto de Arqeologia da Gordon Square, mas, em se tratando dos originais de textos egípcios antigos, a maioria se encontrava no porão do museu. A equipe de aquisição de exemplares raros da biblioteca teria um ataque se visse os volumes inestimáveis que apodreciam nos depósitos, amontoados sobre velhos arquivos, às vezes no chão, espalhados sobre várias estelas ou sarcófagos ou misturados a caixas com outros detritos antigos que tendem a se acumular nos museus de grande porte. A organização da nova biblioteca era tão grande que chegava a me desconcertar um pouco, acostumado que estava ao trabalho de campo e aos museus atulhados; ainda assim, havia momentos em que eu encontrava ali um repouso merecido depois de horas na escuridão do laboratório, na companhia dos resmungos e das cusparadas incessantes do Mike.

Foi na nova Biblioteca Britânica que conheci Alan Henry. Eu estava em Londres havia apenas algumas semanas quando certo dia, no fechamento da biblioteca, saímos ao mesmo tempo e Alan reparou que eu estava tomando o mesmo caminho para a Great Russell Street. Quando subi atrás dele as escadas do nosso prédio, ele veio me confrontar no corredor, enfiando-me um dedo salsichesco no peito e me perguntando o que eu estava fazendo ali. Depois de ouvir minhas explicações e vasculhar nosso apartamento inteiro, perscrutando os armários da cozinha, inspecionando o quarto e revistando um malhumorado Mick, que acabava de chegar da loja de *kebabs* da esquina com um saquinho de *doner* com fritas, Alan pareceu satisfeito com as provas da nossa legitimidade. A partir dali, passamos a voltar juntos para casa com freqüência; em geral, Alan me empurrava para dentro de alguma lanchonete *balti** para pegarmos uma quentinha de *curry* ou *masala dosa*** no meio do caminho, ou nos enfiávamos num *pub* qualquer da Euston para umas batatas assadas regadas a canecas de cerveja.

Tenho saudades daqueles tempos. Era bom arrumar as minhas coisas a um aceno solene de Alan, que sempre deixava a mesa coberta de manuais herméticos e biografias ocultas. Éramos quase sempre os últimos a sair. Era bom ir atrás da sua silhueta corpulenta em meio à penumbra do pátio de tijolos. A cada vez, uma pequena aventura; tudo o que eu precisava fazer era pegar uma carona. Quando esgotei os estoques de tradução da biblioteca, parei de ir e passei a ficar o tempo todo no laboratório, com a Estela. Mas eu sabia que Alan Henry ainda freqüentava a biblioteca; era só esperar que, mais cedo ou mais tarde, ele apareceria.

Uma jovem atrás do balcão chamou a minha atenção. Estava retirando folhinhas de papel da montanha de livros em um carrinho e inserindo-as em escaninhos que cobriam a parede. Foi o jeito como sua cintura se alongava quando ela se esticava toda para alcançar o alto da pilha, os movimentos rápidos e tremeluzentes das mãos, uma espécie

---

*Balti: cozinha indiano-paquistanesa bastante apimentada, em que a comida é preparada e servida numa panelinha de ferro ou aço, com o fundo achatado (*balti* — "balde", na Índia). (*N. da T.*)
**Masala dosa: panqueca de farinha de arroz temperada com *masala*, uma mistura de condimentos e ervas moídos, comum na culinária indiana. (*N. da T.*)

de energia dinâmica. Tinha o cabelo curto e espetado, com as pontas arroxeadas como um lírio-do-Nilo.

Apesar de improvável, parecia estranhamente adequado. Ao terminar de empilhar os livros, desapareceu por uma porta que levava aos fundos. Dava para ver uma espécie de esteira rolante com livros lá dentro, e mais funcionários andando de um lado para o outro, empurrando carrinhos repletos de livros ou documentos. Ela estava falando com um sujeito mais velho, explicando algo com as mãos. As calças justas revelavam a curva sinuosa de um traseiro arredondado e pernas musculosas.

Não, não era possível que fosse *tão* fácil.

De repente, ela desapareceu nos intestinos da biblioteca. Dirigi-me aos terminais de consulta, inseri meu código de identificação e o número da minha mesa. Ao pedido de palavras-chave, escrevi "Egito Passado Presente", e selecionei o primeiro livro da lista.

Thompson, Joseph P. *Egypt, Past and Present.* Jewett: Boston, 1854. 1a. edição.

Cliquei no botão de pedido e voltei à minha mesa, de onde fiquei vigiando a porta aberta, esperando pela volta de Erin — se é que era ela. Passados cerca de uns dez minutos, a luz da mesa se acendeu e entrei na fila curta que se formara no balcão para pegar o livro. Nenhum sinal dela.

Quando chegou a minha vez, uma outra jovem pegou meu cartão e foi buscar o livro. Eu me lembrava dela —, tinha até me ajudado a encontrar um determinado volume que eu não conseguia localizar pelo computador. Como Erin, era esbelta e usava roupas justas, mas seu cabelo fora amontoado no alto da cabeça num penteado com um quê de vitoriano. A jovem vitoriana chegou com meu livro, um volume fino, de capa cinza; tinha um crachá pendurado no pescoço: "Penélope Otter".

Por favor, eu disse, Srta. Otter.

Seus olhos já haviam passado para o cliente seguinte e voltaram a mirar-me com espanto, mas simpatia.

Olá. Meu nome é Walter Rothschild. Creio que já nos conhecemos.

Pela cara que fez, ela não se lembrava.

Você me ajudou a localizar uns livros há algum tempo...? Bem, não importa... Queria saber se a biblioteca tem alguma funcionária chamada *Erin*. Uma jovem, de cabelos curtos...?

Ela apertou os lábios e olhou para o alto, pensativa.

Hmmmm... Veja bem, senhor, a biblioteca tem mais de cem funcionários. Na verdade, acho provável que haja até mais de uma Erin.

Mas uma que trabalhe aqui no balcão, como você? Eu a vi agorinha mesmo.

Ela balançou a cabeça.

Não sei dizer. Mas também não trabalho aqui há muito tempo.

Ela se inclinou ligeiramente sobre o balcão, cuja borda pressionou sua barriga e fez uma dobrinha. Era meio dentuça e tinha sobrancelhas grossas e escuras. Deu para detectar um aroma de terra em seu hálito, cenoura talvez.

Para ser sincera, ela sussurrou, não sei o nome de nenhuma das outras pessoas que estão aqui dentro comigo agora.

Senti uma movimentação ansiosa na fila atrás de mim. Virei-me e dei de cara com a garganta protuberante do negro alto que eu havia visto na mesa de Alan. Ele me fitou com uma expressão plácida. Como estávamos na Europa, onde o espaço pessoal é zero, seu nariz estava a menos de quinze centímetros da minha testa e suas maçãs do rosto eram tão largas que ocupavam todo o meu campo de visão. Desviei os olhos, que desceram e escaparam para algum ponto indeterminado ao lado do seu corpo. Foi então que reparei numa saliência na lateral do seu paletó e no que parecia ser a ponta da coronha de um revólver por baixo da dobra da lapela. Voltei a olhá-lo de relance; vendo que sua expressão mudava, como se fosse falar alguma coisa, virei-me rápido para Penélope, agradeci pela atenção e me precipitei para a porta, tentando manter o andar sob controle. No meio do caminho, dei uma olhada para trás e vi que o sujeito com a arma me observava com um sorriso divertido, ainda parado na fila. Atravessei a porta e o saguão e irrompi na Euston Street, tomando o rumo da Great Russell. Aparentemente, ninguém veio atrás de mim.

Os restaurantes indianos que se enfileiram na Gray's Inn Road estavam às moscas naquele início de tarde, as mesas cobertas por toalhas brancas impecáveis, o cheiro do *curry* escapando pelas portas onde os garçons esperavam, em seus macacões de cores indistintas, o movimento da tarde. Em sua encantadora ignorância do pânico que me dominava, lançaram-me mesuras e sorrisos tranquilos e agradáveis quando passei correndo por eles. Entrei numa Pret A Manger para recuperar o fôlego. De onde veio tanto medo daquele cara? Por que achei que ele estaria atrás de mim? Talvez só quisesse perguntar as horas.

Paguei noventa *pence* por um sanduíche de ovo com agrião e sentei-me num banco junto à vitrine, de olho no lado norte da rua. Foi então que me dei conta de que sem querer havia saído com o livro de Thompson, *Egypt, Past and Present*. Estava no bolso do meu casaco.

5:   CRIPTOGRAFIA

VOLTEI À BIBLIOTECA e esperei até o fim do expediente para ver se pegava Erin ao sair — mas os funcionários deviam usar outra saída, pois tudo o que vi foi um interminável ir e vir de acadêmicos amarrotados e embaciados. A única outra opção parecia ser voltar ao Lupo Bar, no Soho, e ver se alguém ali conhecia Erin ou Hanif, ou sabia onde eu poderia encontrá-los.

Qualquer que fosse o dia da semana, as ruas do Soho ficavam lotadas da Oxford à Leicester Square assim que a luz solar baixava até o respeitável nível que indica o anoitecer, o chamado à oração, o toque de recolher, o cântico mudo que saúda os excessos etílicos iminentes no West End. Os pedestres se aglomeravam em torno das portas das casas mais populares, fermentando nas portas dos *pubs*, espalhando-se pelas calçadas e tomando as ruas. De uma ponta à outra do quarteirão, canecas vazias de cerveja enfileiravam-se como pombos nos beirais das janelas. Precisei dar algumas voltas pela parte central do bairro, subindo a Compton até a Greek Street e voltando pela Wardour, até encontrar o

Lupo Bar, com sua inconfundível placa com a porca dando de mamar a Rômulo e Remo, as janelas negras e o ritmo pulsante e monótono como as batidas de um coração.

    Parecia outro lugar: um pouco mais iluminado e com uma atmosfera tranqüila, com grupos papeando no bar. Havia alguns casais aninhados nas mesas baixas do salão principal, olhando-se de maneira lânguida. Zanzei de um lado para o outro, sem conseguir localizar a sala dos fundos onde havíamos encontrado Erin e Hanif. Nada ali parecia familiar. Será que tinham mudado a decoração? Fui até o balcão, mais ou menos no mesmo lugar onde se dera meu diálogo com a Pam, e perguntei ao sorridente *barman* se ele conhecia Hanif, Erin ou Alan Henry. Ele arreganhou os dentes e sacudiu a cabeça enfaticamente, como se eu tivesse pedido uma bebida que não existisse. Quando perguntei sobre a decoração, ele se limitou a dar de ombros. Pelo vazio em seu olhar, parecia não estar ouvindo nada; sua capacidade auditiva devia restringir-se a captar somente as palavras significativas que se sobrepunham ao alarido — coisas como *gim-tônica, caneca de cerveja, quanto é?* Será que Alan havia escolhido aquele lugar de propósito? Será que Hanif havia forjado a situação toda? Lembrei-me da Pam batendo o queixo e com dedos ágeis, qual a sua participação naquilo? Seria um elemento crucial de distração? Mas distração do quê? Eu devia ter percebido logo que *tudo* não passava de uma armadilha. Lembrei-me do *Livro dos Sonhos*, o manual de interpretação de sonhos do escriba Qenherkhepshef, da XIX dinastia: *Se um homem se vê num sonho — com o pênis ereto, RUIM: significa a vitória dos seus inimigos.*

    Parei na calçada para avaliar minhas alternativas. A única maneira de protelar a derrocada, muito possivelmente cataclísmica, à qual eu parecia fadado era analisar toda a história de maneira deliberada e racional. Eu tinha ímpetos de ir correndo para o Heathrow e deixar Londres, sair da Europa. Mas agora a minha filha estava na cidade, em algum lugar — e a Estela continuava esperando.

Resolvi examinar a questão como se fosse um trabalho particularmente complicado de criptografia.

Parecia plausível que Erin, Hanif ou mesmo Alan Henry se encontrassem em algum lugar do Soho, principalmente num sábado à noite. O bairro em si não consistia em muito mais que oito quarteirões ao todo, dispostos de maneira mais ou menos simétrica; eu poderia adotar uma abordagem sistemática, percorrendo-o segundo um padrão, quadra a quadra, verificando os estabelecimentos um por um. Se observasse com atenção cada local visitado, com as diversas configurações de tribos, grupos étnicos, vestuário, personalidades e atmosfera geral, os vários tipos de lugares em cada área me ajudariam, imaginei, a equacionar a localização mais provável de tipos como Alan ou Erin, traçando, assim, uma malha que reforçasse minhas probabilidades. Planejei começar pelo lado norte e seguir para o sul, pela Oxford, descendo a Wardour, a Dean, a Frith e a Greek Street, até chegar a Shaftesbury e Chinatown.

O primeiro problema dessa tática era que cada estabelecimento contava com procedimentos específicos para ingresso, o que em geral incluía o pagamento de entrada. Depois de percorrer metade da Ward, percebi que estava esgotando rápido demais meus recursos financeiros e ficou claro que seria preciso corrigir minha estratégia. Para piorar, como eu ficava me sentindo culpado por entrar nos lugares e apenas espiar, acabava sempre comprando uma bebida qualquer. Nos *pubs* eu pedia uma caneca, claro, geralmente de um bíter qualquer, a alternativa mais barata e fácil de beber — um negócio da China, creio eu, por 2,20 libras — e que eu largava pela metade sobre o balcão. Em cafés como o Mezzo ou o Bar Itália, para fugir do álcool, optava por qualquer coisa servida em xícaras.

A variedade de decoração, ambientação e mobiliário de um lugar para o outro era assombrosa; ia de cadeiras com pés palito de metal a pufes de lã, de plataformas circulares em que os clientes se amontoavam como pilhas de roupa suja sobre almofadões sorvendo produtos aromatizados de tabaco pelos tubos sinuosos de grandes narguilés de vidro ao estilo mais espartano, elegante e minimalista, mesas dobráveis de plástico e bancos funcionais, um bar que mais parecia o convés de uma espaçonave. Por toda parte, os clientes tinham o mesmo ar decadente, aparentavam a mesma arrogância, transpareciam o mesmo enfado, fumando com ar de escárnio e analisando, pelas pálpebras semicerradas, cada indivíduo que entrava. A cada porta, eu era assaltado por um lampejo de pânico ao notar que todos os olhares e todas as atenções se voltavam para mim. Apesar do frio, a atmosfera fétida dos bares logo deixou meu casaco de veludo empapado de suor.

O outro elemento inevitável no Soho era o esbordoar constante e ensurdecedor da música *tecno*. Parecia-me totalmente incongruente que em Londres se ouvisse esse tipo de música tanto em *pubs* de arquitetura vitoriana quanto em restaurantes indianos e até ensolarados cafés e *delicatessens* vegetarianos. Acho que, para o público, as batidas eletrônicas devem ser sinônimo de diversão. O bate-estaca incessante dita o ritmo do tinido dos copos, do consumo de álcool e do tilintar das moedas à medida que mais bebidas são compradas e começa mais uma música, tão implacável quanto a última — todos empenhados em acompanhar o que se poderia chamar de o prelúdio do Soho.

Logo já passava da meia-noite e eu só tinha coberto alguns quarteirões. Restavam-me talvez umas quatro libras no bolso. Meu esquema original fora por água abaixo e eu já não me lembrava bem por onde havia começado. Àquela altura eu já tinha bebido muito e sentia marteladas persistentes na nuca; era como se estivesse sob a influência de um pânico crescente e devastador. Agarrava-me a corrimões e encostos de cadeiras, murmurando palavrões e mantendo a cabeça baixa sob a iluminação ofuscante.

O ponto seguinte no meu mapa era um barzinho pé-de-chinelo enfiado entre dois estabelecimentos de maior categoria — "Garlic &

Metal". Logo na entrada, meia dúzia de mesas pretas vazias faziam as vezes de um café; o bar propriamente dito, ao fundo, encontrava-se igualmente deserto, exceto por uma garota inclinada sobre o balcão com cara de tédio, calças pretas rasgadas e uma camiseta também preta em que se lia "Garlic & Metal" sobre um crânio vermelho-sangue. Devia ter, espalhados pelo rosto, pelo menos uma dúzia de enxertos de metal, entre pinos, botões e tachinhas, que afloravam por todos os lados. Seu cabelo rosa-choque fora empastado de gel para ficar quase todo esticado — só que para o lado, como se ela tivesse passado o dia todo dirigindo um carro com a janela aberta. O lugar parecia muito promissor para encontrar Erin ou Alan Henry.

Ao me ver parado na porta olhando em sua direção, ela fez um gesto quase imperceptível com a cabeça, indicando uma fenda escura no chão à sua direita, uma espécie de alçapão por onde descia uma escada. Ao me aproximar, comecei a ouvir o fragor de uma música estridente e penetrante, cheia de guitarras.

Apesar de ter sido casado com uma musicista profissional durante muitos anos, meu conhecimento de música é pífio. Na minha infância e adolescência, ouvia o que tocasse no rádio, de que não há como fugir; depois, o que a Helen pusesse no aparelho de som — clássicos, em sua maioria, ou sua coleção de discos populares de *rock-and-roll*. Eu simplesmente parecia incapaz de uma relação clara e consistente com a música, que jamais me descortinou seus segredos — como um manuscrito do Antigo Reinado, por exemplo, desabrochava como uma flor diante dos meus olhos à medida que eu lhe percorria as transliterações, num fluxo natural de um pictograma ao seguinte, até a forma e a substância da mensagem se apresentarem por completo à minha frente. Imagino que Helen diria que o problema é exatamente esse — que não posso querer que a música, ou qualquer outra coisa no mundo, se comporte do mesmo modo que os textos antigos.

Nunca me ocorreu que eu havia passado a vida toda, em sua maior parte pelo menos, num mundo sem música. Eu não tinha — nunca

tive — nenhum tipo de aparelho de som em casa. Não tinha discos, fitas ou cds —, nem nunca quis ter. Helen costumava dizer que todo mundo tem uma trilha sonora pessoal tocando dentro da cabeça, que todos vivemos num mundo repleto de música; pelo menos o seu próprio. Eu respondia que não escutava nada e ela suspirava e dizia Ah, Walter, você só não está *ouvindo*. Eu não entendia; minha cabeça parecia dominada por um silêncio tenebroso, um longo nada vazio, e era assim que eu gostava.

A escada, em caracol, terminava numa sala imersa em luz vermelha e música ensurdecedora. Fui me espremer no bar enquanto esperava meus olhos se adaptarem. O teto baixo era de pedra bruta sem acabamento, o que lhe dava um aspecto de caverna. Nas paredes havia nichos com velas quase apagadas no meio de poças de cera endurecida. Os freqüentadores estavam todos uniformemente vestidos em variações de preto, enfeitados com o cintilar metálico de pinos e argolas de metal e uma ou outra explosão de cor no cabelo, que em geral lhes brotava das cabeças em ângulos estranhos. Eu não fazia a menor idéia de que aqui, em pleno 1997 (tanto tempo depois), eles ainda resistiam: *punks, underground,* no Soho, moicanos, couro, pinos de metal, gigantescos alfinetes de segurança enfiados no nariz; era como uma pequena descoberta arqueológica — um tanto quanto rasa, mas, ainda assim, um achado.

Meus olhos cruzaram com os da *barwoman* — outra jovem vestida do mesmo modo como a garota entediada lá de cima —, que me passou a carta de bebidas. Aparentemente, a única coisa que se tomava naquele bar eram doses servidas em copos altos numa variedade de cores indefinidas, todas enfeitadas com alho. Pedi um "Metal Martini" e tentei circular pelo lugar, abarrotado de gente, couro e metal. Consegui abrir caminho até um arco baixo que parecia dar passagem para outra sala. Todos eram extremamente educados.

Parei embaixo do arco e vi que por ali se entrava numa outra sala baixa, verdadeira câmara mortuária abobadada, com uma mesa comprida no meio e bancos ao longo das paredes — estas cobertas de grafites e pichações a tinta, esferográfica, hidrográfica, esmalte de unha e batom; palavras, frases e obscenidades em pelo menos vinte idiomas. No meio da mesa havia uma fileira de velas, a cera se espalhando em poças multicoloridas na superfície lisa do vidro. Dava para ver alguma coisa por baixo, uma forma qualquer, uma silhueta indistinta sob as velas e as dúzias de copos vazios.

Era um corpo — um corpo humano — estendido de costas, o rosto para cima, os braços cruzados: um cadáver embalsamado dentro do vidro; não era uma mesa, mas um caixão, um sarcófago de madeira com tampa de acrílico. As pessoas sentadas ao redor, sem me notar, continuavam gritando entre si acima do estrépito das guitarras e baterias, todas fumando pelo menos um tipo de cigarro, as tatuagens cobrindo-lhes os rostos e mãos como pegadas esfumaçadas. Sentei na ponta de um dos bancos para examinar melhor o corpo.

Obviamente, não tinha mais que algumas centenas de anos, talvez do século XVII, a julgar pelas roupas e por seu estado de conservação. Fora preservado da maneira mais usual no Ocidente, por meio da infusão de diversos solventes no cadáver, mantendo-o embebido em líquidos em vez de dessecá-lo como os egípcios. Era um homem, em trajes bastante suntuosos, com uma longa espada nas mãos entrelaçadas, calçadas com manoplas, um elmo com protetor para o nariz e cota de malha no queixo, os pés enfiados em calçados de metal. Um cotovelo veio me despertar da minha contemplação do morto.

Este aí, amigo, é *Sir* Toby Belch. E aí? Gostou?

Era um sujeito sorridente e de ar malicioso, com o cabelo preto cheio de gel todo espetado e forte sotaque germânico. Tinha um grande botoque de metal saindo do lábio inferior, que parecia interferir em seu discurso, e começou a batucar em cima do caixão.

Ei! Acorda pra cuspir! *Sir* Toby! Acorda, estamos precisando de você!

E quase caiu em cima de mim, num ataque de riso histérico. Cheirava como um bicho bem peludo que se perdeu do rebanho e acabou ficando do lado de fora, na chuva.

Eu me chamo Anton, apresentou-se, oferecendo a mão. Você é americano, sim?

Sou, meu nome é Walter. Muito prazer.

Este aqui, Anton continuou, dando um tapa no homem sentado ao seu lado, é o Gunnar.

Gunnar virou-se para mim, o rosto vermelho e os olhos encobertos por uma nuvem rosada. Abriu um grande sorriso.

Oi! Tudo bom?

Gunnar tinha a cabeça totalmente raspada, com uma série de volutas e símbolos bastante intricados tatuados por todo o cocuruto pelado; a maioria parecia celta, talvez com elementos escandinavos ou germânicos antigos no meio. Estava com fones de ouvido, ligados a um pequeno toca-fitas sobre a mesa-caixão. Anton me deu outra cotovelada nas costelas.

O que está fazendo aqui? Hein? O que veio fazer aqui, senhor americano?

Estou procurando uma pessoa. Uma mulher, na verdade, pode ser que...

Você veio a Londres, interrompeu Anton com incredulidade, atrás de *uma mulher*?

Ah, não, achei que você estava perguntando...

Anton deu uma tapona no braço coberto de couro de seu companheiro e soltou uma torrente de holandês. Não era difícil entender o que ele dizia; oriundo do alemão, como o inglês, o holandês moderno é muito semelhante à língua da Grã-Bretanha do século VIII. É o mesmo antigo inglês que ressoa sob os séculos de transformações morfológicas e generalizações, abstrações e aprimoramentos semânticos, trocas de vogais, perdas e ganhos lexicais. A ciência exata da lingüística reconduz rapidamente todos os idiomas de origem germânica de volta à língua-mãe.

Os dois deram boas risadas — um riso duro, seco e cheio de dentes. Anton passou-me um cigarro enrolado à mão, retorcido no formato de um grande cone.

Muito legal, disse. Muito legal. Mas *não* é um bom lugar para isso, é?

Anton e Gunnar ficaram me olhando com sorrisos expectantes, as pupilas fundas e dilatadas como as curvas redemoinhantes do Nilo. Pensei em Set emergindo por entre os juncos dos brejos, sua tromba comprida palpitante de expectativa,* a mão estendida numa oferta: uma flor de lótus, o Lírio do Nilo, com sua face voltada para cima, aberta para o sol, o estame rígido, as delicadas pétalas coloridas, o aroma de lama e divindade.

Dei uma tragada no cigarro. Posso ser um velhote, um careta, um quadradão, mas já passei tempo mais que suficiente da minha vida no Norte da África para reconhecer haxixe de longe, pelo gosto ou pelo cheiro. Devolvi-o a meu interlocutor.

Somos da Holanda, explicou Anton. Viemos tocar música. Quer ouvir a nossa banda? Sim?

Claro, respondi.

Anton me passou o baseado outra vez e dei uma baforada por educação. Estava forte, mas a fumaça encheu meus pulmões com uma sensação agradável. Nesse momento, ocorreu-me que aquela era a primeira interação de verdade que eu tinha com alguém naquela noite. Em Londres, ninguém mexe com quem dá a impressão de querer ser deixado em paz (o que é sempre o meu caso). Os londrinos estão sempre dispostos a não se meterem na vida de ninguém.

Anton tirou os fones de Gunnar e colocou-os nos meus ouvidos; rebobinou a fita um pouco e apertou o *play*. Fui atropelado por uma explosão de guitarras e baterias, uma verdadeira muralha sonora. Impressionante, pelo menos em termos do volume de som que eram capazes de produzir. Os dois ficaram me encarando sorridentes, ansiosos pela minha reação, balançando as cabeças no ritmo da música, que

---

*Na iconografia tradicional, Set é representado com o rosto de um animal cuja identificação é, ainda hoje, incerta. Há quem suponha tratar-se de algum animal fabuloso ou uma espécie extinta, embora não falte quem lhe atribua as características de um ocapi, um antílope ou um asno. (*N. da T.*)

estava tão alta que tenho certeza de que também dava para eles ouvirem. Assenti com um gesto e sorri. Para falar a verdade, não tenho a menor idéia do que era aquilo, nem se eu seria capaz de começar a descrevê-lo.

Então, fumei mais um pouco enquanto outras músicas foram passando pelos fones de ouvido, separadas por pausas de relativo silêncio. Quando dei por mim, estava recostado de costas na parede, olhando para elas e para o teto abobadado da cripta, lendo as inscrições numa variedade de idiomas que cobriam praticamente cada milímetro do concreto. Meu francês era rudimentar e meu espanhol mais ainda, mas eu me sentia seguro no alemão, latim, grego antigo e moderno, árabe, persa, urdu e meia dúzia de dialetos norte-africanos. As pichações iam desde variações livres de palavras de ordem anarquistas (*Foda-se o sistema!; Fodam-se as multinacionais!; Não me obrigue a te enfiar o pé no cu!*; Ignorantiat ad sapientium) a apelos mais moderados (*Paz na Palestina; Destrua sua televisão; Legalize já!*; Hatten ar dor!), meigos (*Meu coração chora por ti; Raphael ama Martine?; Estou perdido aqui*) ou mesmo críticos (*Bando de covardes!* Glasnost + *Reagan* + *Absinto* = *Amorzinho gostoso*; Utom Hammar Bys Fam; *Deus não pode atender no momento*). Vários idiomas antigos estavam representados, inclusive uma inscrição em aramaico, a antiga língua do Oriente Médio na época de Jesus, que não é falada por quase ninguém há mil anos. Desconfiei até que uns rabiscos na beirada do arco fossem cuneiformes, talvez acadianos, o que seria altamente improvável, considerando-se que no máximo umas quarenta pessoas no mundo inteiro são capazes de elaborar frases nesse idioma ancestral.

Grande parte dos escritos era em forma de pictogramas, a idéia transmitida por meio de alguma representação artística, sem palavras: nomes e logomarcas de bandas, símbolos da anarquia ou da paz, logomarcas de empresas, representações de pessoas ou objetos concretos, inclusive alguns retratos toscos, e uma ou outra esquisitice que eu não conseguia enquadrar em nenhum registro simbólico existente. Algumas coisas provavelmente não passavam de símbolos pessoais, sinais

A Terceira Tradução

entre amigos, um ou outro troço rabiscado na parede por bêbados em surto de criatividade ou aquele tipo de garatuja que nos pegamos rabiscando sempre pelos cantos do nosso tédio. Mesmo estes, porém, quase sempre são passíveis de interpretação — e a criptografia é o estudo justamente desse tipo de escrita.

Existe um espírito de brincadeira que permeia a criação de uma escrita. Os escribas da antigüidade atribuíam novos valores a sinais antigos, adaptavam ou criavam novos signos e combinavam outros por meio de mecanismos semânticos ou poéticos, tais como jogos de palavras. Ou então, a ortografia silábica — no caso de palavras de origem estrangeira, como na semiótica do noroeste — podia ser remodelada, gerando algo novo. Era preciso um vasto conhecimento dos padrões de signos existentes ou conhecidos, além de uma boa dose de imaginação para construir novas possibilidades, para vislumbrá-los dispostos em padrões visuais possíveis e usar todas as ferramentas à disposição, todos os instrumentos da história, para gerar algum significado.

Anton estava colocando os fones em mim mais uma vez.

Ouve só isso. Você gosta de poesia, sim?

Um homem começou a despejar uma enxurrada de versos num sotaque irlandês engrolado:

Não olhe mais para o copo amargo
Os demônios, em sua perfídia elegante,
Erguem-no antes e passam ao largo,
Ou olham apenas por um breve instante,
Pois sobre ele uma imagem fatal desce,
Com ramos partidos, folhas apodrecidas,
Raízes semi-encobertas sob a neve
Da tempestade cada vez mais agressiva.
Pois tudo tende à aridez
No demoníaco copo sombrio,
O copo da extrema acridez
Criada, no sono divino, em tempos antigos.

Desliguei-me do poema e fiquei escutando sem ouvi-lo de fato. Desviei-o para um compartimento à parte, pois pressentia um esquema rudimentar em formação; podia vê-lo se desdobrando, ouvi-lo mentalmente, como antigas engrenagens em movimento, empurrando as peças para o lugar.

Considerando-se que aquele bar era obviamente freqüentado por um determinado segmento da sociedade, uma espécie de juventude rebelde, propensa a um estilo musical e um código de vestuário específicos, tendendo a apresentar as mesmas inclinações políticas básicas, estruturas de personalidade, códigos de ética e moral, perspectivas sociais e psicologia particulares, e mesmo uma preferência por certos gêneros artísticos, determinada espécie de simbologia que reflete esses valores — para não falar na própria atração por aquele local, a cripta baixa e abobadada em que um cadáver apodrecia em meio à penumbra, à luz das velas, ao *heavy metal* ensurdecedor e aos drinques enfeitados com alho. Todos esses componentes desempenhavam uma função no desenvolvimento dos símbolos. Havia ainda outras pistas — o estilo de escrita, a relativa força ou leveza dos escritos, o tipo de tinta ou caneta utilizada, a localização do símbolo na superfície, sua inclinação (em pé ou de cabeça para baixo), a ortografia e a pontuação de eventuais textos adjacentes, bem como os textos e símbolos circundantes. Considerando-se que muitas dessas garatujas constituíam respostas ou desafios a símbolos antecedentes — ou seriam agrupados como símbolos, em termos de filosofia ou na apresentação concreta de determinadas representações? A chamada expressão arbitrária não existe; a ilusão de aleatoriedade é uma piada da natureza, fruto do humor dos deuses, que ocultam estruturas em nossas ânsias superficiais e caóticas. Toda e qualquer idéia em contrário trai nossa falta de vontade de confrontar o próprio código subjacente aos nossos propósitos.

Comecei a arrumar os pictogramas numa malha imaginária, a fim de detectar possíveis agrupamentos.

A TERCEIRA TRADUÇÃO

❦

O que a poderia haver tranqüilizado com um temperamento que a nobreza tornou simples como o fogo, com uma beleza como um arco recurvado... de uma espécie que não é natural numa idade como essa... sendo altaneira e solitária e circunspecta ao extremo? Por que, o que poderia ela fazer, sendo o que é?

A cidade de seu pai... ela o protege com o próprio corpo... nenhuma forma escapa ao seu ardor... ela irradia luz, a grande luz do disco solar, que brilha sobre seu semblante, sua beleza e seu poder... é o coração de todo o povo, feliz quando ela ascende à sua casa, ao seu templo... ela veio e brilhou como uma mulher de ouro, inestimável, a deusa-mãe... entretanto, tanta dor, tanto pesar, e as duas terras choram por ela.

❦

Quando olhei em volta de novo, Anton e Gunnar estavam jogados no banco, apagados, a cripta vazia.

Não me admirei; era normal que o tempo se acelerasse quando eu me dedicava à tradução de um texto. Quando finalmente erguia a cabeça, com um tremendo torcicolo e os olhos ardendo do esforço, espantando as divagações em que havia mergulhado, em geral o dia havia acabado, a noite caíra e minhas condições e o ambiente circundante haviam sido alterados.

Só que, dessa vez, havia uma diferença; o texto que eu estava decifrando era uma versão do texto da Estela de Paser, uma variação da tradução de Stewart — apenas com alguns ajustes de que eu não havia me dado conta antes, referente à terceira seção superior, que cobria as paredes e o teto da cripta.

Desviei os olhos e procurei descansá-los na forma intumescida e ulcerosa de *Sir* Toby Belch em seu ataúde de plástico. A música continuava ribombando no salão principal, embora meus fones de ouvido estivessem mudos. Inclinei-me para examinar as tatuagens que cobriam o crânio de Gunnar. Não eram símbolos celtas nem nórdicos conforme eu pensara a princípio, mas sim uma série de elaboradas representações da flor de lótus, desenhadas no distinto estilo egípcio.

Mal pude acreditar que havia cometido um erro tão grosseiro. Só podia estar chapado e alucinando. Foquei o olhar, pisquei, olhei de novo: era o lírio do Nilo, quase uma perfeita representação do Antigo ou Médio Reinado, traçada como um mapa naquela careca.

Escapuli da cripta enquanto os holandeses dormiam.

No momento seguinte, estava costurando pela multidão que parecia afluir para a Oxford e a Tottenham Court Road depois da meia-noite. Para rebater a bebedeira, entrei no Dionysus para comprar um cone de batatas fritas, encharquei-as de vinagre de malte e sal e fui abrindo meu caminho pela multidão, espetando as batatas com um garfinho de madeira, tentando desviar da massa humana que, empapada de cerveja, cambaleava, xingava e suava dentro de seus colarinhos virados para cima feito barbatanas, arrotando aquela peculiar bravata dos londrinos, tão rápidos no gatilho: *Tá olhando o quê?!*, à caça das meninas núbeis e de olhos escuros do Oriente Médio, que saíam das boates. Um travesti perdido, do alto dos seus sapatos-plataforma e com a peruca toda torta, abandonou o Pink Pounder e foi descendo a Oxford com ar confiante, destacando-se no meio da multidão. O africano de jaqueta de couro murmurava *Mini-táxi?* ou *Erva?* para todos os passantes, enquanto um bando de chinesinhas, piscando muito, descia do ônibus 24 na Tottenham com a Oxford de mochilas lotadas e guias nas mãos, esquivando-se dos bêbados de aspecto anêmico, ternos escuros e aparência de trinta e poucos anos que, recém-saídos de algum agito do Soho, mijavam com indiferença no primeiro nicho que ainda não estivesse ocupado.

Àquela hora da noite, encontra-se, na esquina da Oxford Street com a Tottenham Court Road, todo tipo de lunático possível e imaginável: os que berram, cuspindo saliva e catarro para todos os lados, gesticulando pelas ruas, tentando abordar o primeiro que lhes cruzar o caminho por qualquer motivo, a fim de explicar algum terrível engano, alguma grande injustiça de que foram vítimas; os mais incorrigíveis tipos de mendigos e viciados, que, talvez sabendo que suas chances de conseguir alguns trocados definham com a aproximação da manhã, entram num ritmo frenético, com seus cobertores ou sacos de dormir sempre pendurados num dos ombros, puxando as mangas dos passantes, proferindo discursos sobre epilepsia, hepatite, bebês congelados, passagens de ônibus, namoradas esfaqueadas no parque, sempre olhando seus interlocutores nos olhos, que é o segredo da simpatia universal.

Ninguém parece saber para onde estamos indo; todos vagueiam às cegas e confusos. Há uma poça de vômito fresco em cada esquina, um pranto silencioso em cada ponto de ônibus, gritos de bêbados que escapam de cada bar. Uma verdadeira odisséia de insanidade.

Enquanto eu esperava o sinal abrir para atravessar a Tottenham Court Road com meu cone de fritas, apareceu do meu lado uma garota de aspecto frágil, vestindo um casaco todo manchado e rasgado com colarinho de pele. Havia manchas de maquiagem em seu rosto, longos riscos negros lhe desciam pelas bochechas, a pele do pescoço e das mãos cobertas de pústulas.

Por favor, pediu, não quero dinheiro. Só preciso de alguma coisa para comer.

Lá estávamos nós, no meio-fio, junto com uma fileira de outros transeuntes, esperando o sinal. Parei com uma garfada de batatas no ar, a caminho da boca.

Por favor, me dá um pouco das batatinhas? *Por favor.*

Tome, respondi, entregando-lhe toda aquela maçaroca engordurada — que ela agarrou, virando de um só golpe para o outro lado e atravessando a rua, desviando do tráfego, até desaparecer na esquina com a New Bloomsbury Street. O sinal abriu e todos começaram a andar. A jovem ao meu lado, que pela cara era uma universitária americana, desatou a chorar quando chegamos ao outro lado.

Ah, meu Deus, gemeu. Que horror, que horror.

Com o rosto entre as mãos, foi na direção de sua pousada, ou onde quer que estivesse hospedada, e eu segui para a Great Russell Street, voltando para casa, sentindo a distância que nos separa a todos do mundo particular que cada um de nós habita. O West End faz essas coisas. Toda noite, na zona oeste do centro de Londres, todos se perdem.

6: SET

FUI DIRETO PARA O QUARTO de Alan. Encontrei a maçaneta partida em vários pedaços, jogada no chão do corredor, e a porta ligeiramente entreaberta. Como nada parecia fora do lugar, achei melhor ficar por perto. Pensei em ser sincero com ele e esclarecer tudo de uma vez. Sentei-me no catre e fiquei olhando para a porta, o conteúdo do meu estômago revolvendo-se com viciosa agressividade.

À medida que a noite avançava, acomodei-me no leito e pus-me a ler o livro de Thompson, que continuava no meu bolso. Era uma típica descrição inglesa do Egito feita no século XIX. Ao que parece, Thompson era um senhor abastado que saiu em férias prolongadas com a intenção expressa de registrar suas observações do fantástico esplendor oriental, seus desenhos e gravuras. Sua expedição fluvial começou por Alexandria, e o primeiro capítulo dedica-se principalmente à descrição do porto, dos hábitos curiosos dos nativos, além do Pilar de Pompeu e da Agulha de Cleópatra, que hoje se encontram em Paris. Passado algum tempo, recostei a cabeça no travesseiro e cerrei os olhos. Tirei meu amuleto em forma de orelha do bolso e segurei-o com as duas mãos junto aos lábios, ainda pensando em Alexandria.

Minha ex-mulher, Helen, adorava as inúmeras lojas de chá da zona portuária, onde se podia sentar numa almofada baixa e dividir um bule de chá por cinco centavos, observando a movimentação no porto. No último verão em que foi me visitar, passamos um bom tempo lá, Helen sempre de vestido longo e claro de algodão e sandálias trançadas, a cabeça descoberta, seus cabelos escuros reluzindo sob o sol africano. Com o passar dos dias, sua pele foi ficando bronzeada e apareceram-lhe finas linhas brancas ao redor dos olhos. No Egito, eu usava meu panamá de palha e óculos escuros o tempo inteiro, mas Helen insistia em sair de cabeça descoberta e sem qualquer proteção. Num certo sentido, nossa aparência e atitudes eram iguais às de qualquer outro casal de turistas, pelo menos no curto período em que eu ficava liberado das minhas obrigações no Centro Cultural de Alexandria ou numa das escavações sob minha supervisão na periferia. Esquadrinhávamos os mercados, pechinchávamos quinquilharias, caminhávamos às margens do Mediterrâneo; chegamos a fazer um rápido passeio de camelo pelo Saara, onde passamos uma semana acampando.

Eu, particularmente, tinha pavor dos animais, tão grandes e quase sempre indisciplinados, mas Helen aprendeu num estalo e depois de uma hora já montava como uma beduína. Partimos de manhã cedo — nós dois, um casal japonês e um grupinho de adolescentes australianos, mais quatro guias, que também montariam o acampamento e preparariam nossas refeições. Lembro-me do cheiro penetrante de pimentas e *curries*, os ensopados escuros e espessos borbulhando em toscas tigelas de cerâmica, o jeito como os dois japoneses fumavam sem parar, ficando sem cigarros logo na primeira noite. Expressaram profundo desapontamento quando os guias declararam-se incapazes de produzir mais num passe de mágica; tudo o que tinham a oferecer era seu forte tabaco turco e folhas para enrolá-lo. Durante todo o resto da viagem, o casal manteve os chapéus puxados sobre os olhos, resmungando em pictogramas modernos e lançando olhares furiosos para as dunas intermináveis.

Fazia um calor infernal e a sede era insaciável. Um dos camelos carregava uma dúzia de garrafões de água, e consumíamos nossa ração individual antes de cada anoitecer. No entanto, eu havia feito questão de levar nosso próprio suprimento de reserva, e todas as noites, depois do jantar, eu e Helen degustávamos, às escondidas, meio litro de um fresco chá assamês mentolado. À noite, a temperatura despencava pelo menos quarenta graus, e nós dois nos aconchegávamos juntinhos em grossos cobertores de lã, ásperos como lixa por causa da areia. Nossa barraca agitava-se ao vento do deserto, a lona batendo e estalando furiosamente. O suave farfalhar e tilintar dos camelos arreados, mexendo-se no sono, os murmúrios baixos dos guias, que ficavam fumando ao redor da fogueira noite adentro antes de se enrolarem em seus cobertores para dormir, amontoados em volta do fogo feito velhos viralatas; lembro-me do cheiro dos nossos corpos enroscados, úmidos de suor, o aroma de salva e sândalo nos cabelos de Helen, o toque suave e macio de seus braços e pernas. Ela se aninhava no meu pescoço e me dava beijinhos de leve; eu retribuía beijando-lhe a testa, Helen dava uma risadinha e começava tudo outra vez.

Certa noite, desembaracei-me dos cobertores, deixei Helen nua e morna mergulhada no sono pesado e saí da barraca para urinar. A princípio, a escuridão no deserto parece densa e absoluta, como uma caverna subterrânea, e nos primeiros instantes sente-se uma pontada de pânico diante daquela natureza tão vasta. Contudo, bastam alguns segundos para que a terra e o céu fiquem claros, devidamente separados — uma constatação importante, que não passou despercebida para os antigos egípcios. Junto aos meus pés, grandes escaravelhos pretos, seus corpos segmentados deslocando-se desajeitados com as ligeiras ondulações do vento na areia, rolavam suas cargas esféricas de esterco de camelo para suas tocas. Eram milhares deles, pululando pelo areal, espalhando-se pela duna seguinte, uma massa em lento movimento. É uma visão bastante inquietante a princípio, quando nos damos conta da ordem de grandeza de sua quantidade — até percebermos que eles não têm o menor interesse em nós; já têm seus próprios fardos com que se preocupar.

Parece que dá para ver mais longe no deserto à noite. Olhando para cima, o céu começa a se afirmar, sem nuvens, sem lua, como parece ser a maioria das noites no deserto, as estrelas destacando-se em meio a manchas indefinidas como ferrões luminosos incandescentes; são miríades delas, verdadeiros rios de luz branca, os finíssimos grãos de areia levados pelo vento desenhando faixas sinuosas de rosa e verde pálido no ar. Deixei-me ficar ali, tiritando, o vento polvilhando minhas pernas nuas às lufadas, segurando meus genitais quentes entre os dedos, escrevendo meu nome na areia.

Depois, comecei a sonhar com Alan Henry em seu quartinho: ele crescia como uma planta, a cabeçorra espocando a porta e a janela, os braços grossos estirando-se pela Great Russell Street. Sua cabeça em forma de barril começou a mudar de forma e dois grandes chifres espetados brotaram do seu crânio, seu semblante adquiria traços quase caninos, como um tamanduá, o aspecto de Set —, o antigo protetor do Egito e deus do caos, a pele embranquecendo e cobrindo-se de pêlos, o corpo ficando mais angular, maior, até seus olhos bulbosos saltarem pela clarabóia no teto, os tijolos pressionando seu corpo em expansão, o edifício inteiro intumescido até quase explodir.

Acordei quando um peso esmagador desabou em cima de mim como um saco de farinha, fazendo a cama guinchar e expelindo todo o ar dos meus pulmões com um gemido. Um cotovelo de pedra golpeou-me a orelha. Era um corpo, e grande. Um corpo humano. Dava para reconhecer pelo calor, pela maciez da pele. Pela combinação do cheiro de *curries* e *chutneys* apimentados e pelo formato daquela massa, só podia ser Alan Henry.

Ele pulou para trás, afastando-se da cama como um gato, e embora os meus olhos estivessem enevoados e latejantes pela falta de ar, deu para vê-lo assumir uma espectral posição de judoca na penumbra do quarto, sua silhueta estranhamente nítida, as mãos erguidas, as palmas voltadas para a frente.

Você vai se arrepender, rosnou ele, vindo na minha direção. Eu me contorcia na cama; minhas costelas pareciam estilhaçadas, e tudo o que eu conseguia era emitir um chiado fino pela garganta, lutando para respirar. Alan agarrou meu pescoço com uma das suas patas gigantes e, erguendo a outra mão acima da cabeça, começou a martelar-me o lado do rosto com golpes ritmados.

O primeiro murro fechou meus olhos, e o segundo pareceu restaurar meu oxigênio.

Alan... Espere... Alan..., consegui ganir entre socos.

7: COMO OS INSETOS PENSAM

QUANDO ACORDEI, EDDIE estava segurando um pedaço de *bacon* cru sobre meu rosto. O lado esquerdo da minha cabeça, muito inchado, latejava. Minha orelha estava revestida por uma crosta de sangue seco. Eu estava encolhido em posição fetal.

Até que enfim, saudou-me Eddie. Voltou à vida, hein? O grandalhão lhe deu umas boas bordoadas.

Uma luminosidade vaga, que parecia a luz do dia, entrava pela janela. Olhei em volta e percebi que o quarto estava vazio; eu estava deitado no chão empoeirado do apartamento de Alan, com Eddie ajoelhado ao meu lado. Já era de manhã. O lugar estava deserto; todas as coisas de Alan tinham sumido.

Para onde ele foi?, indaguei.

Sei lá. Eddie deu de ombros. Enfiou a chave debaixo da minha porta hoje cedo. E ainda pagou os dois próximos meses, sabia? Coisa mais esquisita.

Peguei o *bacon* e olhei para ele.

Achei que era para colocar *carne* crua num caso destes, comentei.

Eddie arrancou o *bacon* das minhas mãos.

E eu lá tenho cara de açougueiro, por acaso?

E saiu pisando duro, deixando-me sozinho no quartinho de Alan. Levantei e procurei localizar outros ferimentos, mas não parecia haver nada grave. Dei uma olhada nos bolsos: a carteira e as chaves continuavam no lugar, mas o livro de Thompson que eu havia surrupiado da biblioteca havia desaparecido, e não era só isso. Alan Henry também havia levado minha orelhinha de madeira, um dos poucos objetos com algum valor de verdade para mim.

Voltei para meu apartamento para me lavar, tirar aquela camada de gordura de *bacon* da cara e ver como estava. Um vergão inchado, roxo e vermelho, mais ou menos no formato do continente africano, começava na minha testa, contornava o olho esquerdo e descia pela bochecha. Dava para sentir o coração pulsando ali dentro, feito uma espécie de máquina interna. Toquei-o de leve, como se fosse uma criatura acolchoada que tivesse grudado no meu rosto. O lóbulo da orelha estava cortado e latejava, mas o sangue havia coagulado em volta; parecia um brinco escuro e cascudo.

Mick estava borrifando mais uma camada de inseticida na cozinha. Veio andando de costas pela sala com uma lata em cada mão, espargindo remédio de um lado para o outro, igual àqueles sujeitos que estacionam aviões no aeroporto. Ele gasta umas quatro latas por semana — sem falar nos outros métodos de desinsetização que costuma usar.

É o vírus do Nilo Ocidental, explicou. Fizeram testes num corvo que encontraram em Finsbury e deu positivo.

Mick, preciso falar com você.

Os olhos dele passaram por mim por um momento. Agora, na atmosfera árida da cozinha, o ferimento no meu rosto ardia, como se o estivessem cauterizando com um maçarico. Mick interrompeu a dedetização e largou as latas.

É? Que foi? Olhe, tem alguma coisa errada com a sua cara, companheiro.

É sobre o Cântico de Amon... soube que você chegou a vê-lo e...

Espere aí, atalhou ele, virando-se para o fogão, deixa eu tirar os rins do forno.

Abriu a porta do forno e, com um guardanapo, sacou uma tortinha de rim da grelha, deixando-a sobre a bancada para procurar um garfo. Eu continuava com as mãos na boca e os olhos lacrimejantes por causa das nuvens de produtos químicos que encobriam a cozinha. Mick foi enfiando a torta quente na sua boca de doninha.

O Cântico de Amon, prossegui, de Carnac. Klein me falou sobre ele, e disse que você o examinou.

Mick raspava o prato de alumínio, o rosto inclinado sobre a comida como um penitente.

Será que você pode me falar alguma coisa a respeito, já que é contemporâneo da Estela e da mesma região?

Por que que você mesmo não olha?

Bom, é que... ele não está disponível no momento. Você o leu, não foi?

Mick enrugou a testa. Sua pele era quase translúcida, e finas veias azuis cruzavam-lhe a fronte.

Não tem nada pra falar sobre ele, companheiro. Acredite em mim. É uma bobajada sentimental. Não deu pra tirar nada de bom.

Momentos depois, Mick jogou a embalagem da torta no lixo, pegou seus inseticidas e recomeçou o borrifamento, cobrindo o chão da cozinha com movimentos amplos e homogêneos — e deu uma olhada na minha direção. Ele não ia nem tocar no assunto comigo, que dirá partilhar as suas traduções do cântico. Eu não precisava daquilo; não podia ficar perdendo tempo com ele quando a minha carreira estava na iminência de implodir.

Mas te maltrataram ontem, hein? Você tá lindo assim.

Por alguns instantes, considerei a possibilidade de voar naquele pescocinho e torcê-lo até os olhos saltarem do seu crânio de roedor. Eu tinha pelo menos uns vinte quilos a mais que ele, e era alguns centímetros mais alto; se quisesse, podia amassá-lo feito uma barata. Não sou do tipo violento, nunca fui, mas a leve animosidade que eu costumava sentir em relação ao Mick sem dúvida estava chegando ao auge. Ou talvez eu só quisesse descarregar uma espécie de vingança mal direcionada. Tive ímpetos de agarrar aquele cara, picar seu corpo franzino em pedacinhos e atirá-lo no Tâmisa — igual a Set, que despedaçou Osíris e jogou-o no Nilo. Tudo bem que a mãe dele, Ísis, juntou os pedaços e isso tudo só serviu para deixar Osíris ainda mais poderoso, pois se tornou o juiz supremo do outro mundo. Mesmo assim, eu ainda tinha vontade de esganá-lo.

Tem certeza?, perguntei. Nada?

Mick balançou a cabeça. Estava agachado embaixo da pia, espremendo o gel venenoso de uma bisnaguinha pelo rodapé.

De onde veio aquele dinheiro, Mick? Aquele dinheiro todo que você deu ao Alan?

Do crédito universitário, cara. Os cheques chegam de quatro em quatro meses.

Mas há anos você não é estudante.

Não faz diferença. Eu me matriculo num curso de vez em quando, sacou? Tecnicamente, estou numa pós-graduação.

Ah, é? Em quê?

Ahn... civilizações antigas. Ou é antropologia cultural? Sempre confundo. Basta eu enviar uma parte do trabalho que estou fazendo aqui, e isso os satisfaz.

Quanto você deve?

Quanto? Ah, sei lá, pelo menos uns sessenta mil paus.

Fiquei com medo de perguntar com o que diabos ele gastava tanto dinheiro, além de inseticidas. Mick se vestia como um morador de rua profissional, quase nunca se dedicava a algum tipo de higiene, não tinha praticamente nada além de algumas mudas de roupas e uma escova de dentes bolorenta, e parecia viver quase exclusivamente de salsichas, tortas de rim, enlatados, quentinhas da loja de batatas da esquina e eventuais incursões pelas profundezas das vaporosas cozinhas asiáticas do Soho.

Em seguida, Mick passou para as armadilhas — armadilhas comuns para baratas, iscas para grilos e formigas e cápsulas especiais emissoras de hormônios, que emanavam uma espécie de radiação que penetrava a estrutura de DNA dos insetos. Dava para ver que estavam funcionando quando começavam a aparecer baratas moribundas de três pernas rastejando, ou uma segunda cabeça saindo pela lateral do abdômen. Mick engatinhava de um lado para o outro na cozinha, espalhando as várias armadilhas a cada trinta centímetros. Como as iscas frescas estavam fazendo meu rosto machucado latejar, recuei para o corredor e gritei para ele:

Quando pretende pagar isso tudo? Você não fica preocupado?

Não pretendo pagar nada.

Mick deitou-se no chão da sala, prendendo iscas sob o sofá e a mesa de centro.

Não tenho parentes vivos — fora a minha mãe, que tá com quase setenta anos. Se eu morrer sem deixar herdeiros, não tem problema nenhum, sacou?

Quer dizer que simplesmente vai deixar a dívida? Vai morrer com ela?

Ele me lançou um olhar atônito.

Claro, né?

Mas quem vai pagar?

Foda-se quem vai pagar. Eu já vou ter morrido mesmo.

E riu com seus dentes de furão, os olhos transbordando uma espécie de júbilo.

Mick sempre preferiu a visão ptolemaica do Egito, um mundo em conflito com seu próprio destino, o período de agitação. Nunca consegui entender muito bem a mitologia dele. Apesar do seu aparente desdém pelas coisas do espírito, tinha montes de argila úmida guardados numa caixa no laboratório e inscrevia nos tabletes passagens em demótico, copta e outras escritas cuneiformes irreconhecíveis para mim.

Com freqüência, nas manhãs ou tardes intermináveis em que eu me debruçava sobre a Estela, Mick, empoleirado no seu banco, ficava murmurando para si mesmo — ao que me consta, quase sempre fragmentos de egípcio e árabe arcaicos — enquanto pressionava a argila úmida com seu cálamo de junco talhado à mão, escrevendo algo que se aplicava tão-somente ao seu distorcido senso pessoal de teologia e ordem. Sob aquela crosta de indiferença que Mick envergava, havia algum tipo de busca interior acontecendo; sua paixão pelo trabalho manual, fosse qual fosse, ia além do monetário. Mas isso era uma coisa que ele jamais admitiria, e carregou esse segredo consigo para o outro lado. Até hoje, lembro-me das suas entoações sussurradas como uma espécie de fundo musical naquele período no Museu Britânico.

Aí, Rothschild, essa torta não adiantou nada. Vamos pegar um rango?

É verdade que, nas últimas 24 horas, eu só tinha comido meio cone de fritas encharcadas.

Está bem, preciso mesmo sair e deixar esses inseticidas todos se dissiparem, aceitei. Mas eu escolho. Nada de comida indonésia desta vez.

Mick resmungou, mas consentiu. Seu restaurante predileto, onde comia pelo menos uma vez por semana, era um pé-sujo indonésio na ponta do Soho. Eu não agüentava mais — não a comida, que era gostosa, mas o ritual todo do Mick. Seu prato favorito era uma espécie de peixe servido com a espinha, deitado de lado num prato lascado azul-claro e boiando num molho marrom sujo, cheio de pimentas que pareciam patinhas de insetos e coberto de folhas pulverulentas vermelhas e pretas. Ele costumava pedir *quente — a parada legítima, vê lá, não quero essa merda pra turista ver*, dizia ao garçom, que fazia mesuras e dava sorrisos afetados dentro de sua bata amarrotada que ia até os joelhos.

Quando serviam a comida, o pessoal da cozinha saía e se enfileirava na parede, uma trupe variegada de asiáticos — que cruzavam os braços finos, tatuados e sem pêlos sobre os peitos afundados dentro das camisetas brancas encardidas, os cigarros escuros pendurados no canto dos lábios úmidos, observando Mick com um óbvio ar de divertimento e expectativa. Esperavam Mick pegar uma garfada do peixe, sopesando-a com cuidado, deixando o molho pingar no oleado sujo da mesa. Mick depunha aquela carne branca macia em sua boca de doninha e, de olhos cerrados, punha-se a mastigar furiosamente, a pele translúcida do rosto encrespada com as finas estrias musculares que lhe cobriam a face e o crânio bulboso feito uma teia de aranha. Ele engolia e abria os olhos, sempre me olhando do mesmo jeito, uma expressão de deleite, como se lamentasse que eu não pudesse experimentar tamanho prazer, como se tudo aquilo estivesse tão além das minhas capacidades e habilidades que nada lhe restava sentir por mim senão a mais rematada pena.

O que eu nunca consegui compreender, já que pedia exatamente o mesmo prato e devorava de maneira rápida e sem cerimônia o peixe apimentado com meu próprio conjunto de mecanismos alimentares, arrancando pedaços da carne tenra do plástico quebradiço dos ossos, mergulhando-o no molho e regando-o com um copinho de soda limonada.

Passados alguns minutos, o rosto de Mick ia ficando branco e seu sorriso condescendente e automático começava a falhar; seu rosto adquiria um alarmante tom amarelado, como se seu fígado tivesse explodido e a bile tivesse lhe subido à face. Seu pomo-de-adão ficava agitado, os olhos enchiam-se d'água e era sempre aí, quando a primeira lágrima lhe corria pelo rosto, o olhar ainda fixo no meu, que ouvíamos o riso abafado dos caras da cozinha, um resfolegar, e o som de lábios pressionados inutilmente contra as costas da mão, numa tentativa nada convincente de supressão, até culminar num festival de bufidos e chiados debochados. Voltavam todos para a cozinha, em meio a um ataque daquele tipo de riso que desafia contextos ou estruturas lingüístico-culturais específicos — guinchos de prazer provocados pelo desconforto e sofrimento alheios. Que som universal — o mesmo em qualquer parte do mundo. Mick, então, engasgava e começava a beber o meu copo d'água, depois de já ter derrubado o seu na própria camisa.

O peixe era meio apimentado, de fato, mas nada que eu já não tivesse provado, e melhor, nas tavernas do Norte da África ou pelas diversas cidades portuárias ao longo da costa turca. Eu tentava terminar meu prato com um ar soturno, expressando alguma espécie de simpatia pelo Mick, simulando uma luta com o peixe, balançando a cabeça em concordância enquanto ele se sacudia e tossia no guardanapo, enfiando pedaços de pão goela abaixo, sorvendo, um atrás do outro, os copos d'água que a chorosa recepcionista lhe servia. Àquela altura, já se havia instituído um fluxo ininterrupto de água gelada da cozinha para a nossa mesa, graças ao qual os copos chegavam de mão em mão até os dedos trêmulos de Mick — que ficava o resto da noite sem falar comigo, cuspindo pelo caminho nas sarjetas da Charing Cross, resmungando para os seus amuletos, como se fosse tudo culpa minha.

Depois, já no apartamento, eu era submetido à sua angústia intestinal enquanto ele se esvaía no banheiro. Certa vez, depois de um jantar desses, fui usar o banheiro a certa altura, já tarde da noite; quando acendi a luz, deparei-me com Mick nu e tremendo, os braços esqueléticos estendidos, uma mão em cada parede, pairando sobre o vaso, suspenso numa posição sentada como uma espécie qualquer de ginasta ensandecido, os olhos em chamas e bolhas de cuspe nos lábios pálidos. Voltei para o quarto e me embolei nos lençóis, a vontade de urinar subitamente extinta, e passei as horas seguintes tentando ignorar os gritos e gemidos abafados de Mick: *Arde, arde, arde... ai, meu Deus, como isso arde!*

Em vez disso, desta vez levei Mick a um restaurante perto da Endell Street, no coração labiríntico do Covent Garden, uma casa vegetariana deliciosamente estranha chamada Cranky's, onde é possível comer uma tigela de cevada orgânica quentinha, coberta de coentro, raspas de cenoura e pinhões, acompanhada de um copo de suco fresco de beterraba com aipo, verde aquoso, engrossado pelo sedimento arroxeado. Havia inúmeros estabelecimentos como esse na região, nos quais se podia obter comida vegetariana orgânica, muitos deles pertencentes à poderosa organização *hare krishna* britânica, que elegera Londres para seu lar. Pensei em comer alguma coisa orgânica e talvez topar com Alan Henry, que costumava freqüentar esses lugares, assombrando os pequenos pátios e jardins internos do Covent Garden. Já o vira muitas vezes por ali, conversando com os *hare krishnas* ou outros sujeitos de túnica.

Na verdade, eu nem gostava tanto da comida, mas, de vez em quando, depois de algumas semanas à base de peixe com fritas e pudim de Yorkshire, a pessoa sente necessidade de desintoxicar o organismo, lavar tudo com alguma coisa que não estava cagando e trepando em alguma colina musgosa da Cúmbria pouco tempo antes. Considerando-se a dieta de Mick, achei que isso também podia ser bom para ele.

Percorremos meia dúzia de quarteirões debaixo de uma leve garoa, Mick cuspindo e fumando furiosamente pelo caminho todo. Já no recesso do Cranky's, um lugar frio e úmido apesar das paredes pintadas de um berrante amarelo-açafrão, escolhemos uma mesa e Mick sentou-se resmungando diante de uma salada orgânica, fitando com desconfiança a *foccacia* com azeitona e tomate seco, cutucando a tigela de *homus* com seus dedos de aranha, sempre de olho na porta.

Algum problema?, perguntei.

Quero fazer uma pergunta, respondeu olhando-me nos olhos, o que era raro.

À vontade.

Você já reparou na forma mais comum que as representações de, bem, digamos, extraterrestres assumem na cultura ocidental? Ou do diabo?

Dei de ombros.

Insetos. São de longe as mais comuns. Por quê? Porque os insetos são as criaturas de aspecto e atos mais alienígenas existentes neste planeta, sacou? Preciso lembrar a você que eles têm um exoesqueleto? Uma casca externa dura que contém uma mistura de fluidos? Você já deve ter notado que podemos jogar uma aranha ou uma barata do alto de um prédio de dez andares e a filha-da-puta sai andando pra toca como se tivesse acabado de descer do ônibus?

E daí?

Já ouviu falar na teoria da consciência coletiva? O trabalho coletivo em massa com um único objetivo em vista? Sem nenhum traço de pensamento ou aspiração individual? Sabemos que várias espécies de abelhas têm um sistema de castas, que determina a função específica de cada uma na colméia, funções que são geneticamente predispostas a executar. Sabemos, também, que as operárias têm a capacidade de comunicar, de algum modo, conjuntos complexos de instruções para o resto da colméia, inclusive elementos de navegação, que permitem às demais partir então em busca da fonte de alimento.

Elas se comunicam pelo movimento, anuí. Como se fosse uma dança.

Que dança, que nada. Não teria complexidade suficiente. É como dizer que se podem escrever instruções funerárias do Antigo Reinado em copta.

E daí?

A metáfora da colméia é literal. Cada indivíduo não passa de um apêndice do corpo maior. Você sabe como é atribuída a posição de cada abelha ao nascer? Com exceção da rainha, todas têm a mesma carga genética. Depende da quantidade de comida, basicamente água com açúcar, que cada pupa recebe das operárias. É isso que determina a sua função: quanto mais açúcar, maior e mais poderosa a abelha. Tudo decidido sem nenhum pensamento; é instinto puro. Cada ato é determinado por algum tipo de instinto interligado.

A Terceira Tradução

Você tem sérios problemas, Mick. Algum tipo de fobia.

Foda-se. Um impulso minúsculo que percorre sua medula espinhal, a partir do carocinho que lhes faz as vezes de cérebro. Reações. Luz, temperatura, movimento, pura reação ao mundo externo, sacou? Em certo sentido, é como voar às cegas. Sabe como uma mariposa ou borboleta às vezes vem voando até bater na gente — apenas porque não nos reconhece como seres vivos? Não passamos de um objeto, um mero conjunto de parâmetros de entrada que são filtrados pelo sistema nervoso microscópico delas e geram uma série de ações predeterminadas! Agora, eu pergunto...

Enfiou-me um dedo no peito, rangendo seus dentes de roedor. Procurei esquivar-me do bafo mortífero o máximo possível dentro do pequeno reservado.

...o que pode ser mais aterrorizante que isso? O quê? Essa ação desprovida de pensamento, racionalização, intelecto, emoção, sem nenhum processo, de nenhum tipo? Regida por instintos regulados por uma consciência coletiva, uma memória física real, porra! Não existe sentimento de perda, de pesar, nem mesmo de dor. Tudo é secundário à sobrevivência. Daí poderíamos concluir que eles seriam previsíveis, mas muito pelo contrário: são as criaturas vivas mais imprevisíveis do mundo, pelo menos nas nossas interações com eles. E por quê? Porque não há *razão*! A consciência deles é tão absolutamente diferente da nossa, que eles *podem perfeitamente ser um bando de ETs.*

Essa foi a conversa mais longa que tivemos.

Logo depois, Mick chegou à conclusão de que lhe seria impossível consumir *esta merda* e tratou de acender um cigarro, apesar dos avisos de "proibido fumar" espalhados por toda parte. Fomos imediatamente conduzidos à saída por uma dupla de jovens de cabelo rastafári, que pareciam ser os seguranças dos *hare krishnas*. Eu ainda estava mastigando meu tabule com alho e tomates quando me vi na rua, debaixo da chuva.

Hare krishnas filhos-da-mãe!, explodiu Mick. Meu Deus! Veados metidos de merda.

Você tem alguma idéia de onde posso encontrar o Alan?

Não, companheiro.

E Hanif?

Sei lá, pô.

Estávamos subindo a St. Martin's, voltando para Bloomsbury, quando passamos por um barzinho sombrio chamado Four Bells, de janelas embaçadas de vapor e gordura.

Hmm, ovos escoceses, resmungou Mick — e, sem mais, entrou no bar, deixando-me sozinho na rua.

Não sei por que eu ainda me incomodava com esse tipo de atitude. Voltei sozinho para casa debaixo de chuva, segurando o rosto machucado para o alto, a fim de molhá-lo com as gotas geladas. Tremendo, amaldiçoei Mick até a alma, aquela alma sombria e doentia.

8: MÚSICA

CHEGANDO EM CASA, coloquei algumas moedas no telefone e liguei para o hotel de Zenobia. Ela tinha me deixado um recado para que a encontrasse lá às sete da noite, para jantarmos.

    Tentei lavar o rosto sem tocar no inchaço, já arroxeado, e sentei-me por alguns minutos no sofá, segurando uma meia cheia de gelo contra o rosto. Os operários tinham parado o trabalho mais cedo, e os andaimes vazios do lado de fora da janela oscilavam ligeiramente com o vento canalizado da Great Russell Street. Minha vontade era me enfiar na cama, mas eu precisava fazer alguma coisa — e logo. Como ainda dispunha de algumas horas, resolvi voltar à Biblioteca Britânica e procurar a Erin. Talvez desse para voltar discretamente e evitar ser abordado, por razões desconhecidas, por um sujeito com uma arma no bolso. Eu não podia ser detido; não tinha tempo para isso. Apesar de ter surrupiado um livro que acabou, por sua vez, roubado por Alan Henry, eu precisava arriscar.

    A mesa número 36 do Salão de Livros Raros estava ocupada pelo mesmo senhor negro e alto, recurvado sobre um grosso volume fechado por fivelas prateadas, o paletó solto sobre suas costas como num cabide. Seus traços eram claramente nigerianos. Olhou para mim quando entrei, sorriu — um sorriso largo e branco — e meio que acenou com a cabeça, como se partilhássemos uma espécie de segredo. Fingi não ver e segui para o balcão de informações.

Nada da Erin, mas fiquei aliviado ao avistar Penélope Otter para lá e para cá com um maço de cartões entre os dentes, garatujando numa prancheta. Entrei na fila, atrás de meia dúzia de outros tipos com jeito de acadêmicos que esperavam seus pedidos, de cabeça baixa, procurando me recolher à minha insignificância. Quando chegou minha vez, um senhor todo enrugado pediu que eu me aproximasse. Demorei um pouco para conseguir fazê-lo entender que eu só queria falar com a Penélope.

Penélope mostrou uma expressão surpresa quando o velho a trouxe até mim, conduzindo-a pelo braço. Ao me ver, contraiu o lábio inferior em sinal de dúvida. Esforcei-me por dar um sorriso simpático, muito embora, como minha ex-mulher não se cansava de repetir, eu normalmente não tenha essa habilidade.

Sou o Dr. Rothschild. Falei com você ontem... De vez em quando venho aqui... Uma vez você procurou um texto sobre os reis núbios para mim, lembra? Alguns meses atrás?

Ah, como vai? Sim. Estou lembrada.

E cruzou os braços sobre o balcão.

No geral, os ingleses talvez sejam uma das raças menos atraentes do mundo. Em todas as minhas viagens, nunca vi uma tal miríade de infelicidades físicas, pelo menos segundo os códigos estéticos do fim do século XX. Penélope, porém, era aquela linda dentucinha que, se alinhasse os dentes com um pouco de odontologia e ortodontia, produziria alguns dos mais interessantes espécimes desta ilha. Tinha a pele um pouco lívida, mas avermelhada e sardenta no queixo e nas bochechas, ligeiramente brilhosa. Usava pequenos óculos quadrados de aro de tartaruga, menores que os olhos.

O velhinho enrugado continuava ao lado dela, segurando seu cotovelo com os dedos ossudos. Seus olhos iam de um para o outro enquanto falávamos.

O senhor estava procurando alguém ontem.

Sim, uma jovem chamada Erin. Mais ou menos da sua idade, um pouco mais baixa, cabelo espetado.

Isso mesmo. Está tudo bem? O que houve com o seu rosto?

Você a conhece?

Não, pelo menos não que eu saiba. Phillip?

Ela se virou para o velhote ao lado, que continuava me encarando como se estivesse tentando se lembrar de mim, encontrar-me em alguma empoeirada prateleira da memória.

Phillip, Penélope repetiu. Você conhece uma jovem que trabalha aqui, nesta sala, chamada Erin?

Mais alguns instantes de olhar fixo. Lutei contra o pânico que me assaltava, temendo que ele talvez estivesse se lembrando de mim como o sujeito que furtara um livro raro daquele salão ainda no dia anterior. Mas logo ficou claro que estava só inspecionando meu rosto ferido.

Phillip?, ela repetiu, alteando a voz.

Retornando das suas divagações com um estremecimento, Phillip comprimiu os lábios e franziu a testa. Não tirava os olhos de mim, nem a mão do cotovelo de Penélope.

O que foi?, sibilou.

Erin, repetiu Penélope, devagar. Uma jovem chamada Erin que trabalha aqui... uma de cabelo espetado, você sabe quem é?

Sim, temos uma moça com esse nome, senhor. De cabelo espetado. Nunca aparece quando deveria estar de plantão.

Ah, Penélope sorriu. *Essa* Erin. Se bem que ela está longe de ter vinte e poucos anos.

Para mim, Erin parecia estar na casa dos vinte. Mas, até aí, o que sabia eu sobre a idade relativa das mulheres? Minha experiência era limitada.

Phillip foi verificar o relógio de ponto e ver se Erin estava. Penélope brincou com um maço de folhinhas coloridas de papel.

Por que o senhor está atrás dela?

Ela está com algo que preciso recuperar. É uma questão de extrema urgência.

Isso tem alguma coisa a ver com o que aconteceu com o seu rosto?

Penélope estava usando uma blusa folgada de algodão, com uma pequena gola pontuda, meio aberta na frente. Fiquei tentado a examinar o triângulo de pele branca ali exposto. Era a brancura de uma inglesa nata, sem a menor sombra de ruga, o que exercia sobre mim uma atração irresistível. Seu cabelo estava preso no alto da cabeça no mesmo penteado vitoriano da véspera.

Não, respondi. Acho que não.

Phillip voltou para o balcão, empertigando-se.

Uma jovem, explicou, que atende pelo nome de Erin de fato trabalha aqui. Ou pelo menos, senhor, trabalhava — até ontem, quando foi removida da escala.

Ela pediu demissão? Ou foi despedida?

Essa informação, senhor, infelizmente não posso lhe dar.

Com isso, Phillip deu um passo deferente para trás, mas continuou num lugar de onde poderia continuar observando nosso comportamento obviamente incomum.

Penélope fez um beicinho.

Lamento, Dr. Rochester.

Rothschild. Walter.

Walter.

Sim. Olhe, Penélope, na verdade estou numa espécie de beco sem saída. Será que você pode me ajudar? Preciso de uma informação.

Mais reis núbios?

Não, não. É essa tal Erin.

Procurei baixar a voz e inclinei-me na sua direção por sobre o balcão, pedindo-lhe com um gesto que se aproximasse. Ela franziu a testa e chegou mais para trás, de modo que eu meio que tive de sussurrar alto. Dava para sentir a inquietude das pessoas na fila atrás de mim.

Por acaso você sabe onde ela mora? Será que me conseguiria o endereço dela ou coisa parecida?

Seu queixo caiu um pouco.

Você está me gozando?

Não, não. Quero dizer, não é... não é o que você está pensando, eu... só preciso descobrir onde ela está.

Por quê?

Para falar a verdade, não posso dizer. Mas é muito importante mesmo. É uma questão... uma questão de... segurança nacional. Trabalho no Museu Britânico, Divisão do Antigo Oriente Próximo. Olhe, aqui está meu crachá.

Penélope cruzou os braços e riu à socapa — mas dava para perceber que estava curiosa. Acho que normalmente não pareço muito louco; as pessoas tendem a me considerar um sujeito são, e os meus pedidos em geral são levados a sério e atendidos.

As pessoas da fila já estavam batendo os pés e mudando de posição. A mulher que estava logo atrás de mim começou a soltar uma série de longos suspiros de insatisfação.

Cacete! Penélope riu. Você está querendo afogar o ganso? É algum tipo de agente? Não está me gozando, está?

A essa altura, os outros funcionários tinham parado de atender as pessoas e estavam olhando, tentando escutar nossa conversa. Os vários usuários que esperavam pelos seus livros começaram a se irritar, como bichos em volta do pote de comida. Ficar de papo furado no balcão era um flagrante insulto aos sérios estudos aqui realizados. Eu sabia disso, claro; aquela era a minha tribo. De repente, me tornei um forasteiro; *eu* era o intruso no plácido e organizado reino da pesquisa contemplativa — que, em condições normais, seria o meu domínio.

Por favor, pedi, você precisa me ajudar. Não é nada... de mau. Não é nada disso.

Toda aquela cena estava criando um estranho rodamoinho no fluxo de pessoas e livros, confundindo alguns acadêmicos, que topavam uns com os outros, os carrinhos repletos de livros de capa de couro, deixando cair folhas de papel presas debaixo dos braços e as canetas que seguravam entre os lábios.

Um rapaz suarento que estava na fila atrapalhou-se com um pesado e antiquado volume, que desabou com constrangedor estrondo no chão. Tudo parou por um momento, em silencioso pânico. O garoto ajoelhou-se sobre o livro caído, enquanto os circunstantes observavam com ar horrorizado. Phillip saiu de trás do balcão, abaixou-se para inspecionar o livro atingido e agarrou-o com um grito agudo. Com uma velocidade e destreza alarmantes para um sujeito de aspecto tão decrépito, desapareceu como um raio nas entranhas da biblioteca, com o infeliz jovem pesquisador em seus calcanhares.

Imaginei que talvez tivessem uma foto dela no arquivo do departamento de pessoal, qualquer coisa que eu pudesse olhar para confirmar se a mulher que eu conhecera e com quem havia dormido no chão da Galeria da Estatuaria Egípcia de fato chamava-se Erin, de preferência com um sobrenome. Um endereço também seria de suma utilidade. Todos os freqüentadores das salas de leitura da Biblioteca Britânica eram fotografados e tinham os dados registrados no computador, e todos os funcionários usavam crachás com fotos no pescoço.

Por favor, pedi. Não vou lhe causar problemas.

Penélope parecia não se preocupar com a cena que estávamos fazendo. Pelo seu jeito de mexer a cabeça, percebi sua simpatia pela minha situação.

Uma garota estranha, aquela, comentou. Não ficou muito tempo. Saímos inclusive para tomar uma cerveja, eu, ela e as outras meninas, umas semanas atrás.

Ela chegou a dizer *por que* veio trabalhar aqui? Deu alguma explicação?

Bom, aí, disse Penélope, erguendo a mão branca, não posso afirmar que me lembro desse tipo de papo.

Qualquer informação serve.

Mmmm. Vou pensar. Olhe, preciso voltar ao trabalho.

Será que posso voltar a falar com você? Depois do trabalho? Hoje à noite?

Mmmm... Eu já tenho... um compromisso.

É muito sério. Questão de vida ou morte.

E se você for algum doido?

Não. Não sou. Juro.

Penélope finalmente concordou em encontrar-se comigo quando saísse, dali a pouco tempo, no Bricklayer's Arms, um *pub* alguns quarteirões ao norte, do outro lado da Oxford Street. Havia combinado de encontrar-se ali com um amigo, mas disse que poderíamos conversar um pouco se eu quisesse. Saí logo da biblioteca, evitando todo e qualquer tipo de contato humano. Não dirigi uma única molécula da minha presença para os lados do africano alto na mesa de Alan, mas mesmo assim senti seus olhos malignos grudados no meu rosto inchado quando cruzei o salão.

Passei as duas horas seguintes no laboratório, os olhos fixos naquele pedaço implacável de calcário negro, a Estela, com suas bordas gastas entre as mãos. Meu rosto latejava a cada batida do coração, e eu não podia evitar tocá-lo de leve com a ponta dos dedos. Mick estava encurvado sobre a mesa de trabalho, gravando algum tipo de escrita cuneiforme assíria primitiva numa série de tabletes, parando de vez em quando para murmurar algo para um amuleto em forma de orelha que pressionava contra os lábios. Seus sussurros ecoavam no chão e nas paredes de pedra, me distraindo. Meu rosto doía, e só de pensar na dor e em todos os meus problemas — o roubo do papiro, o livro perdido, minha filha, a impossibilidade de concentrar-me na Estela nos últimos dias — quase me vinham lágrimas aos olhos.

Peguei as traduções de Stewart, junto com a minha própria versão e o resto das minhas anotações, e espalhei tudo pelo chão ao redor da Estela. Naquele momento, minhas tentativas giravam em torno das três marcas claramente assinaladas sobre o registro superior, notados pela primeira vez por Glanville e Burch — que cometeram um erro na sua interpretação, juntando-as com o signo acima, como parte do símbolo para "sol radiante". Só que era o símbolo da lua, não do sol. Tentei desvendar algumas das horizontais básicas que havia encontrado:

Linha 16: ...*Ela é a grande(?)... Ela é o seu nobre* wedjat, *a grande que o antecede e se põe abaixo do rei, como se fora o próprio trono que o sustenta... Ela que lhe dá o sol... quando ele singra os céus eternamente... Ela que tudo dá...*

Eu não estava conseguindo montar minha malha imaginária. Optei por possibilidades mais temáticas — elementos comuns naquela tradução, que pudessem apontar algum tema que servisse de chave para a terceira via. A figura central era Mut, é claro, uma deusa usada muito raramente se comparada a Ísis, por exemplo; as poucas referências e alusões sutis em geral atribuíam-lhe o papel de "filha divina" de certos deuses mais significativos. A iconografia e os epítetos atêm-se a determinadas idéias centrais: Mut como portadora da dupla coroa, a unificadora de um Egito dividido, uma espécie de "Senhora dos Céus" e, talvez o mais perturbador, o "olho" e "filha de Rá", o todo-poderoso deus supremo. Existem inúmeras referências a como ela "se torna o uraeus que repousa sobre sua fronte", numa metáfora de germinação análoga à de Atena — a filha que brota da cabeça do pai. Por fim, temos menções ao que se poderia descrever como a natureza feroz e tempestuosa de sua personalidade. Eu estava tentando estruturar um

A TERCEIRA TRADUÇÃO

esquema qualquer com esses temas como uma outra forma de ler o texto, que, por sua vez, talvez conferisse um formato à narrativa geral.

Toquei meu rosto e soltei um palavrão baixinho, sob o débil foco da luminária. Eu não conseguia me desligar: os sussurros de Mick, murmúrios estranhos no corredor ou estalidos no teto, o arranhar dos ratos que se dirigiam em massa aos corredores do porão, os sons de bombas elétricas ligadas em algum lugar nas entranhas do prédio, eletricidade, peso, fluxos de energia pelas paredes, e mais aquele barulho. Aguardando e vigiando a superfície da pedra à espera de algum movimento.

Anos atrás, minha esposa, Helen, às vezes sentava no estúdio da nossa casa em North Beach, ou na cozinha do nosso apartamento em Jersey, pegava cuidadosamente um dos meus livros, um caco de óstraco ou um pedaço de papiro, sorria e dava de ombros, como se aquilo tudo estivesse além do seu entendimento — embora lhe parecesse belo mesmo assim. Helen conseguia conferir a importância que eu desejava a esses materiais, reconhecia sua existência num plano que transcendia a nossa capacidade normal de compreendê-los como meros textos escritos ou documentos históricos. Entendia a fera que se encontrava diante do mangual. Ainda assim, se virava o melhor que podia.

Quando Helen foi me visitar em Alexandria, em 1988, fomos a diversas apresentações de música tradicional egípcia, que a interessava muito. Para mim, aquela música parecia dissonante e sem sofisticação, baseada num sistema musical tão estranho às concepções ocidentais de maneira geral quanto os próprios hieróglifos. Helen não pensava assim, e insistia em me explicar as diferenças e semelhanças.

A base de tudo ainda é um sistema métrico, uma série de pulsos regulares, explicava ela. Estávamos sentados num auditório esfumaçado e decadente no bairro velho, numa mesa com toalha de linho limpa e duas garrafas de água, suando com o calor. Os ventiladores de teto deslocavam o ar quente, desenhando espirais na névoa dos cigarros, charutos e cachimbos. Os músicos, sentados nas mais variadas posições sobre grandes almofadas no palco, batiam e arranhavam uma variedade de instrumentos dos mais estranhos formatos, desde as clássicas cítaras a guitarras retorcidas de sonoridade mais ou menos semelhante à do banjo, além de diversos instrumentos de percussão, alguns de pele de animais e outros compostos por sinos e carrilhões de madeira.

Éramos os únicos ocidentais presentes, e vários garçons nos cercavam, trazendo uma sucessão de garrafas suadas e multicoloridas que tínhamos de recusar o tempo todo. O restante do escasso público parecia um tanto ou quanto incomodado com a nossa presença. Muitos nos fitavam, o casal branco, eu no meu terno de linho de sempre, Helen de vestido solto de algodão e sandálias, até eu pedir as bebidas no dialeto de Alexandria, um patoá que ninguém mais falava além do povo local.

Para mim, parecia que a banda tinha passado a apresentação inteira afinando os instrumentos. Mesmo assim, Helen ficou enlevada.

Existe um tema que se repete, ressaltou, um *leitmotiv*, muito mais sutil que na música ocidental, mas que está lá. É preciso ouvir com um pouquinho mais de atenção.

Como no jazz?

Não, não tem nada a ver. Aqui há um elemento bem mais estruturado. A complexidade do arranjo é incrível.

Escutei um pouco mais, tentando ouvir as notas tocadas por cada instrumento e como estes se relacionavam entre si.

É como se cada frase tivesse uma marca, um certo acorde que determina o trecho que foi tocado, disse Helen.

Como um determinativo hieroglífico, completei. No sentido de que esclarece o sentido da oração anterior.

Ela não tirava os olhos do palco, a cabeça balançando ligeiramente ao ritmo da percussão. Sei que ela se ressentia do fato de que eu tentava relacionar tudo com a egiptologia e o meu trabalho. Mas essa era a minha referência, era tudo que eu conhecia. Eu sabia que nunca entenderia de música como ela; essas minhas comparações eram apenas o meu jeito de tentar penetrar naquele mundo.

Os músicos finalizaram a apresentação com uma zoeira particularmente caótica de cordas e sinos, e a plateia foi se levantando para sair. Helen foi a única que começou a aplaudir, e parou ao fim de poucos instantes.

Helen tomou um gole do seu drinque e olhou para mim.

Você bem que podia dizer que entendeu, só pra variar. Apenas concordar e seguir em frente.

Pegou a bolsa e levantou-se. Fui atrás dela pelas ruas quentes e desertas, banhadas pela luz da lua.

Penélope já estava no Bricklayer's Arms quando cheguei, bebendo sidra e fumando um cigarro. Tinha trocado os óculos; os de agora eram finos e pretos, atravessando o alto de seu rosto redondo como uma ponte gótica. Havia um cara sentado num banco ao lado dela, com uma blusa preta estilosa de gola alta e calça jeans preta. Dava para ver que era sueco a um quilômetro de distância.

Este aqui é Magnus Magnusson, apresentou Penélope. Magnus, este é o Dr. Rothschild, o americano doido de que lhe falei. Magnus conhece a Erin, não é?

Magnus sorriu, exibindo os dentes suecos perfeitos. Era um sujeito mirrado para um nome tão grandioso.

Ah, sim. Erin — boas drogas e um corpo escultural.

Magnus é programador de computadores, prosseguiu Penélope. Está desenvolvendo seu próprio *site* interativo de encontros, onde a gente vai poder pegar as pessoas que nos agradam e animar as fotos, para ver como ficariam fazendo determinadas coisas. Vai dar até para tirar as roupas e ver seu corpo virtual nu, colocá-las em certas poses e numa série de atividades do dia-a-dia. Para ver como elas ficam, né?

Isso, assentiu Magnus. Um novo *site*. Totalmente interativo.

É um troço meio pirado, completou ela. Dá até para fazer um encontro virtual inteiro *on-line*. O *site* vai equacionar todas as informações pessoais fornecidas e sugerir uma série de locais, todos reproduzidos digitalmente na tela, e a coisa toda se passa em tempo real. Ninguém vai precisar do encontro de verdade.

Isso. Em tempo real. Por meio de *streaming*.

Que interessante, disse eu.

Falei com outras pessoas lá do trabalho, contou Penélope por fim. Uma outra menina, Angie, meio que andou com a Erin por um tempo. Disse que ela gostava de uns troços estranhos — misticismo, rosa-cruzes, essas coisas.

Faz sentido.

E, continuou Penélope, *parece* que ela estava usando o tempo na biblioteca para pesquisar mitos egípcios.

Dei um trago no bíter, que estava horrível como sempre. Penélope me observava do seu lugar com olhos oblíquos. Parecia orgulhosa do que conseguira. Não sei bem que tipo de reação ela esperava da minha parte. Procurei me lembrar que não sabia nada a seu respeito. Tinha acabado de ser espoliado do mesmo jeito, e queria permanecer atento — mas o fato era que eu não tinha nenhuma outra pista para seguir. E, de qualquer forma, Penélope não parecia ser esse tipo de gente.

Sorrimos para os nossos copos. O *barman* estava tocando uma seqüência de sucessos dos anos 70 — Electric Light Orchestra, Steely Dan, Supertramp, músicas que eu lembrava de escutar no rádio e no acervo pessoal da Helen. Penélope tirou um papel dobrado de dentro de uma bolsa preta microscópica.

Tá aqui. E é melhor você não contar a ninguém como conseguiu isso.

Era uma cópia de algum tipo de registro trabalhista, com uma foto no alto — um 3x4 preto e branco digitalizado e granulado, mas era a Erin, sem dúvida. "Nome completo: Erin Kaluza." O endereço fornecido era em Cambridge. Fui a Cambridge uma vez, para proferir uma palestra sobre poética hieroglífica, mas fora há mais de quinze anos. Penélope disse que o endereço ficava na universidade. Queens College.

Idade: 38. Assombroso.

Pedi para a Srta. Intyre imprimir para mim, explicou Penélope. Ela nem me perguntou para que eu queria.

Será... você acha que a Erin se lembraria de você?

Acho que sim, pode ser que ela me reconheça. Chegamos a conversar algumas vezes. Ela me pediu ajuda para encontrar um manuscrito. Pensando bem, era uma tradução egípcia qualquer. Ei, até que as peças estão se encaixando, né, Dr. Rothschild?

Penélope me olhou de soslaio e sorveu sua sidra.

É, concordei, parece que sim.

Falei para ela ir ao Museu Britânico e ao Instituto de Arqueologia da UCL. Lembro que tinha alguma coisa a ver com encantamentos no outro mundo ou no mundo dos mortos. Escritos numa imagenzinhas. Mas o que foi que aconteceu com o seu rosto?

Toquei meu olho e a testa inchados.

Um acidente. Me confundiram com outra pessoa.

Não fazia sentido. A maior parte dos textos relacionados à mumificação ou às cerimônias fúnebres eram compostos por feitiços ou juramentos, em geral com o objetivo de proteger o falecido no mundo dos mortos. Muitos eram escritos direto nos sarcófagos; outros eram gravados nas *ushabtis*, pequenas estatuetas em forma de múmia que eram colocadas nas tumbas. Seriam essas as "imagenzinhas" de que Penélope estava falando? As *ushabtis* serviam para carregar os fardos físicos do morto na outra vida; seriam uma espécie de mão-de-obra escrava. Era muito mais provável que o papiro de Amon — com base no que se sabia a respeito do Templo de Amon em Carnac e da própria Estela de

Paser — tivesse a ver com avisos, encantamentos de proteção e exaltações diversas a Amon e Mut; não com *ushabtis*.

Esse tempo todo, Magnus não parava de fumar e sorrir para mim, como se eu fosse algum tipo de impostor lunático. Aquilo estava começando a me irritar.

Quando foi a última vez que você viu a Erin, Magnus? Penélope perguntou.

Ah, umas semanas atrás, na festa de uns amigos meus. Bebeu a minha vodca toda. Depois que eu lambi o seu pescoço, ela me deu umas pílulas fantásticas. Fiquei três dias aceso.

Bom, indaguei, e você tem alguma idéia de onde ela possa estar agora?

Meu amigo, sim, talvez eu tenha.

Magnus olhou para Penélope, que deu de ombros.

Vá ao meu apartamento, convidou. Hoje à noite. Vamos dar uma festa.

Pegou um cartão de visitas, escreveu um endereço no verso e me entregou: "Magnus Magnusson. *Webdesign* interativo. VirtualDate. Com — a mais avançada tecnologia interativa de encontros".

Eu ainda tinha de encontrar Zenobia no hotel em Mayfair, para jantarmos; Erin teria de esperar. Fiquei pensando se Zenobia gostaria de me acompanhar à festa do sueco.

Chegue lá pela meia-noite, disse Magnus. Pode ser que a Erin vá hoje. Eu a chamei, na última vez. Leve vodca.

9: PARA LAVAR ESTE CORAÇÃO

NÃO SEI COMO, MAS MINHA FILHA ZENOBIA tinha virado um portento. Ela sempre teve uma presença, uma certa capacidade de intimidação, que sabia usar muito bem: ficava o mais perto possível do interlocutor, se inclinava em sua direção, os olhos claramente fixos nos do outro. Imagino que fosse um dom muito útil em sua profissão. As coisas haviam mudado desde nosso último encontro em Nova York, quando ela ainda dirigia aquela obscura revista feminina. Zenobia lançou-a com um grupo de amigos de Mount Holyoke; parece que, alguns meses depois do nosso almoço, uma editora nova-iorquina comprou a publicação e contratou Zenobia para o cargo de principal vice-presidente, encarregada do projeto gráfico e da programação visual. Tinha apenas 24 anos.

Zenobia viera a Londres para uma reunião com o escritório local da sua nova corporação. O hotel em que estava hospedada, o Clairbourne's, era um daqueles hotéis londrinos tão exclusivos e caros que sequer têm uma placa ou sinalização do lado de fora que indique tratar-se de um hotel. Deve ser porque quem não sabe não pode pagar. Fiquei esperando no silêncio do pequeno saguão, decorado no popular estilo minimalista, com cores escuras e paredes nuas. Estava sentado numa delicada poltrona preta, que parecia agachada como uma aranha sobre um estreito tapete de bambu. Um fogo baixo e elegante ardia na lareira. O sujeito magro de terno escuro da recepção me fuzilava com antipatia através dos óculos esverdeados.

Uma porta de elevador abriu-se lá atrás e Zenobia cruzou o saguão com passos largos, seguida por outra moça. Embora eu tenha só 1,78m de altura e minha esposa Helen não passe de 1,63m, nossa filha Zenobia é altíssima: tem mais de 1,80m, coroado por uma juba loira escura, com ombros e quadris largos, pés grandes com polegares gordos e chatos para fora da borda das sandálias de couro abrutalhadas, presas por um sistema de cordões grossos enrolados em torno de suas panturrilhas protuberantes. Vestia uma saia verde-musgo justa e um *blazer* bem cortado combinando. Seus cabelos longos estavam revoltos, e ela não usava maquiagem ou jóia nenhuma. O saguão pareceu encolher-se à sua presença.

Zenobia estava ditando algo para a moça nos seus calcanhares, que rabiscava furiosamente numa agenda eletrônica qualquer. Quando me viu, terminou o que estava dizendo e só então se dirigiu a mim.

Olá, Dr. Rothschild.

Fui ao seu encontro. A moça do lado, de óculos finos de lentes amarelas, parou de escrever.

Oi, Zenobia.

Estendi a mão. Como ela continuou de braços abaixados, acabei meio que apenas puxando de leve a manga do seu paletó.

Que bom ver você, cumprimentei. Você está ótima.

O senhor também, Dr. Rothschild. A saúde em pessoa.

Zenobia virou-se para a secretária.

O carro já está pronto?

A secretária sacou um celular do bolso e o abriu.

Mort? É Jean-Louise. O carro já está aqui? Bom. Estamos saindo. Vamos, determinou Zenobia. Estou morrendo de fome.

Entramos numa Mercedes comprida e escura que estava parada no meio-fio. Jean-Louise nos acompanhou e fechou a porta; em seguida, inclinando-se para a janela aberta, acrescentou: quando você acabar, temos de encontrar Gillian e Ariel para conversar sobre as cotas de patrocínio. Já programei o endereço e os telefones.

E entregou um celular para Zenobia.

Se precisar de alguma coisa, me ligue.

Jean-Louise virou-se para mim e apertou os olhos amarelos.

Foi um prazer conhecer *o senhor*, Dr. Rothschild.

Expliquei ao motorista como chegar ao restaurante, que, na verdade, ficava apenas a cerca de dez quadras de distância. Procurei manter o lado escoriado do rosto, com aquele vergão roxo que àquela altura já me cobria um terço da cara, fora do seu campo de visão.

Pensei em irmos andando, comentei, mas já que você está de carro...

Zenobia limitou-se a assentir com a cabeça, sem despregar os olhos das vistosas vitrines da Harrod's e outras lojas de departamentos e butiques caras de Mayfair, a caminho da Strand. Fez um ligeiro movimento com a mão, como se dissesse *tanto faz*.

Levei-a ao meu restaurante indiano predileto em Londres, o India Club, no terceiro andar do Hotel Strand Continental, ao qual se chega subindo-se um lance de escada encardido. É um lugar claustrofóbico, com mesas e cadeiras de madeira barata, chão com ladrilhos de banheiro, paredes nuas, comida mais barata ainda e *curries* que são o que existe de mais próximo em Londres daquilo que se encontra nas ruas da Índia. Galgamos os degraus oscilantes, cruzamos o escuro e enfumaçado salão masculino no segundo andar, repleto de senhores indianos de camisetas brancas e calças de linho que, acomodados no mobiliário decrépito, fitavam a TV com expressões severas. Zenobia era a serenidade encarnada, imperturbável. Abri a porta que dava para o singelo salão de jantar, cheio de orgulho e um tanto quanto intrigado com relação a como o meu material genético havia produzido aquela criatura.

Pedi uma variedade de *curries* e *chutneys* para nós, acompanhados de arroz e pão *nan*.* Ofereci-me para comprar umas garrafas de cerveja Cobra, ótima para acompanhar um *curry* quente, mas Zenobia recusou educadamente, dizendo que preferia beber água. O lugar estava cheio de executivos ingleses, muitos deles, na verdade, antigos colonos, sentados ao redor de mesas cobertas de pratinhos de comida e garrafas vazias de Cobra — cavalheiros imponentes, já entrados em anos e de cabelos grisalhos, do tipo que ainda usava ternos de três peças com bolso para o relógio; ostentavam um ar relativamente despreocupado e satisfeito, talvez em virtude do ambiente, que devia lhes lembrar os bons tempos do colonialismo britânico. Zenobia estava definitivamente majestosa, encarando-me do outro lado da mesa. Os garçons apressavam-se em encher-lhe o copo d'água à medida que ela o esvaziava.

Era em momentos como aquele que eu a amava mais que nunca.

Eu não era nenhum autômato; já havia sentido antes os ardores do amor — e não só do amor paterno. Além de Helen e Zenobia, os maiores amores da minha vida, houvera outros. Eu nada tinha de invulnerável aos encantos de belas mulheres. A situação em que eu me encontrava, aliás, era um claro exemplo. Meus fracassos nesse departamento sucediam-se num crescendo. Que maravilha se um mero retrocesso ou ajuste de curso, se uma mera virada de bordo para os ventos do futuro, ou do destino, resolvesse tudo.

A ciência da tradução, à semelhança da matemática, é óbvia — ou pelo menos assim parece. Não há como confundir a resposta certa com a errada. Entretanto, a ciência só vai até aí. Os antigos egípcios tinham noção de poesia e possuíam inflexões de metáforas sutis tanto quanto nós — que quatro mil anos de afastamento cultural e interpretações

---

*Pão típico indiano, levedado e assado num forno cilíndrico de barro, o *tandoor*. (*N. da T.*)

históricas tornam ainda mais intrigantes e frustrantes para o criptógrafo. Ao dedicar-se ao Antigo Egito, este tateia no escuro em busca de palavras com as mãos decepadas, escavando a areia com seus cotos atrás das respostas.

Zenobia definitivamente havia herdado a teimosia da mãe. Ainda parecia querer esquivar-se de qualquer possibilidade de relacionamento. Nosso último encontro, em Nova York, não correra bem sob nenhum aspecto. Zenobia abandonou o café num rompante e acabei passando os últimos dias num hotel barato no Brooklyn, vagando pelas vizinhanças e subindo e descendo o Rio East, procurando considerar a possibilidade de que estivesse tudo acabado, mais uma vez.

Naquele momento, ela estava devorando os *curries* feito uma debulhadora, sorvendo os *chutneys* aos tragos, enxugando os excessos com nacos de *nan* e entornando copos inteiros de água, tudo ao mesmo tempo.

Conversamos sobre seu novo emprego, a revista e assuntos afins. A grande empresa de mídia que comprara sua florescente revista estava tão impressionada com seu trabalho que basicamente havia decuplicado seu orçamento, com uma injeção maciça de marketing. A distribuição atingiria níveis estratosféricos, uma vez que, na realidade, não havia publicações do gênero no mercado. Zenobia possuía autoridade quase total sobre todas as questões relacionadas tanto ao conteúdo quanto à parte gráfica. Uma revista feminina sem as habituais reportagens sobre sexo e dietas, uma revista para a mulher moderna de verdade, como dizia Zenobia, sem nenhuma daquelas baboseiras fúteis que enterraram uma geração inteira de meninas em clínicas de tratamento para transtornos alimentares. Ela falava sem parar de mastigar e enfiar colheradas de *chutney* na boca.

Quando eu estava fazendo o mestrado em Columbia, explicou, cheguei à conclusão de que a maioria dos departamentos de ciências humanas e estudos femininos das universidades estava imersa numa espécie de fascismo liberal hipócrita, em tendências à vitimização e em estratégias de pensamento grupal debilitantes; assim, acabavam afundados num atoleiro de ambigüidade e jargão acadêmico que impediam as verdadeiras idéias de aflorar, indo além dos modelos teóricos. E o objetivo da revista é mudar toda essa história.

Eu não sabia que ela havia feito mestrado em Columbia. Acho que eu não sabia muitos detalhes da sua vida. Para falar a verdade, eu não estava entendendo nada do que ela estava falando.

Parece uma missão dantesca, respondi.

Ela limpou a boca caprichosamente com o guardanapo, uma das bochechas suja de *curry*.

É ambicioso, completei. Parece fantástico.

A influência das revistas e publicações sofisticadas em geral sobre as mulheres de hoje é sem precedentes, asseverou ela.

Zenobia ergueu os olhos, fitando-me com dureza, como se esperasse que eu contestasse sua colocação. Limitei-me a dar de ombros e fiquei olhando as marcas oleosas de madras de galinha sobre meu prato.

Como está a sua mãe?, perguntei.

Zenobia largou o garfo e a colher pela primeira vez em quase uma hora. Ainda mastigou por um instante, os olhos fixos no prato, para em seguida engolir ruidosamente.

Está bem.

Tem alguma coisa errada? Ela continua tocando?

Continua, sim. Está tudo bem.

Zenobia apoiou o queixo na mão e inclinou-se sobre a mesa, examinando as mesas de executivos que nos circundavam, os cabelos grisalhos, senhores de colete que juntavam os copos de cerveja em brindes solenes, os rostos afogueados da bebida, dos *curries* e da idade.

Para dizer a verdade, não sei, continuou. Ela continua tocando. E dando aulas. Mas nem sempre parece feliz. Dá para entender?

Não sei. Acho que não.

É isso que não entendo. Você nunca enfrentou um período de turbulência, de inquietação emocional? Nunca se sentiu infeliz sem nenhum motivo específico?

Já. Estou. Agora.

A última ida de Helen ao Egito foi a gota d'água. No primeiro dia, estávamos às margens do Mar Vermelho. As águas cristalinas e azuis, que pareciam debruadas de pedra, estendiam-se à nossa frente desenhando um arco suave no horizonte. Isso foi em 1989, dois anos depois da última vez que Helen e Zenobia tinham vindo me visitar no Cairo. Zenobia, então com dezesseis anos, ia estudar num internato particular em New Hampshire. Fiquei muito grato pela vinda de Helen, por ela haver concordado com mais uma viagem, depois do que tinha acontecido na última vez. Tentei ser gentil e conciliador, mas não estava dando certo.

Estávamos caminhando à beira-mar, assistindo ao embate entre o sol e as águas e observando um grupinho de muçulmanas, que, cobertas da cabeça aos pés por suas *burkas* negras, praticavam windsurfe no mar pequeno. Não tenho a menor idéia de onde elas tinham saído, pois não se avistava vivalma na areia nem na água. Cortavam as ondas baixas, executando manobras bruscas contra o vento, as *burkas* infladas, entrecruzando-se em demonstrações mudas de ferocidade esportiva. De vez em quando, uma delas se desequilibrava e caía, recuperando-se em seguida; a vela retornava à vida e a forma gorda e gotejante das vestes negras se levantava e voltava a singrar a água azul. A cena fez Helen abrir um sorriso e soltar gritos para encorajá-las.

Deve funcionar que nem um traje de mergulho, conjeturou, rindo.

Eu estava explodindo de felicidade, sentia-me resplandecente. Fiz um gesto abrangente com a mão, indicando o horizonte diante dos nossos olhos.

Daqui, anunciei, avista-se com tanta clareza a circunferência do nosso comezinho firmamento.

Foi uma tentativa de gracejo. Helen costumava apreciar o meu estilo pedante e o meu "fraseado intelectual", como ela dizia. Dessa vez, porém, ficou irritada.

Que besteira. Você não sabe que é uma ilusão de ótica? Não dá para ver a curvatura da Terra assim.

Fiquei olhando as ondas tocarem o céu, com a água nos tornozelos — lambidas ritmadas nos meus pés e panturrilhas, grossas e salgadas como sangue. Vendo as windsurfistas de *burka* rasgarem as ondas, as roupas batendo atrás de si como bandeiras. A culpa é toda minha, eu sei. Nunca consegui desvendar as mulheres. Confundo tudo. É como se eu usasse a glosa errada com uma transliteração desconhecida.

Ainda nos deixamos ficar por ali mais alguns minutos, enquanto as *burkas* windsurfistas desapareciam em algum ponto além do arco do horizonte.

Depois, a coisa só fez piorar. O resto da viagem foi passado quase todo no hospital americano no Cairo. Eu avisei, mas mesmo assim ela se sentou na praia um dia só de trajes de banho, sem se proteger com uma toalha, e os parasitas que vivem na areia se alojaram na carne macia do seu traseiro. Foi preciso queimá-los com *laser*. Helen ficou cinco dias sofrendo do estômago, e não abandonei a cabeceira da cama por um minuto sequer — mas não nos demos as mãos, e mal nos falávamos. Tentei lhe dar um cheque para ajudar com as despesas da escola particular de Zenobia, mas ela o rasgou. À noite, Helen ficava chorando em silêncio, sem dizer nada, até cair no sono. Eu ficava sentado, vendo sua respiração relaxar e assumir um ritmo regular; na janela, a noite descia como um manto de estrelas sobre o Cairo, emprestando ao antigo arenito do bairro velho um verde pálido à luz das estrelas, e banhando minha esposa, minha linda esposa, com seu brilho cálido.

A Terceira Tradução

Assim sendo, expus toda a situação para Zenobia, o dilema que estava vivendo, o iminente afastamento do mundo da egiptologia. Certas partes foram devidamente omitidas, claro.

Seria uma merda, comentou ela.

É uma boa maneira de ver a coisa.

Esse manuscrito vale muito dinheiro?

Não sei bem. Quero dizer, não cheguei a vê-lo. É muito provável que seja inestimável.

Quem poderia comprá-lo?

Certos colecionadores de antiguidades. Sempre existe mercado para esse tipo de coisa.

Zenobia usou os últimos pedaços de *nan* para limpar o prato.

Então você não se importa?, indaguei. Se eu for a Cambridge amanhã?

Eles nocautearam você primeiro? Com o que foi que bateram em você? Uma pá?

Não sei. Bom, sei que um sujeito me socou. Mas isso foi outra história, quero dizer, uma coisa não tem nada a ver com a outra. Provavelmente.

Vá em frente. Salve a sua carreira. Não se preocupe comigo.

Outra coisa. Será que pode me emprestar dinheiro?

Ai, meu Deus.

Ela pareceu ficar ainda mais decepcionada, se é que isso era possível.

Para quê? Para comprar um casaco novo? Você estava usando o mesmo quando eu te vi da última vez, tipo uns cinco anos atrás. Você está horrível.

É para as passagens para Cambridge. E faz três anos que nos encontramos; eu gosto deste casaco. Semana que vem lhe pago. Quanto tempo deve ficar aqui? Vou estar de volta amanhã à noite.

Ela se recostou na cadeira e me fitou com um ar de sincera tristeza, ou pelo menos como se refletisse a respeito de algo que parecia horrível e trágico. Não sei ao certo o que ela esperava que eu dissesse. Pegou a carteira de couro e jogou algumas notas estalando de novas sobre a mesa.

Me procure no hotel. Não sei quanto tempo essas reuniões vão demorar. Pode levar a semana toda, talvez só alguns dias. Além disso, devo tirar uns dias de folga com uma pessoa em algum momento. Então, pode ser que dê.

Quem? Um homem? Namorado seu?

Ela amarrou a cara.

Você é tão ridículo. Tem alguma idéia do quanto é ridículo?

O que foi?

Por alguns momentos, ela se limitou a me encarar. Eu estava com as mãos para cima e os ombros encolhidos; realmente não sabia o que era tão ridículo, e queria entender. Lembrei-me da *Instrução de Any*, um texto instrucional do Novo Reinado: *Quando, na juventude, tomares uma esposa e te estabeleceres em teu próprio lar, presta atenção na tua prole; cria-a como fez a tua mãe: não lhe dê motivos de queixa, para que não erga as mãos para deus e este lhe ouça os clamores.* Ao fim de certo tempo, abaixei as mãos e comecei a escarvar os últimos vestígios de *curry* no meu prato. Afinal, ela deu um profundo suspiro e baixou a cabeça, cobrindo o rosto com as mãos.

O que foi?

Pai, preciso contar uma coisa, respondeu por entre as mãos. Ergueu o rosto e me fitou.

A mamãe não está mais sozinha. Ela está namorando.

O garçom veio nos trazer a conta numa salva de prata. Zenobia a agarrou antes mesmo que pousasse no móvel, novamente sacou a carteira feito uma pistola, jogou mais algumas notas sobre a mesa e levantou-se. Eu estava brincando com um pedaço de *nan* entre os dedos, traçando desenhos no resto de molho no prato. De repente, dei-me conta do que estava fazendo e olhei para o prato com uma estranha sensação de espanto. Sequer entendi o que ela estava dizendo.

Bom, claro, retorqui. Eu imaginava que sim.

Na verdade, é mais que isso. Ela não está só *namorando*.

Toda a minha atenção concentrou-se nos pictogramas que se formavam no meu prato. Era um misto de três signos: a víbora-cornuda, um junco florido, um pão — dispostos de forma grosseira e riscados com alguma dificuldade, à medida que o molho escasseava. Fiquei em dúvida se despejava mais no prato. *Seu pai.*

Ela se casou de novo, Zenobia continuou. No ano passado. E não sabia como lhe dizer.

Os molhos no prato estavam falhando e misturavam-se como uma aquarela. O machucado no meu rosto começou a doer e latejar nos meus tímpanos; dava para ouvir o sangue sendo bombeado pelos vasos esmagados e escorrendo ao redor das sensíveis terminações nervosas. Levei uma das mãos à face, a outra ainda rabiscando símbolos desbotados.

A oferta eminente, os atos do olhar, a víbora sobre a mão, a tigela partida.

Apalpei automaticamente os bolsos em busca do meu amuleto. Nada. E voltei a sentir, atravessando o meu rosto, uma onda radiante de algo que pulsava com um coração à parte.

Zenobia deu-me as costas e deixou o restaurante. Juntei os pratos vazios e os enfileirei à minha frente, limpando-os. Arrumei todas as tigelas vazias de metal dos *curries* e *chutneys* por ordem de cor e, pegando o meu pedaço de *nan*, àquela altura já encharcado entre os meus dedos, mergulhei-o nas tigelas e apaguei o resto dos hieróglifos.

Minha filha, nascida sob o sol em formato de coração e a lua-foice.
Sua mãe, minha esposa.
Onde estará o rio para lavar este coração?

Matt Bondurant

Caminhei pela Strand e pela St. Martin's Lane rumo a Bloomsbury e meu apartamento. Eram quase onze horas; as ruas fervilhavam de extraviados, uma gente a quem a noite ainda não empurrara para a cama, exaustos e pensativos. Eram, em sua maioria, casais e grupos que saíam dos *pubs* aos trambolhões, rindo e caçoando uns dos outros naquele jeito tão britânico, com uma das mãos no ombro e casacos cor de carvão e cachecóis pretos na outra, as mulheres cambaleando sob os braços bambos de um homem, uma ponta de cigarro acesa entre os dedos, os olhos na calçada, um sorriso distante nos lábios.

Escoavam dos bares em longas torrentes de riso e impropérios, pequenos afluentes engrossando o rio que corria pelas calçadas, emergindo da Garrick Street e da Long Acre, enchendo os táxis que arremetiam contra os meios-fios feito corvos, falando e gritando sem parar expressões e ditos arcaicos e, em geral, ininteligíveis aos meus ouvidos americanos. Outros casais desgarravam-se do fluxo principal e refugiavam-se nas esquinas e vielas sombrias para se atracarem em meio a guimbas de cigarro, manchas de urina e o lixo palpitante, encostados a batentes de pedra, semiprotegidos das luzes e dos ruídos da rua pela escuridão, os corpos vestidos de negro embolados, rostos pálidos amassados contra olhos fechados, naquele típico estilo europeu de contato físico romântico desembaraçado.

À noite, os recantos escuros das ruas de Londres, por menores ou mais improváveis que fossem, estavam sempre apinhados de casais tateantes, todos empenhados em solucionar algum mistério inescrutável oculto na expressão do parceiro, em sua língua, em seus lábios, em seu pescoço, procurando com as mãos o possível segredo seguinte, os membros exaustos mas ainda diligentes, pés febris e inquietos.

Evidentemente, tamanho fervor era, na maioria das vezes, passageiro. No dia seguinte, acordariam numa tremenda ressaca, sem cigarros e atrasados para pegar o trem, cada qual tentando lembrar-se do que acontecera na véspera, maquiando-se ou dando o nó da gravata às pressas, esforçando-se teimosamente por identificar de quem era aquele corpo pálido que ressonava entre os lençóis e ao lado do qual haviam aportado em tão árida manhã. Não, as questões do coração são simples, frágeis e tão imprevisíveis quanto os movimentos das folhas e a mente dos insetos. Somente na física da ordem, nas preocupações planetárias da História é que se encontrava algum equilíbrio real, algum peso, um poder duradouro qualquer. Em condições normais, tais constatações me ajudariam a erguer a gola até as orelhas e encolher-me dentro do casaco da minha reserva pessoal e do meu senso de superioridade. Naquela noite, porém, ao passar pelos teatros e *pubs* mal-iluminados, peguei-me desejando algo breve e tênue, de importância efêmera, algo que me espremesse contra os batentes e becos escuros por alguns momentos ardentes na madrugada do mundo.

10: PORNOGRAFIA SUECA

COMPREI UMA GARRAFA DE VODCA na loja da esquina e fiz sinal para um táxi, tudo financiado pelo generoso empréstimo de Zenobia. O endereço que Magnus havia me dado era em Kensington, para lá de Notting Hill Gate, perto de Ladbroke Grove. Só depois de algumas voltas no quarteirão é que o motorista conseguiu encontrar o lugar, um sobrado numa travessa de açougues árabes e lojas de *kebab*. Para chegar ao apartamento de Magnus, tive de atravessar uma loja especializada em carnes *hallal* e outros derivados de carne do Oriente Médio.

O sujeito atrás do balcão sequer levantou os olhos quando entrei. Era alto, de aspecto severo, e tinha uma faca curva — que reconheci como sendo uma *jambiya*,* a arma tradicional dos iemenitas — enfiada no cinto da sua *futah*.** A bainha era adornada com todos os tipos de pedras e filigranas douradas. Metade do balcão estava cheia das carnes

---

Jambiya: faca oriental cuja lâmina é curvada para cima, por vezes com fio em ambos os lados. (*N. da T.*)
**Futah*: saia masculina longa. (*N. da T.*)

mais gloriosas e marmóreas, que reluziam como jóias sobre o papel-manteiga; a outra metade continha feixes frescos de *qat*, o arbusto narcótico cujas folhas os iemenitas têm o hábito de mascar. Não havia mais ninguém ali. A bochecha direita do açougueiro estava cheia com um maço de *qat*, que ele mastigava com tranqüilos movimentos circulares.

Nos fundos, havia uma porta que levava a um lance curto de degraus e a uma segunda porta. Dava para ouvir a música e as vozes que desciam como água pela escada. Como eu havia vivido e tido uma certa consciência dos anos setenta, bastaram alguns segundos para reconhecer a batida e a melodia do que estava tocando: ABBA.

Abri a porta segurando a vodca à minha frente como um talismã. Estava escuro e quente lá dentro, e a fumaça dos cigarros saía em ondas para inundar o *hall*. Imediatamente tropecei numa imensa pilha de sapatos; ao tombar para a frente, ainda me lembrei, antes de cair no chão, de jogar atabalhoadamente minha garrafa de vodca nas mãos de um cara que estava perto da porta. Estava tão escuro no *hall* que não consegui ver seu rosto, mas ele me ajudou a levantar e explicou, gritando para se fazer ouvir e com um forte sotaque sueco, que era uma tradição do seu país tirar os sapatos na porta e ficar na festa só de meias ou descalço. Fiquei constrangido pelo estado das minhas meias, que tenho certeza não eram do mesmo par, mas estava tão escuro ali que não dava para ver pé nenhum mesmo. Assim, meus mocassins puídos foram parar naquela pilha desordenada.

Logo percebi que aquela festa era povoada por uma raça de seres altíssimos e corpulentos, de sorrisos largos e cabelos cor de palha, que fumavam e conversavam num linguajar pontuado por estalos acima da minha cabeça enquanto eu atravessava a penumbra do lugar. Embora corressem nas minhas veias alguns vestígios de sangue escandinavo por parte de mãe (mercadores dinamarqueses que monopolizavam o mercado de bacalhau no século XIX), naquele momento o que eu sentia com maior clareza eram as origens hebraicas do meu pai, sua compleição escura como um usurário que rasteja encurvado de sob uma ponte.

A Terceira Tradução

Como é natural nas situações de desespero, fui direto à única fonte de luz — por acaso, a cozinha, onde os gigantes relaxavam nas mais variadas posições, sentados na bancada, apoiados sobre a mesa curva, os pés enormes dobrados para baixo deles, todos com garrafas ou copos cheios de gelo e álcool, quase sempre vodca, fumando e conversando em diversos idiomas num ritmo furioso. No entanto, havia um elemento que destoava daquela multidão: Penélope, um cogumelo atarracado em meio aos troncos suecos, inclinada sobre a pia, falando com Magnus Magnusson, que também parecia um tampinha perto das louras estratosféricas que o ladeavam. Ao me aproximar, desviando-me das pernas estiradas e transpondo uma sucessão de longos pés de meias-calças, fui me dando conta de que a maioria dos presentes, sobretudo os de cabelos louros e extraordinária estatura, pertenciam ao sexo feminino. Os homens tendiam a uma constituição mais semelhante à de Magnus, um pouco abaixo da altura média, magros, cabelos cor de água suja.

Penélope tinha um ar entediado, os olhos fixos em algum ponto indeterminado entre Magnus e sua tão varonil companheira. Pelo gestual, Magnus sem dúvida estava discutindo ou algum aspecto técnico das suas empreitadas no mundo da informática ou alguma aventura sexual. A loura alta parecia mais preocupada em secar o copo de vodca sem estragar o batom. Fiquei olhando para Penélope até ela perceber e me ver, abrindo um largo sorriso — mas, quando se deu conta, amarrou a cara para disfarçar. E acenou na minha direção.

Magnus prendeu o cigarro entre os dentes e estendeu a mão.

Ah, Dr. Rothschild! Está aqui uma pessoa que quero que o senhor conheça: Dr. Rothschild, esta é a Siegrund.

Siegrund engoliu minha mão com a sua, uma expressão intrigada na testa.

Bonita, sim?, Magnus berrou.

Concordei com a cabeça e sorri.

Algum sinal da Erin?, perguntei à Penélope.

Ela balançou a cabeça negativamente. Magnus tomou a garrafa da minha mão e completou os copos de todos. Sem se virar, estendeu o braço para um armário e alcançou um copo alto. Pegou alguns cubos de gelo numa bolsa na pia, encheu o copo de vodca e me entregou.

Saúde! Siegrund é bonita, sim?

Bebi um gole do líquido candente. Penélope pegou meu cotovelo.

Então, Dr. Rothschild. O que é que o senhor está fazendo, *caçando* a garota desse jeito? O senhor vai ou não vai explicar essa história direito?

Siegrund olhou-me com ar de expectativa. Era óbvio que não falava inglês e não estava entendendo patavina, as sobrancelhas reunidas entre os olhos e a cabeça inclinada como um cão de caça.

Magnus, você viu a Erin? Aquela mulher que eu disse que estava procurando?

Só que Magnus estava muito ocupado despejando uma torrente de sueco sobre Siegrund, gritando no seu pescoço. O ar da cozinha estava irrespirável de tanta fumaça. Tomei minha vodca e, quando me lembrei daquela noite no Lupo Bar, onde tudo havia começado, fiquei paralisado de pânico. O que eu estava fazendo ali? Por um momento, tive a impressão de que estava prestes a vomitar.

Acho que ela não está aqui, observou Penélope.

Vou dar uma olhada por aí.

Vou com você.

Percorremos uma rota tortuosa através da festa, passando de um pequeno aposento ao outro, todos abarrotados de suecos que fumavam e bebiam com furor. O imóvel era surpreendentemente amplo para Londres, ainda que quase todos os cômodos parecessem conter camas e outros objetos pessoais. Não demorei a chegar à conclusão de que Erin não estava. Mas, como Penélope gritou ao meu ouvido, aquilo de jeito nenhum significava que ela não fosse aparecer mais tarde; afinal, mal passava da meia-noite.

Estávamos saindo de um dos quartos quando Magnus nos encurralou num corredor, trazendo outra loura alta pelo braço.

Uma bela loura, não?

Sim, bastante bonita.

Procurei acenar educadamente para a moça, e lancei à Penélope um olhar que ela pareceu compreender de imediato.

Caralho, Magnus, exclamou, por que está tão interessado no que o Dr. Rothschild acha das suecas?

Tudo bem, atalhei. Mesmo. Não me incomoda.

Magnus apenas sorriu e continuou apontando com a cabeça para a amiga. Penélope fitou-o com irritação.

Vamos lá para fora?, convidou ela. Preciso sair um pouco desta merda desta fumaça.

Descemos a escada até o empório muçulmano. Penélope dirigiu-se ao balcão e soltou meia dúzia de rápidas frases em árabe, sendo recompensada com duas xícaras de café preto fumegante e um punhado de *qat* ainda úmido embrulhado em jornal.

Já do lado de fora, indaguei se ela falava árabe com fluência.

Não, explicou, é que eu nasci e fui criada no East End. Bayswater, conhece?

A noite estava fria e úmida; as ruas, desertas. O açougue *halal* era o único estabelecimento aberto. A leste, dava para ouvir o trovejar distante do tráfego no centro-oeste londrino. Sentamos nos degraus externos; Penélope enfiou um chumaço gordo de folhas na boca e me ofereceu o restante. Peguei o que me pareceu ser uma porção respeitável e pus-me a mastigar. O gosto lembrava um pouco o de espinafre cru. O efeito estimulante do narcótico, combinado à xícara do forte café turco, nos colocou de pé em poucos minutos, tagarelando sem parar feito duas gralhas.

Eu sei que as louras têm alguma coisa, dizia Penélope, para provocar esse fascínio tão esquisito que os homens, principalmente os americanos, sentem por elas.

Eu dançava na calçada, mudando sem parar o peso do corpo dos calcanhares para os dedos e vice-versa.

Hmmmm.

Sabe como é, essa história toda de pornografia. "Pornografia sueca", "louras suecas", explicou ela, desenhando aspas no ar com os dedos.

De onde você acha que veio isso?, questionei. Quer dizer, como pode uma cultura talvez mais conhecida por seu pragmatismo glacial e um legado ancestral de expansão violenta agora se tornar sinônimo de pornografia?

Exatamente.

Devíamos perguntar ao Magnus.

Penélope passou o *qat* para o outro lado da boca e agora falava com uma certa dificuldade, a boca cheia de folhas sumarentas.

Deve ter a ver exatamente com a rejeição inconsciente dessa história, teorizou, a ligação com as louras. Louras são burras e gostam de sexo; portanto, as suecas, que são quase todas louras, devem ser todas burras e gostar de sexo.

Um país inteiro de taradas.

Fantástico. E eles aproveitam.

É um povo muito prático. Dançam conforme a música, e ainda dão um jeito de ganhar dinheiro com isso.

Como Leif Eriksson.

Quer dançar?, convidei.

Esses escandinavos, ela prosseguiu, são *tão* interessantes.

Nós também somos.

Quer saber? Os homens são todos iguais. Essa fantasia sueca não passa de uma projeção subconsciente. Sabe os travestis? Eles sempre viram as garotas dos sonhos de todo homem: uma piranha hipersexualizada. Basicamente uma puta capaz de fazer comentários sarcásticos e piadinhas inteligentes.

Isso eu já não sei, mas se você está dizendo...

Já as mulheres, quando resolvem se vestir feito homens e assumir uma identidade masculina, viram o tipo de homem que elas *detestam*. O machão grosso, que coça o saco, cospe de lado e vive fedendo a cerveja. Justamente a laia mais desagradável para as mulheres.

Bom, de repente, as mulheres simplesmente não gostam das... mulheres?

Ah, professor, você é um gênio.

Muito obrigado.

Aí os caras põem um vestido e viram umas florzinhas. Tão *fofo*. Taí: de repente, era isso que a gente devia fazer para descobrir que tipo de homem o cara é. Enfia o sujeito num vestido, cobre a cara dele de maquiagem e vê que tipo de mulher ele vira. Que tal?

Essa sua teoria é muito interessante.

O problema é que, *mesmo* sabendo disso, provavelmente a gente *ainda* ia escolher os cafajestes.

Uma certa ansiedade começou a se apoderar de mim. Cuspi o *qat* — a essa altura uma maçaroca babada — e o joguei fora. Penélope também, e até hoje nunca vi uma mulher tirar uma coisa tão grande, mole e absolutamente nojenta da boca com tanta naturalidade e delicadeza. Foi um momento belo. Ela emborcou o resto do café e olhou para mim. Seus olhos pareciam duas luas.

Você por acaso falou em dançar?

Então ali estava eu, dançando — ou alguma coisa parecida — com a Penélope no meio de um turbilhão de suecos, obedientes à rígida política musical em vigor: só *disco*. Penélope, de olhos fechados, basicamente pulava no mesmo lugar. Fiz questão de tentar segurar-lhe as mãos porque a multidão rodopiante ameaçava nos despedaçar a qualquer momento. Penélope, com a testa marcada por rugas finas, quicava no ritmo de "Good Times", do Chic, a cabeça balançando de um lado para o outro. Ela limpou o suor do rosto e sorriu para mim; fiquei pasmo com seu rosto branco e redondo, seus olhos castanhos escuros que brilhavam na penumbra do apartamento do sueco. Então, ela começou a rodopiar — mas, após alguns giros, acabou tropeçando numa mesa de canto, derrubando alguns copos e um cinzeiro cheio no chão; quando tentou recobrar o equilíbrio, seu dedão enroscou num fio e tudo o que vi foi um abajurzinho cruzando os ares como uma azagaia rombuda voando em direção à multidão. Ergueu-se uma nuvem de xingamentos em sueco.

    Preciso parar um pouco, ela berrou no meu ouvido.

    Vamos para a cozinha, gritei de volta.

Por volta das três da manhã, Magnus veio nos oferecer umas latas de uma bebida estimulante chamada Red Bull, que nos fez misturar à vodca — num drinque chamado, segundo ele, "Espertinho". Era muito doce e tinha um ligeiro gosto de remédio, mas a injeção de energia foi quase imediata e disfarçou bem os litros e litros de vodca que havíamos entornado — o que, somado à leve agitação provocada pelo *qat* e pelo café turco, teve um efeito que só posso descrever como infinitamente possível. Além disso, fiquei me sentindo mais alto, talvez meio sueco. Então, começou uma outra música — do Supertramp, a mesma que havia tocado no *pub* naquele mesmo dia.

    Ei, exclamei, é aquela música!

    Penélope não entendeu.

    Do que está falando?

    Ela tocou no *pub* hoje. Supertramp.

    Novo franzir interrogativo da testa de Penélope. Que fofa.

    É que eu gosto desta música, expliquei.

    A música acabou, uma outra começou e, de repente, cerca de uma dúzia de pessoas sacudia-se freneticamente na sala ao som de Bee Gees.

Logo, Magnus, Siegrund e quase todo o resto estavam pulando no ritmo de "You Should Be Dancing", acrescentando mais uma camada de baixo à música e derrubando quase todos os quadros da parede, a madeira e o vidro se estilhaçando aqui e ali. Fiquei aliviado por Penélope preferir ficar conversando na cozinha — praticamente vazia naquele momento, exceto por um casal de suecos que estavam fumando um baseado cônico que, do lado maior, era da grossura de uma lata de cerveja. A quantidade de fumaça gerada era inacreditável, e os suecos tinham acessos de riso convulsivo, interrompidos por uma ou outra resposta monocórdica em seu idioma, que só faziam provocar novos espasmos, aos uivos. Eu e Penélope fomos nos refugiar atrás do balcão, os olhos injetados fitos uns nos outros e encharcados de suor. Eu já nem me lembrava mais por que estava ali, como aquilo tudo havia começado, a problemática em que estava metido. Eu ia rever minha filha em breve, e teria uma nova chance. Mesmo a Estela não passava de uma sombra pálida em algum ponto do horizonte. Aquele era o instante em que eu estava vivendo: este momento, o presente, o agora.

Então, você já foi mesmo ao Egito?, ela perguntou.

Muitas vezes. Ano passado mesmo estive lá.

Já viu a esfinge, as pirâmides, aquelas coisas todas?

Claro.

É verdade o que falam sobre os soldados de Napoleão? Que desfiguraram a esfinge, arrancando o nariz com tiros ou qualquer coisa assim?

Bom, respondi, parece que eles aprontaram, sim. De vez em quando se encontram histórias de soldados que usavam a esfinge como alvo para a prática de tiro, mas em termos de danos reais, eles não causaram grandes estragos. A deterioração da esfinge tem mais a ver com o fato de ela ter sido esculpida diretamente na rocha viva existente no local, na planície calcária de Gizé. Antigo Reinado. Quarta Dinastia. É como se, ao olharem para a pedreira de onde extraíam o material das grandes pirâmides, eles tivessem decidido continuar e esculpir mais alguma coisa no buraco resultante, por assim dizer.

Como assim, rocha *viva*?

É um jargão da geologia, expliquei. Na esfinge, há três estratificações diferentes. Ela não parou de se mover, de se transformar. Continua em evolução. Uma das camadas é mole como talco; dá para desfazê-la com a unha.

Então, ela não vai durar mais mil anos?

Talvez, dependendo dos programas de preservação. Mas, em se tratando de algo tão frágil e volátil, duvido.

Isso incomoda você?

Eu preferia que ela continuasse onde está.

É mais ou menos isso que você faz, né? Tenta manter coisas como a esfinge intactas, certo?

Acho que sim. Se bem que eu trabalho quase exclusivamente com textos antigos. Tecnicamente, sou um criptógrafo, um tradutor, não um arqueólogo, um geólogo ou antropólogo. Embora esses campos tendam a se encontrar.

Mas de onde você veio? Como foi que veio parar aqui?

Eu trabalho no Museu Britânico, já lhe disse.

Não, antes disso.

Olhei as pessoas dançando na outra sala. Magnus estava sendo jogado de um lado para o outro entre duas suecas gigantes, um sorriso insano no rosto, ganindo de satisfação. Penélope acendeu um cigarro, soprando um penacho de fumaça pela saliência do lábio inferior, e se sentou na bancada, ajeitando-se em posição de lótus de modo a ficar cara a cara comigo.

Muito bem, disse ela. Vamos ouvir a história do Dr. Rothschild. Como você veio a ser quem você é?

Eu não sabia ao certo se já havia pensado naquilo antes. Assim sendo, resolvi começar pelo começo.

11: O ENGENHEIRO

MEU PAI ERA UM HOMEM CAUTELOSO. E amealhou uma fortuna, duas coisas que raramente caminham juntas. Filho de um contrabandista de bebidas alcoólicas e de uma vigarista de quinta categoria da zona rural da Virgínia, passava o tempo livre na infância desmontando o trator para construir rádios de galena primitivos no alpendre. Foi o único dos oito irmãos a deixar o condado para ir à faculdade. Depois de formar-se na Virginia Tech, obteve uma bolsa em Syracuse para dar continuidade aos seus estudos de engenharia na recém-inaugurada Escola de Engenharia Civil Aplicada. O sistema pedagógico da instituição era inédito e radical, baseado na certeza da inocência científica e mecanística, a ser desenvolvida da maneira correta e trazida à luz em seu próprio proveito. Os estudos compreendiam desde Christopher Wren e Frank Lloyd Wright a Tycho Brahe, Oppenheimer e os construtores das grandes barragens da Mesopotâmia. Engenheiros de uma nova estirpe deixavam os corredores da faculdade e conquistavam as ensolaradas ruas de Nova York — pálidos, encurvados, ofuscados pela claridade, dominados por visões grandiosas de turbinas girando e pontes resplandecentes, novos polímeros, formas inauditas que se atinham às mais breves noções de física teórica, na ambição de transformar não só as formas, mas a própria essência da paisagem.

Em poucos anos, ele já era um dos principais engenheiros do projeto da represa de Saint Lawrence, supervisionando fundos federais que totalizavam duzentos milhões de dólares e centenas de operários, arquitetos, engenheiros, especialistas em hidrodinâmica, todo mundo. Seu sucesso como engenheiro civil devia-se ao fato de ser, ao mesmo tempo, visionário e cauteloso. Levava a segurança e a logística de seus projetos muito a sério, e suponho que tenha aplicado os mesmos critérios à sua vida particular: escolheu com cuidado uma esposa — minha mãe —, e foi com cuidado que teve um único filho — eu.

Fui criado nos *trailers* duplos e escritórios pré-fabricados dos canteiros de obras dos mais ciclópicos projetos de engenharia civil. Como meus pais basicamente deixaram a decisão por minha conta, optei por passar meus dezesseis primeiros anos em lugares como Fishkill, Arkansas, e Sewanee, Tennessee, onde meu pai erigia represas titânicas e pontes descomunais. O que mais um garoto poderia querer? Cada projeto durava cerca de um ano e, nos intervalos, voltávamos a Syracuse, para a nossa confortável casa de classe média alta, onde morava a minha mãe. Quando não estava fazendo toneladas de bombons, ela estava mudando a decoração — de modo que nunca sabíamos o que esperar ao voltar. Era irmos embora e ela estripava a casa inteira, substituindo o estilo anterior por outro completamente diverso. Passamos pelo provençal, Willow, rústico, artesanal e um longo período com variações de *art déco*. Acho que era a solidão; ela precisava ocupar o tempo com alguma coisa. De qualquer modo, quando chegávamos em casa era tudo sorrisos e abraços; ela ficava tão orgulhosa, tão feliz por nos rever, e gostaram dos móveis novos? Querem ver as flores novas no jardim? Querem uns biscoitos frescos de gengibre e um chá de ervas?

Minha mãe crescera em Buffalo, filha única de um abastado executivo de uma indústria química, e conheceu meu pai quando uma de suas colegas de grêmio estudantil da faculdade foi a Syracuse participar do Festival da Primavera. Meu pai ajudou-a a estacionar o enorme Buick que ela estava dirigindo e acendeu seu cigarro. Depois do meu nascimento, minha mãe começou a sofrer de uma série de transtornos emocionais clínicos que a obrigaram a tomar doses maciças de lítio para o resto da vida, canalizando sua energia maníaca para tarefas agradáveis e rotineiras. Nosso jardim era lendário na vizinhança. Jamais testemunhei uma única demonstração de afeto entre meus pais, a vida inteira.

Só freqüentei a escola cerca de metade do tempo em que eu estava em casa. Como quase todos os projetos eram em algum fim de mundo, muito longe de qualquer estabelecimento de ensino decente, minha educação foi praticamente toda independente — ou melhor, "autodidata". Meu pai me deixava encomendar qualquer livro que eu escolhesse de qualquer catálogo que me caísse nas mãos, inclusive enciclopédias inteiras e minibibliotecas de clássicos e histórias do mundo. Acho que se poderia dizer que fui educado pelos livros que li. Meu pai nunca verificava meus progressos; nunca procurou direcionar minhas leituras nem apoiar minha educação de nenhuma forma concreta além de me fornecer material para ler.

Assim sendo, passei a maior parte da infância e da juventude deitado num catre no *trailer* do meu pai, lendo por horas a fio enquanto, do lado de fora, ele cavava, desbastava, martelava e erguia monumentos colossais aos milagres da indústria moderna. Claro que eu também me dedicava a explorar os canteiros de obras, escalando andaimes e me enfiando em lugares perigosos, como qualquer outro garoto se sentiria compelido a fazer; no entanto, logo me acostumei às megaconstruções em que meu pai trabalhava. Eu perscrutava a boca escancarada de cânions recém-inundados, via cinco milhões de litros de cimento serem despejados nas estruturas de aço, sondava centenas de metros de escuridão, acompanhava o trabalho aracnídeo da montagem de pontes, em que as vigas de aço e concreto iam sendo dispostas como palitos por gigantes enfastiados. Máquinas enormes arrastavam, empilhavam e içavam materiais sobre abismos, suas lagartas deixando rastros pelo chão, engrenagens que pesavam toneladas, veículos que passavam sobre o *trailer* sem nem sequer roçarem-no com o ventre, que ribombavam de maneira ensurdecedora, vomitando fumaça e ruído, com o poder de criar e destruir ao mero mover de uma alavanca enferrujada. A terra literalmente explodia sob os meus pés; montanhas eram deslocadas e mares inteiros, desviados; todas as várias forças da natureza eram mobilizadas pelo poder da maquinaria e da ciência. Isto — a destruição e a criação de terras e rios — foi o marcador figurativo, o determinativo da minha juventude.

Estava com doze anos quando meu pai foi contratado como consultor para a construção da represa de Assuã, em agosto de 1962. Passei os oito meses seguintes em Assuã, logo acima da primeira catarata do Nilo, a tradicional fronteira do sul do Egito. Quando os Estados Unidos e outras potências européias desistiram de financiar o projeto, os soviéticos agarraram a oportunidade. O presidente egípcio, Nasser, havia nacionalizado o Canal de Suez, e os soviéticos pensaram estar diante da chance de colocarem suas garras nele. Só que tiveram o olho maior que a barriga e acabaram sem outra saída senão recrutar alguns dos melhores engenheiros e projetistas internacionais, em sua maioria de uma empresa de Boston com a qual meu pai tinha alguns laços, para prestar serviços de consultoria. Havia, também, a questão da transferência da população núbia local e de uma série de edifícios antigos, tais como o Grande Templo de Abu Simbel, para um terreno mais alto. Trabalhar com os russos não era exatamente algo patriótico a se fazer, mas meu pai era incapaz de resistir a um desafio considerável. Vivia em busca de projetos cada vez mais vastos, sempre almejando a construções maiores, tanto em tamanho quanto em escala. Só aceitava trabalhos que lhe parecessem constituir uma profunda expressão da capacidade humana de exercer controle sobre as irrefreáveis forças da natureza, tudo que fosse fora de proporção, que superasse tudo o que já tivesse sido feito antes.

Tecnicamente, meu pai estava trabalhando para o governo egípcio como supervisor internacional, mas, na verdade, suas atribuições iam bem além disso. Passava a maior parte do tempo em companhia de arquitetos e engenheiros soviéticos, homens suarentos metidos em macacões de brim e chapéus de abas largas, gastando com entusiasmo seu russo macarrônico, gesticulando sobre mapas topográficos e pilhas de plantas meio amassadas. Os russos fumavam sem parar, desmanchavam-se em sorrisos e acenavam muito com a cabeça toda vez que ele abria a boca.

Enquanto meu pai desenhava esboços nas fileiras de barracas de chapas corrugadas poeirentas que serviam de escritório para o pessoal da engenharia, ou percorria o vale com uma equipe de engenheiros e arquitetos, eu perambulava pelas ruas de Assuã, subia e descia o rio e os penhascos baixos que se erguiam sobre a cidade, vagava por entre os templos em ruínas e as paredes desmoronadas do bairro velho, aventurando-me, às vezes, no deserto a leste — excursões em que era acompanhado por Hakor, um garoto núbio da região, alguns anos mais velho que eu, que meu pai havia contratado para me servir de guia e protetor. Foi meu primeiro amigo.

A princípio, ficaríamos catorze meses lá, mas não foi o que aconteceu. Meu pai cometeu um erro e os soviéticos nos dispensaram mais cedo — muito embora a escolha que ele havia feito fosse acertada, o que eu já era capaz de perceber mesmo em tão tenra idade.

⁂

Eu tinha dezesseis anos quando meu pai anunciou, um dia, que era hora de eu ir para a faculdade. Àquela altura, estávamos em Montana, onde ele estava construindo uma série de represas para hidrelétricas no rio Big Hole, que supririam as necessidades energéticas de metade do estado. Como meu pai tinha contatos em todas as grandes universidades do nordeste do país, suas secretárias preencheram todos os formulários e responderam os questionários devidos; fiz alguns testes, assinei meu nome e, quando dei por mim, estava em Princeton.

Quando cheguei àquele lugar frígido, sombrio e cheio de precipícios e despenhadeiros que é Princeton, descobri as vastas arcas de tesouros da biblioteca da universidade e as possibilidades do intercâmbio de obras entre diferentes instituições. Aos dezesseis anos, eu nunca tivera nenhuma experiência com a pedagogia prescritiva, nem recebera qualquer educação social significativa. Não conhecia ninguém, e não tinha a menor idéia do que fazer para conhecer. Acabei conseguindo entrar em contato com algumas pessoas e desenvolver o que se poderia chamar de amizades semestrais, em sua maioria baseadas em interesses (acadêmicos) comuns. Eram relações que só se davam quando o outro praticamente tropeçava em mim no escuro, ou quando meu pai contratava alguém para cuidar de mim, como no caso de Hakor, ou como com Alan Henry, que, por acaso, foi com a minha cara e me arrastava de um lado para o outro por alguma razão insondável. Helen foi a primeira pessoa que conheci que não foi jogada ao meu encontro de alguma forma.

A princípio, como seria de se esperar, eu era um desastre em termos sociais. Demorei algum tempo para me acostumar ao volume de interação que deveria ter com meus colegas. Fui logo atraído para o Departamento de História Antiga, onde constatei, para minha surpresa, que muitos dos demais estudantes não haviam lido a maioria dos principais textos históricos — e, quando liam, não pareciam reter grandes coisas. Os próprios professores não se saíam muito melhor nesse quesito. No meu segundo ano, me matriculei quase exclusivamente em disciplinas de estudos independentes, em sua maioria com o diretor do departamento na época, um certo Dr. Nichols, especialista em civilizações antigas, que orientaria minhas leituras e me abasteceria de listas de livros e documentos a estudar.

Meu apartamento era simpático, no terceiro andar, com janelas que pegavam o sol da tarde e davam para um bosque de olmos, uma vista bonita; tinha uma quitinete que nunca usei, uma cama com um colchonete, uma velha cômoda que minha mãe me enviou, uma escrivaninha e algumas cadeiras dobráveis. Ficava ao lado do maior dos muitos desfiladeiros que pontilhavam as colinas escarpadas de Princeton — e a apenas algumas quadras do ninho de Carl Sagan, debruçado sobre a borda de um desses abismos. Uma idéia que me ocorria com freqüência era que bastava Sagan olhar pela janela do seu estúdio, em vez de erguer os olhos para o alto, e contemplar as profundezas varridas pelo vento que se estendiam a seus pés — o basalto com seus veios escuros, coberto de fendas e buracos, os ventos que subiam aos uivos em espirais pelo ar, toda aquela aridez, enfim — para enxergar, em sua plenitude, o cosmo que procurava nos céus.

O aluguel pago era dinheiro jogado fora, pois eu nunca ficava ali. Passava o tempo inteiro na biblioteca, enfurnado na minha saleta no quarto andar, todo entrouxado para me proteger do frio, devorando maçãs ou quentinhas, debruçado sobre os textos clássicos de Young, Champollion, Belzoni, os grandes charlatões e tradutores equivocados como Gustavus Seyffarth, Carl Richard Lepsius, o estudo de Hinck sobre a gramática assíria, James Burton, John Wilkinson, De Rouge, o grande *Dicionário* de Samuel Birch, inclusive a esmerada cópia manuscrita de Wallis Budge, e a "escola de Berlim", de Stern, Erman e Sethe.

Passei, em seguida, para os grandes modernos: Griffith, Gunn, *Sir* Alan Gardiner, cuja *Gramática Egípcia* não sairia da minha mochila durante seis anos. Aprendi por conta própria os rudimentos do hierático, do demótico e hieróglifos completos, as formas cursiva e pictográfica do Antigo e do Médio Reinado, além de acadiano, assírio e núbio antigos, inclusive a escrita meriótica, elementos de cuneiforme e escritas mais modernas, tais como copta, grego, latim e árabe. Eu praticava tarde da noite nos imensos quadros-negros dos auditórios do departamento de História, despejando quilômetros de texto, diagramando traduções, elaborando ligaduras, transcrevendo os grandes épicos.

Dali desemboquei na ciência da criptografia, desde a mágica matemática da teoria dos números de Alan Turing e dos códigos da *Enigma** alemã até segredos antigos como as escritas meriótica, maia e linear B. Levei três meses tentando desvendar a cifra de Roger Bacon, um dos grandes mistérios da criptografia desde o século XIII. Trazia sempre comigo uma cópia do manuscrito de Voynich,** com as anotações de Newbold. Continuo não aceitando sua teoria dos caracteres "taquigráficos" microscópicos, mas, ainda assim, era empolgante.

O silêncio da biblioteca e a ausência da luta entre a máquina e o homem contra a terra eram desconcertantes a princípio; contudo, adotei o hábito de usar protetores de ouvido, enchendo a minha cabeça com o som das batidas do meu próprio coração — que guardavam uma estranha semelhança com os bate-estacas e as bombas pneumáticas que meu pai costumava usar para enterrar estruturas no fundo da terra. Descobri que, se levasse uma garrafa térmica grande de café, dava para ler e fazer anotações até bem tarde da noite sem maiores desconfortos. Acabei me acostumando a dormir no chão sob a mesa, a mochila de couro servindo de travesseiro, embalado pelos gemidos do velho prédio assentando no terreno à noite. Eram, para mim, ruídos reconfortantes então, como ainda hoje. Foi nesses lugares que sempre me senti mais à vontade: bibliotecas desertas à noite, salas empoeiradas nos fundos de edifícios antigos, porões escuros de museus. Deitado de barriga para cima sob a mesa, eu entoava transliterações fonéticas para mim mesmo

---

*A máquina *Enigma*, criada pelo alemão Arthur Scherbius, em 1918, era capaz de gerar mensagens codificadas praticamente indecifráveis, sendo adotada pelo governo alemão para fins militares. (*N. da T.*)

** Manuscrito de Voynich: livro medieval, encontrado em Roma, na década de 1920, escrito numa linguagem e com um alfabeto desconhecidos. Muitos criptógrafos profissionais e amadores já tentaram decifrar o texto, mas sem sucesso. Hoje em dia, parece mais provável tratar-se de algum idioma exótico ou inventado. (*N. da T.*)

até altas horas da madrugada, aproximações sofríveis de sons que não eram pronunciados havia três mil anos e agora ecoavam pelos corredores vazios.

Habituei-me a usar suéteres de lã sob as quais podia vestir várias camisas umas sobre as outras; calças de veludo grosso e botas de couro dois números acima do meu, a fim de acomodar minhas grossíssimas meias de lã. Eu tinha um gorro azul de marinheiro que me aquecia as orelhas e se enterrava perfeitamente na minha cabeça até a altura dos óculos. Encontrei luvas de tiro numa ponta de estoque; os dedos indicadores cortados eram perfeitos para virar páginas e segurar o lápis, e eu não as tirava quase nunca. Mesmo assim, minhas mãos e pés estavam sempre gelados — algum problema circulatório, é evidente. No inverno, era preciso enfiar meus pés azuis numa panela de água fervente.

De tempos em tempos, fazia uma pausa para me esticar; então, andava de um lado para o outro entre as estantes empoeiradas ou dava um pulo até a porta, a fim de respirar um pouco de ar fresco. Lembro-me que, do alto da escadaria, quase sempre me parecia espantoso que houvesse tantos estudantes lá fora, muitos correndo para lá e para cá, outros conversando em grupos, vivendo suas vidas em tão impetuosa azáfama — o que me despertava saudades automáticas da vida serena e plácida dos registros escritos do Antigo Egito. O vasto período do fim da minha adolescência, aquele tempo luminoso e brilhante imediatamente anterior à vida adulta, quando o mundo se nos afigura brincalhão e infindável diante dos olhos, igualzinho ao que nos apresentam os programas de televisão — e desse modo se fixa na lembrança das pessoas, que assim se referem a ele —, eu o passei vivendo numa outra era, um mundo não infindável, mas delimitado por um senso definido de tempo, espaço e história. E eu adorava. Se fazia alguma idéia do que estava acontecendo lá fora, no mundo real? Ora, muitas coisas. Eu sabia que sim, mas tomava conhecimento de tudo como uma música distante que nos chega aos ouvidos depois de percorrer um longo corredor de um prédio abandonado, como os sons da casa do vizinho, uma conversa particular que se entreouve através das paredes de um hotel de beira de estrada, o tilintar de pratos sendo lavados na cozinha à meia-noite: nada que me chamasse a atenção, nem que parecesse exigi-la. Eu tinha um lugar para dormir, comida quando precisava e acesso quase ilimitado a todos os livros que podia querer ler. Não me faltava nada.

Tenho a impressão de que muita gente gosta da idéia de caminhar num terreno que outros já calcaram, milhares de anos atrás, e de entrar em prédios que outrora abrigaram os antigos, onde homens e mulheres viveram e morreram. Quase todo mundo sente uma atração genérica por esse tipo de coisa, e é por isso que o Museu Britânico, todos os dias, fica cheio de gente do mundo inteiro. Não deixa de ser uma forma de não nos sentirmos tão sós neste átimo de tempo que é o momento presente, e de nos convencermos da imanência e do esplendor da história humana. O fascínio pela história, os artefatos e, sobretudo, as múmias nas exposições sobre o Egito deve-se à possibilidade de contemplarmos os restos de outra pessoa que já caminhou sobre a terra como nós, mas há muito tempo. Acho que isso nos dá a sensação de não estarmos sozinhos — não no sentido do aqui e agora, mas em longo prazo, na História como um todo, na Terra, no conjunto da obra.

Acontece que essa sensação vai desvanecendo à medida que nos aprofundamos, na medida inversa do zelo e da intensidade com que estudamos, até que se chega a um nível em que fica claro que ninguém jamais conhecerá os antigos — quem foram, como viviam, o que comiam, como morriam, o que desejavam —, mesmo com esses fugazes indícios que deixaram para trás — um caco de cerâmica, uma pedra angular, uma inscrição grosseira num fragmento de papel, um gigantesco monumento de pedra enterrado no deserto.

Fora os estranhos fatores do acaso, das circunstâncias, do ambiente: por que este pedaço, e não outro? Por que este homem, e não outro? Haverá alguma lógica na maneira como a História se deixa transferir da penumbra das eras passadas para esta? Só esse problema já é suficiente para preencher uma vida inteira, sem nunca se chegar a conclusão alguma. Tudo o que queríamos era compreender essa história pelo lado de dentro, o que eles sentiam, como viam seu lugar no mundo. Assim, voltariam à vida — o que, a meu ver, já seria um magnífico presente a se receber e transmitir aos outros.

Aquele meu estilo de vida não durou, claro. Permaneci seis anos em Princeton; depois, fui desalojado da biblioteca pelo Dr. Nichols, entre outros, e empurrado para o mundo — levando, embaixo do braço, uma pilha de títulos que não me recordava exatamente em que momento havia obtido. Pelo menos não fui abandonado à própria sorte; o Dr. Nichols tinha amigos em Berkeley (entre eles, a eminente egiptóloga Miriam Lichtheim, especializada em traduções do Médio e do Novo Reinados), que me ofereceram um emprego de professor com carga horária quase nula, deixando-me livre para trabalhar nos meus projetos independentes de tradução. Mudei-me para São Francisco e, um mês depois, lá estava eu na Califórnia, numa tarde de brisa fresca, esperando pela abertura de uma sala de concertos onde assistiria à apresentação de Helen, minha futura esposa. Uma pequena península do momento presente aflorou no oceano da história, à qual fui dar nas horas nebulosas da manhã; quando fui ver, já estava encalhado ali. O oceano era demasiado vasto, demasiado azul, e a praia, irresistivelmente aconchegante e convidativa. E mesmo essa minha metáfora tosca foi extraída dos textos antigos — como é inevitável, aliás. Todas o são. Não há escapatória.

Zenobia nasceu no ano seguinte. Eu tinha 22 anos.

Penélope balançou a cabeça, os lábios finos curvados num esboço de sorriso; um vaso pendente para o lado, o pictograma para "boca".

Você é uma ave rara, sabia, Dr. Rothschild? É um milagre que tenha chegado aonde chegou.

Desculpe. É uma história chata.

Ela riu.

Não, Walter, não foi isso que eu quis dizer. Absolutamente.

Senti meus maxilares latejando, e de repente senti uma ânsia desesperadora por me movimentar.

Vamos dançar?

Penélope levantou o queixo e sorriu, os incisivos proeminentes fazendo com que os lábios se entreabrissem ligeiramente e os cantos da boca fossem puxados para trás. Era um lindo sorriso.

Quicamos e nos sacudimos pela sala por mais algumas músicas, muito mais do que eu esperava; dançamos ao som de Rose Royce, Evelyn Champagne King, Trammps e Van McCoy & the Soul City Symphony — músicas *disco* das quais eu guardava uma vaga recordação dos rádios de automóveis quando dirigia por Berkeley ou São Francisco.

Dobrei o corpo de Penélope para trás num movimento desajeitado, e ela soltou um guincho de prazer. Meus conhecimentos sobre as mulheres são muito restritos, está certo. Mas uma coisa eu *sei*: toda mulher gosta de dançar, e *toda* mulher gosta que o parceiro a pegue nos braços e jogue seu corpo para trás.

Ao trazê-la de novo para a posição ereta, dei de cara com um diafragma superdesenvolvido, que lutava contra um cinto de fivela igualmente avantajada, do tamanho de um prato de sopa e no formato do Texas. Olhei para cima e deparei-me com a cabeçorra desgrenhada do Gigante, o lutador que estava naquele tumulto na Oxford Street. Tinha um dos olhos apertado com o esforço de enxergar em meio à penumbra e à fumaça e o outro tapado por uma bandagem, sacudindo a cabeça no ritmo da música. Ele girou devagar, pulando com destreza sobre seus pezões descalços que mais pareciam uma dupla de texugos dançarinos. Seu par era uma sueca tão corpulenta quanto ele, cuja cabeleira loura descrevia círculos no ar. Então, do alto de seu corpanzil, o Gigante olhou para mim, acenou de leve com a cabeça e me deu uma piscadela, como se fôssemos velhos amigos. Não poderia ter me reconhecido, já que não entrei em contato direto com ele e seus amigos naquela noite, mas ainda assim senti um calafrio me descer pela nuca. De repente, perdi toda a pouca coordenação que possuía; minhas pernas se enrijeceram e as costas começaram a doer. Gritei no ouvido de Penélope que precisava ir embora e voltamos à cozinha atrás de Magnus, para eu lhe agradecer e me despedir. Não foi possível; havia se trancado no banheiro e recusava-se a sair, mesmo quando Penélope esmurrou a porta.

Acompanhei Penélope até seu Austin Mini, estacionado quase na esquina. Já começava a clarear, e o céu adquirira um tom meio leitoso; o chão estava escorregadio por causa de uma pancada de chuva que havia caído em algum momento da noite. O açougue de carnes *halal* continuava aceso e parecia estar aberto, mas não se via nenhuma outra luz na rua. Um sujeito de turbante na esquina estava abrindo a banca de jornais, cantando baixinho para si mesmo enquanto enfiava, a duras penas, as pilhas de jornais no suporte de compensado. Agora eu tinha certeza: havia calçado os sapatos errados. Um era um mocassim mais ou menos parecido com o meu, mas o outro era uma espécie de sandália — uma verdadeira lancha — que sambava no meu pé a cada passo.

Você já foi a Cambridge, Penélope?

Fiz minha primeira faculdade lá. Peterhouse.

Por acaso conhece o Museu Fitzwilliam?

Claro. Tem uma boa coleção de quadros de Constable e alguma coisa do Antigo Egito. É um bom museu. Minha companheira de quarto era estudante de História.

O que você vai fazer amanhã? Pode ir a Cambridge comigo? Preciso de um guia.

Esperei enquanto ela se sentava no banco do motorista e punha as mãos no volante. Deu a partida e sintonizou o rádio numa das incontáveis estações de música *techno* que existem em Londres e transmitem um bate-estacas ininterrupto com um coro de sereias esganiçadas lamentando-se ao fundo. Penélope ficou parada, pensando, os olhos fixos no pára-brisa.

Eu pago tudo, garanti. E trago você de volta direitinho.

Ela olhou para cima e arqueou uma sobrancelha. Eu estava tremendo no frio ar matinal, as roupas ainda molhadas de suor. Meu rosto machucado estava dormente.

Penélope sorriu, remexeu a bolsa e achou uma caneta.

Você tem papel?

Apalpei os bolsos e peguei o cartão de Magnus. Ela escreveu seu telefone atrás e me devolveu.

Me ligue de manhã. Não trabalho hoje, então estarei em casa. Preciso dormir um pouco. Não dá para tomar uma decisão dessas a esta altura do campeonato, dá?

No táxi a caminho de casa, recostei a cabeça e cerrei os olhos com satisfação. Diante das minhas pálpebras, uma luminosidade quente e avermelhada veio cobrir minhas idéias, carregada de traços de símbolos, vagas representações lingüísticas. Meu rosto, entorpecido, parecia pender do meu crânio feito um saco de carne. Abri os olhos ao passarmos pela Bond Street e alcançarmos o final da Oxford Street, os muros baixos dos prédios incandescentes com os néons que anunciavam aparelhos de som, eletrônicos, eletrodomésticos, o táxi deslizando tranqüilamente pela rua escura. Tive vontade de descer ao porão do Museu Britânico e sentar um pouco na companhia da Estela; esquecer aquela história toda por alguns momentos e apenas sentir o calcário frio e liso, meus dedos percorrendo os símbolos gravados e as bordas desbastadas da placa. A segurança transmitida pela força e densidade da pedra escura. Procurei me concentrar naquele sopro de consistência.

Em vez disso, porém, lembrei-me de Helen, tal como eu me habituara a imaginá-la ao longo dos anos. Visualizei-a com seu violoncelo, manejando o arco com uma graciosidade ardente, como se apertasse os ombros de uma criança rebelde, um meio-sorriso nos lábios, os olhos franzidos com o esforço, segurando o instrumento acastanhado entre as pernas com ternura, aninhando-o amorosamente entre suas coxas femininas, os joelhos cremosos e cheios de covinhas num leve meneio, um dos pés batendo no empoeirado chão de madeira da nossa velha casa em São Francisco, a luz da tarde entrando pela janela. Aquele som, a ressonância das cordas retesadas, o brutal repuxar de fios, a tensão e os soluços despedaçados que eram arrancados de tão misterioso objeto. Mas não era a nossa casa em São Francisco. Eu nunca a vi assim lá. Quero dizer, eu não a via desse jeito naquela época. Só fui vê-la assim agora, tantos anos mais tarde. Estava compondo aquela imagem, modificando detalhes, revestindo-a de muito mais *glamour*, poesia e significado que a realidade do ensaio de um músico profissional. Mas que remédio? Isso não torna a cena menos verdadeira. Ou por outra, é a imagem que a torna real. Foi assim que decidi lembrá-la, e é assim que ela sempre será.

Ao chegar em casa, disquei o número de Penélope.
    Ela riu, naquela sua risada musical e cristalina.
    Porra, você sabe que horas são? Tá maluco?
    E disse sim.

Da *Instrução de Papyrus Insinger*: *Ninguém desvenda o coração de uma mulher, assim como ninguém conhece o céu.*

12: DETERMINATIVOS

ACORDEI ÀS DUAS E MEIA DA TARDE, a tempo apenas de tomar uma chuveirada e ir me encontrar com Penélope na estação Holborn às três. Vesti roupas limpas e peguei meu tubo de aço inoxidável, selado a vácuo, feito para transportar papiros. Era extremamente leve, com um conjunto de pilhas recarregáveis que alimentavam o termostato digital. Eu já havia programado uma série de configurações, para uma variedade de ambientes, de modo que bastava apertar um botão para alterar a atmosfera no interior do tubo e reproduzir o ar seco e rico em oxigênio do Egito de 2000 a.C., ou o clima mais úmido e tépido da Bretanha do século I. Parecia uma garrafa térmica gigante ou uma aljava de aço a tiracolo; ganhei de presente de despedida dos meus colegas no Cairo, em 1989. O que mais levar na bagagem, numa viagem para recuperar uma antiguidade egípcia inestimável roubada por tão fugidia quadrilha?

Mick não estava em parte alguma. Sua secretária eletrônica estava, mais uma vez, lotada de pedidos e respostas acerca de seus trabalhos paralelos — que eu esperava, claro, que o mantivessem longe da Estela.

Eu sabia que me consumiria de inveja e vergonha pelo resto da vida se Mick solucionasse o enigma pelas minhas costas. Era a pessoa certa para isso.

Eu havia reservado passagens de King's Cross para Cambridge naquela tarde, com o retorno em aberto. Disse a Sue e Cindy que pretendia examinar alguns manuscritos no Museu Fitzwilliam e conversar com o Dr. Hardy acerca de algumas possíveis transliterações para a Estela, para o caso de alguém perguntar — o que, naturalmente, ninguém faria. O Dr. Hardy fora, outrora, um dos mais renomados especialistas em paleografia da Inglaterra. Pertencia ao bastião de velhos e empoeirados ingleses nessa profissão, uma gente que parecia existir, com cachimbo, roupa de *tweed*, afetação e toda aquela bobajada, desde o século XIX.

Já era segunda-feira, 3 de novembro. Meu contrato expirava na sexta, quando eu me veria falido, desempregado, a carreira encerrada e teria sorte se conseguisse escapar da cadeia, caso não conseguisse devolver o Cântico de Amon ao museu — ou, então, decifrar a Estela. De preferência, ambos. E ainda tinha a Zenobia.

Confesso que cheguei a considerar a possibilidade de fugir do país e deixar aquela história toda para lá. Conheço uns lugares bem remotos do mundo onde certamente poderia me esconder. Na maioria deles, sobretudo nos confins do Norte da África, quase ninguém sequer se aventura a ir procurar quem quer que seja. Por outro lado, eu também tinha consciência de que, se havia alguém capaz de me encontrar, esse alguém era Klein.

Pensando bem, acho que eu estudaria a Estela até na prisão — ela estava toda na minha cabeça mesmo, a malha inteira. Dava para trabalhar de olhos fechados. Tudo o que eu precisava era de uma fresta qualquer, por menor que fosse, que me abrisse as possíveis transliterações e glosas.

Telefonei para o Dr. Hardy antes de sair e disse-lhe que iríamos direto ao Fitzwilliam e o encontraríamos à noite. Ele concordou em nos hospedar em sua casa em Grantchester, voltando um pouco pela estrada. Tinha uma casa de hóspedes nos fundos, e a deixaria aberta para que pudéssemos entrar a qualquer hora. Eu não pretendia passar a noite lá — havia prometido a Penélope que tentaria voltar no mesmo dia —, mas nunca se sabe.

Estou sumamente interessado, chilreara Hardy ao telefone, nos progressos que o senhor vem fazendo com a Estela de Paser. O Dr. Klein comentou, alguns meses atrás, que o senhor era o homem certo para desvendá-la. Por acaso o senhor leu meu recente trabalho sobre os mistérios paleográficos do Médio Reinado? Foi publicado na *Egyptology Quarterly* do verão passado. Desenvolvi ali algumas idéias que podem ser de alguma utilidade.

Não falei que aquelas suas "idéias" estavam trinta anos atrasadas e eram basicamente inúteis. A velha guarda da egiptologia tinha o hábito de reciclar os mesmos pensamentos incontáveis vezes, limitando-se a atualizar as descobertas de Champollion, Young e Gardiner, como se nada houvesse sido feito nas quatro últimas décadas. Sob muitos aspectos, não havia acontecido nada mesmo; as tabelas de Gardiner, por exemplo, ainda eram o padrão da indústria. Com relação aos hieróglifos figurativos e as traduções criptográficas em que eu e Mick trabalhávamos, todavia, tinha havido grandes avanços. Acadêmicos como Hardy produziam ensaios como aquele de tempos em tempos, sendo invariavelmente publicados graças à sua experiência e prestígio na área. A perspectiva de ouvi-lo balbuciar acerca das suas "idéias" não me agradava nem um pouco, mas, depois de comprar as passagens de trem, só me sobraram vinte libras, e podia ser que precisássemos de um lugar para ficar.

Estou ansioso para ler, respondi.

Sim, e talvez possamos comparar anotações. A Estela de Paser, que peça! Intrigante. Fascinante, de fato.

Bem, nos vemos amanhã.

Venho trabalhando, prosseguiu Hardy, em certas teorias sobre sincretismo, com base em textos funerários do Novo Reinado. Tutankaton e Tutancâmon, coisas do gênero. Talvez possamos discutir algumas observações e esboços?

Parece ótimo. Conversamos quando eu chegar.

Certo. Magnífico. Até amanhã! Boa viagem!

Penélope, atrasada, cruzou correndo a High Holborn Street com uma mochila nos ombros esguios, o sorriso aberto no meio do povaréu. A estação, aproximando-se da hora do *rush*, já estava abarrotada, e ela segurou meu braço para imergirmos na multidão. Descemos as escadas rolantes e percorremos túneis trocando sorrisos e encostando de leve as mãos de vez em quando, a fim de manter o contato.

O trem deixou a cidade rumo ao campo, a tarde já caindo, o vagão banhado por uma luminosidade agourenta.

Penélope estava fazendo doutorado em literatura comparada na Sorbonne, com foco especificamente no grupo de Bloomsbury, de Virginia Woolf, e em pintores pré-rafaelitas, como Rossetti e Burnes Jones. Aceitou o bico na biblioteca enquanto trabalhava em sua tese porque, assim, teria acesso ilimitado às suas fontes. Além disso, precisava tirar uma folga da França, acrescentou. Pretendia voltar a Paris no verão para entregar e defender a dissertação.

Já tenho umas oitenta páginas, contou, e ainda não escrevi metade. Mas a parte de pesquisa está mais ou menos pronta. Falta só organizar tudo.

Que empreitada, comentei. E depois, quais são seus planos?

Ela deu de ombros. Sei lá. Beber vinho? Passear pelas ruas de Paris? Arrumar um emprego?

Não conheço bem o grupo de Bloomsbury, mas acho que me lembro daquele quadro, de Shakespeare, *Ofélia*... Um dela no rio, com as flores, sabe qual é? Como é o título, mesmo?

Escute, Penélope interrompeu, sem tirar os olhos da paisagem, vai me dizer o que está acontecendo ou não? Vou logo avisando que não vou dormir com você.

Acredite, não é isso que tenho em mente. Não que... bom, de qualquer forma quero voltar o mais rápido possível, de preferência ainda hoje. Minha filha está em Londres, e quero ficar um pouco com ela.

Ah, é? Filha?

Penélope apoiou o queixo na mão na beira da janela, girando a cabeça para me encarar.

Você é casado?

Não. Não sou mais.

E sua filha veio visitar você?

Zenobia é editora de uma nova revista feminina, expliquei. Veio a negócios.

Sério? Que interessante! Zenobia... de onde saiu esse nome?

Zenobia era a rainha de uma província vizinha, Palmira, que invadiu o Egito em 268 d.C. e deu muita dor de cabeça aos governantes romanos da época.

Você deu à sua filha o nome de uma rainha egípcia?

Na verdade, ela não era egípcia, era de Palmira.

Não importa.

A história é mais complexa.

Você tem sorte, disse ela, por eu não ter uma vida normal, senão não poderia ter vindo. Minha vida é *muito* chata. Passo tempo demais enfiada em saletas, lendo livros velhos e olhando pinturas antigas, sabe?

Acredite, entendo perfeitamente.

Ela abriu um sorriso largo. Dentes tão pouco britânicos. Devia ser filha de ortodontista.

Bom, parece que você está mesmo precisando de ajuda. E esse tubo de metal, o que é?

Eu tinha colocado o tubo entre os joelhos, já que era um pouco comprido e valioso demais para ficar guardado no bagageiro. Devia estar meio estranho.

É para transportar documentos valiosos. É isso que vamos fazer.

Estamos indo atrás de um documento? Em Cambridge? No Museu Fitzwilliam?

Seus olhos se acenderam.

Como num livro de A. S. Byatt?

A. S. Byatt? Eu não conhecia.

Então, contei a história toda para Penélope. Não disse com todas as letras que havia dormido com a Erin, mas ela deve ter tirado suas conclusões. A situação era meio constrangedora. Quando terminei, ela ficou calada, fitando o tubo que balançava um pouco de um lado para o outro entre os meus joelhos. Talvez estivesse reconsiderando sua iniciativa de me ajudar. Senti que o trem ganhava velocidade e meu estômago começou a embrulhar, bombeando mais sangue para o meu rosto. Eu tivera mais ressacas nos últimos dias que nos últimos dez anos juntos.

Recostei a cabeça, fechei os olhos e pensei na Estela, no papiro de Amon e na prisão. Imaginei-me na cadeia — e depois me vi na cadeia, de olhos fechados, pensando na Estela. A prisão transformou-se em lajes de calcário ou obsidiana, um campo de hieróglifos distribuídos num padrão quadriculado que se estendia até o horizonte, onde se perdia numa grande confusão.

O problema era todo este: as bordas danificadas da Estela estragavam tudo. Podemos conjecturar acerca do que havia ali, do que era dito, com base nas partes que dá para traduzir — quer dizer, no sentido vertical e no horizontal. Outro ponto complicado era a natureza curiosa dos determinativos, os sinais que sucedem outros hieróglifos e definem a categoria de significado. Como não se escreviam as vogais, os determinativos eram necessários para distinguir palavras de consoantes idênticas.

No caso da Estela, com sua estrutura de palavras cruzadas, os determinativos funcionam de maneiras diferentes para as linhas verticais ou horizontais. O mesmo signo que, na horizontal, serve de determinativo também pode ser um logograma (ou seja, ter significado sonoro) na vertical, denotando um determinado som usado na pronúncia da palavra escrita. Tentar discernir a natureza desse símbolo numa *terceira* direção é que era frustrante. Em termos matemáticos, as possibilidades pareciam infinitas. Mas não eram, evidentemente.

Eu costumava visualizar a terceira alternativa pousada como uma bola de boliche sobre a membrana da malha, provocando um afundamento em torno do qual os determinativos flutuavam, tomando o caminho de menor resistência, seguindo a curva criada pela metáfora geral, como planetas em órbita. A questão, como dizem os matemáticos, era simplesmente se inserir no contexto do problema, a fim de compreender as regras do sistema numérico e optar pela saída mais razoável que se apresentasse. Tudo muito simples.

Acho que dei uma cochilada, pois, quando dei por mim, Penélope estava falando e me oferecendo uma xícara de chá. O trem chacoalhava em algum ponto indeterminado da zona rural inglesa.

Sempre tive a impressão, disse Penélope, que historiadores e arqueólogos sofrem de uma perigosa preocupação com a imortalidade — que partilham em parte, claro, com artistas e escritores.

Estiquei as pernas o melhor que pude na poltrona apertada.

Sem dúvida, os monumentos duradouros da História nos interessam. Mas acho que minha preocupação maior é tentar descobrir ou entender a mentalidade e as atitudes dos povos antigos; procurar entender como eles pensavam.

Ela sacudiu a cabeça.

Esse é só um aspecto menor do objetivo mais amplo de que eu estou falando. Tudo isso pertence ao domínio da obsessão com a imortalidade. Você deseja entender quem veio antes de você a fim de aumentar as *suas* chances de vir a ser compreendido, por toda a eternidade.

Pode ser.

Quer ver uma coisa? Digamos que você vai morrer. O que quer que aconteça com o seu corpo — em tese? Suponhamos que possa fazer qualquer coisa, por mais cara ou trabalhosa que seja, o que de mais extravagante e fantástico você puder conceber. O que faria?

Pensei um pouco.

Bom... acho que eu ia querer ser mumificado, ao estilo do Novo Reinado — minhas vísceras guardadas em vasos canópicos de barro aos meus pés, meu cérebro sugado pelas narinas e jogado fora, a cavidade abdominal cheia de temperos e flores; quem sabe, sepultado num canto qualquer do Vale dos Reis. Um túmulo modesto. Sem necessidade de grandes coisas para levar comigo para o outro mundo, nada disso. Só o básico: cerveja e pão, alguns servos *ushabti* talvez. Uns poucos versos a meu favor, escritos em hieróglifos, demótico, grego e inglês. Mais ou menos isso.

Penélope tinha uma expressão de espanto.

Nossa. Você foi mais longe do que eu esperava. A questão é o que a gente deixa para trás, né? Mas gostei. Mais alguém? Alguém da família? Sua esposa, quem sabe?

Acho que minha ex-mulher não ia querer nada disso. O mais provável é que preferisse ser enterrada nos Estados Unidos, provavelmente com os pais, em Kentucky. Se bem que ela... acabou de casar de novo. Minha filha...? Fora de cogitação. Mas também não faço a menor idéia do que ela poderia querer. Meu pai está enterrado na Virgínia. Minha mãe foi cremada. Está numa ânfora na casa da irmã, em Nova York.

Penélope rabiscava em seu caderno, esboçando um grupo de múmias reunidas em volta de uma mesa; pareciam estar jogando cartas. O trem atravessava um pasto todo cercado, onde se avistavam ajuntamentos de carneiros aqui e ali.

Essa sua ambição, ela prosseguiu, sem parar de desenhar, é claramente um desejo muito mal disfarçado de perpetuar-se ao máximo no futuro. Sua opção pela mumificação deve-se, em parte, ao fato de esse processo específico permitir que os corpos permaneçam reconhecíveis, de maneira geral, por milhares de anos.

Isso não é necessariamente verdade. O processo de mumificação...

Espere um minuto, Dr. Rothschild. Você não quer ser mumificado por acreditar que o processo, com todo o cerimonial apropriado e tal, vai conduzi-lo a um paraíso egípcio, certo?

Acho que não, mas...

Portanto, não se trata da esperança de uma vida após a morte, certo? Então. É por isso que quer preservar esse seu aspecto na Terra, a sua existência terrestre, pelo máximo de tempo possível. A esperança é que, daqui a muitas luas, alguém o desenterre — assim como desenterramos as múmias antigas agora. E você voltará à vida, habitando as mentes e lembranças de uma nova geração de pessoas.

De fato, consenti. Mas por que não me conta, então, como seria o *seu* funeral?

Penélope encostou no apoio para a cabeça e cerrou os olhos. Dava para ver a pontinha dos dentes sobre o crescente de seu lábio inferior.

Na costa nordeste da Groenlândia, no Mar de Lincoln, talvez nas Ilhas Rainha Elizabeth, certamente acima da Baía de Baffin. Um escaler *viking* de quarenta pés, parecido com o navio de Sutton Hoo. Junho, justamente quando os bancos de gelo começam a se romper. A aparelhagem toda: velas, flâmulas, armas, a parafernália completa. Constroem uma imensa pira funerária com pilhas de lenha extraída das colinas do Cabo Sheridan. À tarde, imediatamente antes do pôr-do-sol, as velas são enfunadas, encharcam aquela merda toda com gordura de rena e acendem o fogo, e lá vou eu pelo Oceano Ártico rumo ao Pólo Norte, em direção ao ocaso.

Com carpideiras chorando nas margens?

Pode ser que eu me insinue entre os gigantescos *icebergs* que obstruem as águas árticas, penetre alguma rachadura na calota polar e acabe circundando o Pólo Norte. Talvez até *debaixo* do gelo, não seria o máximo...? E seria sugada pelo escoadouro que Edgar Allan Poe imaginava, alcançaria o centro da Terra e voltaria à tona lá no Pólo Sul. Sabe que, no século XIX, corria a lenda de que os destroços dos navios que se perdiam no mar, às vezes do outro lado do mundo, iam aparecer num lago no alto das montanhas de Portugal? De vez em quando, um navio aflorava borbulhando à superfície. Juncos chineses, vasos de guerra, baleeiros de Nantucket, canoas peruanas, tudo. Nem sinal dos passageiros nem dos marinheiros, claro. Pode ser que, no decorrer da jornada pelos canais da Terra, fossem transportados para seu Valhala pessoal. E eu tomando hidromel, sentada à mesa de banquetes, guerreando nos campos elísios.

Mas isso não é um funeral, é uma cena de algum mito nórdico.

Ela deu de ombros.

Sim, assinalei, mas se não houver ninguém para presenciar o acontecimento, para fazer o registro...

Está vendo?! Você simplesmente não consegue conceber algo que não seja, de alguma forma, registrado para a posteridade. É isso que diferencia o artista do cientista.

Mas os dois querem a mesma coisa, certo?

Sim e não. Um busca a imortalidade do coração, uma história a ser cantada nos grandes hinos ao redor do fogo. A ambição do outro é a preservação quantificável.

E o cientista, no caso, sou eu, imagino.

Na verdade, é a alternativa menos egoísta. Sua esperança é deixar algo que instrua o futuro. É por isto que você estuda os mortos: para respeitar essa transmissão de informações e fazer uso delas.

Parecia razoável. Mas, nesse caso, onde estaria, então, o Cântico de Penélope, e quem o escreveria? Penélope bocejou, estirando os braços e tocando o bagageiro.

Qual é nosso plano?, perguntou.

Primeiro, preciso que me ajude a encontrar um endereço no Queen's College, outro em Grantchester, e a identificar a Erin.

Espere aí. Quer dizer que você não conseguiria reconhecê-la sozinho?

Eu estive com ela muito rapidamente. Não tenho certeza. Ela pode ter mudado o cabelo. E eu estava bêbado.

Penélope arqueou as sobrancelhas e levou a mão à boca, num gesto de fingida surpresa.

E Grantchester?

É o Dr. Hardy, um... colega meu, que mora lá. É onde vamos ficar hoje à noite — quero dizer, caso seja necessário.

Ela se virou para a janela, mas dava para ver seu reflexo sorrindo no vidro.

E se não a encontrarmos?

Encolhi os ombros.

E se ela não estiver com o papiro?

Bom, nesse caso... ainda não pensei no que fazer.

E se ela não quiser devolver?

Não tive tempo para considerar essas possibilidades até agora.

Um negro alto, vestindo um robe longo de um mostarda brilhante, entrou no nosso compartimento e desceu o corredor. Era o africano da Biblioteca Britânica, o que estava sentado à mesa de Alan lendo a *Anatomia da Melancolia,* com uma arma escondida no casaco. Ao dar comigo observando-o, abaixou os olhos e dobrou-se num assento algumas filas adiante. Será que ele estava indo para Cambridge? Decidi prestar atenção em onde e quando ele saltaria. Poucos minutos depois, voltei a pegar no sono.

Chegamos a Cambridge pouco depois das cinco. Quando acordei, meu rosto latejava, amassado contra o encosto manchado da poltrona.

Sentia uma dor de cabeça lancinante. O africano alto havia desaparecido. Penélope parecia sonolenta; como eu estava começando a sentir fome, comprei chá e bolinhos para nós num quiosque da estação. Minha intenção era irmos direto para o Queen's College e o endereço da Erin. Penélope disse conhecer bem tanto o Queen's College quanto Grantchester, onde morava o Dr. Hardy. Havia passado o quarto ano lá; estava terminando a Peterhouse, e alugou um apartamento de um dos decanos, um sujeito gordo que tinha o péssimo hábito de aparecer no salão de chá à noite, quando Penélope estava assistindo à TV, só de meias e camiseta.

Era um solitário, o sem-vergonha, arrematou Penélope, num tom quase melancólico. Mas o safado conhecia romancistas e pintores vitorianos, isso é um fato. É sempre assim, não é?

Assim como?

Deixa para lá.

Tomamos a King's Parade para chegarmos nos fundos das velhas faculdades, que ficavam de costas para o rio Cam. Era a melhor maneira de percorrê-las, explicou Penélope. Eu não havia saído de Londres desde que chegara à Inglaterra para aquele trabalho, e havia quase me esquecido que estávamos no outono, estação do fulgurante lamento das folhas morrediças. A parte de trás das faculdades era impecável, a grama recém-cortada e as sebes bem aparadas. Até os prédios, austeros e monstruosos colossos de pedra e tijolo — St. John's, Trinity, Clare, King's e Queen's Colleges —, até a hera que escalava as paredes traçava desenhos claros e ostentava cantos desbastados. Os caminhos que serpenteavam pelo gramado até a estreita fita verde do Cam lá embaixo (de cascalho fino e pálido, alisado por ancinhos zelosos) eram ladeados por canteiros de flores que haviam acabado de ser limpos das ervas daninhas e escondiam os tocos do outono. Como ainda era horário de aula, os jardins estavam escassamente povoados por grupinhos que caminhavam pela grama ou paravam para conversar, ou casais aninhados que contemplavam as águas do rio. Aquela visão trouxe-me imediatamente à memória meus tempos em Princeton, quando o mundo em que eu vivia não passava dos espaços ordenados de um *campus* universitário, os dias limpos e luminosos da vitalidade e da juventude intelectual.

Transpusemos os prédios e chegamos à Union Street, por onde os pedestres chegavam, atravessando uma ponte de pedra em arco rumo ao coração de Cambridge. As ruas estavam meio cheias de transeuntes vespertinos, turistas a passeio e estudantes concentrados de mochilas nas costas, calcando os seixos a caminho de casa, nas últimas horas de luz. Inconveniente, o vento varria as ruas estreitas — e, quando saímos da St. Andrew's e dobramos na Downing Street, a caminho de Queen's Lane — a entrada do Queen's College —, sentimos o chuvisco que começava a molhar nossos rostos.

Havia um guarda entediado numa guarita do tamanho de uma cabine telefônica junto ao portão, mas Penélope agarrou a minha mão e conduziu-me para dentro sem hesitar. O jardim interno do Queen's College estava quase deserto, os caminhos varridos de cascalho claro delimitando o pátio quadrado de tijolo e hera. Contornamos o saguão principal, dirigindo-nos diretamente a uma das alas do edifício, e subimos uma escada estreita, escura e poeirenta. O que eu lhe diria? Será que ela sequer se lembraria de mim? Penélope ia lendo os números das portas à medida que galgávamos os degraus, até parar abruptamente diante de uma delas, no terceiro andar.

Lá vamos nós.

Afastou-se com um floreio e uma ligeira mesura, indicando a porta. Escapava surdamente de lá de dentro uma música pulsante, de melodia agitada e estridente.

Limpei a garganta e vacilei.

Você sabe o que está fazendo?

Acho que sim, respondi.

Qualquer coisa, estou aqui.

Penélope deu um passo teatral para o lado e escondeu as mãos atrás das costas. Estava se divertindo. Fui assaltado por uma sombra de desconfiança: onde estávamos exatamente? Quem estaria atrás daquela porta? Eu havia deixado aquela mulher me conduzir até ali sem nem ao menos questionar por que ela se dispusera a me ajudar. Mas o que mais eu podia fazer?

Bati e, após um instante, ouvimos o som de passos que se aproximavam. Ao alcançarem a porta, porém, pararam e voltaram rapidamente para dentro. Penélope olhou para mim; dei de ombros. No momento seguinte, porém, os passos voltaram, com tranqüilidade e segurança. A porta abriu-se de súbito, num puxão ruidoso, e deparamo-nos com uma figurinha na penumbra, iluminada por trás por velas bruxuleantes. A música era definitivamente meio *country*, meio *western*, como dizem os americanos. Um forte aroma de incenso inundou o *hall*. Era uma mulher, baixa como Erin, cabelos curtos como Erin — mas não era ela.

Sim?, perguntou, com voz fina.

Olá, comecei. Estamos procurando a Erin? Erin Kaluza?

Percebi que seus ombros relaxaram e o queixo ergueu-se, os olhos azuis brilhantes. Seu tronco projetava-se para a frente de maneira estranha, e os pés descalços no chão empoeirado de madeira eram gordinhos como mãos de criança.

Ah... ah, claro. Vocês devem ser os egípcios?

Sou, sim. Somos.

Sei. Hmmm.

Ela deu uma olhada distraída em volta. Pelo sotaque, parecia americana.

Sei. Ahn... podem entrar. Entrem que eu volto já.

Virou-se e desapareceu na escuridão. Ouvimos o som dos seus pés e uma porta sendo aberta e fechada rapidamente.

Definitivamente *não* é a Erin, comentou Penélope.

Entramos. No chão, encostada a uma parede, uma floresta de velas de cores e tamanhos variados chamejava como uma pequena fogueira; era a única fonte de luz da sala. Diante delas, um sofá baixo, uma mesinha de centro com várias varetas de incenso acesas, cercada de almofadões. Era um típico apartamento universitário inglês: o chão de madeira fosca, os cantos poeirentos, paredes almofadadas amarelando com a idade, uma quitinete nos fundos, dois quartinhos com um banheiro no meio, a sala com não mais que três metros de comprimento. Ainda ouvimos a moça procurando algo num dos quartos por algum tempo antes de voltar a escancarar a porta.

Voilà! exclamou. *C'est tout!*

Tinha nas mãos uma caixinha de madeira entalhada, que segurava à sua frente como quem oferece uma refeição especial. Apesar de baixinha, seu corpo era admirável. Tinha a cabeça e o rosto largos e sensuais, o torso arredondado e robusto e dois peitões salientes, magníficos. Usava shorts jeans microscópicos, e suas pernas carnudas afunilavam-se até terminarem em dois pezinhos diminutos e redondos, encimados por tornozelos de uma pequenez impossível. Os cabelos platinados eram curtos como os de um menino. Pôs as mãos na cintura e encarou-nos com o queixo ligeiramente inclinado.

Achei que você fosse maior, disse. Na vida real, quero dizer.

A Erin está?, indaguei.

Seu sorriso enorme abriu-se um pouco mais e ela balançou a cabeça.

Claro que não.

Ela volta logo?, interveio Penélope.

A moça fez que não com o dedo e se acomodou no sofá. Abriu a caixa, revelando um conjunto reluzente de agulhas hipodérmicas de aço inoxidável e várias ampolas com um fluido.

Caralho!, exclamou Penélope, dando um passo para trás.

Ahn?, fez a moça dos seios magníficos, os olhos se tranqüilizando. Desculpem.

E baixou os olhos para o peito, sentada em posição de lótus no sofá. Seus ombros começaram a tremer.

Gostei da música, comentei.

Gostou? Ela deu uma fungada, dirigindo-me aqueles olhos redondos, que guardavam água como taças de cristal. Não passava de uma menina, que havia obviamente nos confundido com alguém. Tudo não passava de um engano.

É Emmylou Harris. *Adoro* ela. Você conhece?

Calamo-nos por alguns instantes, ouvindo os gorjeios guturais e lamurientos de Emmylou.

Não era isso que vocês queriam? A jovem apontou para a caixa com as seringas.

Não exatamente, retorquiu Penélope.

A outra ergueu-se de um salto, mas parou, como se seus seios precisassem de um pouco de tempo para encontrar seu próprio equilíbrio.

Ai, meu Deus! Eu sou uma idiota mesmo! Vocês não vieram para pegar as coisas para o Oldcastle? Aquele egípcio sinistro?

Penélope fez um movimento rápido na periferia do meu campo de visão e senti seus dedos de aço cravando-se na parte de trás das minhas costelas feito flechas.

Claro, volveu. Oldcastle. É que não esperávamos o negócio desse jeito, só isso.

E deu-me uns tapas nas costas quando me engasguei, sem despregar os dedos espetados nas minhas costelas. A moça dos peitões contornou a mesinha de centro.

Você está bem?

Ela parecia preocupada de verdade, e sorri-lhe, agradecido. Penélope nos acomodou no sofá, cruzou as pernas e enlaçou os dedos com languidez, como se tencionasse ficar um pouco.

Você é americana?, perguntei, em meio ao acesso de tosse.

Na verdade, canadense.

Sinto muito.

Não tem problema. Acontece sempre.

Então, atalhou Penélope, o que você tem para nós? *Além* disso, quero dizer — e apontou para as injeções.

A garota bateu palmas e debruçou-se sobre a caixinha, abrindo-a.

Vamos ver... hoje tem várias outras coisas aqui.

Penélope e eu nos entreolhamos no sofá. Movi os lábios, perguntando-lhe *Por que diabos você me apunhalou nas costelas desse jeito? Está achando que sou idiota?!*, e ela respondeu, também por leitura labial, *Acho, não, tenho certeza: você é um idiota.*

A outra revolvia a caixa, cheia de saquinhos plásticos recheados com pós diversos e outros materiais.

Sentindo-me desconfortável naquela situação, estendi a mão para me apresentar.

A propósito, meu nome é Walter Rothschild, e...

Penélope esmagou meus dedos do pé com o salto do seu sapato. Fechei os olhos e me concentrei para não me contorcer.

E eu me chamo... *Dalila,* completou ela.

A jovem ergueu-se e se aproximou.

Puxa, que gentis! É tão difícil as pessoas se apresentarem, acho isso uma estupidez. Mas é um prazer conhecê-los! Eu me chamo Joannie.

E sacudiu minha mão com um aperto de tenaz em miniatura.

É um prazer conhecer vocês, Walter e Dalila.

Sentamos no sofá e Joannie pegou alguns saquinhos com pedaços de uma substância escura e frascos cheios de um pó amarelado.

O Sr. Oldcastle também pediu estas outras coisas, Joannie explicou, a voz assumindo um tom recitativo e profissional:

Bom. Primeiro, tem este haxixe turco concentrado misturado com mescalina sintética e um toque de benzedrina para dar uma onda limpa e rápida. E tem as pedras clássicas de trinta gramas de anil do Harlem, cultivado com técnica hidropônica e borrifado com PCP e um toque de corante para dar uma cor mais viva. Depois, tem as coisas mais pesadas, tipo este aqui, que é húngaro...

Já está bom, Penélope interrompeu. Vamos ficar só com o haxixe. Tem problema?

Claro, Joannie pipilou. O de sempre?

É isso aí.

Joannie levantou-se de um salto e desapareceu na escuridão além das velas.

O que está fazendo?, sibilei.

Olhe, aquele outro troço ali é heroína, Penélope sussurrou, estou fora. E eu detesto PCP. Você sempre acaba sem camisa e metido em algum tumulto. Além do mais, fiquei meio curiosa com essa história de mescalina sintética...

Curiosa?!

Pô, Walter, será que você não entende nada? Temos de enrolar para ver se conseguimos descobrir onde a Erin está, não temos?

Temos.

De repente, ela até dá as caras por aqui. Ela mora aqui, não mora? Talvez a gente consiga arrancar alguma informação da Joannie. Fora isso, não podemos sair daqui com uma parada dessas sem experimentar um pouco. Seria suspeito demais. Vai contra as regras.

Regras? Que regras? E para que essa história de haxixe? Ninguém mais fuma só maconha? E como vamos pagar?

Você está por fora. Depois a gente vê o lance do dinheiro. O que é que ela vai fazer, *forçar* a gente a pagar?

Mas por que não *perguntamos* a ela onde a Erin está, simplesmente?

Vá em frente! Faça isso!, silvou ela.

Joannie voltou apressadamente da escuridão, equilibrando um enorme narguilé arredondado de vidro azul e verde, do tamanho de uma bola de futebol, do tipo que se vê nas cafeterias marroquinas, com três tubos com bocais de marfim pendurados nas laterais. Eu não queria fazer parte daquilo. Depositou o narguilé num suporte aramado sobre a mesa de centro e se sentou do outro lado.

Beleza, tudo pronto? Falta só o haxixe.

Manejando uma tesourinha, foi cortando nacos do material marrom do saco plástico e colocando-os no fornilho discóide do narguilé.

Me diga uma coisa, Joannie, você por acaso sabe onde a Erin está agora?

Hmmmm, ela franziu a testa. Achei que estava com vocês na casa de campo.

Bom, sim, quer dizer, ela *estava*. Mas faz um tempo que não a vejo.

Joannie deu de ombros e pegou um isqueiro.

Não sei direito. De repente ela resolveu voltar para cá. Mas achei que ela ia esperar vocês dois na casa do Oldcastle. Quer dizer, normalmente quem vem buscar a parada é a Erin mesmo, ou uns americanos. Geralmente são aqueles grandalhões. Nunca sei bem qual deles. Às vezes confundo um pouco.

Claro, natural.

Mas ela pode aparecer aqui a qualquer momento, não é?, Penélope se certificou.

É... E aí, estão prontos?

Joannie segurava o isqueiro sobre o globo com os pedaços do haxixe perfumado, um montinho de lodo seco. Penélope já estava com um tubo preso entre os dentes arreganhados.

Parecia um método absurdo para resolver os meus problemas. Pensei na Estela lá em Londres, a silhueta recurvada do Mick pairando sobre ela no escuro. Minha filha descendo a Strand, fazendo sinal para um táxi, a decepção estampada no rosto.

Peguei um dos tubos.

A fumaça era surpreendentemente leve e frutada, com um toque de canela ou noz-moscada. Após um momento, Joannie fechou a válvula do seu bocal e fez sinal para prosseguirmos. Eu sentia o esforço de Penélope sugando meus pulmões por dentro, enquanto disputávamos o ar limitado dentro do fornilho. Então, relaxei, fechei os olhos e senti sua sucção insistente repuxando meu peito, sorvendo o ar dos meus pulmões. Meu rosto parou de latejar. Abri um olho enquanto aspiravamos o ar do fornilho. Penélope estava me encarando, como se estudasse minha reação, as bochechas ligeiramente trêmulas com o esforço, um leve sorriso esboçado nos lábios franzidos. Abri o outro olho; as maravilhas da visão em estéreo e a percepção de profundidade que ela possibilita constituíram uma evolução assombrosa. Penélope estava mais perto de mim do que eu achava. Parecia estar me virando do avesso.

Joannie expirou ruidosamente e deu uma risadinha. Vi o rosto de Penélope desabrochar como uma flor diante dos meus olhos, desdobrando-se, branco e aberto, o mais puro lírio do Nilo, e azul e dourado, com olhos sorridentes. Foi lindo.

Nossa!, exclamou Joannie. *Cacete*, Walter, o que foi que aconteceu com o seu *rosto*?

13: O HOMEM AZUL

CHOVIA A CÂNTAROS QUANDO, aos tropeções, deixamos o Queen's College para trás. A escuridão era total e eu não fazia a menor idéia de quanto tempo se passara desde a nossa chegada — mas era noite, definitivamente. Sei que Penélope impingiu-nos uma apaixonada palestra de uma hora sobre o grupo de Bloomsbury e as pinturas de Edward Burne-Jones. Recitei alguns trechos do *Livro dos Mortos*. Joannie gostou particularmente do Capítulo 77, o feitiço para se transformar em falcão:

Fórmula para assumir a aparência de um falcão dourado. Sou o grande falcão saído de seu ovo, eu vôo, eu pouso como um falcão de quatro cúbitos, minhas asas são feitas de jaspe. Saí da cabine da barca da noite, e meu coração me foi trazido da montanha do Oriente...

☙

Usamos, então, de um estratagema, fingindo que não nos lembrávamos do caminho para a casa de campo de Oldcastle e fazendo Joannie desenhar um mapa para nós, que logo virou uma coisa meio caleidoscópica que incluía árvores, ondas sonoras e ocupou várias folhas de papel. Tenho quase certeza de que, depois de executar uma complicada série de danças interpretativas de dois álbuns inteiros de Emmylou Harris, deixamos Joannie enroscada como uma bola no chão quando saímos.

Era estranho como o haxixe parecia desmontar o tempo, que se condensava ou expandia dependendo da lembrança, quase como quando eu mergulhava nos estertores da tradução. Eu olhava o relógio sem parar, achando que haviam se passado horas, mas era só alguns minutos depois; voltava a olhar alguns minutos depois, e uma hora tinha se passado. Mas não foi como na noite no Garlic & Metal, com aqueles holandeses: não me entreguei a vertigens de interpretação simbólica — pelo menos, não de todo; não ainda. Acho que tinha alguma coisa a ver com a Penélope; era prodigioso vê-la falar de maneira tão expressiva e tão séria. Era como a mula no meio dos touros, uma influência tranqüilizadora, talvez uma fonte de segurança.

Estávamos indo para o gramado quando tirei meu chapéu de sarja do bolso e enterrei-o na cabeça.

Vamos. Vamos pegar aquela safada.

Bonito chapéu, elogiou Penélope, passando a mão nele como se acariciasse um bichinho.

É o meu chapéu de Rex Harrison, como a Helen dizia.

Que Helen?

Minha ex-mulher.

Ah, sei. *My Fair Lady*.

Helen era louca por musicais e pela Audrey Hepburn, e tenho de admitir que sempre invejei a dicção e o sotaque de Henry Higgins. Já tinha aquele chapéu há quase vinte anos; ele me dava uma sensação de aconchego, como se abraçasse a minha cabeça e a protegesse com seus braços flutuantes.

Fomos caminhando pela grama, adernantes, cabriolantes, tropeçando nos canteiros imaculados de azaléias e peônias que ladeavam a calçada. Era como andar na lua, ou como eu acho que seria andar na lua. Definitivamente, estávamos *nadando no sexto mar*, como Alan Henry costumava dizer quando se via excepcionalmente alcoolizado (após o que parecia ser pelo menos uma dúzia de canecas de cerveja). Eu dava passos de bêbado, erguendo os pés alto demais, como se transpusesse obstáculos de trinta centímetros de altura a cada passada. A grama estava escorregadia e aveludada, ensopada pela chuva. Penélope tirou os sapatos de salto baixo e segurou-os pelas tiras de trás, o queixo erguido e os olhos aparentemente cerrados, o cabelo grudado nas bochechas em feixes grossos. Ela movia os lábios como se cantasse baixinho para si mesma; o som da sua voz, uma melodia suave que permeava o tamborilar constante da chuva, parecia me transportar. Era delicioso. Parei de ouvir a letra e comecei a tentar visualizar a música em si, as gotas de som, pegá-las no ar e dispô-las num formato qualquer que eu fosse capaz de ler. Mas o céu era uma massa rodopiante de névoa e neblina; a chuva precipitava-se em padrões espiralados, como pálidos funis de água.

Desculpe os cutucões na boca do estômago, ela disse com voz suave.

Colocou um braço no meu ombro, desenhando círculos de leve com a palma da mão. Parecia o toque do sol da manhã.

Vou tentar manter as mãos longe de você daqui pra frente.

Desencostou de mim e voltou a cantar.

Peguei sua mão, e a voz deu uma estremecida, depois continuou como antes. A chuva pareceu diminuir um pouco de intensidade; dava para acompanhar o vôo de cada pingo, cada qual acompanhado de um pequenino átomo sonoro. O próprio som foi ganhando fluidez, e eu via os padrões das ondas repetidas de gotas ao despencarem das nuvens.

Então, eu a vi sentada num quarto empoeirado — Helen — banhada por um halo de luz seca, o violoncelo aninhado entre as coxas. O arco tocava as cordas com fúria. Havia um homem sentado numa cadeira defronte dela, inclinado para a frente, os cotovelos apoiados nos joelhos. Seu rosto estava distorcido, tremeluzente, como se a imagem ainda estivesse começando a se desenhar, vagamente translúcida, volátil. O som do violoncelo chegava de longe, um zumbido vindo do fundo do corredor, cada vez mais tênue. O sujeito mudou de posição, rosto trêmulo, para, em seguida, incendiar-se em agulhadas luminosas. Era de um azul elétrico, e pequenas ondas percorriam-lhe o corpo, dançando umas atrás das outras; um homenzinho pequeno e corpulento, parecido com as representações do Nilo nos pictogramas. Levava na mão uma folha de palmeira, o símbolo de "ano", em referência à cheia anual do rio, e ostentava a fabulosa Coroa Azul, emblema da unificação do Alto e do Baixo Egitos. Sobre o peito pendia um amuleto de escaravelho vermelho-sangue. Helen e seu violoncelo foram desaparecendo como que num horizonte distante, o chão de madeira do quarto empoeirado distendendo-se e transformando-se em pedra negra, dobrando-se com a curvatura da Terra.

Penélope apertou minha mão e o presente voltou num rugido, como um trem chegando à estação do metrô. Embarquei na realidade da minha situação: aos trambolhões, na chuva, guiado pela mão de alguém que eu mal sabia quem era.

O som da chuva. Um tipo de percussão. Em geral, associada a quê? Choro, eu acho. Mas que estranho, eu estava exultante. Poderia o som de choro encher alguém de alegria? Lembrei-me de uma coisa que Alan me disse uma tarde, sentado no saguão da Biblioteca Britânica; algo sobre um dos primeiros romances, *O Livro de Margery Kempe*, século XII, eu acho, uma das primeiras autobiografias em língua inglesa, que contava a história de uma mulher que viajava pelo mundo tendo visões e ouvindo as vozes de Deus.

Era a maior choradeira, contou Alan. A desgraçada passa o livro inteiro gemendo e se lamentando por isso ou aquilo da piedade e bondade de Deus. Vivia cheia de culpa, por causa de um monte de coisas.

Alan Henry alongou-se na cadeira como uma pantera superdesenvolvida, girando os ombros contraídos, as vértebras estalando alto, num matraquear assustador.

A Terceira Tradução

Era uma lunática em processo de hipercompensação, sentenciou ele. Mas o que interessa é o seguinte: cada ataque que dava e cada surto que tinha eram sempre acompanhados por uma espécie de música, uma melodia celestial qualquer que ela tentava o tempo todo descrever. Bom, as experiências místicas costumam mesmo ter acompanhamento musical, é verdade. Mas, pra mim, a guria era uma doida varrida.

Música e experiências místicas. Será que era uma experiência mística que eu estava tendo? Parecia. Mas qual era a revelação? As experiências místicas não devem promover algum tipo de teofania?

De repente, Penélope puxou o braço com um safanão e me deu um soco no peito, num golpe surdo.

Shhh! Você viu?

Eu estava dobrado pela cintura, esfregando o lugar onde seu punho pequenino e ossudo havia me golpeado o esterno. Finos arcos de luz cruzavam meu tórax.

Hein? O quê?

Eu não estava vendo nada. Foi então que me dei conta de que estava de olhos fechados. Acho que estava vendo os raios luminosos que deslizavam sob as minhas pálpebras.

Ali!

Abri os olhos. Estávamos na Trumpington Street, junto aos portões da faculdade.

Lá! Penélope sibilou outra vez, o braço magrela agitando-se, anguloso, no escuro.

Tentei enxergar através da chuva e da escuridão. As coisas foram se materializando. A iluminação da rua, com sua iridescência avermelhada, a massa retorcida de edifícios de pedra cinzenta, a neblina grossa que rodopiava. A névoa parecia girar em caracóis ao redor das luzes, fazendo movimentos concêntricos em volta dos postes, atravessando a rua, enroscando nas minhas pernas. Mas Penélope batia o pé e apontava, e meu olhar percorreu a rua, a calçada, alguma coisa que descia a rua, uma forma, pernas, uma pessoa, vindo rápido na nossa direção! Não, se afastando!

É ela! Penélope sussurrou, arrastando-me atrás de si.

Algo cortou a neblina por um momento como uma faca, abrindo uma estreita faixa de claridade, e avistei uma mulher pequena dobrando a esquina. Parecia andar meio rápido demais, como se fizesse parte de um velho filme mudo em que a projeção acelerada acentua os desvarios da comédia pastelão, com as coisas e as pessoas naquela rapidez fluida e esquisita.

Ela nos viu! Penélope murmurou. Estava voltando para casa, a *filha-da-puta*!

Penélope aumentou a pressão no meu antebraço e apertamos o passo, trôpegos, até a esquina onde ela havia sumido. Meus pés não conseguiam avançar em linha reta nem a intervalos regulares. Cambaleamos pela calçada, oscilando de um lado para o outro, o tubo para documentos sacudindo-se em frente ao meu pescoço e o casaco batendo nos joelhos. Penélope conseguiu me levar até a esquina por pura força de vontade. Chegando ao quarteirão seguinte, uma movimentação do outro lado da rua chamou nossa atenção — e a vimos, correndo junto às vitrines das lojas, voltando em direção aos fundos das faculdades. Ela olhou para trás e, por um momento, tive a sensação de ser queimado por seu olhar cinzento e furtivo do outro lado da chuva e da neblina. Era *ela*. Sua rapidez era inacreditável; com um movimento suave, como se rodasse sobre trilhos, ela enveredou por um beco à esquerda.

Vamos logo!

Penélope me empurrava para a frente com as duas mãos, obrigando-me a uma corrida desajeitada. Escorreguei nos paralelepípedos mas consegui me reequilibrar, o que, naquele momento, me pareceu uma prova incrível de agilidade.

Ela tem de atravessar o rio, raciocinou Penélope. Eu sei de um atalho até a ponte.

A Terceira Tradução

Descemos algumas quadras correndo e dobramos à esquerda numa travessa estreita, que separava um bar de uma espécie de armarinho. Penélope ia me arrastando, segurando a ponta da manga do meu casaco. Atropelei uma pilha de latas de lixo ensebadas, que ricochetearam contra as paredes do beco em meio a uma chuva de fagulhas que suas bordas iam despejando ao se chocarem contra o muro e os paralelepípedos, produzindo uma cacofonia estridente (ou pelo menos assim me pareceu) — e Penélope me arrastando sem parar. Tudo o que eu fazia era única e exclusivamente à base de um instinto qualquer inventado ali, na hora, e que consistia em canalizar toda a minha energia e coordenação para me manter sobre os pés.

Parecia que estávamos correndo há várias noites, alternando entre o trote e os arrancos, cortando caminho por ruelas e um ou outro pátio de faculdade. Comecei a me perguntar como Penélope fazia para estar tão em forma. Sempre que eu entrevia seu rosto, em meio aos espasmos de corridas e saltos, ela parecia serena e com a boca bem fechada. Como conseguia respirar pelo nariz daquele jeito? Quantos quilômetros já tínhamos percorrido?

Então, o labirinto de vielas abriu-se de repente e saímos num amplo gramado verde, cortando aquela chuva que não cedia, transpondo canteiros de flores e pulando sebes baixas. A fita fina e cinza do rio apareceu à nossa frente. Estávamos no fundo das faculdades, nossos pés arrancando tufos de grama e peônias, recurvadas sob o peso do temporal. O reflexo fosco da lua, filtrado por camadas de nuvens e neblina, brilhava na água. Percorremos um arco gradual à esquerda ao longo do rio, na direção de um grupo de edifícios que se erguiam bem junto à água, chegamos a um caminho cimentado e superamos a curta distância entre as construções imponentes e o rio. Era uma ponte esquisita, geométrica, sustentada por vários pilares com traves grossas de madeira, formando uma teia que lembrava o encosto de palhinha de uma cadeira. Era a ponte matemática de Newton, sem nenhum parafuso nem ferrolho; tudo o que a segurava eram os princípios fundamentais da geometria e da física — ou, pelo menos, era assim que costumava ser, até um grupo de professores de Cambridge desmontá-la, no século XIX, a fim de tentar desvendar seu segredo, e não conseguir montá-la outra vez. Agora ela era toda pregada, como qualquer outra ponte. Lembro-me que Alan Henry me contou essa história uma vez, a propósito de relacionar a construção remendada com a incompatibilidade entre a teoria newtoniana da gravidade e a relatividade especial de Einstein, tudo como uma espécie de metáfora do paradoxo da física moderna. Não entendi bem essa comparação específica, mas pelo menos pude chegar à conclusão de que tínhamos voltado para o Queen's College, do lado que ficava defronte ao rio. Havíamos percorrido apenas alguns quarteirões.

Penélope estava agachada aos pés da ponte, olhando com atenção para os lados da cidade, rio acima. Continuava com os sapatos na mão. Abaixei ao seu lado e olhei na mesma direção. As árvores debruçavam-se em arcos sobre a água e jogavam seus galhos em direção à outra margem. Visto dali, o Cam parecia até um rio subterrâneo, uma fissura arranhando a crosta terrestre.

Olhe!, silvou Penélope, o bracinho fino apontando para a escuridão. Eu sabia. Eu sabia!

Meus óculos estavam todos respingados de água. Tentei limpá-los na gola da camisa, mas tudo o que consegui foi embaçá-los ainda mais. Fiquei olhando na direção da ponta do dedo da Penélope, até que avistei uma silhueta saindo da escuridão, alguma coisa boiando no rio, com uma figurinha em cima, fazendo movimentos rápidos. Uma corda vibrante. Um passarinho preso numa prancha. Um guincho chiando sobre uma caixa. Uma balsa. Erin vinha subindo o rio de balsa — e vinha rápido, manejando a vara como uma profissional. Penélope me agarrou e nos escondemos na margem, atrás dos esteios da ponte. Pausa, silêncio, e o chape-chape ritmado de uma vara manejada com grande destreza. Prendemos a respiração e Penélope tapou minha boca — meus dentes batiam como castanholas.

Chape, pausa, *chuá*, e a balsa emergiu do outro lado da ponte, Erin agachada feito uma gata na popa, uma perna bem plantada, a outra dobrada, o pé apoiado com firmeza, a vara comprida quase no fim da remada. Seu cabelo, sob o luar, estava cor de lavanda, como um buquê de tulipas no escuro. Passou a uns três metros de nós. Estava de blusa justa e calças pretas e, no esforço de trazer a vara de volta, rilhava os dentes numa careta colérica, os olhos cintilando, a testa enrugada. Dava para ver os músculos estriados dos braços, as coxas fortes como dois êmbolos, aquela bunda gloriosa espetada no ar — parecia uma égua empinando ao puxar a vara para a remada seguinte. Ela me deu, outra vez, a impressão de se deslocar numa velocidade espantosa, vertiginosa, que parecia não se encaixar no resto do planeta, que parecia tão lânguido em seus movimentos, ou mesmo em comparação com a minha própria histeria espasmódica. Mas havia algo de diferente naquele seu dinamismo severo — a intensidade — que me deixou aterrorizado.

Petrificado, segurei os ombros de Penélope com as duas mãos. Quando Erin tomou fôlego para a próxima remada, ouviu-se um *puf*, vindo de seus lábios ligeiramente entreabertos. Era o som do esforço. Foi aí que me lembrei por que estava ali, quem ela era e o que tinha feito comigo. Quando dei por mim, estava de pé, indo atrás da balsa.

Ela estava apenas alguns metros à minha frente, se preparando para dar impulso. O rio tinha menos de quatro metros de largura naquele ponto, e a margem ficava cerca de um metro acima da linha d'água; bastavam dois ou três passos rápidos e um pulo e eu estaria nas suas costas e a derrubaria dentro da balsa. Eu ia pegá-la. Meus nervos e músculos ficaram em estado de alerta de repente; meus pés davam passadas altas e largas; inspirações longas, silenciosas. Nem por um momento duvidei da minha capacidade de saltar como um gato selvagem sobre suas costas, que de nada desconfiavam. Sentindo-me vigoroso e pujante, visualizei aquele momento doce do impacto, quando a derrubaria; e me imaginei deitado em cima dela, seu corpo macio contorcendo-se embaixo do meu, ambos arquejando no fundo da balsa.

Dei dois ou três passos rápidos e firmei os pés para me jogar sobre Erin — quando, inesperadamente, minhas pernas se encolheram e embolaram e caí de cara na grama molhada. *Uf!* Meu nariz ficou esborrachado na terra úmida. Penélope montou nas minhas costas, usando o cotovelo para empurrar meu rosto contra a grama, e sibilou no meu ouvido:

Seu idiota! O que pensa que está fazendo? Hein?!

Parei de me debater. A lama gelada penetrava pela camisa. Estava em cima de mim como uma lutadora profissional, as pernas enroscadas por dentro dos meus joelhos, imobilizando-me as pernas, as mãos aferrando meus pulsos. A pressão de sua barriga na depressão das minhas costas. Sua respiração pesada.

Estamos atrás do documento, lembra?, sussurrou. Ela não sabe que está sendo seguida.

Erin já estava desaparecendo na escuridão, ainda remando a uma velocidade assombrosa.

Ela vai nos levar até ele. Não se mexa.

Penélope tinha razão, claro.

Acho que você quebrou meu nariz, gemi. E talvez uma costela. Mais uma.

Ah, pare de frescura.

14: USHABTI

SEGUIMOS NO ENCALÇO DA ERIN, subindo pela margem de sombra em sombra, metendo-nos atrás das sebes e sob os espessos dosséis dos vinhedos, num trajeto tortuoso pelos jardins e aléias que ladeavam o rio. Erin mantinha uma velocidade fantástica; a vara que lhe servia de remo subia, estendia-se e cravava-se na água com irrepreensível precisão. Tínhamos de correr quase o tempo todo para acompanhá-la. Eu sentia os pulmões ardendo, e a minha cabeça, que já não era pequena, estava com no mínimo três vezes seu tamanho normal — mas eu parecia ter encontrado uma fonte inesgotável de energia mecânica; minhas pernas pareciam a roda de um barco a vapor. A princípio, Penélope foi na frente, escondendo-se atrás das árvores e contornando pontes feito um comando militar, mas logo tomei a dianteira e fui abrindo caminho pelas sebes de buxo e pisoteando as flores dos canteiros.

Não demorou para nos vermos num trecho de mata mais cerrada — um bosque denso e escuro, daqueles típicos dos campos ingleses, repleto de carvalhos e castanheiros, o chão atapetado de sarças atarracadas, pilhas de folhas e gravetos e raízes grossas que agarravam os nossos pés. O Cam havia retomado sua forma pré-histórica; não era mais o regato de curvas elegantes que serpenteava pelos *campi* de Cambridge. Agora, o luar diáfano peneirado pelas copas das árvores coloria as águas de um tom cinza metálico, e as margens iam se tornando cada vez mais agrestes, o mato cada vez mais alto, à medida que o rio penetrava, revoluteante, na escuridão da floresta. A corrente ganhou velocidade e Erin precisou intensificar o esforço para subir o rio, afastando-se da margem e contornando troncos e outros obstáculos que atravancavam as águas. As corredeiras encobriam a barulheira dos nossos passos nas sombras das árvores.

Algum tempo depois, as árvores foram se espaçando e o terreno, mais aberto, afastou-se da torrente. Penélope e eu nos agachamos atrás de um cedro e vimos Erin deslizar até um pequeno píer improvisado, enfiado na margem íngreme, onde uma outra balsa do mesmo tipo e um barco a remo aparentemente bem velho já estavam amarrados. Naquele ponto, o rio era ladeado por flores murchas de lótus azul, o lírio do Nilo, que pendiam em meio ao frio. Eu só podia estar tendo uma alucinação: era impossível plantar flores de lótus num ambiente daqueles — mas fiquei quieto.

Erin atracou, escalou o barranco e tomou um caminho de seixos; uns cem metros adiante, transpôs um portão numa cerca de madeira e foi subindo uma colina, coberta de um pasto de capim denso e coberta de carvalhos imponentes e trechos ajardinados. No topo do outeiro, via-se um verdadeiro palacete de pedra rosada, com colunatas na fachada e longas alas laterais. Uma fileira de estátuas ladeava o caminho que levava até os majestosos degraus da frente, e o lintel da porta ostentava um elaborado friso de motivos e hieróglifos egípcios. O jardim era pontilhado por uma variedade de estátuas esparsas. Um obelisco gigantesco (uma cópia, sem dúvida) que dominava o lado oriental do terreno com cerca de doze metros de altura chamou imediatamente a minha atenção.

Esperamos que ela desaparecesse na primeira curva em direção à casa antes de nos pormos de pé. O penteado habitual de Penélope havia se desmanchado e seu cabelo encharcado caía em feixes grossos que, muito mais longos do que eu esperava, chegavam até seus ombros. Os óculos estavam embaçados e tortos sobre o nariz; as roupas, cobertas de lama, haviam se rasgado em vários pontos. Ela sorriu. Tirei o chapéu e passei a mão no cabelo, ensopado de suor.

Sabe onde estamos?, indaguei.

Ela sacudiu a cabeça negativamente e deu uma risadinha. Tentou puxar o cabelo para trás e refazer o penteado, mas acabou desistindo e deixou-o escorrer pelas costas.

Não faço a menor idéia. Nós corremos mais ou menos para leste, não foi?

Penélope tentou limpar os óculos no suéter, mas só fez sujá-los ainda mais. Peguei-os e senti suas mãos trêmulas, azuladas de frio. Como eu estava de capa impermeável e paletó, minha camiseta estava relativamente seca e limpa. Limpei seus óculos e os devolvi para ela, depois fiz o mesmo com os meus. Dei uma olhada nos mostradores do tubo para documentos, que eu ainda levava a tiracolo, e parecia estar tudo direitinho.

Oldcastle, disse ela. Já ouviu falar?

Nunca.

Pela primeira vez, avistamos algumas estrelas numa nesga que se abriu por um momento no céu enfarruscado, e a mansão de Oldcastle ficou momentaneamente banhada por sua luz clara e forte. Eu não estava com medo — não ainda —, mas a mesma idéia continuava martelando na minha cabeça:

Walter, como foi se meter nesta situação? E o que vai fazer agora?

No instante seguinte, as nuvens voltaram a se fechar e mergulhamos outra vez na noite escura. Começamos a subir a colina.

O obelisco não era uma cópia. A julgar pelos hieróglifos já gastos, quase lisos com a umidade do centro-sul da Inglaterra, era uma estrutura do Antigo Reinado, provavelmente da área de Helwan, localidade ribeirinha nos arredores do Cairo. Fora instalado no limite do jardim, junto aos portões enferrujados, e estava um pouco inclinado, afundando no solo macio. Tinha pelo menos dez metros de altura. Naquele estado, ainda legível e intacto, era inestimável; o próprio Museu Britânico contava com apenas uma meia dúzia daquele porte em seu acervo. Enquanto eu tateava a pedra, Penélope ficou observando as janelas apagadas da mansão.

Então? É de verdade?

Nunca vi uma peça deste tamanho em coleção particular, nem ouvi falar. O obelisco dos Bankes, em Kingston Lacy, Dorset, é o maior que conheço e, mesmo assim, tem só sete metros. Este é enorme.

As cortinas, disse ela.

O quê?

A casa — as cortinas. Se você olhar bem, vai ver a luz passando pelas frestas. Tem gente em casa. Vamos.

Seguimos em direção à casa. O resto do jardim era coberto de artefatos egípcios variados, algumas estelas funerárias, uns tantos totens e estátuas, em sua maioria do Antigo Reinado. Havia inúmeros desenhos de flores de lótus, o tradicional símbolo egípcio que representa tanto algum tipo de iluminação ou êxtase narcótico quanto as qualidades metafóricas da vida eterna, da sabedoria. Pelas propriedades narcóticas praticamente nulas das flores de lótus modernas, não dá para entender; pelas descrições dos antigos desenhos egípcios, porém, a flor devia dar algum barato. Talvez fosse uma onda exclusivamente metafórica, claro, mas não deixa de ser interessante que a vasta maioria das representações mostre o deus ou humano com a cara enfiada no lótus, claramente dando uma profunda fungada. Sim, a flor tinha um aroma agradável — mas muitas flores tinham um perfume gostoso. Havia alguma coisa peculiar, algo do caráter ou da composição química do lírio, que o tornava tão atraente para os egípcios.

A vegetação do jardim de Oldcastle estava num estado deplorável, com olmos ressequidos e murchos e canteiros tomados pelas ervas daninhas. Videiras apodrecidas pendiam dos caramanchões em ruínas. Havia mais duas grandes imagens ao pé da escadaria de mármore, formas humanas eretas com cerca de dois metros de altura e cabeçorras deformadas. A da esquerda nem tinha uma cabeça propriamente dita; em seu lugar, havia uma tartaruga gigante. A da direita tinha cabeça de carneiro. Sobre a porta, havia um portentoso disco solar gravado no lintel, o símbolo do deus-sol Aton.

Este cara com a tartaruga no lugar da cabeça, quis saber Penélope, quer dizer o quê?

É um *ushabti* — um servo, ou protetor. São muito comuns, só que muito, muito menores.

Levei as mãos à pedra e percorri com os dedos os símbolos que cobriam o *shendyt** da imagem. Orações a Amon e Mut, a obscura deusa da lua mencionada na Estela. O tubo que eu levava a tiracolo de repente pareceu ficar mais pesado.

Menor como?

Muito menor. Tipo uns vinte centímetros. Os *ushabti* são as imagens rituais que eles colocavam nos sarcófagos para proteger e servir o corpo na vida após a morte.

Criados em miniatura? Que coisa mais sinistra.

Cada um tinha atribuições específicas. Com o feitiço correto, elas voltavam à vida. Como no caso dos hieróglifos, o símbolo cria a realidade.

Penélope fungou.

O que faz o cara da cabeça de tartaruga?

É uma espécie de demônio guardião. Um protetor. Enviado por Amon, *o oculto*.

E o outro?

Aquele é o *próprio* Amon. Pelo menos, a cabeça de carneiro é seu emblema ou animal totêmico.

---

* Espécie de avental ou saiote na altura do joelho, usado pelos faraós. (*N. da T.*)

Mas são originais?

Com certeza. São de algum momento do primeiro período dinástico.

Penélope deu de ombros e pôs-se a subir os degraus. Fui atrás dela. Não sabia muito bem o que íamos fazer agora. Será que devíamo entrar pela porta da frente? Ou bater antes? De qualquer modo, eu não estava muito preocupado; os resquícios das drogas que havíamos ingerido horas antes lançavam sobre tudo uma luz muito positiva. Cada momento parecia pulsar de poder — e Penélope estava claramente se sentindo do mesmo jeito, galgando com determinação os degraus que levavam até a entrada.

E esse solzão enorme em cima da porta?

É Aton, um deus do sol. É esquisito ver Aton e Amon juntos assim, eles...

A porta abriu de repente e nos deparamos com uma pança cabeluda. Era o Gigante, com um sorriso no rosto, usando apenas uma bermuda colante de ciclista e um tapa-olho branco; com aquele tronco coberto de pêlos, parecia um abominável homem das neves caolho. Havia outras pessoas atrás dele, no saguão. Ele estendeu uma das patas para me agarrar pelo pescoço; ao sentir as pontas daqueles dedos enormes na minha nuca, instintivamente os segurei. Minhas pernas eram arrastadas pelo chão enquanto o Gigante me rebocava para a luz tênue e cálida do *hall*. Tentei dizer alguma coisa, mas tudo o que consegui foi gorgolejar baixinho. Seu olho perscrutou meu rosto como se eu lhe fosse familiar; com a outra mão, tirou o tubo de documentos do meu pescoço e transferiu-o para seu próprio ombro. Penélope começou a gritar:

Me larguem! Seus filhos-da-puta!

Olhei bem dentro dos olhos castanhos escuros do Gigante, sua sobrancelha espessa e revolta. Dava para ouvir os ruídos de alguém que se debatia atrás de mim, e Penélope berrando:

Vão se foder, seus putos! Me largem!

A Terceira Tradução

O Gigante soltou meu pescoço e nós dois nos viramos. Lá estavam o Incitador, vestido de verde-bandeira da cabeça aos pés, e o Barman, de gravata-borboleta e terno roxo, cada qual segurando uma perna e um braço da Penélope, que não parava de se debater. O Gigante riu, num latido parecido com o de uma morsa.

Ei!, interveio outra voz feminina. *Soltem eles!*

Era Erin Kaluza do meu lado, o rosto vermelho e reluzente, aos berros com o Gigante e os outros.

Qual o problema de vocês, bando de burros?

Os lutadores que estavam segurando Penélope, e a própria Penélope, ficaram imediatamente paralisados na posição em que se encontravam — o Incitador segurando dois tornozelos e o Barman, um punho, Penélope dobrada no ar como uma velocista pronta para dar a largada, a outra mão enterrada num emaranhado de cabelos do Barman. Definitivamente, o sotaque de Erin estava mais forte que naquela primeira noite.

O que *vocêss penssam* que *esstão* fazendo?

Deu um aceno de cabeça para o Gigante — agora com a mão no meu ombro, num gesto que parecia estranhamente fraternal. Ele me deu um tapinha nas costas para me tranqüilizar. O Barman e o Incitador endireitaram Penélope e a soltaram.

Eles... resistiram, alegou o Gigante.

Mentiroso de merda!, bradou Penélope.

Seguimos você até aqui, falei de supetão. Você roubou uma coisa do museu.

Erin se virou e me encarou com olhos frios. Seu pescoço era delgado e elegante, embora ela parecesse meio cansada, meio desgastada; seu cabelo estava todo amassado, como se tivesse acabado de acordar de um cochilo. Ou como se tivesse passado a noite subindo um rio de balsa, no meio de um aguaceiro.

Não me diga, Walter.

Só quero o papiro de volta.

Claro, ela disse, vamos cuidar disso já, já. Por que vocês não levam os dois para a sala, enquanto vou avisar ao Arthur de que eles estão aqui? O Dr. Rothschild está um trapo. E a outra também não me parece nada bem.

Ora, respondeu Penélope, vá à merda, sua *piranha*.

15: O QUE SE DEVE OUVIR

SEGUIMOS O GIGANTE por um longo corredor de mármore, de paredes cobertas de murais antigos — quase todos retratando diversos faraós e pessoas notáveis oferecendo flores de lótus para outros, entre si e, de mãos estendidas, para o disco solar incandescente, o deus-sol Aton.

A sala não era lá essas coisas. Havia uma mesa quadrada no centro, cercada por algumas raquíticas cadeiras de espaldar alto. As paredes eram forradas de prateleiras repletas de livros e pilhas de papel. No chão, uma fina camada de serragem cobria o piso de azulejos azuis rachados e embolorados pela umidade. O lugar fedia a terra e mofo, e num canto espalhava-se uma grande poça de água suja. Uma pequena saleta adjacente continha um vaso sanitário, e uma alcova abrigava uma sombria quitinete. Havia uma banheira plantada solidamente bem no meio do banheiro — e só. Dei uma olhada no espelho, mas me arrependi no ato.

Comecei a examinar os livros nas prateleiras; a maioria parecia ser uma variedade de textos egípcios e manuais de tradução. Os papéis estavam cobertos por uma escrita qualquer, um amálgama moderno de diversos idiomas diferentes e outros símbolos irreconhecíveis. Peguei alguns e espalhei-os sobre a mesa. Penélope recostou-se na parede.

Walter, será que você pode dar um tempo?

Quê?

Pare um pouco. Isso já está me dando nos nervos. Será que dá para ficar um pouco sem fazer nada?

O Barman — tal qual um grotesco mordomo superdesenvolvido, de gravata-borboleta e terno sem camisa — veio nos trazer uma bandejinha com chá e bolinhos. Deu um sorriso desconfortável ao depositá-la sobre a mesa e saiu. Postei-me junto à porta para ver se dava para ouvir alguma coisa no corredor. Os joelhos me doíam barbaramente.

Foi um erro, lamentei. Não devia ter pedido para você vir.

Penélope empoleirou-se na mesa e cruzou as pernas, uma xícara de chá na mão.

Você não *arrastou* ninguém, corrigiu. Porra, eu praticamente implorei para vir. Só não estava esperando por isso. Coisa mais absurda.

Por que foi que você quis vir, aliás?

Penélope suspirou. Seu lábio inferior parecia inchado, a testa toda suja de lama.

Pelo mesmo motivo por que as pessoas fazem a maior parte das coisas, acho eu. Por tédio.

Mas você não está parecendo muito chateada.

É... acho que, de fato, não estou.

Mudou de posição e balançou um pouco as pernas, batendo de leve com as botas uma na outra.

Peguei a salva de prata com os biscoitos e lhe ofereci.

Aceita?

Você não acha muito doido esses lutadores estarem aqui? Não é insano? Acho que essa gente toda é completamente surtada.

Concordo.

Eu não estou *muito* preocupada. Quer dizer, você acha que isso vale a vida de alguém?

Na verdade, eu não sabia como responder. De um lado, o documento não tinha mesmo muito valor; para a maioria das pessoas, não passava de um pedaço de papel com escritos obscuros. A parcela de interessados seria necessariamente mínima. Por outro lado, havia colecionadores extremamente ambiciosos, que beiravam o fanatismo. Contudo, aquilo era muito diferente de roubar uma pirâmide no século XIX; ninguém montaria um esquema complicado daqueles para roubar um papiro só pelo dinheiro — o que, se de certa forma tornava a história mais intrigante, talvez também a tornasse mais assustadora.

Além disso, ainda estou na onda daquele haxixe, claro, acrescentou Penélope. Material de primeira.

Vão dar pela minha falta. O Dr. Klein, o Mick, o Dr. Hardy. Muita gente sabe que estou aqui — ou pelo menos em Cambridge. Vão dar pela nossa falta.

E Zenobia?

Alguém vai estranhar nosso desaparecimento, continuei. Vão nos procurar.

Vão, sim, só que isso não vai acontecer tão cedo. Quanto a mim, pelo menos, sei que ninguém vai vir atrás de mim. Ninguém sabe que *eu* estou *aqui*. Só estou preocupada com os meus gatos. Se demorar mais um dia, eles vão começar a se comer.

Não sabia que você tinha gato.

Ah, então você não sabe que toda moça solteira de mais de 23 anos tem um gato? Basil, Harry e Lewis — os meus filhos. Pelo menos, eles têm a portinhola deles, de modo que provavelmente vão sair para caçar coelhos, apanhar filhotes de passarinho no ninho e coisas do gênero. Tem um jardinzinho nos fundos da minha casa, com um monte de bichinhos.

São nomes muito... humanos. Nunca tive um animal de estimação.

São os nomes dos meus ex-namorados. Você nunca teve bicho? Nem quando era garoto?

Vivíamos mudando de um lado para o outro. Pelo menos meu pai e eu. Depois, casei com a Helen, e a Zenobia nasceu... nunca surgiu a oportunidade.

Os egípcios não adoravam os gatos, ou alguma coisa assim?

Não exatamente... eles gostavam de determinadas características. Há pictogramas e registros escritos de nomes dados a cachorros; a cavalos também. Já os gatos eram chamados só de "gatos".

Penélope, com ar surpreso, deu um sopro para tirar alguns fios de cabelo molhado do rosto.

E aquele monte de estatuetas de gatos?

Bom, sim, há muitas representações de gatos. Eles eram usados de vez em quando para personificar certas divindades, como o deus-sol Rá derrotando, sob a forma de um gato, a serpente da noite, Apófis. Faz muito sentido, aliás, já que os gatos tinham um valor inegável no controle das populações de cobras e roedores. Os grãos eram os principais produtos agrícolas egípcios e era preciso armazenar grandes quantidades para a estação das cheias — o que significava uma infinidade de camundongos e serpentes. Havia até um festival dedicado exclusivamente a Bastet, um deus regional do último período com cabeça de gato, quase sempre representado tocando um instrumento parecido com um chocalho. Heródoto conta que, em média, setecentos mil fiéis desciam o rio até Bubastis, a sede do culto a Bastet, a fim de tomar parte das festividades. Muita música, muita dança e consumia-se mais vinho do que em todo o resto do ano. As mulheres todas sacudindo os tais chocalhos-castanholas, uma tremenda algazarra.

Que esquisito, atalhou Penélope. Os gatos abominam essas coisas. Quero dizer, o barulho.

É verdade... Sabe que nunca pensei nisso? De qualquer modo, tudo isso tem muito a ver com o animismo peculiar dos antigos egípcios, a forma como eles usavam os animais do ambiente para expressar as manifestações físicas das divindades, expressar suas características, seu temperamento, seu lugar ou suas responsabilidades no mundo.

E o que esse Bastet fazia? Tomava banho de sol e brincava com novelos de lã? Era o deus da higiene pessoal?

O que ninguém entende é que as radiografias dos gatos mumificados, como as centenas que foram enterradas em Bubastis, indicam que eles foram estrangulados em um ritual. Existiam numa quantidade tal que os fazendeiros, na Idade Média, usavam-nos como fertilizante.

Hmmm. Bem que todo santo dia eu quase estrangulo o Basil. A brincadeira preferida dele é desenrolar a merda do papel higiênico inteiro toda vez que eu saio de casa.

Mas quando o gato morria de causas naturais, Heródoto conta que todos os moradores da casa raspavam as sobrancelhas, em sinal de luto.

Conheço um cara que raspa as sobrancelhas, mas no caso dele não é por causa de gato nenhum, não.

Permanecemos, então, algum tempo em silêncio, atentos a uma série de sons abafados, provenientes de algum lugar nos mais profundos recessos da mansão. Eu tiritava dentro das roupas molhadas. Um filete d'água escorria lentamente pelo canto da parede e aumentava a poça aos nossos pés. Penélope tinha razão: aquela situação era tão absurda, tão ridícula, que mal dava para acreditar. Nem eu mesmo sabia se acreditava muito, e eu estava ali, era comigo que estava acontecendo.

Fiquei pensando nos gatos da Penélope, esperando que ela voltasse, e no meu próprio apartamento em Londres. Devia estar vazio, a menos que Mick, com seu jeito furtivo, tivesse voltado. Minha próxima casa seria vazia, decerto, sobretudo se fosse uma cela de cadeia. Lembrei-me dos recônditos solitários do porão do museu, do meu laboratório, de todos os preparativos que fiz para chegar até ali. Zenobia subindo e descendo a Mayfair com toda aquela fúria no peito. Helen casada de novo. Como era inóspito o território do meu coração quando estudado a fundo, analisando-se todas as combinações possíveis. Eu nunca havia padecido de solidão antes, não até então. Bem, ainda me restava a Estela, pelo menos por mais alguns dias. Ela estava lá, esperando a minha volta.

Não existe nenhuma representação visual conhecida de um casamento no Antigo Egito. E são muito raras as referências a qualquer tipo de cerimônia relacionada às bodas. Ainda assim, o termo para "matrimônio" significa, literalmente, "montar uma casa" e, ao que tudo indica, os relacionamentos monogâmicos eram uma parte central da cultura egípcia. Provavelmente, apenas aos membros da realeza não era vedado desposar mais de um cônjuge — porque, em geral, os reis contraíam núpcias com as filhas dos governantes vizinhos, como uma forma de desenvolver relações e assegurar a paz. Não havia, ao que parece, o conceito de ilegitimidade no Antigo Egito.

Eu e a Helen nos conhecemos em 1973, num sebo chamado *The Back of the Rack*, localizado no extremo sul de Chinatown, em São Francisco. Eu estava atrás de um exemplar usado da obra seminal de Dernier sobre estatuaria e formas visuais. Helen estava fumando um cigarro no balcão, folheando uma cópia cheia de orelhas de *Beyond Culture*, de Lionel Trilling. Estava de óculos escuros de gatinha, sem maquiagem e com um monte de casacos — era esse o gênero que ela fazia. Por causa de sua postura e de seu jeito à vontade, achei que ela trabalhava lá e perguntei pelos livros sobre Egito Antigo. Helen respondeu com um sorriso afetado, fechou o livro e ficou me olhando por alguns momentos. Seu cabelo castanho, liso e comprido, era puxado pra trás por uma faixa dourada. Ela me levou a uma salinha contígua, onde ficava a seção de História. Não encontramos o Dernier — de qualquer modo, eu sabia que seria difícil, mas gostava de livros de segunda mão, sempre gostei. Na verdade, parecia-me espantoso que houvesse historiadores que preferissem ler livros novos a usados, que já vinham com uma história intrínseca qualquer. Em geral, encontram-se sublinhados, com exclamações, símbolos estranhos, mensagens em código e anotações escritas na folha de rosto e nas margens, coisas a decifrar que podem ser usadas para construir uma idéia de quem foram os leitores anteriores e como viviam. Helen sorriu quando eu lhe disse isso.

Nunca parei para pensar assim, retrucou. Mas acho que a minha sensação é a mesma. Olhe só.

Inclinou-se na minha direção para mostrar a parte do livro de Trilling que estava lendo. Havia umas marquinhas a lápis nas margens e trechos sublinhados e circulados. Ao me aproximar, seu cabelo roçou o meu ombro. Ela recendia a terra, a subterrâneos.

As marcações são suas?, indaguei.

Helen tapou a boca e fez um muxoxo.

São. Mas não conte a ninguém. É um hábito. Pelo menos, só uso lápis, que sempre posso apagar depois.

Ah, não. Não faça isso. Deixe.

Agradeci pela ajuda e ela confessou que não trabalhava ali, só estava lendo o texto para um trabalho escolar. Seus ombros magros quase saltavam para fora do suéter largo ao redor do pescoço, que lhe expunha a nuca delgada e aquela cativante reentrância na base da garganta, onde os ossos se encontram e o pescoço começa — aquele ponto que parecia mover-se por vontade própria sempre que ela falava ou mexia a cabeça, aprofundando-se ou dilatando-se, a textura e o sombreamento ajustando-se em sua movimentação ininterrupta, ondulando como a vela de um barco ao vento. Você sabe do que estou falando.

Helen explicou que estava dura e o funcionário, Perry, a deixava ficar por ali para ler tudo que precisasse sem comprar.

Estava lendo um ensaio do livro de Trilling para uma de suas disciplinas de humanas — uma seção intitulada "O destino do prazer".

Foi um prazer conhecer você, Walter, completou, devolvendo o livro à prateleira.

Estar perto dela naquele momento e conversar com ela daquele jeito foi como sair para o campo aberto do futuro, vindo de uma cova obscura e lúgubre qualquer; como descobrir a beleza estética em meio à lógica fria da matemática — uma sensação que eu havia buscado a minha vida inteira.

Preciso voltar para o estúdio, disse ela, descendo a Norman Street em direção ao ponto de ônibus, tenho de ensaiar. Se quiser ver o que eu faço, vá ao meu recital na semana que vem.

E escreveu o endereço e a data com caneta hidrográfica na minha mão.

Helen acenou para mim da janela do ônibus, sacudindo a cabeça com um ligeiro sorriso. Peguei um táxi para atravessar a ponte e voltar ao meu apartamento na Cheshire Street, em Berkeley. Minha primeira providência, assim que botei os pés em casa, foi anotar a data e o endereço do recital na parede do banheiro com caneta permanente, para ver sempre que escovasse os dentes.

Lembro-me que, naquela noite, eu me vi no meio do apartamento entulhado completamente desorientado diante de tudo que me rodeava, como se estivesse em outro mundo. Minha mobília se resumia a um colchão e uma poltrona de couro rasgada, que havia encontrado na calçada. Todos os meus livros e papéis estavam espalhados sobre uma velha mesa de pingue-pongue empenada. A única coisa pendurada na parede era uma cópia ampliada da Pedra de Roseta. Uma pilha de livros obstruía a lareira. Nem o fogão nem nenhum outro eletrodoméstico haviam sido ligados desde que me mudara; eu vivia quase exclusivamente à base de camarão *lo-mein* do Hunan King na esquina. As embalagens de papelão e os copinhos de café de isopor se amontoavam sobre a bancada, lado a lado com pilhas de trabalhos da faculdade e anotações de aula. O banheiro era um pesadelo de areia e fios de cabelo, o boxe coberto por uma textura de espuma ancestral. No quarto, os caixotes de madeira para bagagem, vindos do Cairo e de Alexandria, irrompiam armário afora. Pelo chão, rolos de papiro recém-escavados num sítio em Meidum (registros de grãos, nada vital), quebradiços como folhas do outono, espalhando suas vísceras enrodilhadas feito serpentina. Dentro do armário, meu único casaco estava pendurado sozinho, em meio a um ninho de cabides de arame vazios. O resto das minhas roupas ficava dividido em dois sacos de lixo, um de roupa suja e outro de limpa. Tinha, ainda, uma excelente cafeteira e o velho telefone de disco da minha mãe aparafusado na parede. Era uma vida boa — mas estava prestes a mudar. Dava para sentir.

Fui ao *Back of the Rack* todos os dias daquela semana, mas Helen não apareceu. Perry, um sujeito emaciado que usava um cavanhaque ralo e fumava um cigarro de cravo atrás do outro, também não a tinha visto. Tampouco soube dizer se ela estava saindo com alguém. Contou-me apenas que a conhecia porque ela costumava ir ver sua banda tocar em festas, que ela tocava violoncelo e que estava para se formar em Berkeley. Música. Estava aí uma coisa que me era totalmente estranha. Ou melhor, mais uma coisa. Tanto faz.

Cheguei cedo para o recital e sentei na primeira fila do pequeno auditório. O lugar nunca enchia muito; de fato, não havia mais que vinte ou trinta espectadores na platéia. Helen, mais tarde, comentou que eram tantos os recitais acontecendo, de tantos musicistas diferentes, que nenhum dava muito público. Fiquei surpreso ao descobrir que era possível assistir de graça uma apresentação de música ao vivo; como muita gente que nem imagina como é a vida real de um musicista, na minha cabeça, um *show* ao vivo não podia acontecer sem uma multidão.

Helen apareceu com um vestido vinho simples, folgado, que lhe chegava até os tornozelos. Ao cruzar o palco, fiquei observando os contornos do seu corpo desenhando-se sob o algodão fino; vislumbres efêmeros da sua silhueta, intercalados por formas amorfas e estranhas. O auditório silenciou e as luzes baixaram. Ela se sentou na cadeira solitária colocada no centro do palco, abriu as pernas e acomodou o *cello* nas amplas dobras do vestido, como se o instalasse no meio do seu corpo — um parto ao contrário. Igual a um hieróglifo, que pode assimilar um outro símbolo e gerar um terceiro, dotado de um significado próprio, inédito e complexo. Sua cabeça pendeu por um instante e ela fitou um ponto qualquer do chão do palco, como se estivesse tentando se lembrar de alguma coisa ou estabelecer alguma ligação entre o dia e a noite. Então, Helen alongou o pescoço, olhou para o lado e desejei estar de novo perto dela, sentir o aroma doce do seu cabelo contra o meu rosto, vê-la direcionar mais uma vez sua atenção para mim, a fim de que eu pudesse me aquecer em sua resplandecência como a luz de Aton. Levando o arco às cordas, o semblante impassível e sereno, os olhos vazios e cinzentos como um retrato renascentista, ela tocou as primeiras notas da *Suíte nº 1 para violoncelo* de Bach.

Fiquei esperando do lado de fora do auditório. Era um fim de tarde de maio, e soprava um vento forte da baía. O ar estava carregado de um cheiro doce de jasmim e madressilva, que pairava sobre o aroma salgado do mar.

Helen deu um gritinho quando me viu. Seu rosto estava brilhante e suado. Deixou os amigos que a acompanhavam e correu até onde eu estava, à sombra de um corniso. Parou e me deu um abraço rápido, apoiando a cabeça por um instante no meu ombro.

Walter... que bom que você veio.

Mais tarde, na sua casa, tentei explicar como a sua música havia mexido comigo. Tentei explicar que não sabia muito sobre música clássica, aliás sobre música nenhuma, para dizer a verdade, mas que eu tinha achado linda a apresentação. Disse que a achei linda lá no palco, o seu jeito ao tocar. Disse um monte de coisas que, na verdade, não conseguia entender, mas naquele momento estava falando tão do fundo do meu coração como nunca antes na vida. E lhe disse isso também.

Ela riu, corou e me deu seu surrado exemplar de *What to Listen For in Music* [*O que se deve ouvir na música*], de Aaron Copeland.

Talvez isto ajude, sugeriu. Vai ter de entender mais de música, se quiser andar mais comigo.

Claro. Vou ler hoje à noite.

Só que o que eu li não foram as divagações de Copeland sobre as propriedades e os fundamentos da música; minha atenção ocupou-se das curiosas garatujas que preenchiam as margens, uma taquigrafia quase cifrada composta de linhas, traços, pontos de exclamação e uma ou outra anotação ocasional, do tipo *escala cromática, tonalidade aberta* ou *só mesmo Mahler para fazer isto!* Passei a noite inteira debruçado sobre essa caligrafia, examinando seus rabiscos cuneiformes, e pela manhã já havia desenvolvido uma espécie de chave geral, uma referência para a tradução dos elementos básicos de seus arabescos — que aperfeiçoei a ponto de conseguir ler as suas notas como se fossem minhas. Dali tirei diversas conclusões sobre sua vida, sua arte, sua visão de mundo. Dava para ver que era uma pessoa gentil e amorosa, do tipo que sempre se lembra do aniversário de todo mundo, e que o momento em que se sentia mais só era quando lia na cama, tarde da noite. Também pude perceber que estava louco para me aproximar dela cada vez mais.

No dia seguinte, eu lhe disse isso também, enquanto caminhávamos pelo *campus*. Helen estava a caminho do estúdio. Mais uma vez, ela riu — depois parou e olhou para mim de um jeito engraçado:

Seus óculos estão imundos.

É? Não reparei.

Ela tirou os óculos do meu rosto e puxou uma ponta da camisa para limpá-los. Como estávamos bem perto um do outro, seu rosto continuou nítido enquanto o mundo às suas costas se desmanchava num caos de luzes e sombras difusas.

Obrigado.

Agora pode parecer bobagem, mas na hora senti uma alfinetada rutilante na minha cabeça, uma sensação fresca e fluida, do mesmo jeito que fico quando faço alguma grande descoberta, quando decifro um código e finalmente enxergo o sentido da coisa. Um mundo de possibilidades ergueu-se diante dos meus olhos.

Você é a pessoa mais linda que já conheci, falei.
Então, ela me beijou.

Porra!
Penélope saltou da mesa e começou a remexer os bolsos do casaco.
Estou com o meu celular, e nós aqui parados!
Sacou o aparelho e o abriu; eu, por minha vez, levantei e também olhei para ele, muito embora não tivesse a menor idéia do que estava esperando — talvez algum sinal misterioso das profundezas cinza-esverdeadas daquela diminuta tela eletrônica.
Bom, ela anunciou, estamos com sinal. Vamos ligar para a polícia?
Mas o que eles iam fazer? Nem sabemos direito onde estamos.
É verdade... Não sabemos... E se... se a polícia vier, você também ia ficar encrencado, não é?
Ia. Provavelmente.
Ficamos em silêncio por alguns instantes, os olhos pregados no celular, que piscava.
Tenho de confessar, Penélope disse, por fim, que esta coisa toda é muito excitante. Até parece uma história qualquer. Sabe como?
Tipo uma história de A. S. Byatt?
Um largo sorriso se abriu em seu rosto todo sujo de lama.
A maçaneta fez um barulho e girou, e Erin apareceu na porta. Tinha trocado de roupa; agora estava com um vestido preto curto e justo no seu corpo magro. Parecia ter acabado de sair do banho, ou dado algum outro jeito de se refrescar.
Dr. Rothschild!, exclamou alegremente, como se eu fosse um velho amigo que tivesse vindo fazer uma visita.
Sua pele estava clara e os olhos, brilhantes; e o sotaque da noite em que nos conhecemos — cadenciado, no melhor estilo britânico — estava de volta. E, devo dizer, mais uma vez fiquei abobalhado pelo fato

aparentemente inacreditável de que eu tivera relações carnais com aquela mulher.

Vejam bem, escusou-se ela, vocês hão de compreender que as coisas andam um pouco agitadas por aqui. Desculpem pelo que houve lá na porta.

E dirigiu-se à Penélope, ainda com o sorriso estampado no rosto.

Ah, a moça que nos trouxe o Dr. Rothschild. Muito obrigada.

Vá se foder, resmungou Penélope. Você sabe muito bem quem eu sou.

Nós íamos justamente tomar o nosso chá. Imagino que vocês dois apreciariam uma xícara de chá quentinho? Por falar nisso, como vai nosso amigo Magnus? Soube que você se divertiu bastante na festa, Walter. Lamento não ter podido ir.

Foi do cacete, disse Penélope. Você perdeu.

Aliás, bom trabalho, cumprimentou Erin ao descermos o corredor. Foi muito inteligente conseguir alguém da biblioteca para ajudar.

Deu uma olhada para trás e ergueu uma sobrancelha na direção do meu rosto.

A noite foi dura? O que aconteceu com seu rosto?

Paramos diante de uma porta. Erin pegou meu chapéu e ajeitou meu cabelo para trás; endireitou a gola da minha camisa e a lapela do meu casaco. Senti o couro cabeludo formigar. Ela sorriu e tocou meu rosto de leve. Lembrei-me de seus dedos percorrendo pictogramas grosseiros, a luz estroboscópica de uma boate de madrugada, um guardanapo dobrado, um coração batendo.

Caralho, exclamou Penélope, que tipo de doente mental toma *chá* às quatro da *manhã?*

16: HORIZONTE DE EVENTOS

ERIN ABRIU A PORTA PARA NÓS e deparamo-nos com um senhor de terno que, de pé diante de uma ampla escrivaninha, tinha a camisa puxada para fora das calças e a ponta erguida com uma das mãos, expondo uma barriga lisa, redonda e sem pêlos. Na outra mão, segurava uma injeção hipodérmica cavalar; a agulha, que devia medir uns trinta centímetros de comprimento e era da grossura de um lápis, estava enterrada no fundo do seu umbigo. Oldcastle ergueu os olhos, os lábios apertados num esgar desconfortável.

Queiram desculpar-me; isto não levará mais que um minuto.

Ele pressionou o êmbolo com dedos trêmulos, o rosto calmo e sereno. Ninguém se movia. Com um profundo suspiro, Oldcastle cerrou as pálpebras.

Ah... Estarei com vocês num segundo. Deixem-me apenas... Isso. Assim.

Escorreu-lhe um filete de sangue do umbigo, que ele estancou com um pedaço de gaze. Oldcastle nos deu as costas e enfiou a camisa para dentro da calça. O Gigante estava ao seu lado, comendo com as mãos o conteúdo de uma tigela, que guardava uma vaga semelhança com um frango *tandoori*. Um homem de manto laranja claro, com longos cordões de contas, estava de pé discretamente, num canto; tinha a cabeça raspada, à exceção de um pequeno topete de cabelo grisalho e ralo. Penélope deixou-nos postados no tapete grosso no meio da sala e foi sentar-se num ornamentado divã reclinável, ao estilo romano. O ar estava carregado por um forte odor de *curry* e algum tipo de incenso adocicado. Um pequeno narguilé — versão em miniatura daquele da Joannie — fumigava numa das pontas da mesa.

Oldcastle foi até um espelho ao lado da escrivaninha para ajeitar a camisa e a gravata. Só então reparei que ele estava usando um elegante par de botas de salto, que deviam lhe acrescentar uns dez centímetros de altura. Suas pernas sinuosas subiam até as costas arqueadas, que desenhavam um ponto de interrogação encimado pela cabeça meneante, os ombros estreitos contraídos ao redor do pescoço fino.

Por obséquio, senhor, madame, minhas desculpas.

Walter, este é *Sir* Arthur Oldcastle, apresentou-nos Erin.

Seu terno fora obviamente feito sob medida, moldando-se a seu tronco retorcido como a pele de uma cobra. Usava uma gravata vermelho-cereja de nó corredio e cabelos curtos bem aparados; uma corrente de relógio pendia-lhe do bolso do colete.

Então, começou ele, unindo as pontas dos dedos muito brancos e nodosos, de unhas bem-feitas.

Olhe só, interrompeu Penélope, não dá para pularmos essa parte? Todo mundo aqui já viu esse filme. Você representa aquele papel do médico louco, e pode ficar aí se espetando como quiser e brincando com suas estátuas. *Essa* piranha *aí* roubou uma coisa que queremos de volta.

Como?, espantou-se Oldcastle.

Meu *Deus*, volveu ela, se vocês quiserem, podemos simplesmente ligar para a polícia e resolver tudo assim.

E sacou o celular, segurando-o à sua frente. Ocorreu-me que Penélope talvez estivesse representando seu próprio papel naquela aventura com um entusiasmo um tanto ou quanto excessivo. O sujeito de manto açafrão inclinou a careca elegante e murmurou algo para Oldcastle num gentil dialeto núbio-árabe — algo muito estranho para um *krishna* hindu. Sua voz era macia e o rosto, familiar e tranqüilizador. Oldcastle franziu as sobrancelhas por um momento, dirigiu-se até a escrivaninha a passos débeis e abriu uma gaveta, de onde tirou meu tubo para documentos. Brandiu-o como se fosse uma espada ou um taco de sinuca.

Um belo instrumento, Dr. Rothschild. Talvez mais tarde o senhor queira dar uma olhada na nossa câmara hiperbárica, na ala leste. Creio que a achará deveras interessante. É o maior ambiente controlado do gênero do mundo, ao menos em termos de ambientes de cinco mil anos. Entretanto, receio que não poderemos liberar o documento.

Ah, não, de jeito nenhum, exclamou Penélope.

Parece-nos que ele pode ter alguma utilidade para minhas investigações de determinados assuntos. Cremos que pode ser de grande valia.

O senhor já leu?, perguntei.

Oldcastle arreganhou os dentes num sorriso, revelando entre eles uma massa disforme de chiclete desbotado. Dava para perceber que um dia, muitos anos atrás, ele fora um jovem muito, muito feio.

Meu caro, é por esse motivo que *você* está aqui.

Quer dizer que vocês não decifraram o texto?

Uma sombra breve atravessou-lhe o rosto, que foi ficando cada vez mais rubro, enquanto um de seus olhos parecia arquear-se. Ele contornou a mesa, agarrado às bordas com os dedos esqueléticos.

Devo admitir, retorquiu ele, com uma ligeira e quase imperceptível mesura na minha direção, que nesse sentido necessitarei da sua perícia. Ocorrem aqui certos padrões, determinados sinais bilaterais e trilaterais, que não se enquadram nos modelos habituais. Hieróglifos figurativos mesclados a alguma ortografia silábica. O senhor me foi recomendado pela mais alta das autoridades.

Quem teria sido?, eu me perguntei. Klein? Mick?

Está certo, concordei estouvadamente.

Caralho, bradou Penélope, por que diabos vocês não *pediram*? Isso tudo não parece meio complicado demais?

Acontece que não era exatamente isso que estávamos planejando, replicou Erin. Vocês dois me seguiram até aqui, lembram? Nós íamos mandar o documento para você, Walter, quando estivéssemos prontos. Há outros elementos... que temos de esclarecer. Precisamos do documento original. Ele pode ter uma... ligação... vital com o nosso projeto.

E que tal se avisarmos a polícia?, insistiu Penélope.

Duvido que o Dr. Rothschild queria manchar seu nome ou sua reputação. Ele nunca mais conseguiria trabalho nesse campo.

Bom, eu posso me aposentar, retruquei.

Ah, por favor, escarneceu Erin. Isso está fora de cogitação. Além disso, existe sempre a possibilidade de você ir preso. E ainda tem a sua filha, não é?

Como assim? O que ela tem a ver com isso?

Faça a tradução, ordenou ela. Pode começar agora mesmo. Sei que está louco para ler o manuscrito, para saber se não seria um possível complemento da Estela de Paser.

Oldcastle ensaiou um passo na nossa direção e oscilou um pouco. Erin e o Gigante acorreram imediatamente, numa reação de proteção, mas ele pareceu recuperar o equilíbrio e dispôs os pés com cuidado sob o corpo, parecendo medir a distância entre ambos. O caimento perfeito do terno revelava suas curvas estranhas — ombros estreitos, cintura esguia, quadris largos e femininos. As pernas tremiam visivelmente. Ao inclinar-se, o paletó abriu-se na frente e tive a nítida impressão de ver duas formas ligeiramente protuberantes em seu peito, como um par de seios incipientes. Oldcastle estendeu o tubo de documentos e Erin esticou-se em sua direção para pegá-lo. Em seguida, com a mão vacilante, ele pegou um envelope no bolso. Erin veio entregar-me os dois, enquanto ele salientava:

Claro que vamos remunerá-lo por seu trabalho e conhecimento, Dr. Rotschild — assim como por sua discrição.

Está vendo?, completou Erin. No fim tudo dá certo, não é?

Peguei o tubo e o envelope, mas não desviei os olhos dela, que me encarava.

Minha filha está em Londres... eu devia estar com ela agora. Essa história toda... isso está estragando meu encontro com ela. Por que estão fazendo isso comigo? Por que *eu*?

Erin não desfez o sorriso, seu narizinho arrebitado ligeiramente vergado para o lado, o delicioso arco desenhado pelas sobrancelhas.

Não... uma coisa não tem nada a ver com a outra. Isso aí já é culpa sua, não é mesmo, Walter?

Passei o envelope para Penélope, que se limitou a dar de ombros e continuar sentada no sofá, ainda escondida atrás do celular. O Gigante pegou-me por um braço e conduziu-me a uma porta do outro lado da sala, que levava a um apertado gabinete.

O gabinete era dominado por uma mesa ampla, entulhada de folhas de papel-jornal cobertas pelas mesmas estranhas garatujas da mesa de Oldcastle. Presas às paredes também havia anotações diversas, algumas parecendo coptas ou cirílicas e outras numa escrita cuneiforme qualquer. Havia, também, uma série de gráficos e diagramas do que pareciam ser órbitas planetárias, além de desenhos mais esquemáticos e abstratos de grades curvas e esferas que descreviam trajetórias ao redor de objetos cônicos. Um quadro-negro numa das paredes estava coberto de equações matemáticas. Enquanto o Gigante esvaziava a mesa para mim, peguei um dos papéis, todo rabiscado com uma caligrafia mal traçada, mas em inglês moderno.

> O universo é todo interligado por diminutas subdimensões entrelaçadas, cada qual passando por todos os pontos no tempo, simultaneamente — o que pode ser concebido, em termos visuais, como uma corda esticada

por sobre um desfiladeiro, a qual, vista de longe, parece ser uma linha, existente apenas numa só dimensão. Naturalmente que, quando observada de perto, ela possui uma determinada espessura, que constitui outras dimensões. Talvez nosso mundo atual, tal como o vemos, seja como a corda estirada por sobre o despenhadeiro; se pudéssemos nos aproximar o suficiente, se pudéssemos examinar o mundo em seus mais microscópicos componentes, talvez então tivéssemos a possibilidade de perceber essas outras dimensões. Imaginemos um inseto que rasteja pela corda; sem a consciência de sua espessura, do aspecto cilíndrico do cabo, ele acreditaria ser possível percorrê-lo tão-somente numa direção. Nós somos esse inseto, caminhando na única direção que julgamos ser possível.

A natureza do hieróglifo contém em si essa mesma concepção, essa visão do espaço entrelaçado, passado e presente coexistindo simultaneamente, o que fica explícito no antigo entendimento do hieróglifo como um símbolo que é, ao mesmo tempo, a vida, o espírito, o conhecimento, o amor, o *ka* existente todo o tempo e para todo o sempre, bem como na topografia básica do hiero, em seu relevo pleno como objetos, símbolos, representações diretas, chaves fonéticas, fonemas individuais, todos independentes, existindo igualmente nas três dimensões aparentes que podemos experimentar em termos visuais. Podemos penetrar tal reino como se emergíssemos da Necrópole por uma falsa porta, a passagem do *ka*, para o Lugar do Vir a Ser, a terra de Amon-Rá, o trono espiritual de Aton — o lugar onde o espaço curvo dobra-se através da eternidade até alcançar-nos novamente, onde o tempo pára e prossegue para sempre: o Horizonte de Eventos.

Escrita automática, murmurou o Gigante pelo canto da boca. Sabe como é, ela entra em transe e começa a escrever esses troços. Uma linguagem totalmente nova, planetas e universos. O velho adora escrita automática.

Fitei seu único olho. Ele mastigava de um jeito plácido, bovino. Deu de ombros.

É *ela*, prosseguiu, acenando com a cabeça na direção dos papéis.
E piscou para mim, com ar conspiratório.
Ela tem uma conexão com o *outro lado*. Está entendendo?
Fiquei olhando para ele.
Sabe como é, Amon, Aton, essas coisas todas.
Sei. Como está o seu olho?
Está bem... puxa, obrigado; é muita bondade sua perguntar, Dr. Rothschild.
Tenho certeza de que ele não fez por mal. O Hanif, quero dizer. Enfiar o dedo no seu olho. Você sabe que ele está preso?
Quem?
Deixa para lá.
Olhe, é melhor o senhor se apressar.
E fechou a porta, deixando-me só.
Pendurada numa das paredes havia uma grande faixa de feltro, com a imagem de um sol nascente bordado em dourado. Embaixo, lia-se "Ordem da Aurora Dourada", seguido de um texto em latim falando em gnomos, fadas, elfos e espíritos das árvores ou coisa parecida. Ajustei o monitor atmosférico do tubo para reduzir o choque de trazer um papiro do século XII a.C. para o presente. Retirei-o para desenrolá-lo sobre a mesa, procurando manuseá-lo com a maior delicadeza possível, abrindo as pontas, e comecei a analisar o registro superior e as listas de determinativos.

Navio subindo o rio, punho fechado, feixe de juncos, altar de oferendas, coruja, víbora-cornuda, rio, disco solar, olho aberto...

17: ROLA-BOSTAS

A CIDADE DE ASSUÃ SITUA-SE na margem oriental do Nilo, com uma longa sucessão de mercados estendendo-se ao longo da orla para além do Parque Ferial, rumo ao sul. Pela manhã, antes do café, enquanto meu pai repassava com os engenheiros russos os relatórios de andamento dos trabalhos do dia anterior, eu me lavava rapidamente com a bacia d'água e a toalha que Hakor, meu tutor, deixava todos os dias ao lado do meu catre antes do nascer do sol. Quando soava pelos alto-falantes o estridente chamado para a oração matinal dos muezins, empoleirados no topo dos minaretes da mesquita, e os cozinheiros e criados curvavam-se em seus tapetes, eu e Hakor agarrávamos alguns pãezinhos na cesta e nos precipitávamos colina abaixo, transpúnhamos os *trailers* e barracas de chapas corrugadas e íamos na direção do rio. Mascando os pãezinhos crocantes e aromáticos, com seu leve sabor de cardamomo, passávamos pelo bazar ainda às escuras, enquanto os vendedores arrumavam suas barracas, alinhando carroças de verduras mirradas, frutinhas estranhas e sacos de grãos e especiarias. Eu gostava de ir longe, até o cemitério da cidade velha, cheio de tumbas e domos do período fatímida. Descendo o rio, os gigantescos pilões da obra atravessavam o rio, agaloados pela teia de andaimes, iluminados por holofotes e milhares de lâmpadas penduradas ao longo das vigas de madeira, desenhando o esqueleto luminoso da represa. De manhã cedo, reinava um relativo silêncio; tudo o que se ouvia era o zumbido dos geradores, o barulho do mercado e o povo de Assuã que começava o seu dia. Uma hora depois, quando o sol se erguesse por inteiro acima dos picos das montanhas a leste, que circundavam o Golfo de Suez, surgiria uma procissão de felás — egípcios dourados e núbios de compleição mais escura —, mais meia dúzia de russos e outros estrangeiros, a caminho do local das obras. Os grandes motores seriam ligados, a maquinaria colossal, os gritos e a palraria num monte de línguas, as pancadas dos bate-estacas e a cacofonia generalizada de esmeriladores e pistões. A barulheira cruzava as águas e ricocheteava nos penhascos cinzentos e protuberantes da Ilha Elefantina, e toda a região de Assuã parecia vibrar com a promessa de sucesso e majestade do progresso. Todos pareciam acreditar na represa e em seus efeitos.

Perto do cemitério velho de Assuã, há uma antiga pedreira de granito que não é explorada há mais de mil anos. Naquela época, no pedaço da minha infância que passei no Egito, antes que o governo egípcio se desse conta de todo o potencial e importância de seus artefatos, ou antes que desenvolvesse a capacidade de lidar com eles, não era tão incomum assim deparar-se com estátuas antigas expostas na porta das lojas ou uma estela do Antigo Reinado incrustada numa parede. Hakor, então, parecia ter um dom para tropeçar em coisas do gênero. A pedreira ficava a sotavento de um velho celeiro, ainda em uso então, e seus limites eram demarcados por uma cerca toda desalinhada. Era bem pequena pelos padrões atuais, com talvez uns cinqüenta metros de comprimento. Do outro lado, um aglomerado de vacas ossudas cor de manteiga ruminava tufos duros de capim seco do deserto, que crescia entre as saliências de granito.

A Terceira Tradução

Degraus velhíssimos haviam sido talhados na pedra nas laterais do buraco. De manhã cedo, antes que o sol enchesse o poço de luz e calor, o brilho suave das luzes da represa garantia claridade suficiente para divisarmos várias formas grandes lá no fundo. Em meio ao cascalho da pedreira, havia vários pedaços maiores de pedra, obviamente extraídos muitos anos antes. No centro, havia um que se destacava por suas proporções descomunais — um retângulo longo, com pelo menos dois metros de espessura e mais de vinte e cinco de extensão. Algumas pedras grandes, empilhadas junto à base, permitiam que Hakor me içasse até o alto do rochedo; eu o percorria no sentido do comprimento e, à medida que o sol se espreguiçava por entre as montanhas do vale, uma vasta fissura que fendia a pedra ia se tornando visível. A rachadura, que chegava a dez centímetros de espessura em determinados pontos, riscava a rocha quase de uma ponta à outra. Eu me deitava de bruços para explorá-la, enfiando os dedos lá dentro, tentando averiguar a profundidade. Era bem funda.

Muito mais tarde, descobri que aquele era um obelisco inacabado, extraído da pedreira mais de dois mil anos antes por artesãos núbios. Provavelmente, seu objetivo era acompanhar o Obelisco Laterano de Carnac — cujo tamanho, no entanto, superava em muito. Se tivesse sido terminado, atingiria um peso total de mais de mil toneladas, o que teria feito dele a maior escultura de pedra de todos os tempos. A longa fissura que o atravessava surgiu com o processo já adiantado, e não houve outra alternativa senão abandonar a empreitada. Hoje, o local tem portões e banheiros para os turistas. Eu não sabia de nada disso em 1962, quando, ainda garoto, me estatelava de braços e pernas abertos na pedra e enfiava os dedos na fenda que pusera o obelisco a perder. Bem, pelo menos os detalhes eu desconhecia; mas era como se desse para sentir latejando na pedra, em ondas, como um calor, a sensação de antigüidade, aquela rachadura cortando a rocha como um rio. Aquela foi minha primeira experiência de proximidade, de intimidade com um artefato egípcio — uma sensação de que nunca vou me esquecer.

Eu podia passar as manhãs como bem entendesse, até soar a sirene chamando para o almoço, ao meio-dia. Meu pai esperava me ver por perto nesse horário, na grande tenda montada na ribanceira que se erguia sobre o rio e as obras da represa, onde ele comia com os russos. Aqueles homens jovens, de rostos acinzentados, mexiam no meu cabelo e fumavam durante o almoço inteiro, o cigarro numa das mãos e o garfo cheio de cuscuz na outra. Sentávamo-nos em almofadas baixas e achatadas e um criado nos trazia a comida em grandes travessas de madeira, deixando uma pilha de pão árabe frito numa mesinha baixa no meio da roda. Eu me sentava ao lado do meu pai, às vezes revirando os bolsos empoeirados da sua jaqueta de lona atrás de balas de alcaçuz. Lembro-me da sujeira agarrada aos grossos nós dos seus dedos. Ele cheirava a couro com óleo e cebolas, e me mandava fechar a tela contra insetos da porta sempre que alguém chegava atrasado e a deixava aberta.

Acabei convencendo Hakor a conseguir uma espécie de jangada a vela, um "sândalo", para nos levar até a Ilha Elefantina, no meio do rio, que se estende dos Hotéis Cataract, ao norte, até a estrada de Al-Matar. A oeste, fica a Ilha de Kitchener e ao sul, a de Amon. Acredita-se que seu nome se deva a dois rochedos brancos próximos, cujas formas arredondadas teriam lembrado elefantes ao reino ptolemaico tardio que assim a batizou. Antes, era chamada de Kom, homenagem ao principal deus local, Khnum. Foi lá que vi, pela primeira vez, os arqueólogos ingleses, em seus impecáveis trajes cáqui, em ação. Embarcavam todos os dias de manhã na flotilha de barcos a vela que fazia a curta travessia até a ilha, carregados de sacolas de ferramentas e molduras para as marcações a carvão. À noite, voltavam nos barcos carregados de pedras e estátuas quebradas, além de pilhas e mais pilhas de papéis com cópias de estelas e outros escritos.

Os ingleses pareciam ter pressa e estar determinados a salvar o máximo possível — intenção que não era partilhada pelos soviéticos. O maior alvo de atenções, porém, ficava rio acima, na primeira catarata: o Grande Templo de Abu Simbel.

A TERCEIRA TRADUÇÃO

O Grande Templo de Abu Simbel foi erigido em homenagem ao Faraó Ramsés II, embora oficialmente seja dedicado a uma tríade de deuses: Amon-Rá, Ptah e Rá-Harakhte. A fachada, de mais de 35 metros de largura e 30 de altura, é dominada por quatro colossos do faraó, de 20 metros de altura cada. Estes foram danificados, no passado, por um terremoto, que demoliu um deles da cintura para cima. Mercenários gregos do século VI a.C., a caminho de Elefantina, marcaram sua passagem pelo local com grafites nas partes baixas do templo, na altura dos joelhos das figuras sentadas. Esse ponto relativamente remoto foi outrora a sede de um santuário ainda mais antigo ao deus Hórus, que se acredita era o que Ramsés tinha em mente ao ordenar a construção do templo. A família do monarca o acompanha em forma de estátuas, figurando, em proporções muito menores, entre suas pernas. O alto da fachada é coroado por uma fila de babuínos, o animal totêmico de Tot — o deus dos escribas, da escrita e do conhecimento.

A parte mais significativa do templo, pelo menos em termos de engenharia e estrutura, é aquela que é orientada de tal modo que, duas vezes por ano, nos dias 22 de fevereiro e 22 de outubro, a luz do sol nascente penetra por uma abertura frontal e vai bater nos fundos da câmara interna. A chuva de raios luminosos cai diretamente sobre as estátuas de quatro deuses ali sentados: Amon-Rá, Ptah, Rá-Harakhte e Ramsés II.

Nem tudo pôde ser retirado; nem tudo escapou da inundação que a represa impôs ao vale. Os soviéticos demonstraram total ambivalência com relação à salvação de grande parte das antigüidades e sítios históricos, e a postura egípcia não foi muito mais clara. Não havia dinheiro para tanto. A maior parte da pressão pela preservação ou transferência de monumentos e artefatos veio dos europeus, observadores do Museu Britânico e do Louvre, além de um generoso grupo de cavalheiros e arqueólogos britânicos. Entretanto, eles não passavam de um bando de historiadores e acadêmicos esganiçando-se em reuniões e conferências a respeito da necessidade de se preservarem as raízes dessa grandiosa civilização; não possuíam mão-de-obra, dinheiro ou maquinaria para tanto, não tinham como fazer o que precisava ser feito. Sabiam que muito se perderia caso alguma coisa não fosse feita logo, antes que ficasse tudo submerso em 25 metros de água. Os itens mais frágeis, tais como papiros e óstracos, seriam imediatamente obliterados quando as águas se precipitassem. As estruturas maiores e os tabletes de pedra logo se deteriorariam quando as diversas formas de vida de água doce lançassem raízes e se espalhassem por suas superfícies porosas e secas. O Grande Templo de Abu Simbel era a maior dessas estruturas, e um dos mais bem preservados templos egípcios ainda de pé.

Os soviéticos não estavam nem pensando naquilo; tinham coisas piores com que se preocupar — por exemplo, como fariam para retirar noventa mil núbios do vale. O lago que se formaria quando a Represa de Assuã ficasse pronta (a ser batizado de Lago Nasser, em homenagem ao ex-presidente do país) cobriria a terra dos núbios com 169 bilhões de metros cúbicos de água. Para que qualquer providência fosse tomada, seria preciso conseguir a aprovação soviética — e, acima de tudo, os soviéticos teriam de usar seus equipamentos pesados para salvar qualquer coisa da inundação. Ou eles ou o meu pai.

Meu pai e os soviéticos achavam graça da diligente atividade dos ingleses; tanta dedicação parecia-lhes totalmente sem sentido. Afinal, quando a represa fosse erguida, quase tudo ficaria debaixo d'água e seria esquecido — então, para que tudo aquilo? Eu sabia muito bem o que meu pai achava de Assuã e do Egito de maneira geral: basicamente uma cidade de fronteira do Terceiro Mundo, repleta de coisas primitivas e traiçoeiras, comidas estranhas, uma salada cultural, uma cacofonia de idiomas, artes místicas, religiões antigas, práticas nefandas e idéias e concepções esotéricas. Em suma, um lugar atrasado e perigoso, um empecilho para o avanço do progresso.

Por outro lado, parecia-lhe perfeitamente razoável que eu perambulasse com toda a liberdade entre os habitantes de Assuã: as saletas austeras lotadas de severos clérigos muçulmanos, que cacarejavam em tom reprovador, agitando as barbas e espantando-me com as mãos, hindus de turbantes que sorviam seu chá e riam com seus poucos dentes marmóreos, homens santos de religiões ancestrais e sem nome, que pintavam de ocre as palmas das mãos e entoavam seus cânticos do nascer ao pôr-do-sol, peregrinos ascetas e videntes que se reuniam em locais sagrados há muito desaparecidos, que sobreviviam apenas nas lembranças de suas recitações truncadas, uma viela ladeada de açougues, uma esquina empoeirada, um oásis solitário, que recebia um visitante a cada dez anos; seu fervor e dedicação ao desconhecido, ao não cantado, celebrando uma conexão antiga e intimamente pessoal com seu deus ou seus deuses. Tamanho desvelo só encontrava par na natureza esotérica da religião. Era isso que mais me impressionava em garoto: tanta paixão e dedicação. O Egito nunca foi, para mim, um deserto cultural, como era para o meu pai.

Todos os mestiços do Norte da África pareciam encontrar-se em Assuã, em cujos mercados acotovelavam-se para pregar, orar, vender, comprar, mendigar ou roubar. Até os soviéticos, com seus cigarros e seus sorrisos afetados, refestelados sob os toldos dos cafés, as mangas das sujas camisas de trabalho arregaçadas até os cotovelos, rindo dos ingleses engomados que chegavam do deserto com seus carrinhos cheios de artefatos e dispersavam os bandos de vira-latas bravos que vagueavam pelas ruas — até os soviéticos pareciam fazer parte daquele sobrenatural amálgama humano. Em garoto, claro que jamais me ocorreu questionar a segurança daquilo; não podia ser pior que subir, atrás do meu pai, uma hidrelétrica de trezentas toneladas usando andaimes em Lander, Wyoming, sessenta metros acima da linha d'água, à noite, no meio de uma tempestade, para ver os relâmpagos atingirem as bobinas, soltando bolas flamejantes que ricocheteavam nos fios e explodiam de encontro à água, numa fúria branca. Quando garoto, eu não tinha medo de nada. Foi já adulto, na meia-idade, que me vi aterrorizado diante da vida.

Matt Bondurant

Muitos membros da família de Hakor, que era núbio, moravam na região que seria inundada. Foi ele que me contou sobre a retirada em massa, meio à força, da população, as aldeias abandonadas e os moradores amontoados em casas pré-fabricadas ao estilo soviético, nos arredores de Quban e Beit el-Wali. Foi também Hakor quem me mostrou os rola-bostas e me explicou seu comportamento curioso e o lugar que ocupavam na mitologia egípcia. À beira do deserto oriental, a apenas alguns quilômetros de Assuã, começavam as ondulantes dunas de areia que se estendiam até o infinito. *Ninguém consegue cruzar este deserto sozinho*, dizia Hakor. *É impossível.*

Hakor levou apenas alguns minutos para localizar um dos insetos solitários com sua carga, subindo uma duna que devia parecer-lhe uma montanha. O escaravelho passa quase todo o tempo ocupado com o seu trabalho, confeccionando e depois empurrando uma bolota de estrume muito bem calcada até a toca. Para prepará-la, ele junta o material nas pernas, comprimindo-o e, ao mesmo tempo, girando-o sob seu corpo, conferindo-lhe uma forma perfeitamente esférica. O escaravelho sempre empurra a bola com as patas traseiras, andando de costas, a cabeça para baixo, impulsionando-se com as pernas da frente. Não raro aparece outro escaravelho para "ajudar" o primeiro a rolar sua pelota de estrume até a toca. Chegando lá, o visitante espera, simulando estar semimorto, até o escaravelho desaparecer em seu covil recém-escavado; então, tenta evadir-se com a bola. Se flagrado, o gatuno parece "desculpar-se" e volta a comportar-se com docilidade, à espera de uma nova ocasião. *Há sempre um ladrão*, dizia Hakor, *à espreita para roubar sua vida.* Dentro da toca, o escaravelho consome parte da bola e depois cria no estrume um "ninho" em forma de pêra, a fim de abrigar seu ovo. O jovem escaravelho vem ao mundo em meio a um casulo de comida; até conseguir comer o suficiente para sair lá de dentro, já está forte e pronto para repetir o ciclo. Tamanha devoção e diligência seriam recompensadas na vida após a morte. A silenciosa e circunspecta batalha diária do escaravelho estava em perfeito acordo com o conceito egípcio de sucesso nesta vida.

No tempo dos deuses, dizia Hakor, *o mundo era duro.*

Todos os dias a pessoa reza para que o dia seguinte seja como o que passou, para que ela possa rolar seu fardo encosta acima até em casa. É necessária uma suprema diligência para manter a ordem intacta, o que é mais bem apreendido por meio da contemplação silenciosa e da dedicação aos estudos, não de paixões ou manifestações emocionais. Essa concepção dos antigos egípcios é repetida *ad nauseam* nos chamados Textos Instrucionais, que fazem uma minuciosa descrição da maneira correta de se viver, tal como registrada por sucessivos escribas ao longo dos séculos. Todos têm em comum esse mesmo ponto de partida, de que os verdadeiramente silenciosos herdarão a Terra. A Instrução de Amenemope, um escriba do Médio Reinado, explicita-o de forma poética: *O verdadeiramente silencioso, que se mantém à parte / É como a árvore que cresce no prado. Verdeja, duplica seus frutos, / Ergue-se perante o seu senhor. / Seus frutos são doces; sua sombra, deliciosa; / Seu fim chega em meio ao jardim.*

O outro caminho, o desconhecido, o caminho do deserto estéril, este significa a morte, o esvaziamento: *Já o homem afogueado no templo, / Este é como a árvore que cresce dentro de casa; / Seus brotos rebentam por um breve instante, / E ele encontra seu fim no telheiro; / Flutua para longe da sua casa, / O fogo é a sua mortalha.* Quando adulto, sempre honrei esse decreto. Não obstante, não creio que meu destino seja terminar no jardim, qualquer que seja ele.

O sol percorre seu caminho através do reino das trevas, raiando sempre no lugar do vir-a-ser. Todavia, nos tempos de escuridão, a mente vagueia sobre o deserto ermo, vagando como os ventos, em busca da chama cálida que lhe mostre o rosto. Às vezes, o horizonte é todo friu e trevas; às vezes, o sol demo-

ra muito, uma eternidade; às vezes, parece não chegar nunca. É como se a linha de toda a vida humana girasse em silêncio, no escuro. Aqui, junto ao borralho que se extingue, velando o lugar do vir-a-ser, para onde o escaravelho retorna com sua esfera pela areia, as jornadas dos deuses que controlam nossas vidas e destinos e enquanto continuo em minha obediente vigília, sei em meu coração que espero apenas seu rosto despontar.

18: ETERNIDADE

EU ESTAVA SENTADO À ESCRIVANINHA, fechando o tubo para documentos, quando Erin abriu a porta.

Pronto? Conseguiu?

Estava postada com as mãos na cintura, o peso do corpo pendendo mais para uma das pernas, tão jovial e segura.

Eu sabia, regozijou-se ela. Eu disse.

Que horas são?

Você está aqui há umas duas horas.

Veio até a mesa e pôs as mãos nos meus ombros.

Nossa, Walter, seu rosto... não está nada bem. Você devia ver isso aí.

Pode deixar.

Sabíamos que você era bom, mas eu tinha certeza... depois daquela noite, vi que você tinha alguma coisa a mais. É difícil explicar, mas precisávamos de alguém capaz de um olhar mais... espiritual. Foi uma série de detalhes que fizeram de você o melhor candidato, a nossa única esperança. Queria que você entendesse isso.

Em quem mais vocês pensaram?

Agora isso não vem ao caso. Aliás, também queria que você soubesse que eu gostei. Naquela noite, no museu. De tudo. Você foi um doce.

Se eu soubesse atrás do que você realmente estava...

O quê? O que você teria feito?

A verdade é que eu não sabia — como não sei até agora. Mas disse a primeira coisa que me veio à cabeça.

Se arrependimento matasse... foi um erro. Se eu pudesse voltar atrás, não faria nada daquilo.

O sorriso de Erin se ampliou.

Como você mesmo disse, não é uma questão de traduzir ao pé da letra. Às vezes, o rio não lava o coração. A verdade é que você faria tudo de novo.

Tentei voltar àquela noite, superar todo o nevoeiro que baixara sobre os últimos dias e rever o bar, Hanif, o tumulto. Eu tinha mesmo dito aquilo para ela?

Vamos ficar de bem, propôs Erin, estendendo sua mãozinha delicada.

Estendi-lhe a folha de papel que havia usado para escrever as transliterações e uma tradução básica do texto.

Está aqui. Espero que a Ordem da Aurora Dourada não se incomode por eu ter usado a parte de trás de uma das suas escritas automáticas, ou seja lá como for que vocês chamam isso.

Erin corou lindamente, tal qual a aurora de dedos rosados.

Walter, você por acaso tem alguma idéia do que é a Ordem da Aurora Dourada? Nunca debochei do seu trabalho com egiptologia. Isso é o que *eu* faço. É um dom que eu tenho, exatamente como você.

Do que está falando? Você me roubou, roubou o museu. Eu tentei lhe dizer uma coisa importante... você acha que só porque escreve essa besteirada quando está cheia de drogas na cabeça nós dois temos alguma coisa em comum? Não compare isso aí com o que eu faço.

Ela me olhou de soslaio, com um sorriso meio retorcido.

Está aí uma coisa que talvez nem o senhor consiga decifrar, hein, Dr. Rothschild?

E riu, pegando o papel e segurando-o contra a luz.

Existe *uma* diferença entre nós: o que *eu* faço vem de dentro, de uma conexão interior, pura, direta. Para essa linguagem, não existe alfabeto nem chave. O transcendente é a única ponte de verdade para outros mundos, inclusive o do passado.

Mas isso aí não é uma linguagem, retruquei, apontando os símbolos no papel. Olhe, isto até parece um logograma da série de marcas que vem em seguida, um prenome qualquer, mas com estes rabiscos aqui — não dá para sair rabiscando qualquer coisa por aí e dizer que é um idioma. O que o Oldcastle pensa que está fazendo? Essa coisa toda de Amon e Aton. O cara é doido. Ele quer o quê, execrar Amon? Modificar ou destruir suas representações para condená-lo à danação eterna? Não é assim que funciona. Aquenaton era um maluco, aquela campanha contra Amon foi mais um surto megalomaníaco que qualquer outra coisa.

As pupilas da Erin estavam dilatadas e pulsavam como as asas de um inseto à luz fraca.

Preciso ir embora, continuei. Tenho de voltar para Londres.

Arthur está à nossa espera. Depois você pode ir.

Aquele velho maluco está achando que é Aquenaton. As formas femininas do seu corpo — o que foi que ele fez? As injeções são para isso? É um tratamento hormonal qualquer? Essa história toda de Amon-Aton, a conversão forçada do politeísmo em monoteísmo, o que é que ele quer com isso? E você, quer o quê? Qual é o sentido disso tudo?

Você sabe muito bem, Walter. Queremos o mesmo que você.

O mesmo que eu o quê?

Ora, Walter... algo a mais. Além da tradução, você mesmo me disse. Nós aqui estamos dando o verdadeiro pulo do gato, pondo à prova os verdadeiros limites da transferência do tempo, de como a

História caminha. Aquilo que você sonha em fazer. Achei que fosse entender, achei até que pudesse se juntar a nós.

E para o seu *pulo* vocês precisam roubar coisas, se fantasiar e se entupir de drogas? Você roubou o museu! Me roubou!

Nunca precisei de nada disso antes, Walter, ela replicou, aproximando o rosto do meu. Nunca houve necessidade nenhuma disso. Vamos, você vai ver o que estou querendo dizer.

Ao voltarmos para o estúdio de Oldcastle, o *krishna* árabe não estava. O Gigante estava muito ocupado roendo os ossos de mais uma tigela de frango *tandoori*. Penélope parecia enfastiada, sentada de pernas cruzadas no divã, o queixo apoiado numa das mãos, a outra segurando uma xícara de chá, com ar de quem estava cansada da nossa pequena aventura. Oldcastle continuava medindo a distância entre seus pés no chão. Quando Erin fechou a porta atrás de nós, ele ergueu os olhos — estavam marejados de lágrimas. Seu rosto tinha um tom escuro de vermelho, quase púrpura. Estendi-lhe a folha de papel; Oldcastle fez um movimento com o dedo e o Gigante largou a tigela e veio na minha direção.

Espere, falei, dando um passo para trás, o senhor tem de me prometer uma coisa. Preciso levar o papiro de volta.

Mas por que, murmurou o velho, o senhor ia querer tal coisa?

Eu o traduzi e vou lhe dar a tradução. Mas preciso do original. Ele pertence ao Museu Britânico! Não é meu!

Com dois passos rápidos, o Gigante me agarrou pelo pescoço outra vez. Tentei manter o papel fora do seu alcance, esticando o braço para o outro lado, mas ele o agarrou sem dificuldade e ainda me deu um leve apertão na garganta, quase esmagando meu pomo-de-adão e me enchendo os olhos d'água. Depois, tirou o tubo de documentos do meu pescoço, passou-o pela sua cabeçorra e entregou o papel para

Oldcastle, que pegou um par de óculos de leitura no bolso do colete e, com a mão trêmula, levou a folha até o foco do abajur da mesa. O Gigante afrouxou o torniquete e me deu uns tapinhas nas costas, acenando com ar tranqüilizador.

Passado um momento, Oldcastle limpou a garganta.

Se estou entendendo bem, Dr. Rothschild, o senhor está me dizendo que não se trata, na verdade, de um Cântico de Amon. Ou pelo menos *para* Amon. Está correto?

Confirmei com a cabeça.

Aliás, prosseguiu, o que o senhor está me dizendo é que se trata de algo inteiramente diverso. Levou a mão à têmpora e massageou-a de leve.

E os hieróglifos, ahn, figurativos, usados aqui?

Nada muito fora do comum, repliquei.

O rosto de Oldcastle já estava quase magenta. Ele largou o papel sobre a mesa.

É uma péssima notícia.

Esperem!, interveio Penélope, erguendo-se de supetão. E se fizermos uma troca?, sugeriu, agarrando-me pela manga da camisa e puxando-me para junto de si.

Uma troca?, inquiriu o velho, a cabeça pendendo para a frente. Mas *que* troca, minha cara menina, vocês teriam para nos propor?

Ah, uma coisa que você quer. Uma coisa que pegamos com a Joannie... em Cambridge.

O Gigante parou de mastigar. Oldcastle girou o corpo inteiro para encará-lo; ele levantou um pouco os ombros e deu um sorriso amarelo.

Ih... disse, com a boca cheia de *tandoori*.

Oldcastle voltou-se para nós e fitou Penélope, os olhos quase saltando das órbitas.

Sua putinha de merda, disse, num tom de voz imperturbável.

Vá se foder, rebateu Penélope. Entregue o documento para nós e eu conto onde o bagulho está.

Oldcastle permaneceu imóvel, sem despregar os olhos arregalados dela. O silêncio imperou por alguns instantes. Então, ele pareceu relaxar, embora as mãos continuassem crispadas.

Não importa. Não é uma perda significativa.

Voltou-se para Erin, que parecia fuzilar Penélope com um olhar assassino.

Não teremos para a sessão de hoje, minha cara, e pela manhã você precisará correr à cidade para trazer-nos um novo pacote. Os espíritos terão de esperar.

Que espíritos?, indaguei. O senhor está falando de Aton? Ou, quem sabe, de Amon?

O rosto de Oldcastle foi transpassado pela fúria. Ensaiou dar mais um passo na nossa direção, mas estacou de repente, os joelhos vergados, despencando como uma velha cadeira dobrável em três partes — joelhos, cintura, ombros —, desmontando com estrépito numa pilha sobre o tapete. Erin soltou um grito e acorreu, levantando a sua cabeça do chão. Penélope começou a recuar na direção da porta, e eu a segui. O Gigante ergueu uma das sobrancelhas desgrenhadas para mim e sacudiu a cabeça.

Não saia, disse Erin, aconchegando a cabeça de Oldcastle nos braços. Não saia, Walter.

O velho fez um gesto leve com a mão, falando para o teto:

Não... não faz diferença. Ele não pode sair. Isso é a eternidade. Esta sala. *Toda* sala, todo espaço fechado é a eternidade.

Girou a cabeça na minha direção. Suas pupilas enchiam-lhe os olhos, agora negros e reluzentes.

O senhor, mais que ninguém, Dr. Rothschild, deveria saber. Isso deveria estar mais do que claro para *o senhor.*

Continuamos indo para a porta.

É um princípio simples, ele prosseguiu, uma questão de relatividade. A inversão das proporções. A divisão dos mundos ao meio. Falta metade da distância até a porta. Aí, falta metade dela. E metade desta.

E metade. E assim por diante. A pessoa nunca chega à porta. O que resta é o infinito nu e cru. O mundo do tempo e do espaço, a ilusão de liberdade — a eternidade está por toda parte. O senhor nunca conseguirá sair. Ela nos acompanha a cada momento.

Penélope abriu a porta para eu passar. Erin olhava para mim com verdadeira tristeza, parecia pedir por socorro. Não acreditei nela, nem em nada daquilo; no entanto, alguma coisa me segurava ali, naquela sala. Fiquei paralisado, a apenas alguns passos da porta. Não pude evitar. Estava dividindo a distância ao meio, infinitas metades; a metade da distância até o outro lado da porta, até Londres, até a minha vida. A distância esticou-se como os vastos areais dos desertos ocidentais, como as infindáveis buscas dos reis antigos, a linhagem real que passava toda a eternidade tentando unir os dois reinos — como devia parecer ampla e vasta a sua tarefa. Como podia haver tanto espaço, tanto tempo dividindo tudo? Eu não fazia a menor idéia de como sair dali. Foi aí que uma mãozinha branca me pegou pela gola do casaco e me puxou para a porta.

19: O WEDJAT

O SOL JÁ TINHA SURGIDO E O CÉU clareava quando eu e Penélope começamos a descer os jardins de Oldcastle, em meio a uma névoa que molhava as sebes e o obelisco inclinado. Na metade do caminho, ouvimos o som áspero de uma janela se abrindo. Oldcastle, o rosto inchado e distorcido, debruçou-se para fora de uma janela do segundo andar, sobre o grande disco solar de Aton. Fios de saliva corriam-lhe pelo queixo e agitavam-se ao vento.

Mandem os meus cumprimentos, gritou com voz grossa, *para Mick Wheelhouse! Aquele babaca! Ele será o próximo! Vou acabar com a raça dele de uma tacada só!*

Então, um par de mãos veio por trás dele e puxou-o, pelos ombros e pela cintura, para trás. Suas garras ossudas ainda resistiram, segurando-se ao peitoril. Seguimos em frente.

Na encosta gramada pela qual o caminho descia até o bosque e o rio, um grupo deslocava-se em movimentos lentos no meio do nevoeiro. Alguns usavam os longos mantos claros e o topete *krishna*. Os demais, corpulentos, eram os lutadores profissionais americanos — o Barman, o Incitador e o Anjo, este metido numa malha branca com um diminuto par de asas acetinadas brotando de suas costas largas. Todos levavam nas mãos uma espécie de bastão. Havia uma mesa redonda, coberta por uma toalha branca e servida com um aparelho de chá completo, jarras e xícaras de prata e pratos com sanduichinhos e bolos. O grupo não deu mostras de perceber nossa presença; pelo contrário, olhavam absortos para o chão.

Parecia uma partida de croqué. O Barman estava ajeitando uma bola com o pé, enquanto os *hare krishnas* apoiavam-se, com ar preocupado, em seus tacos em forma de malho. Penélope, sem hesitar, foi passando por entre os jogadores, rumo à brecha entre as árvores por onde se chegava ao rio. Ao abrirmos caminho entre os aros de metal na grama molhada, lutadores e *krishnas* ergueram os olhos do jogo, sem o menor indício de alarme ou surpresa no rosto. Então, o Barman levou o taco para trás, erguendo-o muito acima da cabeça, e, com um grunhido, golpeou a bola azul — que cruzou o campo aos pulos, desceu um declive e foi cair num poço a cerca de cinqüenta metros dali. Os outros tiraram os olhos de nós para acompanhar a trajetória da bola, e um dos *krishnas* ergueu as mãos para o céu.

Porra, pra que você fez isso, cacete?

Passamos pelo grupo e seguimos para o bosque. Eles desapareceram na neblina atrás de nós, mas, até chegarmos ao rio, ainda se ouviam seus murmúrios, seguidos das batidas dos bastões nas bolas. Penélope pulou do píer para a balsa e jogou nos ombros um cobertor que encontrou na proa. Passei para o barco e equilibrei-me com dificuldade, vacilante, agarrando-me às laterais com as duas mãos.

Tudo bem?, perguntei.

Ela assentiu com a cabeça. Peguei a vara no fundo do barco e deixamos a corrente nos levar, morosa e silenciosamente, rio abaixo, eu usando a vara para nos afastar das margens. Os ombros de Penélope tremiam.

Sinto muito, Walter. Sinto muito mesmo.

Tudo bem. Vai ficar tudo bem.

De vez em quando, eu olhava para trás, para o rio que se desfraldava às nossas costas como uma serpente delgada no meio da mata. Ainda temia que mais alguma coisa nos acontecesse.

Passados alguns minutos, quando já estávamos bem longe das vistas do cais de Oldcastle, larguei a vara e sentei-me. Enfiei a mão debaixo da camisa e peguei o papiro de Amon, que eu havia metido no cós da calça. Estava a ponto de se despedaçar, com longos rasgões na trama do papel e vários pedaços pendurados por um fio. A parte de baixo estava molhada com o meu suor, mas a tinta, selada por três milênios de clima árido, continuava intacta e legível. Penélope ainda estava sentada na proa, enrolada no cobertor, quando o barco começou a rodopiar e sacolejar na correnteza vagarosa. Uma brisa sacudia as poucas árvores que se debruçavam sobre as nossas cabeças, provocando uma chuva de gotinhas sobre o rio. Estendi o papiro nas mãos.

Penélope, olhe aqui. *Olhe*.

Ela soltou o cobertor e virou-se no banco. Seus lábios estavam azulados, e duas olheiras fundas marcavam-lhe o rosto. O efeito da droga estava se dissipando — e rápido. Em mim também — sendo substituído por uma aguda e dolorosa clareza de consciência. Penélope inclinou a cabeça para olhar o pedaço úmido e rasgado de papiro que eu lhe mostrava. Demorou um pouco para entender; então, abriu um largo sorriso.

Walter, você me surpreende.

Bom, era o mínimo que eu podia fazer. Você me salvou. *Nos* salvou.

Apontando para o papiro, ela indagou:

Ainda... dá para ler?

Dá. Quase todo.

E o que diz?

Olhe, na verdade, eu não sei bem. De fato, não é o Cântico de Amon — pelo menos não diretamente. É mais... uma espécie de carta.

Então você falou a verdade para o Oldcastle?

Não toda. Foi mais uma meia-verdade. Parece um peã a Amon, mas disfarçado com truques ortográficos para enganar alguém. Talvez os portadores da carta; sacerdotes, talvez. De todo jeito, é uma farsa: parece um hino ou cântico de louvor tradicional, mas, na realidade, é uma carta pessoal. Ou talvez seja as duas coisas ao mesmo tempo. Esse é o problema desse tipo de interpretação — mas também é exatamente o que torna documentos assim tão raros. Pouquíssimas cartas pessoais chegaram até nós, principalmente por causa da fragilidade do papiro. Noventa e cinco por cento do que se grava em pedra é de conteúdo religioso, ligado a ritos funerários ou cultos. E é quase certo que somente cerca de um por cento da população sabia ler e escrever. Por outro lado, sabe-se que as pessoas trocavam correspondência, e pode ser que haja algumas cartas por aí. Esta aqui é particularmente interessante, sob esse aspecto. Nem sei se o museu tem conhecimento disso.

A balsa ia esbarrando nas margens lamacentas. O sol já estava alto e começava a evaporar a neblina do rio, embora eu continuasse molhado e tremesse dentro do casaco. Penélope estava de frente para mim, o cobertor enrolado na cintura.

Então, o que diz aí? Qual é a *história*?

Fiquei observando sua expressão enquanto eu lhe contava de um mercador de Assuã, ao que tudo indicava um homem nobre e próspero, que, um dia, estando muito longe de casa, havia escrito para a família. A carta atravessara de caravana o vasto ermo do deserto ocidental, partindo do minúsculo oásis de Kurkur, onde ele estava negociando especiarias e prata com tribos núbias, num solitário ponto da fronteira — nas bordas do império, à beira do nada, da eternidade. Expliquei à Penélope como aquele homem tentava expressar, por meio da estrutura aparentemente afetada dos hieróglifos formais, algo que levasse alegria, surpresa e honra à sua casa, como ele dedicara seu tempo e atenção à construção de uma linguagem tão elegante — numa analogia moderna, seria como se alguém pintasse e enviasse para a família uma série de quadros minuciosos que manifestassem toda a sua saudade e afeição. Contei como ele descrevia a região do deserto onde estava conduzindo seus negócios — aos quais resolveu se dedicar para realizar aquilo que de mais importante havia em sua vida. Descrevi sua surpresa ao ver-se assim, tão longe de casa, e disse que ele não sabia como chegara até ali, nem como faria para regressar. Bem, ele voltaria para casa, mas jamais recuperaria aquele tempo, nunca teria como reaver ou reviver o período da separação, o que lhe deixava o coração pesado de tristeza.

Na verdade, o texto era mais complexo — sempre é —, mas, mesmo assim, enquanto eu falava isso tudo e olhava Penélope, pensava naquela espiral que se atira no espaço, a cadeia de acontecimentos reverberantes, tudo aquilo que está ligado a todos os momentos da vida que têm grande carga emocional, as coisas mais simples, e senti que essa espiral voltava a pousar no solo, delicadamente, mais uma vez. E me peguei desejando que pudéssemos descer aquele riozinho, aquele riacho lamacento, sozinhos, com frio, tremendo, que pudéssemos descer aquele rio até o fim.

Então, o papiro não vai ajudar você com a Estela, vai?

Não sei ainda. Quer dizer, indiretamente, tem a ver com Amon, mas ainda não entendi direito como. É alguma coisa no determinativo, na categoria de significado. O aspecto figurativo do símbolo de Amon, para quem a carta é endereçada, tem alguma coisa estranha. Nunca tinha visto nada parecido. Pelo menos não *assim*. É difícil de explicar.

Ficamos nos olhando enquanto a balsa sacolejava rio abaixo, até encalhar numa das margens.

Bom, disse Penélope, por fim, e ainda tem essa dinheirama que o Oldcastle nos deu. Deve ter uns dez mil paus aqui.

Pode ficar.

Nem pense nisso. Ele pagou pelo seu tempo, não pelo meu. Eu estava só acompanhando você.

Então, fique com o dinheiro por enquanto, pelo menos.

Será que eles vêm atrás da gente?

Sei lá. Quem sabe?

Depois de um momento, Penélope levantou, espreguiçou seu corpo magro feito um gato no sol, e pegou a vara.

Melhor irmos logo. Tente não deixar ele se esfarelar até chegarmos lá.

Agachei-me no meu lugar, segurando o documento com o braço trêmulo estendido. Penélope nos afastou da margem e impeliu a balsa para a corrente que nos carregaria rio abaixo, a água gorgolejando sombria aos meus pés.

Chegamos a Cambridge no final da manhã. Aportamos na altura da ponte da Silver Street e amarramos a balsa às demais, ignorando os olhares atônitos dos estudantes que negociavam passeios pelo Cam com os turistas. Estávamos ambos ensopados e salpicados de lama, e eu continuava com os resquícios do papiro de Amon nas mãos estendidas — devia estar o próprio Frankenstein desgrenhado, lendo seu jornal matinal.

Era quatro de novembro, uma terça-feira. As ruas estavam lotadas de universitários e comerciantes locais preparando-se para as comemorações do Dia de Guy Fawkes*, no dia seguinte, e nos bares já era intenso o movimento dos que haviam começado a festejar mais cedo. Atravessamos a cidade feito dois zumbis. Depois de alguns minutos de caminhada pela King's Parade, os dois, desnorteados pela falta de sono e ofuscados pelo sol forte, resolvemos ir para a casa do Dr. Hardy, em Grantchester, para evitar que nos seguissem até Londres — se bem que o mais provável é que essa decisão tenha sido motivada pelo cansaço, o atordoamento ou qualquer outra coisa.

---

*Dia 5 de novembro, em que se comemora, na Grã-Bretanha, o fracasso da tentativa de golpe realizada por Guy Fawkes, em 1605, em retaliação pela crescente repressão dos católicos romanos na Inglaterra. (*N. da T.*)

A Terceira Tradução

Penélope esperou, oscilando um pouco, observando as nuvens que se acumulavam sobre as torres cinzentas do St. Catherine's College, enquanto eu fazia sinal para um minitáxi. Fiquei olhando para ela; não conseguia despregar os olhos do seu rostinho amassado e sério. Tanta generosidade, tanta gentileza, e por quê? Dentro do carro, Penélope imediatamente cerrou as pálpebras e recostou-se na janela, enquanto eu revirava os bolsos em busca do endereço de Hardy.

Enquanto percorríamos as elevações e pastos dos campos nos arredores de Cambridge, ela deu um cochilo, as feições serenas, a cabeça batendo contra a janela do táxi. Mudei de posição no revestimento plástico do banco e senti o frio pegajoso e cortante das minhas roupas molhadas. Pelo espelho retrovisor, dava para eu ver metade do meu rosto — a metade que estava intacta, mas nem esta estava nos seus melhores dias. Subimos uma ladeira estreita, espremida entre sebes altas que se erguiam dos dois lados, parando várias vezes para recuar para dar passagem para Range Rovers tripulados por um pessoal vestido com roupas de losangos e *pied-de-poule*. Nosso motorista não demonstrava a menor consideração pelas curvas fechadas e corria pela estradinha de cascalho tirando um fino atrás do outro das sebes, acelerando até o motor gritar e fazendo movimentos bruscos que despertavam Penélope o tempo todo. Ela não desgrudava a cabeça da janela, os olhos semicerrados, o rosto pálido ainda meio sujo de lama. O papiro de Amon estava aberto no meu colo.

A entrada da casa de Hardy ficava escondida sob um amplo caramanchão instalado no fundo de um pátio ensolarado, atapetado de seixos brancos, com um velho Rambler estacionado junto a uma cerca baixa. Já era tarde quando abrimos o portão e galgamos o caminho de pedras, semi-encoberto pela neblina. Um dossel de olmos encobria o telhado de sapê do chalé e seu pátio espaçoso, delimitado por uma mureta estreita de pedras empilhadas. Ninguém veio abrir quando batemos, mas, como ouvimos o som de música lá dentro, resolvemos dar a volta na casa. Nos fundos havia um amplo jardim, ladeado pelo muro de pedra e dando para um campo que descrevia um aclive suave até encontrar um arvoredo — à beira do qual avistava-se outra cabana de madeira, paredes caiadas e telhado de sapê. De um lado e de outro da casa, passando o muro, o caimento do terreno era mais íngreme; Cambridge não passava de um borrão indistinto nas colinas enevoadas, a uma distância indeterminada.

Encontramos Hardy ajoelhado no meio das plantas secas do jardim, revolvendo a terra com uma colher de pedreiro — muito embora fosse novembro e não houvesse nenhum ser vivo no jardim, muito menos ervas daninhas. Estava metido num velho impermeável bege, com um chapéu de explorador na cabeça — resquício dos seus tempos de desbravador das sendas da História no Norte da África, longe ainda do velho pretensioso em que se transformara e que passava os dias capinando seu jardim, num vilarejo decadente da região de Cambridge, resmungando as mesmas idéias e traduções, produzindo ensaios embolorados que ninguém mais se dava ao trabalho de ler. Era eu, provavelmente, dali a vinte anos. Se tivesse sorte.

Hardy levantou-se, limpando as mãos nos fundilhos e tirando o chapéu.

Ah! Dr. Rothschild! Olá! E esta é a sua amiga, Srta. Otter? Penélope? Sim! Encantado! Meu bom Deus, vocês estão imundos!

Cumprimentou-nos com um aperto de mão firme e caloroso. Aparentava uma saúde de ferro, as bochechas coradas e a pele rosada de frio. Deu o braço para Penélope e entramos.

O chá ficará pronto num instante; creio que lhes fará bem. Então, divertiram-se em Cambridge? Encontraram o que estavam procurando?

Estendi as mãos com o papiro ensopado.

Ora, ora, vejam só, o que o senhor tem aí, Dr. Rothschild? Algo para seu trabalho na Estela de Paser, suponho. Uma peça secundária? Como foi que vocês ficaram tão sujos? Envolveram-se em alguma contenda?

Subimos até a porta dos fundos do chalé, por um caminho largo de seixos espalhados pela grama luxuriante.

Evidentemente, observou Hardy, transportar o papiro desta maneira não me parece o método mais adequado para manter sua integridade. E por Deus, homem, o que houve com seu rosto?

Penélope jogou a cabeça para trás, dando uma gargalhada para o céu encarneirado, enquanto Hardy nos conduzia pelos fundos até a sua sala, que recendia a madeira queimada, canela e tabaco para cachimbo. O velho trocou o disco no seu fonógrafo, uma serenata de cordas qualquer, correu para a cozinha e voltou com uma fornada de pãezinhos frescos com creme e algumas xícaras de chá preto fumegante com leite e açúcar. Penélope e eu nos atiramos às guloseimas feito lobos famintos, enquanto Hardy enfiava o Cântico de Amon num envelope plástico, abria-o sobre a mesa da cozinha e chilreava sobre os determinativos óbvios, pegava diversos manuais de referência e começava a salientar pontos mais significativos etc. Eu estava muito ocupado enfiando o pão doce, crocante e quentinho, acompanhado de xícaras de chá quente, goela abaixo. Penélope parecia encontrar-se no mesmo estado de espírito, mas pelo menos escutava por educação. Ele me dirigiu diversas perguntas que ignorei solenemente, limitando-me a balançar a cabeça, servir-me de mais um pãozinho e voltar a encher a xícara. Penélope estava espalhando o creme com uma grande faca de manteiga, esculpindo montes claros e escuros nos pães. Hardy, por fim, pareceu cair em si e deixou-nos pelo menos comer um pouco. Ficou observando Penélope com a faca, cofiando o queixo. Apontou para o Cântico de Amon.

Sabe, Penélope, quando este documento foi escrito, você não poderia usar essa faca.

Ela parou com a faca no ar.

Bem, explicou ele, os olhinhos enrugados brilhando de prazer pela pérola que ia contar, as mulheres no Antigo Egito eram proibidas de fazer uso de qualquer tipo de cutelaria. Demasiado perigoso, creio eu.

Penélope fitou-o. Perigoso para quem?

Arrá!, riu Hardy. Boa pergunta, minha cara, excelente pergunta! Antes, porém, que você ache que os egípcios não passavam de uma raça de chauvinistas, devo lhe dizer que era justamente o contrário. As mulheres também eram proibidas de lavar roupa!

Os crocodilos, gorgolejei, a boca cheia de pão.

Sim, de fato, Dr. Rothschild. Havia o perigo dos crocodilos do Nilo, onde naturalmente as roupas seriam lavadas, mas não obstante, ahn, era uma sociedade bastante igualitária. Os registros mais antigos...

Se é assim, interrompeu Penélope, por que as mulheres não podiam escrever?

Não, bem, sim, ele se engasgou, tinha isso, mas...

Não pude conter uma risadinha ao ver Hardy gaguejando.

Estou entendendo o que o senhor quer dizer, Dr. Hardy, Penélope apressou-se em replicar, dando-lhe umas palmadinhas nas costas da mão. Estou brincando com o senhor. Tenho certeza de que os egípcios antigos eram tão encantadores e cavalheiros quanto o senhor.

Hardy se recuperou, lançando-lhe um sorriso exultante, e logo voltou a tagarelar, indo até a estante e folheando outro dos seus calhamaços empoeirados. Desliguei-me de novo e olhei pela janela que dava para o jardim. O sol já estava baixando atrás do arvoredo no topo da colina. Pedi para Penélope ligar do celular para o hotel de Zenobia. Ela não estava, é claro, mas deixei recado explicando que tinha havido alguns imprevistos e que eu estaria de volta a Londres no dia seguinte pela manhã.

Quando voltei para dentro, Hardy estava com o Cântico de Amon aberto na mesa à sua frente e parecia traduzi-lo foneticamente para Penélope.

Espero que não se importe, desculpou-se, corando. Pensei que...

Fui eu que pedi, volveu Penélope. Queria saber como era a sonoridade do texto.

E fez um trejeito com a boca, os olhos faiscando, antes de voltar-se para o papiro a fim de seguir o dedo de Hardy, que entoava as transliterações básicas.

Eu ia dizer que, na verdade, fazemos muito pouca idéia de como eram os sons do idioma, de como os egípcios o pronunciavam; nossas estimativas são as mais vagas possíveis. As adaptações e evoluções fonéticas e lingüísticas são caprichosas; já é difícil determiná-las para um período de algumas centenas de anos, que dirá de quatro milênios, como qualquer lingüista pode confirmar. Mas Penélope parecia estar gostando da entonação afetada e canhestra de Hardy.

A música parou, o disco chegou ao fim e Hardy fez uma pausa para trocá-lo. O breve silêncio que se fez trouxe-nos o canto das avezinhas noturnas do quintal, e a luz dourada do entardecer veio brincar sobre a mesa da cozinha, pousando sobre o papiro e os papéis de Hardy. Penélope estava me olhando de um jeito estranho. Acho que eu estava pegando no sono, talvez tenha até cochilado sentado; estava tudo ficando meio indistinto e remoto. Hardy colocou outro disco, um piano leve e melodioso.

Eu gostaria de saber o que o senhor acha deste agrupamento hieroglífico particularmente curioso usado para designar "Amon". É bastante incomum.

Sim, retorqui. Eu reparei.

Bem, volveu ele, tomando ar, se eu fosse arriscar um palpite, parece-me uma combinação figurativa.

Sim. E?

Certo. E parece associada a uma representação silábica básica, pelo menos num primeiro momento, mas então vem este trecho com o sol, estas marcas estranhas e esta colina baixa, que creio ser o horizonte — o lugar do vir-a-ser, possivelmente.

Aproximei-me da mesa e examinei as ligaduras. Era verdade, havia um foco interessante na representação simbólica do horizonte. *O lugar do vir-a-ser.* O sol desenhado no mesmo estilo do friso instrucional da Estela de Paser. A conotação do que não é visto no texto, essa parte da criptografia fica clara. Será que estava indicando um "lugar" figurativo qualquer, onde o sentido seria esclarecido? Ou onde alguma coisa despontaria? Pensei no horizonte de eventos de Alan Henry, a fronteira do espaço-tempo onde se dão as viagens no tempo.

No que o senhor está pensando?, perguntei.

Ele segurava o queixo com sua mão pintalgada. Franziu a testa, formando rugas grossas e retorcidas.

Estava pensando no próprio Amon, na palavra "Amon". "O não-visto", ou "aquele que não é visto" — o que teria implicações interessantes para o aparente aspecto, ahn, *secular* do hino.

De fato, parece uma carta pessoal.

O que é extraordinário. Correto — então, por que usar Amon desta forma: para produzir tal metáfora do não-visto, ou apenas para encobrir o verdadeiro conteúdo da missiva?

Boa pergunta.

O velho era mais afiado do que eu imaginava.

Bem, ele sorriu, creio que essa é a sua especialidade, não é, Dr. Rothschild? É por isso que o chamaram para o museu, certo?

Acho que sim.

E há ainda a questão da paleografia, também muito interessante. Creio ser possível determinar diversas peculiaridades do autor.

Sim, concordei: um mercador, claramente educado até certo ponto como escriba, muito inteligente.

E, completou Hardy, claramente teve contato também com... outros textos poéticos figurativos? Deve ter lido os clássicos — *O conto de Sinuhe, O conto da corte do Rei Quéops*, talvez mesmo as *Instruções de Any*?

Possivelmente.

E que mão delicada... Vejam aqui, como ele consegue trabalhar a musculatura da perna do boi, os traços leves das penas do íbis e da coruja. Notável, para um papiro. Uma obra simplesmente *brilhante* — o que torna tão estranhos... o conteúdo e o modo como aparentemente se dá sua construção. O senhor não acha?

Concordo.

Existe, então, perguntou Penélope, alguma relação com a Estela de Paser?

Sim, redargüiu Hardy, *essa* é a questão. Sem dúvida, por si só, já se trata de uma obra admirável. Comunicações pessoais deste gênero, sobretudo em papiro, são extremamente raras. Um conhecido meu, Dr. Obbink, curador de papirologia do Ashmolean, em Oxford, talvez tenha algumas outras idéias...

Não, eu disse, não será necessário, obrigado.

Bem, o Dr. Obbink possui um banco de dados computadorizado que ...

Não é preciso, não se preocupe. Por favor, não procure ninguém. Aliás, eu agradeceria muito se o senhor não dissesse a ninguém que estivemos aqui. Que sequer esteve conosco. Seria possível?

A papada de Hardy estremeceu e seu olhar percorreu a sala como se ele tivesse ficado perdido por um momento, como se tivesse esquecido onde estava.

Está bem.

Penélope deu um sorriso fraco e tomou uma das mãos nodosas do velho nas suas.

Claro, reiterou Hardy. Certo. Sem dúvida.

Permanecemos por alguns instantes num silêncio desconfortável. O crepitar do fogo compunha uma harmonia dissonante com as notas suaves do piano no toca-discos. Perguntei ao nosso anfitrião se haveria problema em pernoitarmos ali.

Claro que não, problema algum, claro! Eu insisto. Vocês dois parecem arrasados. Ainda está cedo, mas eu mesmo não costumo dormir tarde. Creio que vocês gostariam também de uma muda de roupas secas, não?

Bom, Penélope ensaiou, não queremos incomodar e...

Bobagem! Eu insisto. A Sra. Hardy tem um armário cheio de coisas, todas secas e limpas, embora naturalmente fiquem um tanto ou quanto grandes em você, minha cara, uma vez que a Sra. Hardy é um pouco mais, como dizer, *robusta* que você! Ainda assim, deixem-me mostrar o que temos para que vocês possam escolher o que quiserem. Na casa de hóspedes vocês terão um chuveiro, roupa de cama limpa e tudo o mais de que possam precisar. Mantenho o fogão a lenha sempre abastecido de madeira seca, para casos como este.

É mesmo, indagou Penélope, para casos como este? O senhor recebe com freqüência hóspedes que aparecem no fim do dia, imundos e semi-adormecidos? Que vida interessante o senhor deve levar, Dr. Hardy.

Ah, sim, sem dúvida, sem dúvida.

A Sra. Hardy está? Talvez ela possa me ajudar.

Hardy remexeu nos papéis e limpou a garganta, esboçando um sorriso.

Receio que a Sra. Hardy já não esteja mais entre nós.

Diante da expressão consternada de Penélope, acenou a mão.

Não, minha cara, não há problema. Ela faleceu há vários anos, está tudo bem.

E olhou os papéis que tinha nas mãos, parecendo procurar algo para falar. Durante alguns momentos, optamos todos pela excelente tendência inglesa a simplesmente não dizer nada. A música no toca-discos era baixa e doce.

Às vezes, falou Hardy por fim, às vezes eu me esqueço. Apontou na direção do quarto. Continuo guardando suas coisas. Não sei ao certo por que, de fato, mas está tudo lá. Sim, já se passaram oito anos. Eu estava em Gizé na época; para uma nova exibição na Grande Pirâmide de Quéops, lembra-se dessa, Dr. Rothschild? Sim, recebi um telefonema na minha última noite lá. Havíamos acabado de concluir as cerimônias de encerramento. Um lindo evento, de fato, belíssimo, os holofotes acesos banhando as pirâmides, estudiosos de todo o mundo reunidos. A Sra. Hardy sofreu um... um ataque, bem ali, no jardim dos fundos. Estava cuidando das suas peônias. Quando cheguei em casa, ela já nos deixara. Como o Dr. Rothschild bem sabe, sem marcar com antecedência é praticamente impossível sair da África e voltar à Europa em menos de

24 horas. Eu... eu... não devia ter viajado. Ela... nós dois já não éramos mais jovens e...

Ficamos em silêncio por alguns momentos, os três assistindo à luz que caía sobre as árvores e o jardim.

Hardy suspirou e ficou de pé.

Bem, vamos ver roupas secas para vocês dois. Dr. Rothschild, creio que possuo um dispositivo adequado para o transporte desse papiro. Pelo menos para o senhor levá-lo de volta para o museu.

Desculpe, pediu Penélope, por não termos telefonado nem aparecido ontem à noite.

Não é problema nenhum. Venham, vamos pegar alguma coisa seca para a senhorita. Vocês devem estar *exaustos*. Vou lhes mostrar onde encontrar tudo no chalé e acender o fogo para vocês.

Muito embora eu tivesse bebido quase dois litros de chá, o sono insistia em me dominar. Eu tinha a nítida impressão de que estava prestes a capotar a qualquer momento; era aquela sonolência capaz de subitamente fazer qualquer coisa ou lugar — o chão, um canteiro de flores, a calçada, a lixeira — parecer um local perfeitamente aceitável, e até desejável, de repouso.

Espere, disse Penélope, batendo no meu braço, eu gostaria de ficar e conversar mais com o senhor, Dr. Hardy, sobre o papel das mulheres no Antigo Egito. Tenho muito interesse nesses assuntos.

Ah, minha cara, é muita bondade sua, mas devo admitir que estava planejando dormir cedo. O caso é que acalento uma outra compulsão, ainda mais forte que o meu interesse por culturas antigas. Dedico-me à pesca amadora, e pretendo visitar um certo regato amanhã para ver se capturo algumas trutas de fim de estação. Esse tem sido o meu maior prazer nos últimos tempos: passar as primeiras horas da manhã junto ao rio que corta os fundos da minha propriedade. É simplesmente o melhor lugar do mundo para mim. É ótimo. Aliás é afluente do Cam. Anos atrás, quando as águas subiam o suficiente, eu remava até o Trinity Hall para ministrar minhas palestras.

Que maravilha, comentou Penélope.

É verdade. Evidentemente não o faço mais. Desde que me aposentei dedico minhas manhãs ao caniço, meus dias ao jardim e minhas noites à leitura de acadêmicos brilhantes como nosso caro Dr. Rothschild. Sim! É uma boa vida. Mas, com efeito, preciso deitar-me para madrugar, obrigado. Na minha idade, sem uma boa noite de sono, corro o risco de nunca mais levantar da cama! Venha, vamos encontrar alguma coisa para vocês vestirem. Podem pendurar as roupas molhadas junto ao fogão, para estarem secas pela manhã. Devo retornar por volta das sete horas, e espero trazer algumas trutas frescas para acompanhar nossos ovos e tomates, que tal? Desejem-me sorte. Certo, vamos lá.

Assim, fomos até o quarto, onde Hardy abriu seu modesto armário para escolhermos o que quiséssemos. Ficamos imóveis, arrastando os pés como crianças encabuladas diante do armário, os olhos pregados no chão, até Hardy começar a nos empurrar algumas peças e insistir que levássemos, também, uma muda limpa de roupas para a viagem de volta a Londres.

Enviem de volta quando puderem, propôs. Não há motivo para pressa. E saímos para a noite fria, rumo à cabana.

A cabana era basicamente um amplo estúdio, com um par de portas francesas que se abriam para o quintal e uma varandinha nos fundos que dava para o bosque. A mobília era composta de uma cama grande num dos cantos, com uma cabeceira simples de madeira, uma penteadeira, uma pequena escrivaninha e o fogão a lenha. O chão era de tábuas de carvalho empoeirado; pesadas vigas de madeira escura e crua riscavam o teto, e as paredes eram de estuque, com algumas gravuras egípcias penduradas. O fogão não tardou a acender-se com um rugido e Hardy encheu o receptáculo de madeira com a lenha empilhada na varanda de trás. O quarto aqueceu-se quase de imediato, e a porta aberta do fogão lançou sua luz bruxuleante sobre a simplicidade do aposento.

Espero que a... ahn... cama seja satisfatória... A única outra cama existente na casa é a do meu quarto, e receio que também tenha dimensões bastante reduzidas, desculpou-se Hardy.

Não tem problema, volveu Penélope, rindo. Walter não vai sair do seu lado da cama, isso eu posso lhe garantir.

Não tem problema, respondi. Àquela altura, eu dormiria em qualquer lugar.

Assim que Hardy saiu, Penélope sentou-se na cama, ao lado da sua pilha de roupas. Lançou-me um olhar penetrante, como se esperasse que eu dissesse alguma coisa.

Que foi?

Olhe, não estou entendendo esse seu comportamento. Ele é um doce.

Que comportamento?

Você basicamente o ignorou a noite inteira.

Bom, você sabe que os últimos dias foram difíceis para mim. Não estou me sentindo lá muito amistoso.

Ah, e você costuma se sentir?

O quê?

Amistoso?

Claro. Como assim?

Esqueça.

É que eu acho meio patético, sabe? Ficar tagarelando desse jeito... e aquela história ...

Porra, Walter! Ele é um velhinho simpático!

Você não está entendendo. Ele é um daqueles sujeitos que...

Não me venha com esse papo de meio acadêmico, egiptologia nem coisa nenhuma! Estou cansada disso! Você não percebe o quanto é esnobe? Meu Deus!

Ela pegou suas coisas e se trancou no banheiro. Fiquei plantado no meio do quarto.

Não é nada disso, protestei em voz alta para mim mesmo — mas também não sabia mais o que era. Deitei em cima da colcha, encolhido na beirada da cama, e cochilei enquanto Penélope tomava banho. Quando acordei, estava tremendo dentro das roupas úmidas. Já estava escuro; Penélope estava enrolada nas cobertas do seu lado da cama, bem longe de mim, as mãos cerradas de frio. Levantei de um salto, pus mais lenha no fogo, que já estava quase apagando, peguei um dos pijamas de Hardy e fui para o banheiro, onde permaneci por um tempo indeterminado debaixo do chuveiro. Só dei o banho por terminado quando a água quente acabou.

Quando voltei, o fogo estava alto e o quarto, quente; Penélope estava deitada sobre as costas e tinha descoberto o torso. Vestia uma das velhas camisolas da Sra. Hardy, um troço de algodão todo engrouvinhado e cheio de babados, amarrado no pescoço. A luz do fogo brincava no seu pescoço, no seu queixo pontudo, e ela respirava de maneira lenta e constante pelos lábios ligeiramente entreabertos.

Hardy tinha um grande *wedjat*, o olho de falcão de Hórus, pintado a óleo numa placa de madeira pendurada sobre a cama. O olho da sabedoria, roubado de Hórus por Set, o defensor do Egito e senhor das terras selvagens, irmão de Osíris. Era um símbolo da luta constante pela unidade, pelo controle dos destinos do Egito e de si próprio. O mundo era uma batalha constante entre as forças do caos — ou seja, a vontade e o orgulho do homem — e a verdade, a sociedade e a civilização — representadas pela filha do deus criador. Ela é que era capaz de promover a estabilidade e a ordem. O *wedjat* era o emissário na Terra, enviado para observar, verificar se nos mantínhamos inabaláveis no caminho e na verdade. Parei junto ao fogão, suando um pouco dentro do velho pijama de flanela de Hardy e vendo o olho de Hórus velando Penélope, velando a nós dois.

Deitei sobre as cobertas e virei de lado, dando as costas para a respiração suave e a expressão desprotegida de Penélope. Ao adormecer, sonhei com Hátor, a filha do deus-sol Rá, a deusa mais popular dos templos do Egito, a destruidora, a vingadora dos deuses, que pagava o desrespeito dos humanos na mesma moeda. Sonhei com vastos lagos de cerveja, tingidos de cor de sangue — a única maneira de dissuadir

Hátor do massacre. Ela ficava inebriada e docemente amorosa, representando, assim, os dois aspectos do caráter feminino: o mais violento desdém e a mais tenra afeição. Eu me encontrava numa balsa, cruzando um desses lagos (de sangue), indo na direção de uma mulher parada na outra margem. O céu estava negro e baixo, tão baixo que me dava a impressão de que bastaria erguer a mão para penetrar o tecido do mundo. Eu tinha nas mãos um pedaço de papiro que sabia ser o Cântico de Amon, mas, ao erguê-lo à altura dos olhos na luz tênue, os hieróglifos se embaralharam e se reordenaram, transformando-se num trecho do "Papiro Mágico", de P. London/Leiden, uma série de encantamentos escritos em demótico tardio e copta antigo. A quinta coluna estava iluminada — um feitiço para "a vinda COMPROVADA de um deus", isto é, para conjurar uma visão num sonho.

Ao colocar olíbano diante da lamparina e olhar para ela, verás o deus junto à luz; se dormires sobre uma esteira de juncos sem ter trocado palavra com absolutamente ninguém, ele te dará a resposta em sonho. Eis a FÓRMULA PARA SUA INVOCAÇÃO: eis as palavras que deves escrever no pavio da lamparina: Bakhukhsikhukh.

Comecei a repetir a invocação, murmurando baixinho enquanto remava: *Bakhukhsikhukh, Bakhukhsikhukh, Alma das Trevas, Filho das Trevas, Alma das Trevas, Filho das Trevas...*

Ao erguer os olhos, sem parar de repetir a invocação, a mulher na margem começou a mudar de forma, e logo vi uma vaca de olhos enormes, que amamentava um bezerro esquálido aninhado entre suas patas. Ela me fitava com seus aguçados e inteligentes olhos azuis, segurando com firmeza o bezerro entre as patas traseiras. Mal tomei a decisão de continuar a caminho da margem e ela sofreu nova modificação, agora virando uma leoa, sentada como uma esfinge, um leãozinho nos braços. Seu olhar adquiriu um aspecto feroz e malevolente; tentei evitá-lo, mas era tarde demais. Ela fez um movimento protetor na direção do filhote e começou a se erguer. Tentei dar meia-volta com a balsa, mas a vara escorregadia não ajudava e eu não conseguia avançar pelo líquido grosso e viscoso. O lago parecia estender-se sem fim à minha frente, sem uma fronteira, um horizonte, nenhuma perspectiva de onde encontrava o espaço. Ouvi um rugido atrás de mim e tentei remar mais rápido, mas a vara ficou mole e escorregou das minhas mãos como uma cobra, desaparecendo na escuridão sangrenta. O bramido era quase ensurdecedor; senti um calor terrível às minhas costas, deitei-me no barco e cobri a cabeça com as mãos.

20: PESCARIA

ABRI UM OLHO SÓ E ME DEPAREI com Penélope, vestida com um dos desmazelados terninhos beges da Sra. Hardy e um blusão de lã, segurando uma xícara de chá e dizendo o meu nome. O sol baixo penetrava pelas amplas portas francesas e caía sobre a cama. O fogo crepitava e eu estava suando dentro do pijama de flanela de Hardy.

Bom-dia, flor do dia!, cantarolou ela.

Sentei. Depois de mais de dez horas de sono, ainda estava me sentindo fraco. E faminto.

Onde está o Hardy?, perguntei. Perdi o café da manhã?

Ela me passou a xícara.

Não o vi. São quase nove horas; fui lá dentro e fiz chá para nós. Acho que ele ainda não voltou da pescaria. Não encontrei o açúcar, mas tinha mel... pelo menos acho que era mel. Ele deve estar numa sorte danada com os peixes, hoje.

Tomei um pouco de chá. Penélope abriu as portas e uma corrente de ar varreu o quarto, trazendo um aroma refrescante de lilás e sândalo.

Bom, temos de voltar para Londres.

Não é melhor falarmos com ele antes? Sabia que você só está com um olho aberto?

E o trabalho? Quero dizer, o seu? A biblioteca?

Penélope olhou para a casa lá embaixo e bebeu um gole de chá.

Foda-se. Estou fora.

Bom, eu preciso voltar. Tenho de devolver o Cântico de Amon para o Klein. E tem a minha...

Cacete, Walter, você é sempre tão desligado assim?

Desligado, eu? Como assim?

Você às vezes fala umas coisas... será que você não se escuta?

Penélope sentou-se numa das pontas da escrivaninha, com as pernas encolhidas sob ela. Havia prendido o cabelo no alto da cabeça, como na primeira vez em que a vi. Com as roupas da Sra. Hardy, estava parecendo uma versão mais velha e desleixada de si mesma.

Não vou embora enquanto não nos despedirmos do Dr. Hardy.

Eu preciso voltar. Não podemos ficar esperando.

Então vá se vestir. Vamos atrás dele.

Era uma bela manhã; nem parecia que era novembro e que estávamos na Inglaterra. O ar estava frio e um pouco úmido, mas o sol já ia alto e esquentava a pele. Eu tinha vestido umas calças velhas de sarja, uma camisa de algodão de abotoar, um suéter cinza de lã e um dos velhos casacos de *pied-de-poule* do Hardy. Meus sapatos continuavam úmidos e cheios de lama e as pernas me doíam em vários lugares, mas meu rosto estava bem melhor. Procurei manter o lado machucado virado para o sol ao caminharmos na direção do arvoredo sombreado. Penélope ia na frente, pisando o chão marcado pelas rodas dos carros e atravancado por raízes expostas e sulcos escavados pela chuva. Depois de transpor uma pequena clareira, penetramos de novo no bosque e começamos a ouvir o barulho de água corrente.

Uns trinta metros adiante, chegamos ao curso d'água, perpendicular ao caminho. Ao alcançá-lo, este descrevia uma curva e seguia paralelo ao regato, enquanto uma trilha mais estreita seguia no sentido contrário. Nessa bifurcação, paramos para observar as águas límpidas e rasas correndo em seu leito de seixos ovalados. O riacho não tinha mais que dez metros de largura, chegando talvez a um metro de profundidade em determinados pontos, e dava para ver, na correnteza rápida e dourada, vários peixinhos que nadavam rapidamente.

Eu vou para este lado, determinou Penélope, e você vai para o outro, o menos usado.

E apontou a trilha menor com o polegar para baixo.

O velhinho não pode ter ido muito longe, prosseguiu. Nos encontramos aqui em quinze minutos.

Meu caminho não passava de uma vereda de ervas daninhas e mato pisoteados, e quase desaparecia em certos pedaços. Não se afastava mais que um metro do riacho, alargando-se às vezes nas curvas em que a água avançava sobre as margens, deixando raízes retorcidas à mostra e criando pequenas praias pedregosas do outro lado. Avancei em meio aos arbustos prestando atenção aonde pisava, tocando de leve o rosto latejante e pensando em Zenobia. Queria que ela ainda estivesse em Londres e concordasse em me encontrar outra vez. Eu não sabia muito bem o que queria lhe falar nem o que esperava conseguir, mas estava convencido de que, além de precisar explicar tudo aquilo, ainda havia algo a dizer. Eu só não sabia o que era. Como é que eu tinha me metido numa trama tão complicada? Não tinha nem certeza se tudo aquilo era real; podia não passar de um bando de excêntricos apreciadores de criptografia esotérica, atletas americanos musculosos e cultos ascéticos. Foi então que me dei conta de que isso era o que eu desejava. O mais assustador era a possibilidade de que a história fosse outra.

Mas o que diabos Erin e Oldcastle pensavam que estavam fazendo? A coisa com Aton era estranha. Sabemos que o culto de Aton foi fortalecido por Amenófis/Aquenaton na XVIII dinastia; foi o primeiro caso concreto de monoteísmo registrado no mundo, tomando o lugar do culto a Amon até ser restaurado por Tutancaton, que mudou seu nome para Tutancamon em homenagem ao deus. Ramsés efetuaria uma nova correção no sistema ao restaurar a ordem correta dos deuses, recolocando Amon no topo. Este, mais tarde, por determinação de Ramsés III, se fundiria a Rá, formando Amon-Rá — o sincretismo mencionado por Hardy. Até então, porém, Amon fora o deus do "oculto", do que era desconhecido; o criador de todas as coisas como universal e não-visto — talvez se possa entender tal conotação já como uma semente do tipo de monoteísmo inquestionável que ganharia proeminência na era moderna. Com isso, as referências a Amon tornam-se, às vezes, um pouco complicadas; existe sempre uma conotação do que é "não-visto" e não pode ser representado com clareza. Só com esse trocadilho os antigos praticantes dos hieróglifos figurativos ou da escrita criptográfica já deviam se divertir bastante.

No Antigo Egito, as cartas pessoais eram elaboradas sempre nos tipos mais simples de escrita: o demótico ou o hierático cursivo. Em geral, os hieróglifos completos só eram usados pela elite (realeza e clero), e quase exclusivamente para fins funerários — o que tornava o Cântico de Amon tão peculiar: afinal, como um mercador comum havia adquirido conhecimentos tão elaborados? Se ele havia contratado um escriba real para o serviço, o que era o mais provável, por que gastaria tanto tempo e dinheiro (talvez mais do que ganhava em um ano) numa carta para a família? E o que Oldcastle esperava conseguir com ela? Qual a relação disso com os *krishnas* ou a Ordem da Aurora Dourada?

Parei junto a uma árvore coberta de trepadeiras e fiquei olhando a correnteza. Havia mais alguma coisa naquela história. Era estranho que a carta tivesse sido redigida durante a XVIII dinastia, no reinado de Aquenaton, em pleno expurgo de tudo o que dizia respeito a Amon. Era extremamente arriscado compor um hino daqueles a Amon, mesmo sendo uma farsa. A penalidade para quem louvasse, escrevesse ou sequer citasse o deus proibido era severa. Por que um mercador correria tamanho risco? Será que Oldcastle pretendia controlar ou destruir as referências a Amon desse período, a fim de aprofundar, de alguma forma, os desígnios de seu culto a Aton?

Visualizei a grade da Estela de Paser e repassei as combinações possíveis. O determinativo geral do papiro do Cântico de Amon — seria apenas uma espécie de peã ao amor lembrado? Qual a relação entre a história daquele mercador e sua família e o conceito do "oculto", ou talvez a ascensão de Aton e o expurgo de Amon? Seria possível partir dessa interpretação para encontrar um elemento oculto análogo na Estela, em seu cântico à deusa Mut? A imagem mental que eu tinha da pedra brilhava, resplandecente, enquanto eu sobrepunha os possíveis determinativos do Cântico de Amon aos diversos aspectos da Estela, tentando estabelecer as correspondências da ortografia silábica. De súbito, a imagem toda se embaralhou e voltei ao mundo presente, ao ar úmido, às árvores que farfalhavam e ao gorgolejar do curso d'água que espirrava de encontro às pedras.

Foi aí que ouvi Penélope gritando o meu nome, chamando, sua voz ecoando no bosque, sobre a água, viajando sobre o leito do regato como por um túnel. Fiquei paralisado à escuta. Outro grito, rolando rio abaixo; era o meu nome, cheio de medo, de desespero mesmo — um pedido de socorro por uma providência qualquer. Esperei um terceiro chamado, meu nome soando estridente, virei-me e corri na sua direção.

Penélope estava agachada numa faixa pedregosa de praia, numa curva fechada do regato, debruçada sobre algo. Atropelei uma moita, escorreguei na margem e aterrissei sobre meu quadril, uma das pernas metida na água gelada. Ela embalava a cabeça de Hardy — o rosto lívido e ressequido, os dedos retorcidos e azulados. Suas pernas boiavam na água. Seus olhos estavam cerrados; tinha um ar sereno, o caniço e a cesta de pesca pousados ao seu lado. Logo adiante havia dois peixes nas pedras, um particularmente longo, que mais parecia uma enguia, e uma truta menor, cor de esmeralda.

Penélope inclinou-se sobre o rosto do velho e pôs a boca sobre a dele, enchendo as bochechas de ar. O peito de Hardy subiu. Ela se ajoelhou de um pulo ao seu lado e pôs-se a tatear-lhe o peito; ao encontrar o ponto que procurava, apoiou contra ele um dos punhos, girou a cabeça na minha direção, os olhos lampejantes e o rosto marcado por lágrimas.

Caralho, Walter, vá chamar uma ambulância!

E, posicionando-se sobre o corpo de Hardy, começou a bombear seu peito com as duas mãos. Os braços dele estavam estirados ao longo do corpo, as pernas oscilavam com a correnteza, os dedos dos pés salientes dentro das botas impermeáveis.

Walter, corra até a casa, pegue o telefone ou o celular e chame uma ambulância, porra!

Levantei-me atabalhoadamente, usei as raízes de um velho carvalho para escalar a margem e subi correndo a trilha, um dos pés ensopado da água gelada, os braços cortando o ar e a respiração entrecortada.

Ao voltar ao rio, encontrei Hardy sentado, apoiado em Penélope, que lhe acariciava os cabelos ralos e murmurava-lhe algo ao ouvido. Despenquei margem abaixo e ela se limitou a me olhar rapidamente; fitei o rosto do velho, a respiração suspensa, até ver que seus olhos pestanejavam. Meu corpo se dobrou, apoiei-me na raiz de uma árvore e vomitei silenciosamente sobre as pedras lisas, o rosto latejando a cada jato.

Quando os médicos chegaram, parecia que Hardy ia ficar bem. Foi enfarto, disseram, um ataque cardíaco. Havia parado de respirar por algum tempo, mas aparentemente a ressuscitação ocorrera rápido o bastante para evitar danos cerebrais ou algum outro efeito duradouro. Nós o havíamos encontrado bem a tempo. Ele estava tossindo um pouco e com a fala meio empastada quando o puseram na ambulância; lançou-nos um olhar funesto — o olhar profundamente triste e humilhado dos que acabam de regressar ao mundo dos vivos.

A Terceira Tradução

Eles se foram e ficamos de novo sozinhos na casa de Hardy, sentados à mesa da cozinha com Penélope aos prantos, a cabeça apoiada nas mãos. Sentei-me ao seu lado e massageei suas costas e ombros, sem parar de pensar que não tínhamos tempo para nada daquilo, que eu precisava voltar para Londres.

Você salvou a vida dele, falei. O que fez foi maravilhoso.

Mas ela se limitou a sacudir a cabeça e soluçar, arrasada.

Revirei o escritório de Hardy até encontrar outro tubo para documentos; era um tubo normal, sem controle eletrônico de condições ambientais, mas ainda era melhor que levá-lo nas mãos. Lá pelas onze, já estávamos na estação de Cambridge, esperando o trem para Londres. Penélope pareceu se controlar, mas permaneceu calada e não olhava para mim. Era Dia de Guy Fawkes, 5 de novembro.

Estávamos quase chegando em Londres, Penélope mergulhada num sono intermitente ao meu lado, a cabeça apoiada na janela, quando vi o africano alto da Biblioteca Britânica sentado algumas filas adiante, do outro lado do corredor. Observei seu rosto; estava lendo uma revista e vestia um conjunto de moletom branco, com uma listra verde ao longo dos braços e pernas, que parecia uns dois números menor que o necessário. Ele ergueu os olhos, virou-se diretamente para mim e sorriu. Largou a revista e fez um gesto com a cabeça indicando a frente do vagão, sem tirar os olhos dos meus. Então, levantou-se e foi até a porta que levava ao vagão seguinte; parou e acenou mais uma vez.

Sem parar para pensar no que estava fazendo, subi o corredor e o segui. Todos os outros passageiros do trem pareciam estar dormindo, as cabeças pendentes sobre os ombros, as bocas escancaradas. Paramos na câmara que separava os dois carros e seguramo-nos nas barras presas às paredes, pois o chão balançava e sacudia sob nossos pés. Ele me encarou com um sorriso meio divertido, os pés bem plantados a uma boa distância um do outro. Na faixa lateral do traje, estava escrito "Clube de Críquete de Ipswich".

O que foi?, indaguei. O que você quer?

Ele estampou um sorriso, mostrando os grandes dentes amarelos. Havia alguma coisa protuberante sob a manga do casaco.

Acredito que o senhor tenha algo para mim, certo?, inquiriu-me ele.

Não consegui identificar o sotaque, meio gutural e abrupto, talvez nigeriano ou, no mínimo, da África Ocidental. Seu sorriso não se desmanchava.

É da parte do Oldcastle?

Oldcastle?, ele repetiu devagar.

Falava com uma precisão cuidadosa, pronunciando as sílabas minuciosamente. Era irritante. Não me lembrava de já ter sentido tanta vontade de partir para o confronto físico como naquele momento. Doze anos antes, em El Minya, apanhei de um homenzinho barbudo que, pelo que entendi, queria o meu casaco. Era um sujeito moço, se bem que na época eu também era, e sem dúvida eu era maior do que ele. Lembro-me que, ao voltar para o hotel, fiquei sentado na beirada da cama tentando entender como a coisa toda tinha se passado, a porta escura do café, a fúria com que seus punhos se abateram sobre mim, o modo como me encolhi na rua suja. O furor inesperado e implacável com que ele me atacara. A surra que Alan havia me dado no outro dia, a facilidade com que o Gigante me subjugou. Por que eu me entregava daquele jeito, sem nem ao menos tentar? Desde o princípio daquela confusão, eu me deixara intimidar. Eu tinha problemas nos joelhos, acordava todos os dias cheio de dores nas costas e fazia mais de dez anos que não praticava exercícios, mas por que tanta passividade, afinal? Por que não reagir, se no máximo a coisa toda se resumiria a meros segundos de violência desmedida, uma reviravolta desesperada, um segurar e bater meio desajeitado, um dedo no olho? Afinal, o exercício do medo é completo e indolor. Não é?

A TERCEIRA TRADUÇÃO

O cara provavelmente me ultrapassava em uns dez centímetros de altura, pesava cerca de dez quilos a mais do que eu e devia ser uns dez anos mais novo. Sua constituição era inegavelmente atlética; seus movimentos exalavam aquela suavidade que só possuem os homens capazes de realizar atos de inacreditável destreza à velocidade de um raio. Mas, pensei, e daí?

Diga logo o que você quer, desafiei.

O sorriso desapareceu e ele enfiou a mão no bolso. Agarrei-me a uma das barras de apoio e cerrei o outro punho. Dando um passo para trás, ele ergueu a outra mão.

Calma, pediu, e sacou do bolso uma carteira, mantendo-a ostensivamente à vista, como que para me tranqüilizar. Com a outra mão, abriu-a e exibiu uma espécie de identificação dentro de uma capa de plástico, com o selo real gravado.

Dr. Rothschild, meu nome é Christian Okonkwo. Trabalho no Departamento de Aquisições e Segurança das Propriedades Reais de Sua Majestade.

Propriedades Reais de Sua Majestade? Okonkwo? Nigeriano, sem dúvida. Ele pegou um bloquinho de anotações e o abriu. O trem estava numa pequena estação rural, passando pela plataforma deserta a grande velocidade.

Precisamos conversar sobre algumas coisas, Dr. Rothschild. A começar por um pequeno detalhe: sábado, 1º de novembro.

Okonkwo segurava o bloco à altura dos olhos.

O senhor foi ao salão de Livros Raros da Biblioteca Britânica, de onde se retirou, ilegalmente, com um livro. Joseph P. Thompson. *Egypt, Past and Present.* 1854, John P. Jewett and Company. Primeira edição.

Por um momento, pensei que talvez fosse melhor partir logo para a agressão. Meu Deus, *o livro* que levei sem querer da biblioteca! Onde é que estava mesmo? A última vez que me lembrava de havê-lo visto foi no apartamento de Alan, naquela noite em que ele me espancou ao me encontrar dormindo em sua cama. Quando acordei, não tinha mais nada comigo. O livro havia desaparecido — Alan deve tê-lo levado.

O valor desse livro, explicava Okonkwo, é estimado em catorze mil libras. O senhor, portanto, bem pode imaginar nossa preocupação diante de sua partida de Londres. Por acaso o senhor está com ele neste momento?

Não... não. Na verdade, tudo não passou de um mal-entendido. Eu não tinha a menor intenção de levá-lo daquele jeito. Eu achei... o senhor estava olhando para mim... e estava sentado na mesa do Alan, e depois, na fila...

Alan?

Okonkwo folheou o bloquinho.

Esse de quem o senhor está falando seria o Alan Henry do número 119 da Great Russell Street? Nascido em 1978, em Broken River Reservation, Dakota do Sul, 2,16 metros, 150 quilos? Também conhecido pelo nome de Michael Mannon?

Sim, respondi. Quer dizer, não sei bem. Nunca ouvi falar em nenhum Michael Mannon. Como o senhor o conhece... como sabe o nome dele?

Olhei para trás, para Penélope, que continuava dormindo, a cabeça apoiada na janela. Okonkwo estava sério.

O Sr. Alan Henry já é um outro caso, completamente diferente — embora não deixe de estar relacionado. É seu amigo, Dr. Rothschild? Colega seu?

Creio que sim. Mais ou menos.

O senhor tem alguma informação a respeito de seu atual paradeiro?

Não, não faço a menor idéia.

Por que o senhor estava atrás dele? Por que ficou surpreso ao me ver no seu lugar habitual?

Olhe, retorqui, naquele dia, na biblioteca, o senhor estava com uma arma por baixo do casaco. Por que me abordou daquele jeito?

O rosto de Okonkwo permaneceu grave e sereno.

Dr. Rothschild, o senhor não é a mais sutil das criaturas quando se trata de furtar livros da Biblioteca Britânica. Foi bastante óbvio. Uma quadrilha vem atuando exatamente assim...

Eu já disse que não foi de propósito.

Relaxe, Dr. Rothschild. Eu acredito. Basta olhar a sua história para ver que um livro desses teria pouco valor para alguém como o senhor, considerando-se suas atribuições no Museu Britânico. Afinal, o senhor trabalha com objetos muito mais preciosos.

Voltei a sentir aquela ardência na virilha, subindo como um ferro em brasa pelas minhas vísceras, até a garganta. Achei que Klein tinha garantido que não havia procurado a polícia.

Com quem o senhor conversou no museu?

Okonkwo abriu um sorriso seco.

Não pretendo incomodá-lo, garantiu, mais que o minimamente necessário. Gostaria que o senhor devolvesse o livro o mais rápido possível. Não acreditamos que o senhor esteja envolvido com a quadrilha de que falei, embora possa ter inadvertidamente contribuído para a sua causa. Um pequeno número de manuscritos, em sua maioria relacionados ao Antigo Egito ou a certas áreas da física experimental, vêm sendo subtraídos da Biblioteca Britânica ao longo dos últimos meses. Temos de seguir todas as pistas, é claro, mas não tenho dúvidas de que o senhor colocará tudo de volta nos devidos lugares, Dr. Rothschild.

Obrigado. Eu estou me esforçando... nesse sentido.

Vamos abrir um inquérito formal a esse respeito, naturalmente. Teremos de investigar as graves acusações que foram levantadas contra o senhor. No entanto, sua cooperação com relação ao seu amigo, o Sr. Henry, seria muito valiosa para nós. Parece-nos que ele faz parte de uma operação mais ampla, que acompanhamos há algum tempo, dentro do mercado negro de antigüidades. Caso ele tenha lhe pedido algo, ou dito alguma coisa a respeito de antigüidades, livros ou qualquer outro assunto, gostaríamos de saber.

Estendi as mãos e dei de ombros, o gesto internacional para *não tenho nada de importante a dizer.*

Apreciaríamos *muito*, reiterou Okonkwo, a sua ajuda nesse sentido. Alan Henry é um sujeito potencialmente perigoso. Sua colaboração seria interpretada como uma extensão de prazo, o senhor teria mais tempo para localizar o livro e devolvê-lo à biblioteca, entre outros benefícios — quem sabe até apagássemos os registros deste caso... Quando é que o senhor vai estar com o Sr. Henry?

Era uma boa pergunta. Eu havia passado a semana toda tentando, em vão, localizar Alan, e tinha certeza de que a tal entrevista com Okonkwo não seria nada agradável para Alan. Por que havia desaparecido daquele jeito? Não era possível que não tivesse percebido que era eu depois de me deixar inconsciente naquela noite — e de ter roubado o livro, ainda por cima. Sendo assim, resolvi fazer o que me pareceu mais acertado...

Walter? O que está acontecendo?

Um movimento às minhas costas e um novo aroma no ar, partículas de poeira rodopiaram, e Penélope assomou na porta do nosso vagão, equilibrando-se com firmeza apesar do balanço do trem. Parecia bem desperta e encarava Okonkwo sem pestanejar. Fiquei feliz por vê-la ali. Tinha total confiança nela, embora ainda não compreendesse por que insistia em me ajudar.

Imaginei Erin escondendo-se atrás das estátuas da Galeria Egípcia naquela madrugada, perfurando o cadeado do depósito, trabalhando na Biblioteca Britânica, fazendo "pesquisa", como falara Penélope; lembrei-me de Hanif, o escritor; dos *hare krishnas*; dos documentos e demais objetos na propriedade de Oldcastle; da doçura dos olhos de Erin quando partimos, aconchegando a cabeça de Oldcastle no colo; e de Alan Henry, esperando por mim no pátio da Biblioteca Britânica no fim do dia, Alan Henry irrompendo no meu apartamento — Alan Henry, o único homem em Londres, ou mesmo no mundo inteiro, naquele momento, o único que eu acreditava poder considerar meu amigo. Procurado pela polícia, envolvido na aquisição e venda ilegais de antigüidades. Parecia até que eu havia ajudado aquela gente por querer, confiando neles cegamente e facilitando tanto a sua tarefa. Era tão óbvio. Pela segunda vez no intervalo de uma semana, fui inundado por uma onda candente de vergonha e raiva. Imaginei minha filha me esperando em Londres, junto ao Tâmisa escuro, amaldiçoando-me outra vez. Eu precisava encontrar Alan.

Amanhã, disse a Okonkwo. Devo estar com Alan amanhã. Sempre nos encontramos num *pub* perto da Oxford Street, chamado Spanish Bar. Por volta do meio-dia.

Spanish Bar, repetiu ele. Sim, sei qual é. Ao meio-dia, então?

Sim, meio-dia. Estaremos lá.

Ele agarrou minha mão, ainda fechada, e apertou-a com determinação.

Bom, bom. Muito bom, Dr. Rothschild.

Enfiou um cartão de visitas na minha outra mão, fechou o zíper do casaco, alongou os ombros com uma expressão satisfeita e, com um aceno de cabeça e um sorriso para Penélope, retornou ao seu lugar.

Walter?

Não falei nada, mas Penélope pareceu entender o que eu havia feito. Meu rosto pesava feito chumbo, denso como areia molhada escorrendo pelos meus ombros, e o ferimento que começava na testa e contornava meu olho começou a pulsar devagar, no mesmo compasso do bater das rodas do trem que nos levava para Londres.

21: SEUS PALPITES, POR FAVOR

CHEGANDO A LONDRES, LIGUEI para o hotel de Zenobia. Ela não estava, mas tinha mandado avisar que voltaria no início da noite — e o recepcionista me informou que ela só deixaria o hotel no dia seguinte. Era Dia de Guy Fawkes, três da tarde. Ainda me restavam cerca de 48 horas para decifrar a Estela.

Eu não havia parado para pensar no que faria depois que encerrasse meu trabalho. Nunca me preocupava muito com essas coisas quando me encontrava no meio de um projeto — preferia reservar minha energia mental para o problema imediato. Não me importava muito com o que aconteceria depois, se solucionasse o enigma ou não; isso não era o principal. Desta vez, porém, a história era outra: aquele poderia ser meu derradeiro projeto, o fim de tudo. O que eu faria depois?

Mick encarava aquele projeto como sua grande chance de chegar ao pote de ouro das antigüidades; a Estela, para ele, representava o caminho para a aposentadoria em Oxford, ao estilo cavalheiro-do-campo-inglês, a publicação garantida com direito a ampla cobertura da imprensa, um manual em papel especial nas livrarias dos museus, viagens para um ciclo de palestras e o ingresso no circuito de conferências. Entretanto, ele havia obtido uma prorrogação de contrato em virtude dos trabalhos extras que estava fazendo para Klein; tinha tempo de sobra para esperar pela minha saída.

Claro que Mick tinha muitos projetos paralelos, outras formas de ganhar dinheiro, muitas delas proporcionadas pelo próprio Klein. Eu sabia que ele estava supervisionando a renovação da escadaria egípcia da Harrods, por exemplo, refazendo os hieróglifos e reformando as réplicas que decoravam a loja. Até então, o texto era totalmente desprovido de sentido; não passava de uma barafunda de símbolos reunidos ao acaso, pela aparência do conjunto. Mick foi encarregado de fazer com que os símbolos efetivamente dissessem algo — um texto elaborado pelo pessoal da loja, naturalmente sobre o proprietário (que, segundo consta, era de ascendência egípcia). Mick compôs as diversas proclamações e frases reverenciais e pintou ele mesmo os símbolos — e claro que não perdeu a oportunidade de se divertir um pouco. A ordem de leitura dos signos, da esquerda para a direita ou da direita para a esquerda, é indicada pela direção para onde estão voltados; se alguém que soubesse ler hieróglifos parasse para examinar os da Harrods, reconheceria diferentes possibilidades de leitura, embora talvez a tradução lhe parecesse meio complicada. Mick dispôs o texto de modo que pudesse ser lido também em colunas; basicamente, dizia o seguinte: *Cantai o louvor daqueles que vendem alimentos e vestuário a preços capazes de debilitar o próprio sol... Aqueles que povoam estes corredores vivem na luz brilhante da cobiça e ignorância perpétuas...* E assim por diante. A probabilidade de desmascaramento era mínima; havia, talvez, vinte pessoas no mundo capazes de traduzir algo com tamanho nível de complexidade, e no máximo uma dúzia que poderia apreender plenamente os trocadilhos do texto. De qualquer modo, era só uma ornamentação: o público achava os hieróglifos bonitos, mas não estava interessado no que diziam. Como nas pichações, foi uma vingancinha, uma brincadeira cruel com uma gente que parecia não dar a mínima, que não valorizava essa arte; uma traquinagem desapercebida. Eu achava que eram distorções vulgares e ofensivas de algo verdadeiramente grandioso e eloqüente.

O escritório do Dr. Klein ficava no quarto andar da ala oeste do museu; era um aposento comprido, de pé-direito altíssimo — uma daquelas salas de visitas do século XVIII que atendiam às antigas funções do prédio. Papéis, envelopes de correspondência e tubos equilibravam-se em pilhas altas sobre a mesa, diante da qual havia uma cadeira dobrável de plástico. Era a única peça de mobiliário do cômodo, além da cadeira de couro de Klein. Engradados e caixotes de madeira alinhavam-se ao longo das paredes e materiais de embalagem esparramavam-se pelo chão, criando um corredor estreito entre a porta e a mesa. Encontrei Klein de pé atrás dela, com as mãos nos bolsos.

Dr. Rothschild! Eu sabia que tudo se resolveria a contento.

Tomou o tubo de Hardy das minhas mãos e retirou o papiro. Abriu espaço na mesa e o desenrolou, usando alguns óstracos e cacos de cerâmica para fazer peso nas bordas. Correu os dedos pela superfície, murmurando baixinho para si mesmo.

Parece que ele sofreu um certo desgaste... desde a última vez em que o vi.

Foi... inevitável, rebati.

Ele sorriu, as rugas do rosto amontoando-se em volta dos óculos redondos.

Deve ser uma história e tanto, hein? Aposto que sim. Adoraria ouvir os detalhes. De qualquer forma, parece que está tudo em ordem.

Klein guardou o Cântico de Amon num envelope protetor e recostou-se na cadeira, convidando-me, com um gesto, para sentar. Não me mexi. Ele repousou as mãos no colo. Parecia muito satisfeito consigo mesmo.

O senhor me garantiu que não ia avisar as autoridades.

Klein corou um pouco e mexeu em alguns papéis sobre a mesa.

Bom, pois é, imagino que o senhor tenha dado uma olhada no papiro... Chegou a alguma conclusão? O senhor por acaso sofreu algum tipo de acidente, Dr. Rothschild?

Sem responder, olhei para o céu passando nas altas janelas que se debruçavam sobre a Russell Square. Estava exausto e faminto; tudo o que eu queria era sair por uma porta imaginária qualquer e deixar tudo aquilo para trás. Onde estaria o portal para o meu *ka* se refugiar, encontrar nutrição? Onde estariam meus *ushabtis*? Onde fica a falsa porta para quem ainda está vivo?

Vou para o laboratório, avisei.

E fui para a porta.

Ah, respondeu Klein, erguendo-se de um salto, não é má idéia, suponho... alguma nova pista, Rothschild? O papiro de Amon lhe deu alguma idéia?

Ouvi seus passos de gato no meu encalço, um farfalhar de papéis e bolinhas de isopor esmagadas. Deixei a sala sem olhar para trás.

Mais dois dias, avisou ele às minhas costas, aproveite bem. Mantenha-me informado...

Atravessei a ante-sala do seu escritório e desci a ampla escadaria de mármore que conduzia ao saguão principal do museu. Um vulto cruzou comigo galgando os degraus com pressa, uma interferência na periferia do meu campo de visão; por um átimo, pareceu-me ser um dos curadores, Feynman ou Witten, ou talvez ambos — mas que me importava? Eu parecia enxergar através de uma espécie de túnel; o resto do mundo era um caleidoscópio girando ao redor do eixo que se estendia à minha frente. Percebi que o saguão estava cheio — a multidão de turistas de sempre, momentaneamente perplexos diante da majestade imponente com que se deparavam ao entrar. Abri caminho de olhos fixos no chão, não querendo encontrar o olhar de ninguém. Ao chegar à passagem de serviço que levava ao porão, desci apressadamente a escada e o corredor, passei por Sue e Cindy (duas figuras impressionistas estáticas) e entrei no laboratório.

Logo vi que não teria um minuto de privacidade com a Estela. A silhueta de Mick estava debruçada sobre a pedra, com as mesmas roupas de dois dias atrás, o cabelo dividido em grossos feixes pastosos, sem sapatos, ainda com um maço de papéis na boca. A sala fedia a uma jaula de bicho na área para fumantes de um restaurante Indiano. Uma formação de guimbas de cigarro rodeava seus pés. Mick não deu mostras sequer de notar minha chegada. Era óbvio que estivera trabalhando na Estela por dois dias seguidos.

Encontrei uma pequena pilha de memorandos sobre a minha mesa, bilhetes de alguns dos curadores com solicitações, algumas consultas, outras coisas que eu costumava jogar fora. Havia, também, um cartão com uma mensagem de estímulo qualquer, enviado pela Cindy e pela Sue. Pensei que eu devia tentar ser mais simpático com as duas e procurar incluí-las de algum modo no meu trabalho assim que possível. Ou então, sabe do que mais? Eu devia era chamá-las aqui de uma vez e deixá-las examinar a Estela. Seus conhecimentos de tradução eram muito rudimentares; eu duvidava que elas fossem capazes de dizer a diferença entre um texto do fim do Médio Reinado e outro do fim do Novo Reinado, mas talvez, com a cabeça fresca, enxergassem alguma coisa que tivesse me escapado. Melhor ainda: podia ser uma boa levar a pedra para a rua, exibir a Estela em plena Great Russell Street e convidar a turba aglomerada nas calçadas para dar seus palpites. Um palpite, por favor, pessoal!

Mick não se mexia. Por cima do seu ombro, vi que ele tinha mexido nos marcadores coloridos que eu havia espalhado pela grade, correspondentes a possíveis determinativos. Embora eu soubesse tudo de cor, fiquei meio incomodado.

Dentro de dois dias seríamos separados, possivelmente para sempre. Eu só voltaria a ver a Estela em livros ou se viesse ao museu quando a pusessem em exposição, fitando-a gulosamente dentro de uma vitrine de vidro, igual a um turista comum. Não poria as mãos nela de novo, nunca mais sentiria suas bordas desgastadas, sua superfície lisa, as marcas leves das inscrições, nem poderia traçá-las com as pontas das unhas. Um possível significado oculto e profundo, sua impossibilidade, a frustração que se evolava da pedra como uma névoa, o jeito como ela conseguira lograr todos os maiores criptógrafos do mundo por tanto tempo. Não dava para imaginar como seria não ter a Estela comigo, não poder segurar suas bordas gastas nas minhas mãos, não poder continuar.

Comecei a fazer barulho de propósito com o banco e os papéis na minha mesa. Mick nem piscou. Tinha as costas da camisa empapadas de suor.

Mick?, chamei.

Nada.

Ei, Mick!

Existe uma regra implícita de que não se pode interromper outro tradutor quando ele está no meio da resolução de um problema. Quase sempre estamos comparando o texto que temos diante dos olhos com vários outros textos que temos na cabeça, com anotações e listas de possibilidades dispostas em colunas, diagramas lingüísticos extremamente elaborados. Interromper uma linha de raciocínio no meio desse processo pode pôr tudo a perder. Aproximei-me e toquei-o no ombro. Sua cintura estava ligeiramente inclinada para o lado, o corpo debruçado sobre a Estela, as mãos apoiadas nas laterais.

Mick? Está tudo bem?

Ele se endireitou e deu alguns passos oscilantes para trás. Tinha os olhos fechados com força; gemeu e cambaleou até a sua mesa, a cintura ainda pendente para o lado, ainda de olhos cerrados, e subiu no tampo — não sem considerável dificuldade —, empurrando pilhas de papel, livros, ferramentas de escrita, tabletes de argila e rolos de papiro, que despencaram com estrépito no chão. Deitou-se sobre as costas e imediatamente começou a roncar.

Virei-me para a Estela e tentei entender o que Mick estava fazendo. Os marcadores coloridos haviam sido redistribuídos num padrão curioso, que eu não tinha percebido antes; as traduções convencionais das colunas de texto haviam sido modificadas. Eu já havia experimentado várias alterações, mas agora Mick havia obtido resultados interessantes. Estava trabalhando nas colunas 38-42, e o que mais me chamou a atenção foram as exposições das invocações introdutórias da deusa Mut. Partíamos do princípio de que a coluna 41 dizia *o deus-sol ilumina para todos o poder de Mut*, mas Mick usou o ideograma da linha correspondente, a terceira, para alterar a frase para *o deus-sol ilumina para ela os poderes de Mut*. Ela? A gramática estava certa, mas o contexto, não. *Ela* quem? Se havia uma *ela*, o destinatário do hino a Mut era outro. Sempre havíamos partido da premissa de que o cântico se dirigia a uma audiência genérica — a assembléia dos deuses e todos os que o lessem; no entanto, se o hino se dirigia a uma pessoa específica, a coisa mudava um pouco de figura.

Examinei algumas das possibilidades nas linhas adjacentes: a coluna 38 (*grande em potência na presença de Mut, a deusa da lua*) também poderia ser alterada pela linha 2 (*fortalece o seu* [dela] *olho que ilumina*) para *grande em potência na presença dela, tua deusa da lua, Mut...*

Havia alguma coisa ali. O problema agora se complicava, com a sugestão de novas possibilidades de leitura das duas vias que já tínhamos. Eu precisaria traduzir o texto todo de novo, a partir da transliteração de Mick para as linhas e colunas. O formato epistolar do Cântico de Amon era outro fator a se levar em conta. Eu teria de refazer a malha inteira, atribuindo outro determinativo para toda a Estela.

Com base nas modificações de Mick, passei para outras colunas.

Coluna 40: *Ele é iluminado pela beleza dela, o que a agrada... o coração puro percorre as águas num barco estável... não é necessária vela... apenas vara para manter o rumo... Louvores nos céus e na terra, no fatigado semblante do pai dela...*

E o efeito da linha 14: *Ela, a jovem, eleva-se por trás do sol, sobre o leste, ostentando as duas coroas... ela brilha como ouro... os animais da terra chilreiam, os macacos compõem um cântico sobre a sua beleza... a amada, a que é exaltada desde antes do tempo dos deuses...*

O significante dos macacos, Tot, o deus da escrita. O texto adquiria contornos muito mais pessoais, deixando de constituir uma série de hinos ou cânticos a Mut e Amon-Rá e parecendo apontar para outro destinatário, outra figura, outra pessoa. Mas quem? Se não era um deus...

Primeiro, eu precisava tomar uma providência qualquer a respeito do Mick e do estado em que se encontrava o laboratório — repugnante mesmo, uma catinga sufocante como um ônibus argelino no mês de agosto. O cheiro era tão forte que estava difícil me concentrar, ainda mais com o chão entulhado de caixas de comida indiana e guimbas de cigarro até a altura do tornozelo. Uma parte de mim gostaria que Mick houvesse mergulhado num coma do qual jamais retornasse. Eu ia precisar de ajuda para tirá-lo de lá.

Cindy e Sue, claro, estavam a postos do lado de fora. Adentraram o laboratório com o cuidado de um gato entrando numa sacola de papel. Quando a fedentina atingiu-lhes as narinas, fizeram caretas de nojo e observaram com ar de horror as condições do laboratório: o chão atapetado de isopor e papéis, as paredes cobertas pelos meus gráficos, a Estela erguendo-se feito um obelisco no meio da bagunça e o corpo prostrado de Mick estendido sobre a mesa. Não sei bem o que esperavam encontrar, mas pareciam meio decepcionadas.

Mesmo assim, atacaram com profundo gosto as tarefas que lhes designei: Cindy investiu contra a pilha de lixo enquanto Sue me ajudava a pôr Mick de pé. Enfiamos um copo descartável de café quente em sua boca de esquilo flácida. Para mim, o café das duas era capaz de fazer os mortos caminharem algumas quadras. Embrulhamos Mick num lençol velho que cobria um lote de estatuetas vindas do templo de Amon em Carnac — mais material que esperávamos que tivesse alguma conexão com a Estela —, e passei o braço em volta dele, que pestanejou um pouco quando a poção tóxica de Sue e Cindy atingiu suas vísceras. O efeito provavelmente duraria apenas alguns minutos; eu tinha de correr se não pretendia carregá-lo feito um bebê pelos quatro quarteirões que nos separavam do nosso apartamento. As duas pareceram ficar ainda mais estarrecidas quando lhes joguei a chave do laboratório.

Façam o que for possível. Ou o que quiserem. Inclusive desvendar aquela merda ali. Apontei para a Estela.

E obrigado pela ajuda.

Ficaram boquiabertas, mas assim que passei com Mick pela porta ouvi o roçar dos seus passos aproximando-se da pedra, a densidade impossível de um buraco negro atraindo-as de forma inexorável.

Saímos pelo portão leste, Mick resmungando e embaralhando os pés, pendurando-se em mim enquanto eu o arrastava. Dei graças aos céus por ele ser magrelo e não pesar mais que uns 55 quilos, de modo que minha compleição moderada já era suficiente para forçá-lo a se mexer. Não era uma cena incomum em Londres; muita gente já teve de ajudar um amigo a sair de um *pub* daquele mesmo jeito. A diferença é que ainda era de manhã e a aparência de Mick era péssima, ainda mais enrolado naquele lençol sujo — de modo que os transeuntes da Great Russell Street iam abrindo uma clareira à nossa passagem. A primeira quadra foi tranqüila, mas depois Mick começou a cambalear. Suas pernas amoleceram no meio da Museum Street e, quando dei por mim, já o estava carregando, seus pés descalços espojando-se no asfalto e no lixo das sarjetas. Não sou lá muito forte, e definitivamente não era do tipo capaz de levá-lo sozinho, por mais franzino que ele fosse. Esgotei as forças que me restavam rebocando Mick até o outro lado da rua. Apoiei-o numa caixa de correio e procurei mantê-lo em posição ereta recostando-me nele. Eu estava coberto de suor, o chão rodava diante dos meus olhos, e comecei a considerar as possibilidades de deixá-lo ali e buscar ajuda, ou talvez tentar erguê-lo nos ombros — o que, sem dúvida, seria o meu fim. Nesse exato momento, houve uma súbita movimentação no fim da rua, e Alan Henry despontou no meio da multidão, um largo sorriso estampado no rosto, luminoso como a estrela da manhã de Hórus, irmão de Osíris, Set, o defensor do Egito, o temido.

22: EXECRAÇÃO

ALAN ENFIOU MICK no nosso banheirinho de avião, espirrou detergente líquido sobre o seu corpo prostrado, abriu o chuveiro no máximo e fechou a porta. Fui para a cozinha fazer chá e sentamos à mesa com duas canecas lascadas. Alan bebeu um gole de chá, fitando-me com uma expressão desconfiada.

Andei procurando você, comecei.

Eu sei. O zelador me falou.

Pausa.

Por onde andou? O que anda fazendo?

Por aí. Fui conversar com um cientista americano chamado Corner. De Ohio.

Alan Henry entrelaçou os dedos atrás do pescoço de touro e inclinou-se com a cadeira para trás, provocando um rangido que, tive certeza, indicava o fim dos móveis da cozinha.

O cara prestou consultoria para os canadenses da equipe de propulsão da missão de alunissagem, prosseguiu. Foi idéia dele a opção pela explosão única, em vez da carga sustentada — física atômica de ponta. Corner tinha umas idéias muito interessantes, que anteciparam a atual teoria das supercordas, que liga a relatividade geral de Einstein e a mecânica quântica de Newton, sabe qual é? Planetas e átomos, o grande e o pequeno...? Entendemos as duas e consideramos ambas corretas, mas as leis de uma e de outra são incompatíveis, é impossível *as duas* estarem certas. É o tipo de coisa de que os físicos não gostam de falar muito; a maior farsa científica do século. Corner foi o primeiro a propor a teoria das supercordas, apesar de, claro, não ter levado o crédito. Foi o primeiro a sugerir que as menores partículas existentes são anéis de cordas que vibram em diferentes velocidades e padrões, o que, por sua vez, dá origem ao comportamento das partículas e gera as leis da física.

Cordas? O universo é feito de pedaços de corda?

Isso, anéis de cordas que vibram. Evidente que há uma série de outras variáveis — espessura, buracos, espaço Calabi-Yau, umas nove a treze dimensões. A nota que tocam determina se o que vai surgir vai ser hidrogênio ou um morcego frugívoro. Os ventos da mudança sopram por um universo eólico.

Isso parece... absurdo.

Alan deu de ombros e bocejou.

Questão de ponto de vista. A posição do observador, como sempre, é fundamental para as conclusões a que ele chega.

Vem cá, por que você me bateu daquele jeito?

Alan olhou para a mão e examinou o meu rosto por um momento, como se uma eventual marca deixada numa ou no outro pudesse ajudá-lo a recordar algum soco que houvesse dado mas não estivesse conseguindo se lembrar no momento.

Do que você está falando?

Onde está o Hanif?

Por quê?

O que você sabe sobre Erin Kaluza? Aquela garota que conhecemos algumas noites atrás no Lupo Bar? Na noite em que Hanif foi preso?

Alan amarrou a cara e cruzou os braços sobre o peito largo.

Nada. Não sei nada sobre ela.

Ela é uma ladra. Você não está dizendo a verdade. Hanif é um ladrão. Já descobri tudo.

Alan levantou-se, esbarrando nas xícaras e derramando chá pela mesa toda.

Do que *diabos* está falando, Rothschild? O Hanif está no xadrez. Está *preso*. Um verdadeiro prisioneiro político. Você está maluco?

A coisa não estava caminhando como eu esperava; não queria deixar Alan nervoso e irritado, senão seria impossível ele ter qualquer tipo de conversa produtiva e racional comigo.

Olhe, estou morrendo de fome. Vamos sair para eu comer qualquer coisa?, pedi.

Alan veio atrás de mim bufando, estalando os dedos de forma ameaçadora.

Descemos a Endell Street até a Rock and Sole Place Fish Shop. O movimento da hora do almoço estava quase no fim, e havia uma mesinha livre nos fundos. Nos espremermos lá dentro, Alan praticamente abraçando a mesa com o seu corpanzil. O restaurante estava lotado, cheio de gente que trabalhava no centro de Londres — garotas de *tailleur* que comiam pratos de batatas fritas com purê de ervilhas e disputavam o espaço com garis banguelas, uma família de coreanos de ar desconfiado e que cutucavam nervosamente seus pedaços de peixe como se, mesmo frito na gordura, ele pudesse voltar de repente à vida, taxistas de papada tremelicante e costeletas trapezóides, dois gregos de jaquetas de couro falando aos berros nos celulares; e metade dos presentes tragava cigarros inteiros entre uma mordida e outra. As janelas estavam embaçadas e os tampos das mesas, escorregadios de gordura.

Pedi meia porção de bacalhau com fritas. Alan quis uma arraia grande com salsichas Frankfurt, salsichas empanadas, batatas fritas e purê de ervilhas. Começamos a comer em silêncio. Gotas de suor do tamanho de amendoins acumulavam-se sobre o lábio superior de Alan, e um filete de suor me escorreu pelas costas, provocando-me um calafrio. Eu necessitava de um banho com urgência. Volta e meia o centro de Londres dá a impressão de ser inteiro assim: uma grande lanchonete lotada, barulhenta, fedida, meio ensebada, a pele das pessoas brilhando de suor e oleosidade, a intimidade entre estranhos amontoados, toda a absurda variedade da vida espremida num lugar só, todos aparentando indiferença, fingindo estar gostando da comida e ignorando a cadeira dura feito tábua, o bodum do sujeito sentado em frente, o nó nas tripas, os adolescentes berrando obscenidades do outro lado do salão, a gritaria em quatro idiomas diferentes que ninguém entendia, o cansaço dos olhos, a dor nos joelhos, os sapatos molhados, sabendo que o que os esperava em casa era um quarto vazio, se tivessem sorte, com uma panela enferrujada e um cobertor puído e curto — e isso era tudo o que possuíam naquele momento de suas vidas. Estava difícil engolir o peixe. Acabei desistindo.

E o dinheiro da fiança? O dinheiro que Mick lhe deu?

Alan Henry estava limpando o prato com a última batatinha, juntando os resquícios de purê de ervilha e as migalhas das frituras.

Tá bem. Acontece que o Hanif convenceu o advogado a mandar-lhe o dinheiro no xadrez, gastou tudo num pacote de metanfetamina que outro preso foi cozinhar na sua pia e acabou acusado disso também. Mas o advogado garantiu que ele deve sair ainda esta semana.

Você sabia que a Erin, a tal que conhecemos naquela noite, roubou uma coisa do museu? Uma coisa de grande valor?

Alan parecia confuso, segurando uma salsicha mordida como uma batuta de maestro.

Ahn? O que ela foi fazer no museu? Quando?

Não importa. O que houve com as suas coisas? No seu quarto? Onde está morando agora?

Bom... a chapa ficou quente para mim.

Baixou os olhos e murmurou, como se estivesse conversando com a carcaça devastada da arraia no prato.

Tinha gente de olho em mim, a situação ficou complicada. Entraram no meu apartamento e reviraram tudo. Acho que eram agentes da CSA. Pedi a um conhecido meu para tirar as minhas coisas de lá.

CSA?

Canadian Security Administration, a Administração de Segurança Canadense.

Você está brincando.

Nós dois nos encaramos por alguns instantes. Eu já estava esperando por alguma bobagem do gênero; ele não ia jogar limpo comigo.

Nunca ouvi falar disso.

Exatamente, volveu ele, erguendo o queixo e arregalando os olhos com ar de quem tinha conhecimento de causa.

Não é a primeira vez que mandam agentes atrás de mim. Os caras não brincam em serviço. Foram os pioneiros; foram eles que ensinaram tudo à NSA e à CIA. No momento, estou escondido num lugar indeterminado na South Bank.

Sempre achei que o Alan tinha um parafuso a menos, mas agora já estava duvidando da sua capacidade de percepção da realidade como um todo.

Então, o que você está fazendo *aqui*?

Alan ficou atônito.

Ué, vim ver como você estava, Rothschild. Fazia um tempo que não via você. E o nosso amiguinho, o Mick...

Lembra dos lutadores, naquela noite? Tinha um chamado Gigante... Eles também estão metidos nessa história. É uma trama esquisita, acabei enrolado até o pescoço. Os *hare krishnas* também estão envolvidos. É muita coincidência: na noite em que conheço o Hanif, as coisas começam a virar de pernas para o ar... Nem sei mais o que estou dizendo. Olhe, tem um sujeito atrás de você, chamado Okonkwo, sabia? A primeira vez em que o vi ele estava sentado na sua mesa, depois me seguiu no caminho de ida e volta a Cambridge.

Alan torceu os lábios e, pensativo, bebeu um gole d'água. Pela primeira vez, vi o pânico passar por seu rosto enorme enquanto ele virava o copo, os olhos procurando o teto.

Okonkwo?, ele repetiu. Não me é totalmente estranho...

Por que você fez isso? Qual o seu interesse em antigüidades egípcias? E os *hare krishnas*, querem o que com elas? Era para o Oldcastle? Ele está pagando você para isso?

Espere aí, espere aí, doutor. Oldcastle? Nunca ouvi falar. E isso aí de antigüidades egípcias, bom, você sabe que respeito o seu trabalho, apesar de parecer um tédio só. Mas me fala mais desse Okonkwo... ele fez alguma acusação formal?

Formal? Não... Ele me viu na Biblioteca Britânica, estava sentado na mesa que você costuma usar. Depois, nos encontramos no trem para Cambridge. Eu não disse nada para ele. Deixei um livro no seu apartamento, foi por isso que ele veio atrás de mim. Ou, pelo menos, foi por isso que me seguiu.

Livro? Que livro?

O registro de uma viagem pelo Egito, no século XIX, com uma capa de couro marrom. Não tem nada de mais, eu mesmo só li os primeiros capítulos, mas, para a biblioteca, é importante, é um exemplar bastante valioso.

Alan deu de ombros, os feixes de músculos do pescoço ondulando como cobras.

Sei lá, Rothschild. Não tenho nenhum livro assim... Espere aí: quando foi que *você* esteve no meu quarto?

E esse anel de escaravelho aí na sua mão? Onde foi que arrumou?

Alan olhou para as mãos.

Está falando disto aqui?

E mostrou-me os dedos. Lá estava ele, a pedra vermelha e sem brilho, o escaravelho gravado com técnica rudimentar. Senti-me um tolo só de pensar na possibilidade que estava me ocorrendo.

Foi o Hanif que me deu. Qual o problema?

Senti as águas mudando de curso, uma oportunidade de trocar de caminho, a outra terra. A possibilidade de acertar. Para derrotar Set, era preciso permitir que se transformasse, deixá-lo assumir a forma que bem entendesse. E, tal qual Hórus, quando Set se tornasse um hipopótamo, rugindo em fúria animal, espumando pelo Nilo e rangendo as mandíbulas, seria preciso tornar-se o caçador, arpoá-lo da margem e arrastá-lo para a terra firme.

Olhe, tenho umas coisas para resolver esta noite. Será que você pode me encontrar amanhã? No Spanish Bar?

Alan Henry estreitou os olhos.

Vamos resolver essa história amanhã. Meio-dia no Spanish Bar. Vamos nos encontrar para entender direitinho tudo o que está havendo.

Fiquei de pé. Finalmente eu teria minha própria saída triunfal, deixando Alan, pela primeira vez, com aquela boca de ponte levadiça aberta.

Tenho de ir. Preciso ligar para a minha filha. Amanhã, meio-dia.

23: O ESCARAVELHO DO CORAÇÃO

SUBI ATÉ A GREAT RUSSELL e tomei a Coptic Street até o *pub* Plough, onde, no andar de cima, existia um salão de jantar (embora eu nunca tenha visto ninguém jantando nem fazendo qualquer outra coisa ali). Havia algumas mesas amontoadas junto às amplas vidraças que davam para a Little Russell Street e o Ruskin Hotel, do outro lado; e um telefone local gratuito, uma anomalia em Londres — na Europa inteira, para falar a verdade. Como já passavam dez minutos das seis da tarde, liguei para o hotel de Zenobia. O recepcionista passou a ligação para o quarto.

Já voltou?, perguntou ela. Tão cedo?

O tom metálico da sua voz era quase agradável — apesar de uma nota de tensão, como se houvesse alguém ao seu lado.

Me desculpe, Zenobia, de verdade. As coisas se complicaram. Um conhecido meu, o Dr. Hardy...

Esqueça, não estou interessada.

Mas ele teve um ataque cardíaco, no rio, e precisou ser ressuscitado, e...

Espere, você *ressuscitou* alguém?

Bom, ele estava no chão, apagado, morto. Aí...

Você trouxe o sujeito de volta à vida.

Sim, não, eu não, a Penélope...

Penélope?

É, foi ela que me acompanhou a Cambridge, nós... ela foi me ajudar...

Deixe para lá, interrompeu Zenobia, estou sem tempo para isso agora. Estou atrasada para uma reunião. Olhe, se quiser se encontrar comigo de novo, tem uma recepção para editores do mundo todo no South Bank Arts Center hoje à noite. Sabe onde fica? Para comemorar o Dia de Guy Fawkes. Chegue por volta das nove da noite, e vista alguma coisa decente. Não aquele terno de veludo, por favor.

Claro que vou. Quando você vai embora?

Ah, devo ficar algumas horas. Vamos assistir do terraço à queima de fogos da Waterloo Bridge e tem uns comes e bebes depois. Por quê, já tem alguma coisa marcada?

Perguntei em Londres, quando vai embora de Londres.

Preciso voltar para Nova York amanhã.

A voz de Zenobia suavizou-se por um instante, o tom metálico abrandado, as ondas sonoras vibrando em outra freqüência, os amperes mais lassos, traindo os seus sentimentos. Agarrei-me ao telefone, assaltado por uma sensação de urgência, como se fosse uma questão de vida ou morte.

Conseguimos, contei. Conseguimos o papiro de volta. É um documento muito interessante.

Imagino. Você ainda vai ser demitido?

Sei lá. Mas também não importa, meu contrato expira em dois dias. Eu já ia embora de qualquer jeito.

Para onde você vai?

Não sei ainda.

Mexi os pés e as velhas tábuas do piso estalaram.

Leve a sua amiga, sugeriu Zenobia. Eu gostaria de conhecê-la. Gostaria de conhecer o tipo de mulher capaz... de ir a Cambridge com você para recuperar aquele... troço que roubaram.

Ficamos em silêncio. Dava para ouvir sua respiração leve do outro lado.

Vou deixar o seu nome na lista, com uma acompanhante. Deve estar cheio. Dizem que a Fergie deve ir. Não quero perder isso por nada. Sabe quem é? Sabia que ela ainda existe?

Nova pausa.

Olhe, insistiu ela, tenho de ir. Nos vemos às nove. Dê o seu nome na porta e eles me encontram lá dentro. Queria que você fosse, porque... porque tem uma coisa que eu quero lhe dizer. Uma novidade. Além do casamento da mamãe. Eu não queria lhe dar duas bordoadas de uma vez só.

Ah, muito obrigado.

De nada. Será que você pode ir apresentável, por favor? Faça o melhor que puder. Dá para comprar uma roupa nova, qualquer coisa assim? De repente, a sua amiga Penélope pode...

Zenobia, preciso dizer uma coisa. Quero que saiba de uma coisa. Estou atravessando um momento muito atribulado, não sei se você entende a pressão que...

Olhe, por favor, ela murmurou com dureza, não me venha com esse papo de "você não entende".

Os dois nos calamos e fiquei apenas respirando, uma respiração curta e quente. O tilintar distante dos copos e o estalejar da madeira no bar no andar de baixo, vozes se cumprimentando e brindando, a sinfonia da boa vontade ao longe. Os bares ingleses são, definitivamente, os lugares mais acolhedores e dolorosamente solitários da face da Terra.

Nos vemos às nove, está bem? Combinado. Tchau.

Quedei-me no bar deserto com o fone pressionado contra a orelha, vendo cair a luz que batia nas paredes escuras do Ruskin Hotel. Como a vidraça era um pouco côncava embaixo, a fachada do hotel parecia meio torta, inclinada para o lado. O céu estava escuro e, por trás dos barulhos do bar, dava para ouvir o tráfego da tarde que se intensificava. Fiquei ali, agarrado ao telefone. Para os antigos, o apocalipse espreitava em cada esquina. Todo dia era uma preparação para o possível cataclisma, como os embates entre Osíris e a grande serpente Apósis durante a noite tenebrosa do submundo. Apenas a preparação e a vigilância promoviam o advento do novo dia. Da *Instrução de Amenemope*:

> Não digas: "Hoje é igual a amanhã". Como terminará isso? Chega o amanhã, hoje já não existe mais, o que era a profundeza torna-se a beirada da água. Os crocodilos são expostos, os hipopótamos vêm dar à praia, os peixes se reúnem; os chacais se saciam, os pássaros estão em festa, as redes de pesca se esgotam. Mas todos os silentes encontram-se no templo, e cantam: "Grandes são as bênçãos de Rá". Una-te aos silentes e encontrarás a vida, e teu ser prosperará sobre a terra.

Os ventos da catástrofe acumulavam-se sobre a minha cabeça; tudo o que eu queria era retirar-me para os degraus do templo e unir-me aos silentes, à vasta solenidade da Estela.

Resolvi ligar para Penélope para ver se ela não gostaria de ir à recepção. Na verdade, acho que queria mesmo era saber notícias dela. Como não atendeu, deixei recado na caixa postal pedindo que se encontrasse comigo às nove na saída sul da Waterloo Bridge, para entrarmos juntos. Disse que gostaria que ela fosse, que estava preocupado e que esperava que estivesse dormindo para se recuperar da nossa viagem.

O barulho no andar de baixo aumentou. O bar estava enchendo; afinal, era Dia de Guy Fawkes, e o pessoal estava aquecendo os motores para uma grande noite. As sombras da Little Russell Street iam se alongando e a luz, diminuindo rápido. Eu teria de trabalhar rapidamente.

Limpei a mesa e, tirando uma caneta hidrográfica do bolso, desenhei minha malha na toalha branca, com as coordenadas do novo esquema. A cobra errante enroscada sobre a lua, a serpente empinada e o tecido dobrado, o sol que ilumina, ave aquática em repouso, adaga, pão, mão que oferece, água ondulada, feixe de juncos, o olho que tudo vê, mulher sentada sob a lua... *força, o olho dela ilumina... as Duas Terras e o Outro Mundo... na presença do Deus-Sol que... o Deus-Sol ilumina... o Deus-Sol ilumina para ela... Ela ilumina as Duas Terras...*

As Duas Terras e a Terceira Terra aquecem-se na luz dela... Quando ela avança, todas as boas plantas e animais vêm à luz... Ela que desponta cedo, que existe numa miríade de formas, mãe eterna...

Meu pai nunca parava para olhar a vista, nunca se interessava pelos lugares onde nos encontrávamos. Chamava de "estruturas nativas" tudo o que de local se encontrasse diante das mandíbulas escancaradas das suas máquinas. Na época, eu geralmente concordava com ele ou, pelo menos, acreditava em seu senso beligerante de progresso. Era óbvio para qualquer um que a represa era não somente desejável como necessária. A região do Nilo não podia continuar dependendo do antigo sistema de cheias periódicas — não se quisesse se tornar uma economia moderna e florescente, capaz de liderar o Norte da África rumo a uma nova era.

Minha primeira oportunidade de ver o Grande Templo de Abu Simbel foi em 1962; estávamos em Assuã havia uns seis meses quando os arqueólogos ingleses finalmente persuadiram meu pai a fazer uma visita ao local. O grupo pertencia à velha e charmosa escola de cavalheiros endinheirados que, "por esporte", aplicavam sua aguçada perspicácia intelectual aos povos e lugares claramente destituídos do foco apropriado à estética civilizada. Por outro lado, era forçoso reconhecer: os caras eram dedicados — ainda que não obtivessem maiores resultados, tão inabalável era o seu propósito — e haviam encasquetado de convencer os manda-chuvas da equipe de construção da represa a preservar determinados artefatos egípcios. Àquela altura, outros arqueólogos e autoridades britânicas já haviam comprado ou simplesmente se assenhoreado de muitos dos artefatos encontrados nos sítios conhecidos, não raro com o consentimento ou as bênçãos expressas do governo egípcio, que parecia disposto a arreganhar as tumbas dos reis antigos para qualquer branco com dinheiro. Aquele grupo, porém, não parecia ser desse tipo. Pertenciam à nobre estirpe de Oxbridge,* homens que se aferravam com pertinácia a determinados valores intelectuais com freqüência tão primitivos e obtusos que acabavam realizando grandes conquistas graças, em grande parte, à mera perplexidade em que submergiam os adversários. Muitas de suas aquisições daquele período encontram-se, agora, no Museu Britânico. O grande império britânico dos tempos vitorianos foi erigido por essa espécie, ulteriormente substituída pelos mais rapaces progenitores do capitalismo colonial.

Chegaram de carro certa manhã, meia dúzia desses sujeitos imperturbáveis, engalanados em seus impecáveis ternos de linho de três botões, chapéus e sacolas empoeiradas abarrotadas de documentos. Meu pai, trajando as calças de sarja e a camisa branca de sempre, com as mangas enroladas, recebeu-os no seu escritório improvisado numa barraca leve montada num aclive atrás dos *trailers*, e mandou servir bandejas de chá quente e frutas. Os homens conferenciaram em volta da mesa dobrável durante boa parte da manhã. Vez por outra, um dos ingleses se levantava e andava de um lado para o outro, apontando um dedo vigoroso para um esboço qualquer num caderninho e declamando alguma convicção estridente. Fiquei acocorado num buraco que eu e Hakor havíamos aberto com uma pá na terra seca e coberto com uma tábua para nos proteger do sol, logo abaixo da pequena subida até a barraca — um lugar estrategicamente escolhido para podermos espionar meu pai em suas confabulações com os russos, diversos egípcios e,

---

*Trocadilho britânico com os nomes das universidades de Oxford e Cambridge, sobretudo como sedes da excelência, do privilégio e da exclusividade sociais e acadêmicas. (*N. da T.*)

agora, esses ingleses. Ou, melhor dizendo, fingíamos espionar: meu pai tinha perfeito conhecimento de onde estávamos, e nós sabíamos disso. Como era de seu feitio em conversas que não guardavam relação direta com o projeto, meu pai falou muito pouco, observando seus interlocutores com atenção e um leve sorriso estampado no rosto, seus olhos fixos em cada um que tomava a palavra. Eles sacaram planilhas, desenhos, fotos, desenrolaram mapas, esboçaram diagramas, fizeram cálculos, todos examinados com profundo rigor pelo meu pai, que os pegava e lia com cuidado. De vez em quando, acenava a cabeça e servia mais chá para si e os outros.

Os arqueólogos partiram algumas horas depois, tagarelando sem parar. Pareciam muito otimistas com relação ao resultado do encontro. Meu pai permaneceu na barraca e convocou seus dois assistentes americanos. Analisaram alguns dos documentos que os ingleses haviam deixado e trocaram idéias por mais uma hora. Depois, meu pai veio me procurar para avisar que estava na hora do almoço, e mandou Hakor sair do nosso buraco e correr à cozinha (no que foi obedecido aos trambolhões). Na barraca-refeitório, agachei-me numa almofada e fiquei observando meu pai enquanto comíamos, mas não consegui desvendar seus pensamentos.

Na manhã seguinte, ele me chamou à sua barraca. Tinha acabado de encerrar uma reunião com os principais planejadores soviéticos, que saíram resmungando e fumando enfurecidos. Reparei que ainda havia documentos dos ingleses espalhados sobre a mesa de trabalho — mas o que meu pai queria saber era sobre o obelisco inacabado. Tinham lhe dito que eu vinha me aventurando na pedreira com regularidade, e ele, muito simplesmente, queria saber por quê. O que havia de tão interessante naquela velha ruína de pedra para me fazer voltar dia após dia?

Eu não passava de um garoto, o que poderia dizer? Limitei-me a dar de ombros e responder-lhe com o "sei lá" de praxe, usado pelos meninos desde tempos imemoriais para justificar seus atos mais ilógicos. Queria poder ter a chance de explicar a ele agora.

Matt Bondurant

Meu pai, então, me mostrou os diagramas do Grande Templo de Abu Simbel que os britânicos haviam lhe deixado. Contou-me que eles queriam salvar o templo; queriam que meu pai convencesse os soviéticos a deslocar aquela estrutura gigantesca, transplantar tudo para outro local, fora do alcance da inundação. Sua idéia, ainda por cima, era usar os equipamentos soviéticos, atrasando a construção da represa e aumentando os riscos de danos e desgaste da maquinaria. Contrariando os soviéticos, ferrenhos opositores do plano, meu pai havia concordado em acompanhar os ingleses até o templo para ver, em primeira mão, o que exatamente eles pretendiam salvar. Abu Simbel ficava depois da primeira catarata, no mais longínquo recôndito do sul da Núbia. Levaríamos vários dias para chegar lá navegando numa balsa que os russos usavam para as viagens mais longas pelo Nilo. Nossa partida estava marcada para a manhã seguinte, bem cedo.

Fiquei excitadíssimo com a perspectiva de viajar com meu pai e, pela primeira vez, descobrir alguma coisa ao lado dele. Eu, geralmente, passava sozinho por tais experiências. Além disso, também conheceria a terra natal de Hakor, o lugar habitado pelos seus ancestrais por mais de um milênio. Naquela noite, rolei durante horas entre os lençóis, sem conseguir conciliar o sono.

No entanto, não chegamos a ir. Hakor veio me acordar, segurando com mãos trêmulas a bacia de água para eu me lavar, os olhos marejados brilhando na escuridão. Ao sentar, vi as minhas malas já prontas junto à porta. Durante a noite, os engenheiros soviéticos haviam recebido ordens de Moscou para nos tirarem dali, removendo todos os elementos ocidentais do processo. O governo egípcio, instruído pelos russos, havia revogado nossos vistos. Haviam tomado conhecimento das maquinações dos britânicos junto com o meu pai, e não tinham a menor intenção de relocar recursos para devaneios arqueológicos que só fariam retardar as obras. Ademais, já haviam estourado em muito o orçamento. Ao sentar-me na cama naquela manhã, o céu ainda negro e pontilhado de estrelas, Hakor agachou-se ao meu lado, com lágrimas desenhando sulcos escuros no rosto. Enquanto eu me aprontava, ele começou a falar que meu pai estava abandonando o povo núbio, deixando-os à mercê dos soviéticos, que não davam a mínima para o que lhes aconteceria. Expliquei que não podíamos fazer nada, que meu pai não tinha poder para isso, mas Hakor não se conformava.

Meu pai aceitou tudo muito bem. Encontrei-o na sua oficina, as ferramentas já devidamente embaladas, rindo e fumando com os engenheiros russos, que passavam as mãos pelas nucas e sorriam, envergonhados. Não queriam que meu pai partisse; não tinham nada a ver com aquilo. Também estavam constrangidos por terem de revistar as suas coisas, a fim de se certificarem de que não estava levando consigo nenhum plano ou planta, nada capaz de revelar os segredos da construção soviética. Ele lhes apertou as mãos um por um, eles sorriram para mim e afagaram a minha cabeça. Nossas coisas foram carregadas no Land Rover que nos levou a Luxor, onde pegamos um vôo para o Cairo, fazendo uma escala em Paris no caminho para os Estados Unidos.

Quando partimos, Hakor, da porta, atirou contra o carro o dinheiro que meu pai lhe deu — as moedas retinindo no pára-brisa — e xingou-nos num dialeto núbio. Não entendi suas palavras, mas imagino que estivesse nos amaldiçoando por irmos embora, por desistirmos. Sua fúria e seus olhos flamejantes me deram um nó no estômago; então, com um grito angustiado, ele desceu correndo a rua poeirenta em direção ao rio.

A viagem até Luxor foi longa e exaustiva. Ultrapassamos as colinas, o deserto oriental elevando-se até o céu, o Nilo serpenteando por entre o desfiladeiro à nossa esquerda. Não se avistava nada na estrada a maior parte do tempo, à exceção de um ou outro grupo de homens caminhando pelo acostamento empoeirado, quase sempre com grandes fardos nas cabeças ou nas costas. Eu não queria ir. Mal havia começado a me divertir, a ganhar confiança nas minhas incursões. Tinha me habituado a explorar a área do obelisco, a ficar brincando na superfície fraturada até o chamado para as orações do anoitecer. Chorei durante quase todo o caminho para Luxor, tentando fazer o mínimo de barulho possível, aninhado no banco de trás no meio das nossas malas. Meu pai tagarelava com o motorista na frente, rindo e oferecendo seus cigarros enquanto chacoalhávamos pela estrada.

Num dado momento, meu pai enfiou a mão no bolso fundo do casaco para me mostrar o escaravelho de feldspato que os russos haviam lhe dado como presente de despedida. Girou o escaravelho nas mãos calejadas e explicou que as representações de escaravelhos eram proeminentes na mitologia egípcia como símbolos do aspecto eterno da natureza, devido ao hábito do escaravelho-bosteiro de rolar pelotas de esterco até um local protegido e depositar seus ovos em seu interior, assim como a bola do sol rolava pelo céu e a da lua, à noite. Eu não lhe disse que já conhecia aquela história.

Os antigos, prosseguiu ele, usavam esse tipo de metáfora para explicar e descrever os fenômenos naturais do mundo. É o que chamamos de animismo. Pode parecer uma tolice hoje em dia, mas, de certa forma, a coisa faz sentido. Em termos visuais, faz sentido. Está entendendo o que quero dizer?

E colocou o escaravelho na minha mão. Era frio; examinei-o com as pontas dos dedos, explorando as fissuras e as finas linhas da pedra. O verde era ligeiramente translúcido, com sombras de fraturas e veias que se espalhavam sob a superfície como uma teia de aranha.

Agora, com os olhos perdidos no deserto, a vegetação agressiva e a areia torrando a perder de vista sob o sol, ele divagou:

Às vezes, me pergunto se algum dia vamos retomar esse tipo de crença. Todos nós. Até os americanos. Não seria engraçado?

Pegou o escaravelho e enfiou-o de novo no bolso.

Como podemos nos precaver para que isso não aconteça?

Eu sabia a resposta que ele queria, mas nada disse.

Tudo isso, essas construções em ruínas, essas edificações soterradas, tudo isso está abandonado lá por um *motivo*.

E a represa de Assuã, não vai cair um dia também?, inquiri.

A Terceira Tradução

Ele riu, erguendo o queixo bronzeado no sol que entrava pela janela. Bom, imagino que sim, um dia. Se não receber a manutenção adequada. Com um projeto consistente e uma construção cuidadosa, era possível fazer qualquer coisa durar muito tempo. Os egípcios foram fantásticos, melhores que a maioria — se bem que receberam uma senhora ajuda do clima. Mas não há como prever o tempo de vida de algo que é bem-feito; pode durar para sempre. Claro que, hoje em dia, "para sempre" quer dizer outra coisa. O tempo, hoje, é outro.

Nunca mais vi aquele escaravelho, nem depois da morte do meu pai, durante meu primeiro ano em Berkeley, alguns meses antes do meu casamento. Ele estava enfurnado nos cafundós da Amazônia, vivendo entre os nativos, trabalhando na construção de uma série de pontes e represas hidrelétricas que forneceriam energia para quase todo o sul do Brasil. Uma pilastra instalada na terra fofa das paredes do vale cedeu e trinta toneladas de concreto e aço despencaram de uma altura de cem metros, soterrando meu pai e alguns operários na margem do rio. O mais incrível é que ele não morreu: as equipes de resgate ouviam-no falando, batendo nas vigas de metal. Estava preso numa cavidade aberta no concreto pelos dutos de escoamento. Levaram oito horas para abrir caminho até ele; quando o encontraram, o ar havia acabado. Tinha sofrido apenas alguns arranhões.

Enviaram-no de volta num caixão improvisado com engradados de banana. Quando o abrimos, no aeroporto, ele parecia ter criado uma espessa capa de cabelos escuros que o cobria da cabeça aos pés, ocultando-o por completo. Eram milhares de aranhas peludas, que haviam penetrado no caixão e aproveitado a longa viagem para se refestelar com o corpo e procriar.

Voltei para Syracuse com minha pobre mãe em estado de choque, tão dopada de lítio ou qualquer outra coisa que sequer teve chance de exprimir ou dar vazão à sua dor. Envolveu-me debilmente com seus braços finos, batendo de leve nas minhas costas como costumava fazer quando eu era criança. Após alguns dias sentado em silêncio com ela na varanda, voltei para São Francisco. Ela morreu poucos anos depois.

⁂

Do *Livro dos Mortos*, Capítulo 30B, "O Coração como Testemunha":

> Fórmula para não deixar que o coração de (?) a ele se oponha na necrópole. Ele dirá: Oh, meu coração de minha mãe, oh, meu coração de minha mãe, oh, meu coração de meu ser! Não te ergas em testemunho contra mim, não te oponhas a mim no tribunal, não te rebeles contra mim perante o guardião das balanças!

Dei uma olhada em seus pertences, mas ele não possuía praticamente nada. Como eu, meu pai viajava com malas leves e nunca acumulava muita coisa. Algumas gavetas de roupas, uma caixa de sapatos com objetos pessoais, fotos de projetos terminados, seus diplomas. Era um homem que percorria o mundo inteiro e voltava sempre de mãos vazias. Em compensação, deixava seus próprios monumentos, colossos que durariam mil anos. Acho que ele devia pensar: para que *levar* alguma coisa quando se podia, pelo contrário, *deixar* lá algo capaz de alterar toda a paisagem, uma cultura inteira? Esse era o tipo de coisa que ele diria.

Quando garoto, em Assuã, eu fazia apenas uma vaga idéia do que era animismo, e não entendi bem as implicações do desejo do meu pai de voltar a esse tipo de história, uma possível tradução metafórica da ciência em algo mais tangível e interessante, talvez até mais satisfatório. Quer dizer, a história do sol, sua explicação científica — uma bola de gases, a Terra em sua pobre circunferência girando ao redor de uma estrela solitária, uma partícula num punhado de areia — possui uma majestade própria, creio eu.

A TERCEIRA TRADUÇÃO

Hoje, acho que, para o meu pai, a melhor maneira de expressar essa idéia era construir suas próprias metáforas, seus próprios monumentos grandiosos à glória humana. As grandes pirâmides, todas as imponentes estruturas do Antigo Egito, não passam de hieróglifos numa escala muito maior, um vasto pictograma, uma metáfora. Reconforta-me pensar que ele gostaria do que eu faço e do que realizei, mesmo não deixando marcas na paisagem do mesmo modo que ele. Gostaria que ele tivesse conhecido Zenobia, que pudesse vê-la agora, que visse o que ajudei a criar.

⁂

Alguns anos depois da nossa partida de Assuã, a pressão internacional, principalmente por parte da Unesco, acabou obrigando os russos a salvarem o templo de Abu Simbel — que foi cortado inteiro da rocha e transportado para um planalto próximo, acima das águas, numa extraordinária façanha da engenharia. Tive ocasião de visitá-lo dezesseis anos depois e ver os raios do sol poente encherem a câmara interna em 22 de outubro, vê-lo pousar sobre os quatro deuses. Devo admitir que senti um certo orgulho, uma sensação de que talvez houvesse tido alguma participação naquilo tudo. Além disso, desejei que meu pai pudesse tê-lo visto com seus próprios olhos, passado as mãos pelos símbolos cinzelados com delicadeza, sentido o granito liso do Babuíno de Tot. Talvez, então, ele passasse a encarar de outra forma o que nos aconteceu no Egito.

A salvação de Abu Simbel ganhou destaque na imprensa; pessoas de todo o mundo apoiaram os esforços da Unesco e aplaudiram quando o projeto foi levado a cabo. Muitas outras coisas, porém, muitas coisas que ninguém mais conhece, em sua maioria sítios menores, inclusive inúmeras tumbas, além de uma vasta extensão da Baixa Núbia, foram cobertas pelas águas azuis do Lago Nasser. Alguns locais chegaram a ser esquadrinhados pelos ingleses, que cobriram resmas de papel com esboços, esquemas e desenhos na tentativa de preservar o que fosse possível. Não há como avaliar o que pode estar enterrado sob as águas, o que neste exato momento pode estar se decompondo sob as forças erosivas e corrosivas da água e do lodo. Pode haver outra Pedra de Roseta, algo que descortinasse novas perspectivas de entendimento do mundo antigo. Lamento muito por ter estado lá e não ter podido fazer nada — e, por mais improvável que possa me parecer hoje, ainda assim queria ter convencido meu pai, tê-lo persuadido a colaborar antes com os ingleses, a dobrar os soviéticos. Eu devia ter tido mais cuidado.

24: ABSTRAÇÕES

QUANDO OLHEI DE NOVO, já era noite; as luzes da Coptic Street entravam pelas janelas meio embaçadas e o estrépito lá embaixo montava, agora, a um bramido de vozes e música. A toalha estava coberta de rabiscos e meu rosto latejava de calor. Eram oito e meia. Peguei a toalha, dobrei-a e fui enfiando-a sob o casaco enquanto descia as escadas. O *pub* estava cheio de gente comemorando o feriado, e tratei de ganhar rápido a rua, também lotada de celebrantes e turistas que calcavam o pavimento em meio ao frio. O céu, meio nublado, escurecera por completo. Fiquei imaginando como seriam as tradicionais queimas de fogos e celebrações do Dia de Guy Fawkes no meio de um aguaceiro gelado — provavelmente, como tudo o que é inglês: sombrias, insistentes, ensopadas e sujas, mas imperturbáveis e determinadas a ir até o fim.

Virei na Museum Street, tomei a Holborn e segui para a St. Martin's Lane, a multidão se avolumando cada vez mais, em sua maior parte dirigindo-se ao Tâmisa. Faltavam dez minutos para as nove. Eu havia perdido três horas no bar. Daquele jeito, ia me atrasar para o encontro tanto com a Penélope quanto com a Zenobia. No começo, tentei encontrar as brechas, esgueirar-me rapidamente por cada fenda que se abria e fechava tal qual o gelo ártico, tão rápido quanto surgia, até a pressão ficar grande demais — então, simplesmente me deixei levar pela correnteza, pela ondulante maré humana que descia do centro de Londres para o rio.

O Victoria Embankment já estava apinhado de gente a perder de vista ao longo do Tâmisa, tanto na direção de Blackfriars quanto para o sul, para os lados de Lambeth Bridge e Vauxhall, todos esperando o início dos fogos. Ia dar trabalho atravessar a Waterloo Bridge até o South Bank Arts Center, e eu não fazia a menor idéia de como ia localizar Penélope no meio de tamanha confusão. Estava aos pés da ponte quando me dei conta de que ainda estava com as roupas de Hardy, sujas e amarrotadas — mas não tinha outra escolha, e entrei na fila larga e morosa que se formava à beira d'água para cruzar o rio. A polícia havia fechado metade da pista para permitir um maior fluxo de pedestres, o que não impedia a multidão de invadir, aqui e ali, a pista dos veículos, bloqueando o tráfego. Quase todos dividiam garrafas de champanhe ou a mesma cerveja *lager* de sempre, muitos com chapeuzinhos baratos de papel colorido com purpurina, soprando cornetas de plástico e falando alto, cheios de expectativa. Da margem sul, chegava uma música que ecoava nas pedras molhadas da ponte numa sonoridade meio *rock-and-roll*, moderna, talvez, e a turba ondulava e balançava no ritmo, metida em seus compridos casacos pretos e cachecóis. Eu estava congelando; havia esquecido meu impermeável na casa do Hardy e perdido meu chapéu em algum ponto do Cam. No rio, uma embarcação parecida com um rebocador descrevia círculos indolentes nas águas escuras e oleosas entre as pontes de Waterloo e Blackfriars, com uma espécie de lança-chamas montado na ponte, cuspindo espessos jatos de fogo branco a intervalos regulares, mais ou menos sincronizados com a música.

Já tinha percorrido um quarto do caminho quando avistei Penélope, seguindo na mesma direção, mas uns quarenta metros à minha frente, o cabelo preso no topo da cabeça, com roupas limpas e um sobretudo cinza, o pescoço protegido por um grosso cachecol verde. Mantendo-me na beirada da multidão, consegui atravessar a ponte. As pessoas fumavam, falavam sem parar e bebiam do gargalo de suas garrafas e latas, conferindo os relógios a cada minuto, e espreitando o lado leste do rio, à espera de algum sinal dos fogos de artifício. Eu não tirava os olhos dos cabelos de Penélope, meneando à minha frente em meio ao mar de cabeças e chapéus. Estava me aproximando e, lá pelo meio da ponte, gritei seu nome.

Penélope!

Ela parou e deu meia-volta, o rosto pálido de frio, os olhos arregalados me procurando na multidão. Magnus, ao seu lado, encontrou meu olhar quase de imediato, um meio-sorriso de escárnio alojado no canto da boca. Ela me viu e abriu um sorriso, erguendo a mão num cumprimento desajeitado, e disse alguma coisa para Magnus, que se inclinou para responder-lhe ao ouvido. Vestia um alinhado terno preto, o cabelo todo espetado com gel na frente, como uma coroa, e estava com o braço pousado na sua cintura, puxando-a para o lado para dar passagem para os demais transeuntes. Não parava de falar-lhe ao ouvido, com jeito de quem a consolava. Penélope parecia estar chorando. Estava a apenas dez metros dela quando senti o rebuliço de uma movimentação intensa atrás de mim e ouvi gritos e protestos na multidão.

Ei! Chegue pra lá! Pare com isso! Ei! O que é isso? O que está acontecendo?

Olhei para trás e dei de cara com o Gigante abrindo caminho pela massa, o rosto de pedra, vindo direto na minha direção. O *hare krishna* mais velho, que estava na casa de Oldcastle, seguia em seu rastro com seu manto açafrão e seu tufo grisalho de cabelo, a careca muito pálida e sem brilho refulgindo sob as luzes da ponte. Virei-me e tentei abrir caminho, bracejando para avançar mais rápido; quase não consegui passar por uma família de americanos vestidos com capas de chuva amarelas combinando, depois tentei me meter no meio de um grupinho de jovens advogados de parca, os dedos elegantes e avermelhados de frio aferrados às latas de Old Peculier e aos cigarros, formando uma impenetrável muralha de lã e *pied-de-poule*. Baixei a cabeça para abrir passagem melhor e acabei esbarrando no cotovelo de um sujeito ossudo com longas costeletas que bebia uma cerveja.

Com licença, pedi, por favor, preciso passar!

Desequilibrado o rapaz, a espuma espirrou da lata sobre seu pulso e o punho da camisa.

Puta merda!

Ele jogou o cotovelo para trás com força, acertando-me em cheio abaixo do nariz e nos dentes da frente, esmagando meus óculos contra o rosto. Fagulhas de dor saltaram da minha gengiva, subindo pelo nariz e pelos olhos, e escapou-me um grito raivoso. O rapaz me olhou por sobre o ombro e vi um momento de choque e preocupação atravessar-lhe o rosto quando se deu conta de que havia me atingido com tanta precisão. Meus olhos ficaram cheios d'água, e levei as mãos à boca.

Ai, desculpe, cara! Me desculpe, mesmo. Tá tudo bem?

Virei-me para tentar escapar, tonto e meio cego das lágrimas e dos óculos rachados, tentando encontrar ainda um ponto fraco na multidão, quando senti algo que me tocava o ombro. Encolhi-me todo, erguendo os ombros e levantando as mãos a fim de proteger o rosto de maiores danos.

Socorro!, berrei com voz entrecortada. *Socorro, pelo amor de Deus!*

A massa humana ao meu redor diminuiu a velocidade e silenciou. Coloquei-me nas pontas dos pés e procurei desavoradamente por Magnus e Penélope. O gosto quente e salgado do sangue me enchia a boca.

Então, o Gigante me puxou por trás e me girou sobre o eixo com um piparote. Apoiou-se num dos joelhos para examinar meu rosto. Continuava de tapa-olho branco e seu outro globo ocular parecia frouxo na órbita, todo riscado de filamentos vermelhos. Sua mão segurava meu ombro com firmeza, apertando de leve.

Calma, Dr. Rothschild. Controle-se!

Sacou um lenço vermelho empapado do bolso traseiro. A multidão de advogados e outros recuou, afastando-se do monstro que me esfregava a cara.

Olhe só, censurou-me o Gigante, o senhor se machucou. Está sangrando!

E dava-me repetidas patadas com o lenço. Encolhi-me todo, esquivando-me com a cabeça como um boxeador, tentando evitar seus movimentos desajeitados. O *hare krishna,* postado ao seu lado, não tirava os olhos de mim. Cuspi um coágulo de sangue nos meus próprios sapatos. As pessoas retomaram seu rumo, aparentemente convencidas de que não haveria nenhuma altercação de maior interesse ou de que toda a violência já havia ocorrido e nada mais se passaria.

Dr. Rothschild, explicou o Gigante, precisamos do senhor lá na casa de campo. Olhe, vamos deixar o senhor limpinho e tudo o mais. Temos um carro esperando lá na Strand.

E começou a me empurrar de leve pelo ombro. Desviei dele, tentando firmar-me sobre os pés.

Não posso, retorqui, preciso ir! Pode pegar seu dinheiro de volta!

Sua mão cortou o ar e veio agarrar-me pelo queixo e pelas bochechas, aproximando seu rosto do meu.

Não é isso. Precisamos que o senhor venha conosco.

Não posso, balbuciei, eu... tenho um compromisso. Minha filha... está esperando.

O Gigante apertou o torniquete no meu queixo, seus dedos cobrindo toda a parte inferior do meu rosto. Seu crânio desgrenhado pendeu por um momento. O *hare krishna* de manto açafrão deu-lhe um tapinha no ombro, como se o consolasse.

É o Oldcastle, ele não vai conseguir. Acabou. A Erin precisa da sua ajuda.

Quis sacudir a cabeça, mas sua mão continuava me espremendo o rosto. Um lado dos meus óculos retorcidos estava pendurado sobre a bochecha, o outro estava sobre a testa. O mundo convertera-se numa mixórdia desfocada de cores difusas e luzes baças, as formas dos dois homens diante de mim ainda reconhecíveis pela silhueta, o resto do mundo não mais que uma massa de ângulos e formas negras arredondadas em movimento.

Volte conosco para lá, pediu o Gigante, e a Erin vai resolver tudo isso. Ela disse que o senhor consegue terminar.

O sujeito de manto pôs a mão no braço do Gigante e os dois se entreolharam. Não consegui saber que tipo de comunicação estava ocorrendo ali, o que suas expressões transmitiam. Tudo se movia, tudo girava ao redor do nosso pequeno círculo de fogo. Sem os óculos, o mundo externo adquiria o lampejo brilhante e sem foco de quando estamos despertando, tropas de sombras marchando em fileiras ordenadas, os rostos nebulosos e voláteis de estranhos. Então, o *hare krishna* começou a falar comigo em árabe egípcio.

Há a questão de certas cerimônias, Dr. Rothschild. O senhor tem uma obrigação para com este projeto. Voltamos a encontrá-lo, após todos esses anos, para que o senhor pudesse pagar sua dívida, corrigir seus erros. O senhor sabe disso. O senhor pode terminar o ritual no lugar dele.

Sua voz me surpreendeu, seca e precisa, vagamente familiar. Precisavam da minha ajuda? Com o quê? O culto a Aton? A feminização da forma humana, a mudança do culto de Amon para o disco solar de Aton? Oldcastle estava, de algum modo, tentando ressuscitar aquela reforma religiosa, adquirindo os devidos textos e artefatos, remodelando todo o seu corpo? As escritas automáticas da Erin, a Ordem da Aurora Dourada, todas as tentativas de estabelecer uma ligação com o outro mundo por meio de alguma dimensão curva do espaço-tempo — tudo aquilo não passava de um delírio desvairado. Era impossível; jamais conseguiriam. E, mesmo que conseguissem, para quê? Pensei naquele mundo, no culto de Aton, na reestruturação de todos os princípios teológicos, na anulação de todas as concepções ocidentais, o verdadeiro monoteísmo trazido à luz. Tudo o que eu possuía eram abstrações intelectuais. No cerne de tudo havia uma outra questão, algo que *eu* parecia incapaz de apreender. Não era a pessoa certa para aquilo. Os antigos egípcios estavam cientes do valor relativo do cérebro e do coração. No processo de mumificação, extraíam o cérebro pelo nariz com um longo anzol; na vida após a morte, o cérebro era inútil, só o coração importava.

O Gigante largou meu rosto e nós dois tentamos ajeitar meus óculos ao mesmo tempo, mas tudo o que conseguimos foi jogá-los longe, espatifando-os no chão. Abaixei-me e quase dei uma cabeçada no *hare krishna*, que também se ajoelhou para apanhá-los.

Olhe, disse o Gigante, me desculpe pelo que aconteceu.

De joelhos, olhei o rosto do *hare krishna*, um borrão no lugar da cabeça e dois buracos negros fazendo as vezes de olhos, a poucos centímetros dos meus. A boca era uma linha fina, ligeiramente recurvada, que lhe contornava a mandíbula, o nariz proeminente como um focinho. As orelhas eram pequenas e baixas, dando a vaga impressão de algo simiesco, meio amacacado. O Babuíno de Tot. Tive ganas de sair correndo.

Quero dizer, continuou o Gigante, se eu soubesse que era *o senhor* naquela noite... Aliás o que o senhor estava fazendo no quarto daquele rapagão canadense?

O *hare krishna* me entregou os óculos. Tinha nas mãos a imagem indistinta de um escaravelho escarlate, flamejante no seu dedo médio.

Coloquei os óculos para poder examinar melhor o anel. Nesse momento, deu para perceber uma alteração na massa humana, uma sensação palpável, uma corrente de medo que me percorreu o corpo. Tratei de agarrar rápido os óculos, segurando-os no rosto.

Walter! Cuidado!

Era a voz de Penélope atrás de mim. Fiz o que a maioria das pessoas faria na minha situação: levantei e olhei para trás, em busca da fonte do alerta, em vez de tratar de me proteger. Por uma fresta entre os ombros e cabeças esticadas, avistei Penélope, os olhos esbugalhados e brancos como o sol. Magnus, ao seu lado, pálido e murmurando algo ao seu ouvido, começou a recuar, puxando-a pelo braço. Penélope deu-lhe um safanão e apontou para mim, para atrás de mim.

Estava escuro, entende?, o Gigante insistia.

Virei-me para o Gigante e o *hare krishna* no exato momento em que tudo de repente entrou em foco: os rostos que me fitavam na multidão, a cabeçorra cabeluda do Gigante e a cara serena e familiar de babuíno do *hare krishna*, plantado ali e me olhando de um jeito estranho. Foi aí que o vi — Alan Henry — vindo do extremo norte da ponte, abrindo caminho pela massa, os circunstantes desequilibrando-se e caindo no seu rastro, a testa baixa e a boca escancarada num uivo que ecoava nas águas escuras do Tâmisa.

O Gigante deve ter visto no meu rosto, porque fechou imediatamente a boca, tirou a mão do meu ombro, deu uma meia-volta rápida com surpreendente agilidade e dobrou os joelhos para melhor absorver o impacto. Cambaleei para trás e senti mãos que me seguravam quando ameacei cair, assistindo à colisão daqueles dois colossos. Ouviu-se o arranhar dos sapatos no asfalto áspero e o choque surdo de músculos que colidiam em alta velocidade. Alan Henry baixou a cabeça de touro e atingiu o Gigante no esterno, envolvendo seu torso com os braços e aproveitando o impulso para erguê-lo do chão. Rugia transtornado, a cara enterrada no amplo peito do adversário — cujo rosto, por sua vez, estava contorcido com seus próprios urros furiosos. O Gigante pôs-se a martelar a nuca de Alan com os dois braços lanosos, enquanto este mantinha o ímpeto para a frente para não se desequilibrar, forçando os dois a atravessarem a pista até a calçada oposta, onde foram chocar-se contra o parapeito da ponte. Com o impacto, a mureta de cimento cortou as costas do Gigante, que soltou um bramido de dor e esmurrou as costas largas de Alan com os punhos.

O resto da multidão recuou rapidamente ao detectar a irrupção de violência, as pessoas caindo e se empurrando para sair do caminho dos dois homens, a circunferência abrindo-se gradualmente à medida que as pessoas se esquivavam de tão assustador tornado. Assistir, em segurança, a um baixinho de meia-idade sendo acossado no meio da rua é uma coisa; outra bem diferente é ver-se sugado por um redemoinho de flagelo titânico.

As pernas de Alan pareceram estremecer e seus gritos silenciaram. Assim que seus pés tocaram o chão, o Gigante não hesitou em enfiar uma das mãos sob o braço do oponente e — com um leve dobrar de joelhos, numa manobra sutil — girá-lo no ar, colocando-se às suas costas, o peito de Alan debruçado sobre a amurada. Houve um ou dois instantes de agarra-agarra tenaz, dedos escorregando pela carne, grunhidos baixos de força desesperada, e os pés do meu amigo começaram a se mover e deslizar. O Gigante dobrou-se sobre ele, torceu o braço de Alan nas suas costas e puxou-o para cima, para o espaço entre as escápulas, fazendo-o estalar e partir-se como uma árvore abatida. Alan apoiava-se com a outra mão na mureta, empurrando para afastar-se da borda. Então, seus pés começaram a erguer-se do chão; com um rugido, o Gigante puxou ainda mais seu braço para cima e golpeou-o na nuca com a cabeça, empurrando-o por cima do parapeito. Vendo que começava a subir e desequilibrar-se, no último segundo Alan girou nos braços do Gigante, virando seu rosto na nossa direção. Tinha uma expressão de raiva e medo; os óculos haviam desaparecido, e o cabelo formava chifres retorcidos onde seu adversário o acertara. Sua mão livre atingiu a cara do outro, arrancando-lhe o tapa-olho e agarrando um punhado da sua barba. A luz da rua caiu sobre o rosto do Gigante, mostrando uma fenda ensangüentada e cor de vinho onde deveria ser o olho.

O Gigante soltou um urro enfurecido e sua cabeça balançou de um lado para o outro; então, Alan despencou, mas puxando-o pela barba — de modo que, ao cair, arrastou o grandalhão consigo para a beirada da ponte. Contorcendo o rosto numa máscara de terror e surpresa, o Gigante soltou o braço de Alan e ainda tentou agarrar-se com os dedos à mureta. Os dois oscilaram sobre o parapeito e ficaram pendurados por um momento, congelados no instante da indecisão, a velocidade de seus corpos agora um mero reflexo do seu deslocamento através do tempo, todos nós imóveis, vendo o mundo passar.

Nesse exato momento, os dois foram subitamente iluminados pelo espocar dos primeiros fogos, como mil sóis no deserto, figuras nuas num pedaço de papiro branco. Lembrei das lutas de Set, a anarquia contra a ordem, o protetor do deserto, dos territórios remotos, o defensor das intermináveis areias do Egito. Pela primeira vez, vi Alan Henry ocupando seu devido lugar no esquema geral das coisas.

Não deu para ouvir o ruído dos corpos batendo na água.

O vazio na multidão onde os dois haviam se enfrentado, o espaço até segundos antes resguardado com tamanha cautela, foi imediatamente preenchido por corpos e barulho, as explosões dos fogos sobre a água, os gritos das pessoas correndo para a mureta, a maioria olhando para baixo e apontando, a polícia apitando e gritando ordens. O *hare krishna* havia desaparecido. Alguém me colocou de pé e me puxou para longe, enquanto os fogos de artifício pipocavam e embaralhavam o vozerio generalizado, que parecia ser despejado da ponte como uma cascata. Magnus afastou-me da multidão e me arrastou rua abaixo, rumo à margem sul. Recobrando o equilíbrio, cambaleei atrás dele. Penélope, então, me tomou pelo outro braço e saímos da aglomeração, correndo pelo suave declive da ponte na direção do centro cultural da margem sul.

Quando chegamos a uma distância segura, apartei-me dos dois e abri caminho pela muralha de gente debruçada na beirada da ponte olhando para baixo. Os fogos de artifício explodiam com reflexos tremeluzentes nas águas oleosas, iluminando trechos do rio com lampejos coloridos. Não vi nada. Então, um clarão e uma trovoada, e uma carga branca fulgurante iluminou por um instante a superfície, revelando uma forma corpulenta que bracejava rumo à margem norte. O rebocador dirigiu-se cautelosamente na sua direção, ainda despejando fogo da ponte, rompendo seu lânguido padrão de "oitos". O nadador debatia-se na água, num simulacro de *crawl*. Não se enxergava mais ninguém na água, embora fosse possível que o outro contendor tivesse preferido nadar até os pilares da ponte ou sob esta.

Em um instante, o nadador chegou ao muro do Victoria Embankment, onde alguém jogou da margem uma escada dobrável. Juntou-se uma pequena multidão, inclusive um cordão de policiais, enquanto ele escalava com dificuldade o paredão, içando seu corpanzil escada acima, a água escorrendo em abundância. Segurei os óculos quebrados junto ao rosto com as duas mãos e debrucei-me o máximo possível sobre a borda, espremendo os olhos. Não havia mais ninguém à vista na superfície lisa do rio. Ao alcançar a grade, antes de jogar a primeira perna sobre o parapeito, o nadador olhou para trás e perscrutou a água por um longo instante. Por uma fresta na falange de policiais de capacetes azuis que o cercou, entrevi a barba e o sobrolho revoltos do Gigante, escondendo com uma das mãos a órbita vazia. Aos meus pés, a correnteza escura investia contra os pilares de pedra da ponte, deixando rastros de espuma branca que redemoinhavam e desviavam-se das pilastras, sendo carregados pelas águas que passavam velozes sob a Waterloo Bridge, no Dia de Guy Fawkes em Londres, 5 de novembro de 1997.

Alan, por favor, me perdoe.

25: A MÁSCARA DE TOT

PENÉLOPE E MAGNUS FORAM COMIGO até a margem sul, de onde descemos para o aterro sob a ponte. Vários barcos vasculhavam a água com holofotes enquanto os policiais, na ponte, procuravam dispersar a multidão, apitando e gritando com as mãos em concha, numa demonstração da típica eficiência primal dos agentes da lei britânicos. Todos pareceram esquecer muito rapidamente o interesse na contenda e no possível afogamento e seguir para a festa de Guy Fawkes.

Sentei-me na borda do quebra-mar, junto às longas bancas dos livreiros, que, àquela hora, estavam cobertas com grandes plásticos opacos e eram vigiadas por sisudos jovens médio-orientais a postos, com as mãos enfiadas nos bolsos dos largos moletons de times esportivos americanos. Penélope sentou-se ao meu lado e Magnus desapareceu na multidão, creio que para ir ao bar do centro cultural, no térreo, bem ao lado da ponte. Voltei a limpar o rosto com a manga da camisa, passando a língua pelo lábio cortado. Penélope me abraçou e puxou-me para junto de si, e de bom grado descansei a cabeça em seu ombro.

Que bom que você veio, comecei a dizer, eu não sei o que...

Você conhecia aquele cara? O outro, que apareceu depois?

Ele... era um amigo meu. Acho que cometi um erro horrível.

Nós dois nos viramos para perscrutar o rio por um momento, ainda iluminado de vez em quando pelos fogos, que ecoavam como tiros na estrutura de aço. A água estava, agora, coalhada de pequenas embarcações que rodeavam a área sob a ponte e iluminavam a água com os estreitos fachos de luz de lanternas manuais.

Não o vi voltar à tona, comentou Penélope. Ele sabe nadar?

Não sei.

Apalpei a boca em busca de algum dente quebrado, mas tudo parecia em ordem.

Por que... o que eles estavam querendo agora?

Queriam que eu voltasse à casa de campo, que voltasse com eles para a casa de Oldcastle. Precisam que eu termine o projeto. Acho que o Oldcastle morreu.

Walter, ela instou, agarrando meu braço, você tem de sair daqui, volte para os Estados Unidos, vá para qualquer lugar. E, olhe, antes que eu me esqueça...

Vasculhou o casaco por um momento e sacou um envelope.

O seu dinheiro. Tome.

Você devia ficar com ele.

Não. São dez mil libras, porra. Use para sair daqui. Só peguei uma parte porque fui mandada embora da biblioteca e meu aluguel venceu.

Fique com tudo... a culpa é minha de você ter perdido o emprego.

Em *primeiro* lugar, o dinheiro é *seu*, pô! Em *segundo* lugar, não quero mais ter nenhuma ligação com você nem com nada disso. Aquele grandalhão está com a polícia; aposto como vai dar o serviço todo para eles. Você está me entendendo?

E enfiou o envelope no bolso de dentro do casaco do Hardy, agora empapado de sangue.

Imaginei a Erin no jardim arruinado do Oldcastle, em algum lugar na região rural de Cambridge, à sombra do obelisco inclinado, as mãos cruzadas no peito, observando o caminho para o rio; uma pequena fila indiana de sujeitos de mantos cor de açafrão serpenteando colina acima como uma cauda, lutadores amontoados em caminhonetes disparando pela estradinha de terra que corta o vale em direção ao bosque. O cadáver de Oldcastle no estúdio, prostrado sobre a mesa, no meio de um mar das garatujas rabiscadas por Erin sob o efeito de drogas, a rigidez tomando conta do corpo, que vai ficando amarelo-claro, cor de papiro, resquícios de óstracos. Ninguém iria em seu socorro, nem no de Erin.

Estou indo a um evento, expliquei à Penélope, aquela festa da minha filha que lhe falei. É agora à noite, logo ali no centro cultural, podíamos dar um pulinho até lá...

Walter, interrompeu-me ela, eu não posso. Você está doido?! Você tem de sair daqui!

E desviou o olhar, vasculhando a multidão. Senti que ela se afastava de mim, que as terras se separavam, se dividiam. Olhei para a ponte e a margem norte atrás de nós. Não se via nenhum guarda vindo para o nosso lado; o grupo de policiais que estava no calçadão havia desaparecido.

Acho que não estão atrás de mim, argumentei. Talvez o Alan tenha nadado para longe.

O Dr. Hardy me ligou, contou Penélope. Me ligou do hospital, hoje de tarde. Não sei como ele conseguiu meu telefone...

Espera aí, o Hardy ligou para você? Como...

E não foi para me agradecer.

De repente, Penélope desabou no meu ombro, aos soluços. Coloquei a mão em sua cabeça e vi Magnus voltando, abrindo caminho pela multidão com alguns copos nas mãos. Minhas calças ficaram ensopadas por causa do cimento do quebra-mar, que estava molhado da chuva. Penélope fungou e limpou o nariz com a mão.

Ele ligou, falou ela no meu pescoço, para dizer que queria que tivéssemos *deixado ele lá*! Na margem do rio. Disse que era *assim* que sempre *quis* morrer! Que a vida toda quis morrer às margens do Cam, pescando de manhã, o sol batendo no rosto. Era assim que queria partir.

Ah, não, Penélope...

Ele falou que não sentiu nada, que foi maravilhoso — até que eu *o trouxe de volta*. Para isto aqui. Para continuar *sozinho*. Ai, meu Deus. Que coisa mais horrível.

A voz de Penélope voltou a engasgar com os soluços. Magnus descrevia um caminho sinuoso por entre os ajuntamentos de pessoas, os braços esticados segurando as bebidas, um sorriso ridículo estampado na cara.

Ele disse que está com ódio de mim. Que está com *ódio de mim por tê-lo trazido de volta*. Ah, Walter, ele estava tão revoltado, com tanta raiva. Chegou a me amaldiçoar pelo que fiz!

Estourou uma chuva torrencial de luz e barulho sobre o rio, às nossas costas, no *grand finale* da queima de fogos. A turba que se espalhava pelas margens sob a ponte aplaudiu muito as explosões finais, os últimos efeitos especiais. Então, voltou a ficar escuro — e Penélope chorava baixinho no meu ombro. *Una-te aos silentes e encontrarás a vida, e teu ser prosperará sobre a Terra.*

Magnus por fim nos alcançou, aproximando-se timidamente, e entregou-nos copos de uma bebida quente e marrom, com um bastãozinho de canela e uma fatia de limão suspensa no líquido ambarado, que exalava um intenso aroma de noz-moscada e álcool. Fungando, Penélope se endireitou e demorou um pouco limpando o rosto com o cachecol, enquanto Magnus não desgrudava os olhos do rio, simulando interesse em algo, e eu fitava minhas botinas estragadas pelo aguaceiro, uma delas coberta por uma poça ainda brilhante do meu sangue.

Comecei a gritar mentalmente uma súplica para qualquer deus que me ouvisse, rogando para voltar a ver Alan Henry descendo a Great Russell Street a passos largos e de sorriso aberto, ouvir seus cumprimentos tonitruantes, sua palma larga no meu ombro, pela salvação de todos nós. Estremeci de vergonha pelo que havia feito.

Finda a queima de fogos e sem outro ponto no qual concentrar suas atenções, a multidão voltou suas energias para a atividade mais importante da noite: o consumo de bebidas alcoólicas. De repente, rolhas de champanhe começaram a espocar ao longo do aterro, deflagrando uma enxurrada de rolhas, brindes e gritos de *saúde*, aplausos esparsos e gente entoando cantos guturais de torcida de futebol.

É uísque quente, Magnus pronunciou-se por fim. Para o frio, certo?

Ela enxugou os olhos, sorriu, e brindamos os três, com ar solene.

Penélope bebeu um trago e, só agora dando-me conta do quanto estava molhado e com frio, fiz o mesmo: tomei um grande sorvo do líquido quente — que aparentemente era só aquilo mesmo, pouco mais que uísque quente, embora quase meio litro tenha me escorrido goela abaixo até eu perceber isso. Precisei me dobrar, levando o punho à boca, e bufar ruidosamente pelo nariz para segurá-lo no estômago. Com isso, claro que expeli uma tênue nuvem de uísque e sangue pelas narinas, pulverizando o quebra-mar com um padrão circular de respingos marrons e vermelhos — um sofrimento excruciante que me fez bater com os pés no calçamento, entre ganidos e palavrões.

Penélope, entre um gole e outro, começou a rir e também resfolegou com força, cuspindo uísque pelo nariz. Magnus pôs-se a rir também, uma gargalhada ampla e generosa, não o tipo que eu desprezo, daquelas que escarnecem do mal-estar alheio, mas o riso dilatado e musical da cumplicidade, de quem partilha uma experiência qualquer com o outro. Olhei para Penélope, que, outra vez com lágrimas correndo pelo rosto, afrouxou o cachecol e expôs o colo delicado ao ar noturno — e sorri, recostando-me no parapeito para terminar o copo, sentindo o restinho da bebida quente percorrendo o meu corpo, todos os meus poros se abrindo, começando a transpirar. À medida que nossas risadas foram cedendo, substituídas por fungadas e bufos abafados, a mão pousada no meu ombro, os olhos brilhantes, ela murmurou: Walter, ah, Walter, o que vamos fazer? Naquele momento, senti que as ondas retrocediam e a maré baixava, deixando o solo fértil à mostra; a terra escura e fecunda ao sol, pronta para receber as sementes, a semeadura de ovos das aves aquáticas divinas, o início de uma nova estação, a planície inundada agora exposta, após o recuo das águas regeneradoras da vida.

Pouco depois, Magnus sumiu, reaparecendo com um sorriso sinistro e outra rodada de bebidas, mais uísques quentes duplos e, desta vez, brindamos em silêncio e muito satisfeitos, bebendo naquela noite gelada no meio de toda aquela aglomeração humana. De repente, vi-me cercado por um bando de desconhecidos que me cumprimentavam com vigorosos tapas nas costas, agarravam-me pela cintura, rostos ingleses lívidos e francos contorcidos em generosos esgares de boa vontade, e logo estávamos bebendo do gargalo de uma garrafa de champanhe morno, no meio de uma roda de jovens que dançavam e cantavam um hino melodioso qualquer que eu nunca tinha ouvido antes, cuja letra eu não conhecia, puxando nossos casacos e cachecóis, girando de braços dados num grande círculo. A roda se revolveu e volteou, e Magnus e um sujeito de capa de chuva amarela acabaram no meio, dançando uma giga vigorosa, cheia de cabriolas e passos de danças hussardas, incitados por centenas de pessoas, a roda se alongando e girando, agora outros no meio, aos pulos, enlouquecidos, sem forma, Penélope ao meu lado, a cabeça jogada para trás, os olhos fechados, cantando a plenos pulmões para as pilastras da ponte. A estrutura de aço lustroso refletia nossos movimentos com lampejos sutis de cores e luz e mudava de novo, a roda como um imenso cartucho egípcio e as pessoas no meio, seus hieróglifos — quase um símbolo, um nome... A tradição mandava que os nomes dos antigos egípcios fossem escolhidos a partir das primeiras palavras da mãe após o nascimento do bebê; conseqüentemente, muitos egípicos tinham nomes com significados como "meu filho", "o lindo" ou mesmo "dor imensa". Fiquei observando nosso reflexo cambiante sob a ponte, o sobrenome, o primeiro nome, esperando que se formassem, esperando que a mãe daquele momento falasse. Já estava começando a perceber o alinhamento dos símbolos, a ordem tornando-se clara. Não era o que eu estava esperando. Não assim.

Naquele momento, alguém ou alguma coisa puxou meu braço por trás e derrubei meu copo, que se espatifou no chão. Recuei por um segundo, paralisado, de novo com medo, e soltei Penélope, que foi arrastada para o meio do redemoinho, enquanto eu ficava na roda externa e ela, girando, girando, se afastava de mim. A tontura era terrível; a imobilidade, um choque, depois de tantos rodopios. Cambaleei até o quebra-mar, a fim de recuperar o equilíbrio. De repente, fui tomado pela náusea; será que já havia me esquecido que Alan Henry provavelmente tinha se afogado? Que havia morrido tentando me salvar? Olhei para cima e avistei, lá no alto, um terraço cheio de gente junto ao parapeito, assistindo à balbúrdia. Era o South Bank Arts Center. Estavam todos em trajes de gala, bebendo em elegantes taças de vinho, olhando e apontando com grande interesse para o espetáculo ao longo do aterro.

A recepção! Olhei para o relógio: estava mais de duas horas atrasado. Procurei minha filha entre os convidados à beira do terraço; havia várias mulheres esculturais, mas nada de Zenobia. Penélope estava, agora, do outro lado da roda, dançando e cantando. Magnus estava no meio, sendo jogado para cima num cobertor, executando uma série impressionante (e um tanto ou quanto alarmante) de manobras aéreas, um sorriso escancarado ao voar pelos ares, contorcendo seu corpo franzino e flexível nas mais variadas acrobacias.

Abri caminho pelo meio da multidão até o National Film Theatre, o primeiro andar do South Bank Arts Center. Seu saguão abrigava um misto de bar e lanchonete, agora abarrotado de londrinos molhados que tentavam se aquecer, apinhando as mesas e bancos de aço brilhante que ladeavam as amplas vidraças com vista para o rio. Localizei o elevador, nos fundos, e subi até o Queen's Hall, onde estava acontecendo a festa de Zenobia.

Sozinho no elevador, aproveitei para me examinar nos espelhos que cobriam as paredes. Estava oscilando um pouco, agarrado à parede para superar o que me parecia uma subida interminável e acidentada, o rosto todo uma grande mancha arroxeada e carmim de hematomas, sangue e óculos retorcidos. O casaco de Hardy não tinha como ficar mais amarrotado; o peito da camisa estava coberto de círculos escuros de suor e a gola e meu pescoço revestidos por uma crosta de sangue seco.

Não havia explicação. Ela não teria dúvida de que aquilo não passava de um mero segmento de uma longa cadeia de eventos similares, de problemas em que eu me metia, por vontade própria, por alguma razão desconhecida. Zenobia jamais acreditaria que, na verdade, eu nunca havia feito nada parecido na vida, que meu tempo, até aquela semana, fora todo dedicado à contemplação — ditosamente doce, plácida e quase previsível — de artefatos antigos. Era uma vida regida pela ordem, pelo lugar-comum; os grandes eventos restringiam-se àqueles contidos nas passagens que eu tentava decifrar. Não, não ia adiantar nada tentar explicar.

Dei meu nome no balcão diante da porta, recebendo em resposta olhares surpresos e um crachá que estava à minha espera: "Dr. Rothschild — Tripod Media". Devia ser a empresa que comprara a revista de Zenobia. Um jovem de *smoking* veio pegar meu casaco; ao ver o meu estado, porém, desistiu e deu-me as costas, com um aceno de mão, deixando-me adentrar o salão do jeito que estava.

Era óbvio que as festividades estavam chegando ao fim, se é que já não haviam se encerrado, a julgar pela quantidade de convidados que deixavam o local, quase todos de *smoking* e roupas de gala. Era uma gente magra, elegante e antenada, homens de quadris estreitos, calças pretas compridas e retas e paletós justos, de lapela alta e quatro botões no mínimo, e as senhoras de vestidos soltos e decotes profundos, que deixavam à mostra uma pele estranhamente bronzeada, delicados sapatos de tiras, jóias minimalistas, cabelos longos e lisos como lâminas, ou então repicados e amassados nas pontas com negligência calculada. Era a outra face de Londres: os ricos e belos, tão diferentes de seus compatriotas nodosos que ficavam na chuva sem casaco e contavam moedas nas mãos cheias de calos para comprar mais uma cerveja e um enroladinho de salsicha.

O salão de baile estava praticamente vazio. Tapetes orientais cobriam o piso de madeira e gigantescos lustres oblongos pendiam do teto. Parei ao lado da entrada um momento, tentando me recompor. Pequenos grupos dispersos pelo salão exalavam o murmúrio discreto das conversações sofisticadas. Esgueirei-me ao longo da parede até um bar comprido que atravessava todo o salão. Dois *barmen* de porte impressionante estavam empilhando copos e polindo vigorosamente a madeira lustrosa.

Com licença, pedi, inclinando-me sobre o balcão, será que vocês...

Desculpe, senhor, respondeu um deles sem nem mesmo levantar os olhos para mim, o bar já fechou.

Não me mexi e ele me fitou. Tinha maçãs do rosto incrivelmente salientes.

Não, insisti, não é isso...

Cai fora, meu irmão! O bar já fechou!

O outro *barman* largou seus copos e veio postar-se junto do colega.

Como foi que entrou aqui, pra começo de conversa?, inquiriu, examinando-me de cima a baixo.

Não, eu só queria saber...

A esta altura, o *barman* das bochechas salientes já tinha pulado sobre o balcão e se aferrara ao meu cotovelo.

Pronto! Cai fora!

E começou a me empurrar para a saída, torcendo meu braço atrás das costas.

Calma aí! Espere um pouco!

Tentei me libertar. O sujeito girou meu cotovelo feito uma catraca; minha mão foi parar na nuca, e eu me dobrei de dor.

Nem pense nisso. Fique calmo, companheiro.

Já estávamos na porta quando ouviu-se um grito do outro lado do salão. O *barman* estacou. Uma mulher altíssima destacou-se de um grupo e veio na nossa direção a passos largos. Tinha o cabelo puxado para trás e usava um tubinho longo, solto e sem mangas, a musculatura retesada dos braços nus à mostra. Estava de sapatos altos e solas grossas, com tiras amarradas em ziguezague na panturrilha. Acho que chegou até nós com quatro passadas. Todos os olhos estavam fixos nela; o salão inteiro ficou mudo e imóvel. Era uma visão inacreditável: as passadas atléticas, a presença física, os músculos visíveis como cordas, elásticos e tensionados; etérea como uma bailarina, mas, ao mesmo tempo, com uma massa mais densa que o sol. Podia disparar com leveza pelo salão ou reclinar-se no tapete para dar um cochilo — e qualquer das duas cenas seria assistida com igual admiração pelos presentes. Relaxei nos braços do meu captor estupefato.

Tudo bem, disse Zenobia, dispensando-o com um gesto, ele está comigo.

O *barman* soltou-me devagar e, quando meu braço ficou livre, tive de me sustentar nas minhas próprias pernas. Dei alguns passos vacilantes, embalando meu cotovelo adormecido. Zenobia me agarrou pelo outro braço e me conduziu até um canto tranqüilo do salão. As pessoas saíram do caminho, recuando discretamente e procurando aparentar indiferença, e, quando paramos, afastaram-se para interpor uma distância educada entre nós.

Obrigada por aparecer, falou ela. Você está com um ótimo aspecto. Veio sozinho?

Zenobia, me desculpe. Estou comendo o pão que o diabo amassou nesses últimos dias.

Você apanhou de novo?

Não, não, na verdade não. Mas houve uma briga. Na ponte.

Você precisa de um curativo? Quer que eu chame um médico?

Não, não, está tudo bem.

Você está bêbado? Está fedendo a bebida.

Não, na verdade não.

Tudo com você é *na verdade não*. Onde está a amiga que ia acompanhá-lo?

Ela não pôde vir.

Ela é sua namorada? Não, não responda. Venha, vamos sentar um pouco.

Zenobia me levou até um banco longo encostado na parede.

Fique aqui.

Foi até o bar. Os *barmen* ficaram paralisados ao vê-la debruçar-se por sobre o balcão para pescar um guardanapo de pano e um punhado de gelo. Tinha um sorriso no rosto ao voltar, rindo baixinho.

Vou lhe dizer uma coisa, Dr. Rothschild, o senhor me surpreende. Essas coisas todas... impressionantes. E eu achando que levava uma vida agitada, que eu é que tinha novidades radicais para contar.

Normalmente, não é assim. De jeito nenhum. Os últimos dias têm sido extraordinários.

Ela embrulhou o gelo no guardanapo e encostou-o na minha boca.

Ai!

Deixe de frescura. Sua camisa está toda suja de sangue... o que você fez, roubou a roupa de algum mendigo no caminho para cá?

Tirei o gelo das suas mãos e levei-o ao lado da minha cabeça. A ferida anterior, o vergão em forma de continente africano, estava começando a latejar no mesmo ritmo do meu lábio. O salão foi esvaziando, as pessoas lançando olhares furtivos na nossa direção ao saírem.

Foi um amigo que me deu as roupas. Emprestou, na verdade.

Céus. Está precisando de mais dinheiro?

Eu ia devolver, mas ele morreu.

O quê?

Foi a história que eu lhe contei ao telefone. Mas está tudo bem, ele está vivo de novo. Se bem que não gostou nem um pouco disso.

Você está de porre mesmo.

É possível. Mas aí eu fui... atacado na ponte, vindo para cá.

Foi por isso que a polícia ficou tão agitada lá embaixo?

Foi. Mas também estiveram procurando o meu amigo. Ele caiu da ponte. Estava tentando me proteger.

Caiu da Waterloo Bridge. Encontraram ele?

Acho que não. Mas estou com dinheiro, e quero lhe pagar o empréstimo do outro dia, espere só um minuto...

Peguei o envelope todo sujo de sangue e tentei me entender com o maço de notas, mas meus dedos não estavam colaborando.

Deus do céu! Guarde isso! Não quero dinheiro nenhum.

Desculpe.

De onde diabos tirou isso? Que tipo de pessoa anda por aí com pilhas de dinheiro no bolso? Esse sangue é seu?

Foi pagamento por um trabalho.

Trabalho? Que trabalho? Traduziu alguma coisa para a máfia?

Ahn... é possível.

Quem?

Um velhinho inglês esquisito. Mas acho que ele morreu.

Sei. Mas voltou a viver, certo?

Não, esse eu acho que ainda está morto; aliás, espero que esteja morto mesmo. Tem gente demais morrendo perto de mim — ou quase morrendo. Não estou entendendo. Desculpe pelo atraso. Desculpe... desculpe por ter envergonhado você na frente dos seus amigos.

Zenobia suspirou, abraçou os joelhos e inclinou-se para a frente, relaxando as costas e olhando com ar cansado para os presentes, em número cada vez menor.

Não são meus amigos. São só... não importa.

As luzes piscaram duas vezes, o sinal educado para que todos se retirassem. O salão ficou vazio; restavam apenas os dois *barmen*, cobrindo o balcão com plástico, e outros funcionários do bufê, que empurravam carrinhos cheios de copos e garrafas. Sobrou só um grande arranjo de flores sobre o palquinho circular montado no meio do salão.

Devemos sair?, perguntei.

Não. Dane-se — pagamos bem caro por isto aqui. E não estou envergonhada. Esta é uma coisa que não sinto nunca: vergonha. Aprendi com você.

Comigo?

Talvez. Mas nunca se sabe.

O que está querendo dizer? Eu...

Esqueça. Pelo menos você veio. Não foi como...

Ergueu-se, as costas eretas, e virou-se para mim. Ela tem mania de olhar as pessoas no olho; é muito desconcertante. Fiquei segurando o pano com o gelo sobre a testa.

Lembra que eu falei que tinha outra coisa importante para dizer?

Ah, foi, sim; falou, ao telefone.

Mirei-a por trás das dobras do guardanapo. Ela continuava me encarando, com ar decidido. As luzes baixaram outra vez, três piscadas discretas.

Não que seja o momento ideal, mas quer saber o que é?

Concordei com a cabeça.

Estou grávida.

Tirei o pano do rosto. Estávamos sozinhos no salão; vendo-a sentada daquele jeito, com as mãos no colo, lembrei-me, de repente, daquela garotinha, da adolescente que foi ao Egito me visitar, chorando na beira da cama daquele quarto de hotel logo depois de presenciar um grotesco linchamento público, o sol poente infiltrando-se por cortinas encardidas, os ruídos do mercado. Não passava de uma garotinha, mas já naquela época não era do tipo que se deixava abater com facilidade. Como deve ter sido difícil para ela. E, ainda assim, ela se ergueu feito um titã e agora agarrava o mundo pela garganta, sem medo nem constrangimento, apesar de tudo o que fiz a ela e à sua mãe. Como ela conseguia? Meu reflexo natural foi lançar-lhe um olhar inquiridor, em busca de algum sinal.

Estou só de dez semanas. Ainda não dá para ver nada.

E sorriu para mim, pousando as mãos na barriga, tão firme dentro do tubinho. Deu para perceber que ela fez o gesto por reflexo, sem pensar. Helen fazia a mesma coisa.

Você... está casada?

Zenobia jogou a cabeça para trás e sorriu para o teto, enchendo as bochechas de covinhas.

Ai. Eu sabia que você ia fazer essa pergunta. Não, não estou. Nem pretendo casar, não num futuro próximo.

Então... quem é... o...

O pai? Está em Nova York. Chama-se Stanford. Nós nos conhecemos em Columbia; ele presta serviços de consultoria para gerentes de fundos — uma espécie de atuário. Também dá aula nos laboratórios de matemática da Universidade de Nova York. Já pensamos em tudo: o dinheiro, a custódia, essas coisas todas; mandamos preparar toda a documentação. Nenhum dos dois quer casar, pelo menos não por enquanto. Temos recursos financeiros e, como ele trabalha em casa, no nosso *loft* em Brooklin Heights, quase toda a parte doméstica vai ficar nas mãos dele. Acho que vai funcionar direitinho.

Fico... muito feliz. Que notícia maravilhosa.

A primeira imagem que me veio à mente foi um escaravelho empurrando seu fardo duna acima, até sua toca singela. Uma bolinha de nutrientes dentro da barriga quente da minha filha, que um dia viria à luz, lançando brotos verdes e dourados, para dar continuidade ao ciclo. A cadeia de eventos reverberantes, a espiral girando no ar, vergando-se com suavidade tal qual um olmo ferido, mais uma vez tocando a terra, deixando uma nódoa, uma mancha escura, um traço humano.

⁂

Olhe, Zenobia estava dizendo, vou escrever para manter você a par do que for acontecendo. Não sei bem quando... talvez depois que ele estiver mais crescidinho você possa ir visitar. Mas quero criar o bebê num mundo em que ele possa confiar. Você entende?

Uma música estranha ecoava no salão deserto e me chegava aos ouvidos, o som estapafúrdio da minha própria voz, amplificada, repetida, quase como se eu estivesse ao telefone, como as emanações da minha verdadeira sonoridade. Senti a mão de Zenobia no meu ombro. Olhei aquele seu rosto lindo, a testa enrugada de preocupação, seus dedos tocando a minha face. Então, todas as luzes se apagaram; foi como se a escuridão me trouxesse um alívio, e eu me ouvi chorando — soluçando nas mãos da minha filha. Tentei chorar em silêncio, para não perturbar ninguém, embora soubesse que não havia mais vivalma lá. Mas ela, sim, ela estava ali, os braços em torno dos meus ombros, a bochecha pousada no alto da minha cabeça; ali, no escuro, minha filha ficou abraçada comigo.

26: PESAR

ERAM QUASE TRÊS DA MANHÃ quando atravessei a Waterloo Bridge, voltando para Bloomsbury. O céu estava da cor de café velho, refletindo a miríade de luzes que pontilhava as alturas de Londres. O domo da catedral de St. Paul erguia-se sem brilho na penumbra, embrulhado numa renda de andaimes, zeloso e triste, sozinho em sua glória rotunda. Os guindastes de construção, perpetuamente debruçados sobre o horizonte como espantalhos retorcidos, eram estruturas estratosféricas de grades de metal, que se adelgaçavam até terminar num braço curvo com um cabo solitário na ponta, dependurado sobre a cidade com um gancho para içar algo até alturas vertiginosas. Àquela hora, a ponte estava deserta; não havia mais nenhum cordão policial à vista. Poucos carros se aventuravam no asfalto molhado, a caminho de algum compromisso de madrugada, os motoristas de olhos vidrados nos pára-brisas embaçados, como sonâmbulos. Caminhei pelas calçadas, escondidas debaixo de uma cobertura quase homogênea de restos amassados de receptáculos de bebida de todo tipo, vidro quebrado, jornais, chapeuzinhos de festa. De vez em quando, eu parava, chegava perto da mureta e esquadrinhava a água escura. Tentei localizar o ponto onde Alan e o Gigante despencaram da ponte, o lugar exato onde haviam caído, mas não consegui; sem a multidão, era impossível avaliar proporções e distâncias.

O rio precipitava-se entre as angulosas pilastras de pedra da ponte, formando ondas e deixando rastros de espuma tremeluzente, que se estendiam como longos dedos brancos e dissipavam-se, a água da mesma cor do céu. Ao longo da margem norte do rio, assomavam os muros do Victoria Embankment, marcando no escuro o caminho para Northumberland e a Saint Martin's Lane. Os paredões de pedra do aterro foram construídos no século XIX, a fim de controlar as cheias do Tâmisa — "Strand",* aliás, significa "praia", em anglo-saxão antigo — com o movimento das marés, as águas costumavam subir pelas ruas até depois da Fleet Street. Não mais: hoje as marés do Tâmisa são inócuas, nunca mais haverá uma enchente. Na maré baixa, o rio expõe um insignificante banco de lama pustulenta de lixo. Na maré alta, a água se mantém num nível seguro, três metros abaixo do topo da amurada, a altura exata para o público sentar-se e apreciar a paisagem do outro lado.

Fiquei olhando o Tâmisa correr até sumir de vista na curva na direção da Tower Bridge e Greenwich e, depois, a Thames Barrier, em Woolwich (o imenso conjunto de barragens de aço que atravessam o rio e protegem as regiões mais altas de inundações), até o mar. Pensei que, se desse para ver o rio encontrar o horizonte, os dois se misturariam e trocariam de lugar, como se o céu estivesse correndo pelo leito que cortava a cidade, que cortava esta terra. Era isto que os antigos egípcios veriam: a estrada para o outro mundo.

No West End, finalmente imperava o silêncio. Passei pelos teatros e cafés apagados, rumo à Great Russell, ao norte. Não se via nem gente

---

*"Strand": importante avenida londrina, que corre paralela à margem norte do Tâmisa. (*N. da T.*)

nem carros na Saint Martin's Lane; em compensação, era um mar de garrafas de champanhe, as calçadas e sarjetas coalhadas, ganhando o asfalto, um cemitério de vidro verde, um rio esmeralda; eu tinha de olhar muito bem onde punha os pés.

⁂

Quando cheguei ao meu prédio, encontrei Eddie no corredor, tentando prender um papel na porta do meu apartamento com uma fita colante qualquer. Quando me aproximei, ele se virou e jogou-me o bilhete nas mãos, de cara amarrada. Tinha os olhos injetados e fedia a cerveja.

Aí, meu irmão, elas passaram o dia inteiro atrás de você, as duas meninas do museu, viu? Ligaram pra administração e tudo. O baixinho tá mal. Pois então: *fui*. Tá rolando a Eurocopa.

E Eddie despencou pelos seis lances de escada até sua mesa, sua tevê, seu futebol e sua cervejinha.

O recado era o seguinte:

Dr. Rothschild,

O Dr. Wheelhouse está entre a vida e a morte no Euston Hospital, em Hampstead Road. Os médicos disseram que ele teve uma espécie de colapso ou derrame, e passou quase o dia todo inconsciente. O caso é muito grave. O Dr. Klein também deseja vê-lo imediatamente. Precisamos que o senhor nos diga como proceder.

Sue e Cindy

Poucos minutos depois, eu já estava na rua de novo. O Euston Hospital ficava a seis quadras dali, que percorri de cabeça baixa, o rosto latejando, quase congelado dentro das roupas molhadas, soltando um palavrão a cada passo.

A enfermeira da recepção achou que eu estava precisando de atendimento, e demorei um pouco para explicar que estava ali para visitar um amigo. Esperei de pé no *hall* deserto enquanto ela examinava alguns arquivos, até localizar o quarto de Mick.

Estava esperando quando ouvi o leve *pim* da campainha do elevador. A porta se abriu do outro lado do saguão e um ancião de camisola hospitalar saiu quase em câmera lenta, arrastando um carrinho com sacos de fluidos IV pendurados como frutas disformes e uma mesinha de metal com rodinhas com as pontas aguçadas de instrumentos cirúrgicos de algum tipo saindo de baixo de um pano branco. Acompanhei seu vagaroso trajeto até a porta do hospital, as pantufas de papel arrastando nos azulejos do piso, a mesa e o carrinho chacoalhando atrás de si, deixando um rastro de tubos transparentes, meio manchados dos líquidos que vazavam. As portas automáticas se abriram e o velho sumiu noite afora.

A enfermeira soltou uma interjeição e, quando me virei, ela me sorria orgulhosamente, acenando o número do quarto de Mick num papelzinho.

Mick estava parecendo uma agulha de costura naquela cama de hospital, os ossos dos ombros espetados para fora da gola larga da camisola. A encarregada do posto de enfermagem do andar explicou que ele havia passado o dia todo indo e vindo do estado de inconsciência e que seus sinais vitais estavam fracos, mas constantes. Haviam lhe ministrado uma série de agentes estabilizadores, que deviam impedir a ocorrência de um novo derrame. Ninguém sabia ao certo se a recuperação seria boa, nem mesmo se ela ocorreria; a possibilidade de danos cerebrais não podia ser descartada.

Mick estava de olhos fechados, os lábios pálidos, azulados, ligeiramente entreabertos, e, por um momento, temi que estivesse morto. Melhor dizendo, não necessariamente temi... na verdade, senti algo próximo do alívio por vê-lo estendido ali, finalmente derrubado, incapacitado. Sei que, em parte, era por saber que ele nunca decifraria a

A Terceira Tradução

Estela de Paser. Senti uma vergonha momentânea por esse sentimento, mas, por outro lado, eu sabia que Mick carregava alguma coisa negra dentro de si, uma coisinha dura e azeda como uma maçã ácida, pendurada dentro do seu peito raquítico, crepitando. Era exatamente o mesmo destino que ele devia desejar para mim.

O amuleto de Mick em forma de orelha estava na mão trancada, entre os nós dos dedos brancos. Mesmo dormindo, ele apalpava nervosamente a madeira antiga. Será que rezava nos sonhos, será que orava pela sua salvação? Não, o mais provável é que estivesse amaldiçoando seus incontáveis inimigos. A luz do corredor mostrava seu rosto atormentado; levantando os olhos, vi meu próprio reflexo na janela em frente, o vidro agora todo respingado de chuva. Parado na porta, meio iluminado pela luz fluorescente do corredor, eu estava uma verdadeira caricatura: o cabelo colado à cabeça em grossos feixes suados, os óculos rachados e retorcidos, o casaco e as calças ensopados e manchados das mais variadas substâncias. Meus lábios eram uma crosta branca e ressequida e o machucado no meu rosto latejava nas profundezas do crânio. Ao fim de alguns momentos, percebi que Mick estava de olhos abertos, vidrados, fitando-me. Remexendo-se um pouco sob os lençóis, levou a mão aferrada ao amuleto até a boca e pôs-se a sussurrar algo, sem despregar os olhos de mim. Minha reação automática foi recorrer ao meu próprio amuleto, perdido na noite em que fui espancado no quarto de Alan. O lado direito do seu rosto estava completamente distendido: os lábios caídos, o olho encoberto por uma prega de pele solta. Parecia estar com dificuldade para manter o olho aberto.

Bobagem, resmungou Mick, devaneios. Uma besteirada.

O quê?

O Cântico de Amon. Os hieróglifos. Não sem a transliteração. Construções gramaticais.

Falava por um só lado da boca. Metade do rosto estava contorcida numa expressão de raiva feroz; a outra estava lassa.

Eu nunca comentei a minha tradução com você. Como sabe quais foram as minhas conclusões?

Não interessa. Eu sei o que você acha. Está errado. E com relação à Estela também.

Era exatamente o tipo de coisa que sempre esperei do Mick. Só não dava para acreditar que ele tinha esperado até agora para dizer aquilo.

Ah, é? Então por que não me conta o que estou fazendo de errado?

O que sabemos sobre a Estela?, respondeu Mick. É um hino insípido. Mut, não tem a menor importância na XX dinastia — nem no panteão do período intermediário. Tudo uma besteirada. Você sabe disso. Cinco mil anos de transmogrificação. Transmutação. Absorção. No fim das contas, esses deuses e deusas todos se reduzem às mesmas poucas figuras icônicas. A Estela de Paser é uma oração, mas não é a Pedra de Roseta, caralho.

Mick teve um estremecimento e seus lábios finos se apertaram sobre os dentes, num sorriso bizarro.

Nem existe nenhuma criptografia de verdade. Essa porra de terceira via não existe. Klein sabia que você ia cair nessa.

Você não sabe do que está falando, volvi. O registro superior...

Eu sei o que diz, seu puto.

Bom, eu não concordo com você, Mick.

Ah, foda-se essa merda toda, ele sibilou. Quem dera eu nunca tivesse posto os meus olhos nessa bosta.

Mick levou a mão com o amuleto até o rosto, tocando a bochecha paralisada, e pôs-se a murmurar nas toscas curvas de madeira. Minha vontade era vê-lo morto, mais morto que tudo de morto que houvesse no Museu Britânico inteiro.

Ei, Mick, você conhece um sujeito chamado Oldcastle? De Cambridge? Ele disse que conhecia você. Mencionou seu nome.

O que foi que ele disse?, indagou ele num murmúrio.

Bom, é difícil dizer. Acho que tinha a ver com ele matar você. Está metido em algum problema?

Mick teve um calafrio, os ombros ossudos tremendo.

Me matar... você fez isso pra ele, né?

Ei, não é culpa *minha* você estar aqui.

Aquele puto do Alan Henry. Aquele escritor paquistanês. Vocês todos. Vocês conseguiram.

Não é verdade, Mick. Não fizemos nada. Você está doente.

Aqueles comprimidos — aqueles comprimidos malditos. Você devia ter tomado também.

Não estou entendendo aonde você quer chegar. Está falando dos comprimidos que o Hanif lhe deu?

Oldcastle, disse ele num chiado. Invocações. Filho da mãe.

Não foi o Alan, insisti. Eu sei que não. Ele tentou me ajudar.

Seu rosto iluminou-se de súbito, como se fosse uma criança. Por um breve instante, pensei vislumbrar algo lá dentro, uma pista qualquer de alguma coisa.

Sabe o que você podia fazer? Uma coisa útil de verdade?

Seus olhos escuros se aprofundaram e se dilataram, a pele perdeu a cor e ruborizou em seguida; então, ele desfaleceu, deixando as pálpebras desabarem. Pairava um silêncio pesado no hospital e me peguei pensando onde estaria toda a comoção, todas as máquinas, as enfermeiras, os médicos, os pacientes, onde estava o barulho todo, o trabalho da medicina, curando aflições, reparando o que se partira — desde quando o cuidado com os doentes era tão silencioso?

O Cântico de Amon, prosseguiu Mick. É só um homem... uma carta. Até Klein sabe disso.

Pois eu acho que tem mais coisa ali.

Não vai mudar nada, o que quer que seja. Não faz a menor diferença.

Um murmúrio de vozes no fim do corredor, um lampejo de luz, as rodas de uma maca se aproximando, conduzida por duas vozes baixas e sussurrantes. Mick pousou a mão no olho caído.

Minha vista... dói pra caralho abrir os olhos, Rothschild. Dói... pra caralho... pra caralho...

Ele deixou a mão sobre os olhos e começou a gemer no amuleto; não mais uma oração com palavras, mas algo muito mais ressentido e terrível. No reflexo da janela, vi a maca passar pela porta, um sujeito empurrando um corpo embrulhado num lençol, ambos envoltos pelas sombras, seguindo pelo corredor até desaparecerem na distância e mergulharmos no silêncio outra vez. Cheguei um pouco mais perto da cama e observei o peito estreito de Mick subindo e descendo sob o lençol. Ele parou de murmurar e suas mãos relaxaram, caindo ao lado do corpo. O rosto parecia uma máscara funerária, cérea e cinzenta. A mão se abriu, revelando o gasto amuleto de madeira em forma de orelha, molhado de suor, um pedaço de madeira sem brilho e com três mil anos de idade, aninhado na palma da mão. O peito continuava se movendo. Levantei e prestei atenção outra vez, mas não ouvi mais nada.

Deixei Mick deitado lá no escuro e precipitei-me pelos descorados corredores do hospital, com seu amuleto na mão. Ele não se mexeu — nem piscou — quando o peguei, fitando-me com um olho caído, semi-aberto.

Quando deixei o hospital, o céu finalmente estava clareando, as nuvens abrindo-se sobre Londres, o vento gelado e cortante. Uma mulher estava toda encolhida numa cadeira de rodas na porta do pronto-socorro, fechando com força a camisola de flanela, metade iluminada pela luz da rua, metade no escuro, aos prantos, os ombros sacudindo com os soluços. O céu do alvorecer parecia distante, entrevisto no meio dos prédios. Enfiei as mãos nos bolso e, pela primeira vez em muito tempo, senti vontade de voltar para os Estados Unidos.

27: GRAVIDADE

ZENOBIA TINHA ACABADO DE completar três anos quando fui embora.
Lembro-me claramente daquela noite. Acordei depois de um sonho. Estava diante de Anúbis com meu coração nas mãos, pingando sangue. O deus preparou a balança, segurando a pena com que o peso do meu coração seria comparado, com a pródiga criatura de longas presas afiadas e aspecto canino aos seus pés, pronta para devorá-lo. Estávamos em um deserto, como o deserto oriental vizinho a Assuã; ao longe, no reino do vir-a-ser, logo acima da linha do horizonte, uma luz brilhava — um brilho difuso como o sol nascente. No entanto, o sol já estava no céu. Quando olhei de novo para Anúbis, ele havia se transformado em alguém muito maior, de ombros largos, com uma *ankh* numa das mãos e na outra, estendida, o meu coração. Era Set, o defensor do Egito. Dei meia-volta e fugi correndo, na direção da luz no horizonte — mas, mal comecei a galgar a primeira duna, o céu escureceu e a duna começou a crescer, como se quisesse tocar o céu.

Era uma noite chuvosa de novembro em São Francisco, muito parecida, aliás, com o tempo em Londres. A chuva batucava de leve na vidraça; lembro-me bem porque foi esse som que me acordou. Helen estava deitada ao meu lado, toda embrulhada nos lençóis e no cobertor, o rosto fora do alcance da pálida luz da rua que se infiltrava pela janela. Uma das minhas mãos estava pousada na sua cintura, subindo e descendo com sua respiração. Quando despertei, ainda sentia o ar candente e salgado do deserto ocidental, o Saara, mesclado a delicadas nuanças de baunilha e sândalo: o cheiro da minha mulher. Cheguei mais perto dela, a fim de ver melhor seus traços, na sombra da cortina. Sua respiração escapava pelos lábios entreabertos, o rosto relaxado, as pálpebras tranquilas. O livro que estava lendo repousava aberto na mesa-de-cabeceira, o texto claro maculado por um único sublinhado, algumas linhas que ela marcou fundo a lápis:

Mozart foi enterrado como um indigente qualquer, numa cova comum, em Viena. Nem sua própria esposa conseguiu localizar o corpo no dia seguinte à sua morte.

Saí da cama e fui até o quarto da Zenobia, do outro lado do corredorzinho curto da nossa casa. Estava toda enroscada no berço, praticamente na mesma posição da Helen, e tinha uma expressão suave e serena, apesar de agarrar-se com força às cobertas. Na mesinha, havia um amuleto do Novo Reinado, gravado com um crocodilo e um breve feitiço para proteger uma criança de pesadelos e doenças: *Feitiço para proteger uma criança, um filhote de passarinho: estás com calor no ninho? Estás ardendo nos arbustos? Tua mãe não está contigo? Sossega, criança, e saibas que estás sempre segura na casa de teu pai!*

Peguei-a nos braços. Seu corpo quentinho aninhou-se no meu pescoço e no peito sem emitir quase nenhum som. Já naquela época ela era sólida, era surpreendente o seu peso, a densidade da sua figurinha. Voltei com ela para o nosso quarto e postei-me ao pé da cama, observando minha mulher dormir. Alguma coisa na sua silhueta — a curva arredondada das costas, as mãos fechadas diante do rosto, a forma dos lençóis pregueados — calaram fundo em mim; e estremeci, com Zenobia, minha filha, enroscada, pesando como chumbo nos meus braços.

Deitei Zenobia ao seu lado; ela estendeu os bracinhos e, ao encontrar o pescoço de Helen, agarrou-se a ele, enfiando a testa no peito da mãe. A depressão criada pelo peso da Helen no colchão abriu uma cratera rasa em que Zenobia acomodou-se com facilidade, a circunferência delicada do seu corpo. Eu já não pisava mais o chão, nem estava naquela casa na Califórnia, nem em nenhum outro lugar da Terra, nenhum lugar que eu fosse capaz de reconhecer. Encontrava-me numa vasta e interminável matriz, a curva do horizonte a perder de vista; dava para sentir a massa da minha esposa e da minha filha, a gravidade das duas empurrando suavemente a curva do espaço para baixo. Eu estava na borda de uma galáxia giratória, deslocando-me a uma velocidade aterradora, na qual o universo inteiro parece passar por um ponto fixo, o ponto de referência, nosso modo de mensurar o tempo. Eram as duas, Helen movendo a cabeça um pouquinho para o lado para acomodar o corpo recém-chegado, a bochecha pousada sobre a cabecinha amassada de Zenobia... mas havia uma atração vinda do espaço escuro sobre o horizonte.

Ao olhar aqueles dois corpos adormecidos, suas silhuetas bem-amadas — que ainda hoje sou capaz de desenhar no ar com a ponta do dedo —; ao observá-las, fui procurar meu coração dentro do peito — mas tudo o que encontrei foi uma pedra escura, uma pirâmide de pedra.

Fui até a cozinha beber um copo d'água, que penetrou como um choque gelado e metálico na minha boca. Pousei o copo em silêncio na pia e quedei-me por alguns momentos fitando o brilho baço da torneira, agarrado à bancada. Na janela, os picos ziguezagueantes dos telhados de North Beach iam perdendo altitude na direção da parte baixa de São Francisco e do mar. A chuva havia passado e a lua pendia a uma pequena distância de uma camada de nuvens baixas que se moviam como um regato suave, e senti sua luz fria pousada no meu rosto e nas minhas mãos. Ouvi uma corridinha furtiva no chão e, quando fui olhar, um besouro gordo disparou pelo quadrado de luar desenhado no linóleo.

A verdade é que já deu para ver mesmo então, naquela noite, nas gotas de chuva que adornavam a vidraça; a imagem se delineava, a abstração, o símbolo, posicionado com delicadeza. *Este corpo é minha única tumba, esta mente é a terra negra, o único solo fértil.*

28: A ÚLTIMA CHEIA

O LABORATÓRIO ENCONTRAVA-SE em excelente estado; Sue e Cindy haviam feito um ótimo e aguçado trabalho. Além disso, tiveram a presciência de não mexer no nosso material, onde quer que o tivéssemos atirado. Assim, a bancada de trabalho continuava a mesma mixórdia de notas e rabiscos do Mick, suas penas afiadas para papiro e cacos de óstracos empoeirados. Minhas anotações, as traduções de Stewart e as alterações da malha estavam espalhadas ao redor da Estela num semi-círculo, exatamente onde eu as havia jogado. Reinava um silêncio mortal. Sentei-me no banco e observei a Estela, tentando fixar o olhar na pedra negra, sem vacilar. Restavam-me pelo menos quarenta horas, minhas últimas horas com ela. A escuridão envolvia-me como um manto. Como sempre, parecia haver tempo de sobra; mas também nisso me enganei. Sentado no laboratório, deixei o mundo passar por mim. Lembrei-me do que Alan Henry me dissera certa ocasião: uma vez que, à luz da física, todos os pontos de vista são um só, *todo observador, independentemente de seu estado de movimento, pode proclamar que se encontra, na verdade, estacionário enquanto o resto do mundo passa por ele...*

Tive consciência de estar desperto vários minutos antes de realmente acordar. Sei que estava sonhando com Sekmet, a deusa-leoa. Eram centenas de imagens suas em granito negro, em sua posição usual (sentada, com o mangual e a *ankh* cruzados no peito), diante de uma encosta varrida pelo vento, o céu raiado de nuvens cinzentas. Eu me afastava; como na maioria dos meus sonhos, estava prestes a sair correndo, mas tinha medo de correr, medo de virar para olhar, porque sabia que as veria vindo em meu encalço. Geralmente, nesse tipo de sonho, eu me deixava dominar pelo medo e me deitava enroscado no chão, esperando que a consciência viesse em meu socorro, o que sempre acabava acontecendo. Mas, desta vez, apenas esperei.

Eu sabia que estava desperto porque sentia a presença de Klein no laboratório, percebia claramente, mesmo não tendo aberto os olhos ainda, que ele havia usado a sua chave e estava, agora, ao meu lado. Eu pressentia a sua imagem, como o espírito do homem, seu *ka*, a forma etérea que retornava do mundo subterrâneo pela falsa porta a fim de reaver seus *ushabtis*, alimentos e demais itens armazenados na tumba.

O cheiro do café forte que ele tinha nas mãos penetrava nas minhas narinas. Escancarei-o nos olhos de repente, só pelo prazer de vê-lo dar um pulo para trás. E foi o que ele fez, deixando escapar um *uf!* e saltando com os dois pés juntos, entornando um pouco de café.

Opa! Bom dia, Dr. Rothschild!

Sentei-me e o encarei. Nunca o tinha examinado com atenção. Gostei de constatar que ele ficava visivelmente constrangido com meu olhar. Pode parecer estranho, mas eu estava me sentindo extremamente descansado; os ferimentos no rosto limitavam-se a zumbir, numa nota quase imperceptível de desconforto.

O que foi?, perguntei.

Ele deu de ombros, derramando mais café no chão.

Nada, eu só queria ver, é... como as coisas estão indo. Seu tempo aqui está acabando, não é? Fico feliz por vê-lo dando duro até o final! Trouxe um café.

E me passou a caneca. Só pelo cheiro dava para saber que era obra da Sue e da Cindy. Eu tinha a obrigação de engolir um pouco, pensei, eu devia aquilo às duas. Tomei um golinho. Juro que as luzes clarearam na mesma hora e minha capacidade auditiva se aguçou um pouco.

Que horas são?

Passa um pouco da uma.

Eu nem me lembrava de ter adormecido. Minha intenção era ficar acordado até de manhã. Era o meu último dia com a Estela, e eu desperdicei aquele tempo todo.

Sabe, disse Klein, eu nunca dormiria no museu, ainda mais aqui no porão. Tem muitos espíritos inquietos, os corpos... não, de jeito...

Tenho de ir, interrompi, saltando da bancada.

Como está indo seu relatório final?

Nem comecei ainda.

Mas você tem alguma coisa, pelo menos? Alguma coisa para seu substituto usar?

Que substituto?

Klein tomou um gole de café e deu de ombros.

Que coisa, essa história do Wheelhouse, não? Que pena. Logo quando achei que ele estava...

Tenho de ir.

Quando eu ia passar pela porta, Klein se colocou na minha frente, fechando a passagem, ainda com aquele seu sorriso estreito na cara. Desviei e acertei-o de propósito, com força, com o ombro. Ele perdeu o equilíbrio, esbarrou numa pilha de *ushabtis*, óstracos e ferramentas de escrita de Mick. Tentando segurar-se para não cair, arrancou uma grande réplica das tabelas de Gardiner pregada na parede e acabou caindo de bunda no canto, o rosto lívido e os olhos esbugalhados.

Rothschild!, rugiu. Você ainda está sob contrato!

Vê-lo ali estatelado me encheu com uma deliciosa sensação de poder. Tinha vontade de esganá-lo com minhas próprias mãos, ou pelo menos fazer um outro gesto ousado qualquer. Encontrava-me na iminência de algo monumental, uma grande descoberta — com a qual Klein, entretanto, nada tinha a ver.

Sue e Cindy aguardavam, ansiosas, sentadas à mesa no corredor. Pareciam tão asseadas e atenciosas que, de repente, me senti péssimo pelo modo como sempre as tratara. Parei diante delas e ergui a caneca bem alto.

Este é *o melhor café* que já tomei *na vida*!

Peguei a jarra da cafeteira e voltei a encher a xícara. As duas, boquiabertas, começaram a levantar.

Rothschild!

Klein estacou na porta do laboratório, transtornado, as duas mãos agarradas ao batente, o rosto tomado por uma inacreditável cor roxa. Sue e Cindy começaram a se desmilingüir e encolher, levando as mãos ao pescoço.

Não se preocupem, tranqüilizei-as, está tudo bem. Podem sentar, está tudo certo. Falo com vocês depois.

Corri até nossa porta lateral particular, derrubando café nas calças e batendo nas paredes da escada até me ver na Montague Street, as calçadas lotadas de gente às voltas com malas e mapas dobráveis, esbarrando umas nas outras no esforço de esticar o pescoço para ler os nomes das ruas pregados nos prédios, lá em cima.

⁂

Encontrei a porta de casa aberta. Eddie estava na cozinha, remexendo a geladeira. Quando entrei, ele se ergueu, com um dos rolinhos congelados de salsicha do Mick na mão peluda.

Ah, Dr. Rothschild. Tava só vendo o que o senhor tinha aqui. Precisava rangar qualquer coisa.

Jogou o rolinho de salsicha de volta no congelador e cruzou as mãos.

O senhor tá sabendo, Dr. Rothschild, que tem de sair amanhã, tirar a tralha toda, né?

Sei, sei. Ainda não comecei a arrumar as coisas... e você sabe que o Mick está no hospital.

Sei. Coitado, né? Bom, o senhor tem de entregar as chaves amanhã até meio-dia e meia, tá? Pro próximo morador poder se mudar.

Tudo bem.

Tá bom. Cara, preciso mijar. Posso usar seu vaso?

Quando Eddie saiu, joguei uma água fria no rosto e ajeitei o cabelo com os dedos. O inchaço no rosto tinha diminuído, mas o lábio continuava uma bola. Pela janela do quarto, eu ouvia os operários subindo e descendo pelos andaimes, aparentemente cuidando da logística da obra e praguejando contra o idiota que os havia colocado lá em cima para aquilo. Reconheci as madeixas do rastafári que costumava me acordar de manhã com suas batidas e marteladas. O cheiro doce de maconha encheu o quarto.

Liguei para Penélope, mas caiu na secretária. Deixei recado dizendo que queria me encontrar com ela antes de ir embora. Lembrei-me de tentar o Magnus também, caso ela estivesse lá. Não estava, mas ele me garantiu que ela estava em casa. Sublinhou que ela não queria ser incomodada, não queria ver nem falar com ninguém — mas, de bom grado, não só me deu seu endereço, em Highgate, como explicou tintim por tintim como chegar lá, de ônibus ou metrô.

Estava descendo a escada quando entreouvi, na portaria, um daqueles diálogos deliberadamente abafados, do tipo que as pessoas têm em locais públicos quando tentam discutir algum assunto espinhoso. Um deles era Eddie, com certeza; bastou-me parar um instante nos últimos degraus para reconhecer a voz estridente de Okonkwo — e havia mais gente. Assim, fiz o que me pareceu correto: voltei para casa, tranquei a porta e fiquei andando de um lado para o outro, sussurrando *caralho, caralho, caralho...*, depois vesti o casaco e fiz uma tentativa cambaleante de pular da janela para os andaimes, dando um susto nos dois operários sentados sob o peitoril.

Ei! Vai sair por aqui, companheiro?!

Meu amigo dos *dreadlocks*, de calças largas e casaco grosso, estava agachado, dividindo um baseado maior e mais grosso que meu dedo com um sujeito encardido e de barba por fazer, as mãos cobertas de tatuagens baratas — não demonstrou a menor surpresa por me ver ali. Parei, agarrado ao caixilho, um dos pés plantado na tábua rachada e balouçante onde eles estavam sentados.

Olhe, é... é uma emergência, expliquei. Preciso descer.

O rastafári sacudiu os *dreadlocks* e piscou para mim, tragando a erva.

Mas comé que cê vai descer daqui, mermão? Só dá pra descer pelos ferros. Cê acha que dá?

Estava um vento horrível naquela altura, soprando entre os andaimes e fazendo a estrutura inteira oscilar ligeiramente de um lado para o outro, como se estivesse coçando o prédio. Deixei uma das pernas dentro da janela para me segurar — uma sábia decisão, pois o primeiro ferro que agarrei saiu na minha mão, com um guincho estridente.

Ei! Irmão!

O Mãos Tatuadas me chamou de cenho franzido, furioso.

Melhor cê passar pra dentro senão vai jogar essa merda toda no chão, hein?

Ah, dá um tempo, cara! Ele consegue!

Dei o pedaço de cano que arranquei do andaime para o Mãos Tatuadas. Estava a seis andares de altura, e foi só me inclinar um pouco para olhar que quase vomitei de pavor. Havia uma viatura de polícia parada no meio-fio.

Foi mal pelo... ferro.

Voltei para dentro, fechei a janela e corri as cortinas. Ponderei o equilíbrio de forças, as possibilidades. Andei mais um pouco de um lado para o outro, soltei mais meia dúzia de palavrões e comecei a descer a escada, pegando impulso e velocidade nos últimos degraus, e passei pela portaria como um raio, para surpresa de Okonkwo, Eddie e os guardas parados do lado da mesa, a televisão bruxuleando no quartinho dos fundos. Virei à direita na porta e me precipitei pela Great Russell Street, ziguezagueando no meio dos turistas que vinham ao museu à tarde, tentando alcançar a Tottenham Court Road. Chegando à esquina, olhei por cima do ombro e vi Okonkwo vindo pela rua apinhada feito uma locomotiva atrás de mim, a cabeça e os ombros acima da multidão, agitando os braços como um velocista olímpico, as longas pernas nodosas calcando o chão. Não tinha como eu vencê-lo na corrida; minha esperança era entrar num táxi na Tottenham e sumir, mas também não ia dar tempo. O sinal de pedestres em frente ao Sainsbury's da Tottenham Court tinha acabado de mudar de vermelho para amarelo; então, me joguei na rua antes que os carros acelerassem, desviando de algumas motos e bicicletas que avançaram o sinal, e segui para o norte. Um ônibus estava saindo do ponto da Goodge Street, linha 73; não tinha idéia de para onde ele ia, mas dei uma carreira, consegui alcançá-lo e pulei para a plataforma traseira, para espanto do cobrador. Quando o ônibus estava ganhando velocidade, olhei de novo, mas não vi Okonkwo nem nenhum outro policial no meio do povo; mesmo assim, achei melhor trocar de meio de transporte caso eles tivessem me visto entrando no ônibus, de modo que saltei algumas quadras adiante.

Infelizmente, não prestei atenção e o ônibus ainda rodava numa velocidade razoável quando pulei. Ao tocar o chão, me desequilibrei; dei algumas cambalhotas ensandecidas pela calçada até ir de encontro a um sujeito imundo com um saco de dormir nos ombros, que estava comendo um pacote de batatas fritas e soltou um grito quando lhe passei uma rasteira feito uma foice. Acabei estatelado no chão, aparentemente são e salvo; o mendigo estava sentado, catando as migalhas da camisa suja.

Me desculpe, pedi. Desculpe, foi mal.

Enfiei a mão no bolso e peguei o envelope com o dinheiro. Meu pulso berrou de dor quando folheei as notas. A manga do meu casaco — ou melhor, do casaco do Hardy — estava em farrapos. Joguei algumas centenas de libras na sua cara. Ele olhou as notas que esvoaçavam ao seu redor com uma expressão vazia por um instante, depois pulou sobre elas como uma cobra. Dei meia-volta e saí correndo.

Americanos de merda!, ainda o ouvi berrar atrás de mim.

Cheguei ao ponto da Euston no exato momento em que o 134 estava parando. Embarquei junto com uma confusão de jovens mamães que se debatiam com seus carrinhos, ao que parece contendo recém-nascidos protegidos por plásticos transparentes. Subi a escada e me acomodei nos fundos do andar de cima, resfolegante, olhando para trás à procura de Okonkwo. No banco à minha frente, dois albaneses conversavam com ar conspirador de dentro das golas de suas jaquetas de couro, chupando uma espécie de pelota de rapé acomodada entre os dentes e o lábio superior. Os demais lugares estavam tomados por um bando de pré-adolescentes de saia azul-bebê e moletons com o escudo da escola bordado nos seios escassos. Estavam ajoelhadas nos bancos e gritavam umas para as outras obscenidades quase incompreensíveis, de uma vulgaridade a toda prova.

Seguimos na direção da Candem, desenhando um oito na rua por entre canteiros para pedestres e carros parados ilegalmente na faixa de ônibus. Fiquei assistindo Londres avançar pela tarde. Na calçada, um senhor de casaco de *tweed* e bengala foi trazido às pressas para fora de um café pela esposa, também idosa, e vomitou serenamente um jato fluido e cinzento, com cuidado para não derrubar o chapéu nem respingar nas calças. Uma muçulmana de véu rebocava, num trenó improvisado, um guri com toda a parte de baixo do corpo engessada; estava deitado de bruços, virado para a frente, a poucos centímetros do chão, enfiando na boca as batatinhas de um pacote de Walker's, com ar de quem estava se divertindo muito.

Não é só a resiliência pertinaz dessa gente; é a sua capacidade de existir em meio a tantas contradições flagrantes que me assombra. O mundo urbano de Londres parece imerso no consumo e na aquisição de coisas, mas, em compensação, a maioria dos londrinos vive com tão pouco. É uma coisa que parece fazer parte da cultura local: ansiar pelo que não possuem, existir num estado de insatisfação permanente. Por isso, os prazeres são sempre em doses homeopáticas: um saco de fritas, quatro canais da BBC na televisão, uma caneca de *lager*, um jardinzinho minúsculo e pedregoso cultivado à exaustão para a colheita de um punhado de berinjelas murchas, a volta para casa, à noite, depois de mais um dia de trabalho duro e insípido, um prato de pepininhos em conserva, as calças favoritas usadas quatro dias por semana. Isso existe em outros países também, inclusive nos Estados Unidos, de certa forma, mas não na mesma medida; os cidadãos de quase todos os países parecem atingir algum nível de aceitação pacífica da sua situação financeira, das suas condições, da sua existência. Os londrinos, não — o que talvez explique a barafunda de mascates malandros, rábulas recurvados, vigaristas, ladrões de galinha, golpistas, casas de apostas e cassinos, as onipresentes máquinas de videopôquer e caça-níqueis nos *pubs*, a mania das loterias, os esquemas de enriquecimento rápido, a fanática idolatria das celebridades do entretenimento e até mesmo da realeza. É um mundo muito profundamente triste, repleto de decepções. Tanta gente com necessidades insatisfeitas, tantos sonham com alguma coisa melhor, algo tão inviável que mal não pode fazer desejá-lo com tamanha ânsia que faz você cuspir na calçada diante da banca de jornais e amaldiçoar seus pés exaustos. É um império recém-derrubado, humilhado e esquecido, que ainda não perdeu o orgulho teimoso, semelhante, talvez, ao fim da era ptolemaica ou o fim do Novo Reinado no Egito, a luz que se extingue, o epítome do mundo civilizado desabando de joelhos sob o peso esmagador da própria grandeza. Talvez seja por isso que eu amo Londres mais que qualquer outro lugar do mundo ocidental; é o único lugar onde me sinto totalmente parte do padrão. É onde o círculo se fecha, onde o coração se aquieta, onde a árvore, no jardim, parece encontrar seu lugar ao sol.

Desci em Kentish Town e, lembrando-me do envelope de dinheiro no bolso, fiz sinal para um táxi e me refestelei no banco, a respiração chiada, massageando o pulso. Dei o endereço de Penélope ao motorista e partimos, o táxi galgando com obstinação as ladeiras do norte de Londres.

⁂

Penélope morava no subsolo de uma alfaiataria em Archway Road, Highgate. Era uma fachada tipicamente londrina, com um toldo vermelho desbotado no qual se lia "Marcos Tailors" — e só. Ao lado havia um telhadinho com os botões do interfone e a porta que levava aos apartamentos. "P. Otter". Toquei no apartamento de Penélope e esperei. Depois de um instante, ela se materializou atrás de mim, provocando-me um estremecimento. Estava no alfaiate e tinha me visto saltar do táxi.

Caramba, Walter, o que está fazendo aqui? O que foi, desta vez?

Estava quase irreconhecível; eu havia passado tanto tempo com ela nos mais variados graus de desalinho que seu aspecto, naquele momento, tão limpa e arrumada, chegava a ser chocante. Estava de suéter grosso de algodão e uma calça jeans com cara de limpa, o rosto lavado e tão brilhoso quanto lhe permitia sua palidez britânica. O cabelo fora preso daquele jeito vitoriano, o penteado impecável — mas seus olhos pareciam exaustos.

Uma mulher parecendo um hidrante de avental, os óculos fundo de garrafa equilibrados na ponta do nariz, saiu da alfaiataria e despejou uma torrente de grego iracundo sobre Penélope.

Está tudo bem, respondeu ela, fazendo gestos tranqüilizadores com os braços. Está tudo bem. É um amigo meu.

A pequena senhora grega me examinou por um segundo, depois pareceu satisfeita (*tá bem, tá bem, até logo!*) e voltou para dentro da loja.

É minha senhoria, explicou Penélope.

O apartamento, na realidade, não passava de um quartinho, ainda mais acanhado que aquele que eu e Mick dividíamos, com um frigobar instalado na antiga lareira, num canto uma pia diminuta e um forninho que mais parecia de brinquedo, um banheiro do tamanho de uma cabine telefônica e um armário desmontável de lona, fechado com zíper. A janela, de fato, dava para o jardim dos fundos, um terreno coberto de ervas daninhas com uma churrasqueira enferrujada ao lado de uma parede inclinada de tijolos antigos. Penélope ferveu um pouco de água na chaleira elétrica e preparou uma rápida xícara de chá para nós, enquanto eu esperava sentado na única cadeira da mesa — que era, obviamente, mais uma escrivaninha, entulhada de livros de arte sobre pintura do século XIX, alguns romances variados em brochura (*Campos de Londres, O álbum negro, Os filhos da meia-noite*), uma pilha amarrotada de papéis impressos sublinhados a lápis e, debaixo de tudo, um *laptop*.

Eu teria dado um jeito na casa, disse Penélope, se soubesse que ia receber visita.

E me entregou uma xícara de chá.

Nem pense nisso, Walter — e me deu um tapa na mão, que folheava um dos livros como quem não quer nada. Acho que tinha esperanças de ler algumas das suas anotações nas margens.

Assim que você entra num lugar, começa a ler ou decifrar tudo o que encontra pela frente. Isso me dá nos nervos, sabia?

Desculpe... Liguei mais cedo, mas você não atendeu.

Penélope debruçou-se sobre a pia. Percebi, pela segunda vez, que ela não parecia nada feliz em me ver.

Não se preocupe, não vou demorar.

Como foi que descobriu onde eu moro? Voltou à biblioteca e perguntou a uma outra garota?

Foi o Magnus que me falou. Mas ele me disse para não vir. A idéia foi minha, a culpa é minha.

Magnus, resmungou Penélope entre dentes, aquele *veado*.

Acho que estou em apuros. Ainda.

Nossa, que novidade.

Jogou o resto do chá na pia, passou uma água na xícara e pôs as mãos na cintura.

Bom, vamos sair? Passei o dia inteiro dentro de casa e estou mesmo precisando dar uma volta. Vamos dar um pulo no parque.

Subimos em silêncio o aclive suave até a Highgate High Road, passamos por Pond Square, pelo cemitério e pegamos a Merton Street, que serpenteava colina abaixo em meio a mansões e propriedades muradas e ia dar no lado oriental de Hampstead Heath. Penélope enfiou as mãos nos bolsos do impermeável e foi pisando duro por todo o caminho de cascalho que levava a vários laguinhos, mais abaixo, e depois voltava a subir por uma encosta gramada toda riscada de trilhas.

Passamos pela lagoa dos patos e por uma outra em que era permitido nadar — e onde alguns valentes desciam cautelosamente os degraus congelados das docas e espadanavam na água verde com braçadas sem estilo, perturbando meia dúzia de cisnes magricelas. Algumas pessoas, instaladas à beira d'água em banquinhos de armar, observavam as linhas de pesca e as bóias flutuando na película de algas, os baldes brancos ao lado pululando de peixinhos. Cartazes pregados à cerca, debruados com crânios e ossos cruzados, falavam em infecções por bactérias, disseminação de fungos, o perigo de inalar miasmas. Era uma linda tarde londrina; as nuvens tinham se espalhado, varrendo a umidade gelada com um vento forte e folhas recém-caídas.

A Terceira Tradução

Tomamos uma trilha estreita de grama pisoteada e galgamos um outeiro, encimado por um carvalho solitário. Penélope dirigiu-se a um banco de madeira sob a árvore, onde uma inscrição dizia "Para meu amado marido, Harry, que sempre amou o Heath. 1909-1991". Por toda a encosta, viam-se bandos de cães perambulando na órbita de mulheres de saias longas, que caminhavam sozinhas, apoiadas em bordões. O banco estava voltado para o sul, e dali se avistava Londres envolta em seu véu, as agulhas das igrejas dando lugar a torres de aço, o Tâmisa um mero sulco, um fosso, uma ligeira depressão num campo de pedras. Alguns insetos voadores não identificados travavam uma batalha desesperada na terra aos nossos pés. Penélope protegeu o queixinho delicado com a gola do casaco e fitou resolutamente a paisagem.

Voltei a ser invadido por aquela sensação nauseante de que a consistência do meu mundo sofrera danos irreparáveis; a dura realidade dos ciclos de formação, da sucessão das estações, das grandes cheias, só podia ser regulada pela mais estrita atenção, pelo olhar fixo. Mas não basta: os deuses são infalíveis, e a culpa pelos nossos sofrimentos é única e exclusivamente nossa. Hator, Sekmet, Mut, nascidos do cenho de seu pai, devastariam as terras até apaziguar sua fúria, até seu pai poder encarar a enormidade do que fizera, até ir ao encontro dos filhos com humildade e oferecer-lhes o pescoço nu. Só então a ordem seria restaurada.

Penélope pegou a minha mão, acompanhando com os olhos os pássaros que cruzavam a abóbada celeste, competindo com pipas que flutuavam brincalhonas na brisa leve, em formatos absurdos como aviões, caixas, pentágonos, pirâmides, uma mão aberta. Fechei os olhos e me agarrei a ela. Cães solitários chamavam de dentro do arvoredo. Desta vez seria diferente, pensei, seria outra coisa, seria a terceira terra.

Como é possível voltar atrás depois do retrocesso das águas, quando se retorna à aldeia e os celeiros foram varridos pela enchente, a casa está em ruínas e sua família se afogou? O toque de outro ser humano deflagrava a destruição, abria as comportas do caos, libertava o rio negro que redemoinha nas fronteiras do tempo.

Walter?

Não sei quanto tempo ficamos sentados ali; o tempo havia se comprimido outra vez, o velho truque da concentração. Ou fora só um devaneio? De todo jeito, eu queria voltar, continuar lá, só um pouquinho mais pelo menos. Penélope parecia tão triste e tão jovem. Era jovem demais para estar tão triste, era tão bonita.

Naquele instante, eu a amei. Amei-a mais que minha própria vida. Mas aí vi isso também me escorrer por entre os dedos.

Ela apontou com o queixo para o sopé da colina.

Okonkwo, sua figura alongada verdadeiramente suntuosa dentro do terno escuro, vinha subindo a duras penas o gramado, ainda a centenas de metros de distância, ladeado por quatro policiais que se afastaram, abrindo-se como um par de asas. Okonkwo desviou de um dos bandos de cães com a mulher de saia longa e bordão, parando um instante para afagar carinhosamente um vira-lata esquálido.

Adeus, Walter, despediu-se Penélope.

Em seguida, ela se levantou, limpou o casaco e foi embora, descendo a encosta às minhas costas, na direção da linha de árvores que assomava do outro lado do vale gramado. Quando ela desapareceu no bosque no alto do morro, virei-me, pus-me de pé e acenei para Okonkwo, que parou e acenou de volta. Fiquei olhando as pipas recortadas contra o azul gelado, voando pelas dimensões circulares dos sonhos de Alan Henry, as dimensões do tempo. O vento leve e fresco proporcionava um certo alívio ao calor das feridas no meu rosto.

Se o tecido do espaço é composto por cordas, ínfimas cordas vibrantes que formam dimensões entrelaçadas que tremulam com a música da eternidade, há que se andar pela eternidade a cada passo. Essa necessidade de voltar, de acompanhar a linha da história na tentativa de girar o molinete ao contrário, debatendo-se no barco, o deses-

A Terceira Tradução

pero diante da lâmina do presente que pende sobre nossas cabeças, só pode ser entendida em termos da posição relativa do observador enquanto o mundo inteiro passa por ele. A História, sob esse aspecto, se parece muito com a Física. Acontece que meu ponto de vista havia deixado de ser fixo; eu me deixara arrebatar pela correnteza do grande rio. A terceira via era uma solução intraduzível, pelo menos para os outros. Eu a guardaria exclusivamente no meu coração.

O vento que revolve os cabelos de uma velha corcunda toda embrulhada em cachecóis na frente da loja da Virgin Records na Oxford Street contém a essência dos faraós em seus caracóis apertados. Por que isso não é suficiente? Por que não pode nunca bastar?

Dei uma última olhada nas pipas que sobrevoavam Londres e comecei a descer a colina na direção daquelas pessoas que vinham ao meu encontro.

EPÍLOGO: UMA CARTA

RECEBI UM CARTÃO-POSTAL da minha filha outro dia. Zenobia está morando em Connecticut e trabalhando em Nova York. Parece que a bebê vai bem; já está com quase dois anos. Helen também está bem, escreveu ela, ainda em São Francisco, feliz com o marido, dando aulas para crianças e tocando; e a menina chamava-se Marie. Como era só um cartão-postal, as informações não passaram disso mesmo. A foto era de uma sede de fazenda na Nova Inglaterra, coberta de neve.

No momento, estou dividindo meu tempo entre Assuã e Deir el Medina. O novo Museu de Berlim está precisando desesperadamente de material, e fui encarregado da supervisão de algumas escavações e arquivos de coleções. Klein me ajudou a conseguir o trabalho por meio de seus contatos em Berlim, em troca da promessa de que eu entregaria minhas anotações e algumas traduções da Estela de Paser. Ele não faz idéia de como vai ter de esperar. Ainda não tive ânimo de lhe dizer.

Acho que, na verdade, o que ele quer é que eu fique de boca fechada, que eu desapareça e não dê as caras nunca mais — que é a minha especialidade, aliás.

Há um fragmento de estela ptolemaica incrustado na parede do edifício onde moro, em Assuã. São belas ligaduras, um bom exemplo de hieróglifos figurativos. Esta terra tem alguma coisa que mesmo as construções mais toscas podem estar entremeadas de palavras dos deuses e orações de dois mil anos de idade — cujas curvas e ângulos podem ser tocados pelos meus dedos no meio da rua, meu corpo em duas eras ao mesmo tempo.

Soube, por Klein, que Mick se recuperou da doença misteriosa e foi morar com a mãe, em Slough. Algumas semanas mais tarde, cometeu suicídio no banheiro de uma loja de *kebabs* na High Street. Cortou os pulsos com uma faquinha de descascar, agarrado a um punhado de amuletos e *ushabti* no colo. Imagino que não quisesse fazer aquilo na casa da mãe.

Ao tomar conhecimento da morte de Mick, peguei o amuleto que havia roubado dele naquela noite no hospital e joguei-o no Nilo. Não sei pelo que ele rezava, o que tanto sussurrava para aqueles talismãs, mas hoje acho que deviam ser coisas muito semelhantes às que me passavam pela cabeça naquelas mesmas noites solitárias.

Todos os meses eu mando um cheque para a mãe dele, a fim de cobrir a dívida que ela herdou do filho. O governo propôs um parcelamento. Aproveitei para mandar, também, o resto do dinheiro que Oldcastle me deu, mas acho que ela nem imagina quem eu seja ou por que estou fazendo isso, e não tive ainda coragem de contar.

Hanif foi solto e escreveu uma peça de teatro de cunho político, muito sarcástica e polêmica, atualmente em cartaz no West End — alguma coisa sobre a corrupção do sistema jurídico e jovens britânicas promíscuas que se aproveitam dos estrangeiros. Li, também, sobre a deportação de um grupo de lutadores profissionais americanos, em circunstâncias misteriosas. Ao que parece, um deles estava de posse de um livro raro da Biblioteca Britânica, encontrado quando revistaram seu apartamento. Um grupo de *hare krishnas* ligado aos tais lutadores também foi detido — e acabaram descobrindo que não eram hindus, mas muçulmanos sauditas e egípcios à frente de um esquema de venda de artefatos roubados para apoiar grupos extremistas. Disseram que os atletas trabalhavam para um magnata saudita do petróleo, proprietário de seus passes e do canal de TV a cabo que transmitia suas lutas. A situação política desesperadora levou alguns desses grupos revolucionários a tentar fazer uso dos antigos poderes de seus ancestrais — e foi aí, imagino, que Oldcastle entrou.

Mick insinuou, no hospital, que foi Alan Henry que orquestrou a coisa toda, ou pelo menos meu envolvimento na história, mas sei que não é verdade. O fato é que Mick não foi capaz de decifrar a Estela, e o esforço quase lhe custou a vida. Tudo para ele era tão fácil que suas tentativas de desvendar a tal terceira possibilidade levaram-no ao colapso, e ele me odiava por pressentir que eu havia encontrado alguma ordem, graças à minha cumplicidade com Alan Henry, Erin, Oldcastle e a terceira via. Foi Klein, sem dúvida, quem plantou a semente dessa alternativa de leitura, mas sua responsabilidade termina por aí. Sem conseguir enxergar a terceira via como eu, Mick foi à loucura tentando, assim como Oldcastle. Já eu acreditei ter penetrado na imaginação poética dos antigos escribas, quando, na verdade, o que fiz foi transformar a terceira via numa pseudo-realidade, numa verdade tecida onde antes tudo o que havia eram conjecturas e insanidade. O tempo todo era apenas a minha própria verdade — e foi por esse fantasma que deixei minha família para trás.

Não encontrei nada nos jornais sobre a morte de Oldcastle. O corpo do homem chamado Alan Henry nunca foi localizado, e nunca mais ouvi falar no seu livro, nem na CSA — mas também tenho de admitir que não procurei muito. Tampouco encontrei referências a uma mulher chamada Erin Kaluza.

Recebi, também, uma carta de Penélope. Estamos nos correspondendo há algum tempo; ela diz que eu escrevo como um inglês, que a minha dicção e sintaxe parecem estranhamente britânicas. Respondi que acho que isso é porque aprendi a ler e escrever em livros de História escritos, em sua maioria, por ingleses.

Penélope contou que está escrevendo um romance — sobre nós, sobre o que nos aconteceu naquela última semana em Londres. Abandonou a tese sobre os pintores e arrumou um emprego de recepcionista no Museu Britânico, onde agora trabalha em eventos especiais, servindo coquetéis, tentando impedir os prósperos doadores de tocar nos artefatos, coisas do gênero. É ótimo porque é quase sempre à noite, o que lhe dá um horário flexível para escrever, e ela está sempre conhecendo gente famosa. No mês passado, por exemplo, na Galeria de Esculturas do Partenon, Penélope pediu à Princesa Margaret para apagar o cigarro.

Durante três meses ela recebeu cartas horríveis do Dr. Hardy, destilando ódio pelo que aconteceu. Penélope disse que estava ficando doente com aquilo. Ele acabou hospitalizado de novo e ligou-lhe todos os dias, durante uma semana, até que finalmente faleceu. Ela disse que jogou a secretária eletrônica fora depois do primeiro recado; respondi que foi uma boa idéia. Ela contou, também, que pensa muito nele e definitivamente vai colocá-lo no livro, descrevendo-o como um velhinho simpático para compensá-lo um pouco, se é que isso é possível.

Penélope também tem insistido comigo para que eu coloque no papel tudo que sei ou me lembro e mande para ela. Não posso ir visitá-la (estou proibido de pôr os pés no Reino Unido pelos próximos vinte anos, devido ao meu envolvimento com o furto do Cântico de Amon e do livro da Biblioteca Britânica), e ela sabe que o telefone está fora de questão. Disse-lhe que sinto muitas saudades de Londres, a cidade mais maravilhosa do mundo — o que só percebo agora que não estou mais lá. Respondi que é melhor ela basear o livro na sua própria memória; não tenho dúvida de que fará muito mais sentido e será muito mais vívida e real que a minha.

Na última carta, ela disse que pensou num plano perfeito para mim:

Olhe, se você quiser mesmo preservar seu corpo depois da morte e tudo o mais, se quiser ficar fresquinho para as gerações futuras, tenho uma idéia melhor. Poderia pedir para embalsamarem você, do jeito moderno, com tudo intacto; depois, mergulhariam o corpo num tanque de solução preservadora, trancado dentro de uma esfera sólida de chumbo (com no mínimo cinqüenta centímetros de espessura, para a blindagem contra radiação), colocada, por sua vez, dentro de um cilindro de titânio da melhor qualidade, mais trinta centímetros de aço com tratamento térmico, com a localização controlada por rádio e um sistema de monitoramento. Depois, levariam tudo isso de traineira até o Mar do Japão e jogariam na Fossa das Marianas, o ponto mais profundo do oceano. A galera do barco teria de jogar o corpo no lugar mais fundo possível, que é coberto com mais uns 120 metros de lodo. Você se enterraria nele como se fosse manteiga.

O melhor de tudo é que você não só estaria a salvo de qualquer catástrofe que acontecesse na superfície — guerras nucleares, derretimento das calotas polares, qualquer coisa — como também ficaria mais próximo do centro da Terra do que qualquer outro ser humano jamais esteve! Não seria o máximo? Com sorte, tendo em vista a proximidade das atividades sísmicas, você talvez fosse tragado para o magma viscoso do manto ou até para o núcleo da Terra! Uma glória! E se alguém um dia o encontrasse, imagine que espécie de eventos cósmicos seria necessária para dragar você para a superfície! De repente, você sobrevive tempo suficiente para participar do *grand finale*, a implosão do universo, a reversão do *big bang*, o fim dos tempos, quando finalmente tudo voltará ao seu devido lugar.

É uma moça muito criativa. Mandei-lhe um pequeno *wedjat*, o olho de Hórus, com um pedaço de feldspato verde incrustado e borda de ouro. Expliquei que o olho de falcão de Hórus é o olho da verdade e da sabedoria — algo de que ela vai precisar, caso queira ser uma cronista dos acontecimentos, uma grande escriba. Gravei um pequeno hino no verso, com uma representação criptográfica da escrita e da verdade — um hino a Tot, o babuíno, a "Voz Verdadeira" original —, rogando por sabedoria e graça. Coloquei, também, em escrita hierática, uma curta oração, que não se dirige a nenhum deus em particular, pedindo que ela escreva somente a verdade — mas não lhe falei nada sobre essa parte. Ela disse que o amuleto fica na sua escrivaninha.

Agora eu ouço música o tempo todo, de todos os tipos, tudo que me cai nas mãos. De dia, estou quase sempre nos sítios arqueológicos ou nos arquivos de antigüidades de Assuã, e quase todas as noites fico em casa escutando música. Comprei um aparelhinho de som com fones de ouvido, para poder colocar no volume que quiser. Arrumei, também, um velho toca-discos; é surpreendente a quantidade de LPs usados que se encontra na área de Assuã. Tenho todos os tipos de discos, CDs, fitas e que tais — de música clássica, jazz, *rock and roll*, *blues*, *country*, ópera, tudo. Gosto particularmente do *country*, aquelas histórias pungentes, simples, tão claras e honestas.

Continua sendo um mistério para mim o que acontece, como a música faz, como mexe com alguma coisa dentro de nós, algo que não se vê e sequer se sabe, nem de leve, como os mais sutis movimentos do universo. Sinto-me assim principalmente ouvindo as suítes para violoncelo de Bach, quando penso na Helen e a imagino tocando violoncelo numa sala — mas não uma sala vazia; uma sala cheia de gente, com bastante riso e barulho. Às vezes, também imagino Penélope digitando numa quitinete em Highgate, olhando pela janela para um jardinzinho chuvoso, a testa pálida enrugada pelo esforço. Fico sentado na minha poltrona ouvindo música a noite inteira — tenho muito tempo perdido para recuperar.

É meio-dia e o movimento do mercado está no auge. Parado na balaustrada que se debruça sobre Assuã, ponho a mão na testa para proteger os olhos do sol refulgente. O Vale dos Reis estende-se ao norte, o Nilo serpenteia a leste; ao sul, ergue-se o vulto de pedra da Grande Represa, com a vasta superfície do Lago Nasser atrás, refulgindo ao sol. Mais adiante, o Nilo escava no calcário um trecho de desfiladeiros que circundam as grandes tumbas. Ao anoitecer, o sol mergulha como uma pedra branca na grande curva do rio, lembrando o hieróglifo que descreve exatamente isso. Parece demais com o símbolo figurativo para "seguir em frente", o fonema da serpente deixando a toca. Sei que a ortografia figurativa foi criada para trazer de volta à vida as falecidas metáforas pictográficas. Pirâmides, tumbas, templos, todas as vastas estruturas que modificam a terra são gigantescas expressões lingüísticas; toda a paisagem não passa de um símbolo esculpido, escavado na pedra impiedosa por inumeráveis mãos. É tudo uma questão de escala. Essa parte o meu pai entendeu, só que ao contrário. Hoje em dia, sua imagem está envelhecida e serena, como os riscos desbotados das penas em papel antigo, como as marcas da água em cavernas submersas, lá no fundo.

Fechando os olhos, ainda sou capaz de visualizar a Estela. Imagino-a em algum canto remoto do museu, nos depósitos subterrâneos, sua face implacável coberta com uma lona, as palavras escondidas na escuridão. Não importa. É preciso deixá-la em paz, deixá-la subir a encosta em busca do sol, no lugar onde tudo vem a ser. É preciso deixar a história seguir sem nós.

Este livro foi composto na tipologia Agaramond
em corpo 11,5/16 e impresso em papel
off-white 80g/m² no Sistema Cameron
da Divisão Gráfica da Distribuidora Record.

Seja um Leitor Preferencial Record
e receba informações sobre nossos lançamentos.
Escreva para
RP Record
Caixa Postal 23.052
Rio de Janeiro, RJ – CEP 20922-970
dando seu nome e endereço
e tenha acesso a nossas ofertas especiais.

Válido somente no Brasil.

Ou visite a nossa *home page*:
http://www.record.com.br